NOYER SA PEINE

MELINDA LEIGH

Traduit par Louis Poirier

AMAZON CROSSING

Édition originale parue aux États-Unis en 2021
sous le titre *Drown Her Sorrows,* Montlake

Publié par
Amazon Crossing, Amazon Media EU Sàrl
38, avenue John F. Kennedy, L-1855 Luxembourg
Mai 2022

Adaptation de la couverture par : studio pym, Milano
Photos : © Laura Kate Bradley / ArcAngel ; © Fabio Lamanna © R.Moore
© Alex Stemmer © S. Kubyshin © Khashayar Rahimi / Shutterstock

ISBN : 9782496708080

www.apub.com

À Ladybug, pour son « aide » de tous les instants.

Chapitre Un

Au volant de son véhicule de fonction, le shérif Bree Taggert consulta en grimaçant l'écran de son téléphone qui venait de s'éclairer. Il était dix-huit heures trente et elle était presque rentrée chez elle, mais ses adjoints n'appelaient sur son portable que si c'était important. Elle répondit :

— Shérif Taggert.

— Je suis désolée de vous déranger, madame, mais j'ai un problème.

La voix de l'adjointe Laurie Collins résonna dans le haut-parleur Bluetooth.

— Il y a environ trente minutes, j'ai répondu à un appel concernant une voiture abandonnée au pont de Dead Horse Road.

L'adjointe marqua une pause.

— La voiture n'est pas en panne. Je ne vois aucun signe de la conductrice, mais son sac à main et son téléphone portable sont à l'intérieur. Je crains qu'elle n'ait quitté son véhicule et ne se soit perdue. Ou pire.

Bree sentit ses cheveux se dresser sur sa nuque. Elle leva le pied de la pédale d'accélérateur et son SUV ralentit. Collins était une nouvelle recrue, mais aucunement une débutante. Elle arrivait avec six ans d'expérience dans les patrouilles. Elle avait de bons instincts et Bree était heureuse d'avoir pu l'embaucher. Si Collins était inquiète, il y avait probablement une bonne raison à cela.

Bree se gara sur le bas-côté.

— C'est étrange. Vous êtes toujours sur place ?

— Oui, madame.

— Je vous rejoins. Je serai là dans cinq minutes.

Bree raccrocha.

Elle plissa les yeux. À travers le pare-brise, elle distinguait la ferme de sa sœur – qui était désormais son domicile. Un nœud se forma dans sa gorge. Quatre mois après le meurtre de sa sœur, le chagrin l'envahissait encore à certains moments. Bree avait pris en charge les deux enfants de sa sœur ainsi que la ferme. Les enfants avaient parfois besoin de plus de conseils que Bree ne se sentait capable de fournir. Elle faisait de son mieux, mais dans le monde réel, ça n'était pas toujours suffisant. D'expérience, elle savait qu'elle serait retenue le reste de la soirée par cet appel. Elle manquerait le dîner avec les enfants et la séance de lecture avec Kayla.

Mais le délai de réponse pouvait être décisif si la conductrice était blessée ou perdue. Début mai, dans le nord de l'État de New York, les températures étaient imprévisibles. Les jours se réchauffaient, mais les nuits oscillaient encore autour du point de congélation. L'hypothermie était un véritable risque. La zone autour du pont de Dead Horse Road était densément boisée. Bree n'avait pas vraiment le choix. Elle devait y aller.

Lorsqu'elle était inspectrice à la criminelle de la police de Philadelphie, Bree avait utilisé ses enquêtes pour oublier ses problèmes personnels. L'évitement avait toujours été son mécanisme de défense préféré. Si le cloisonnement avait été une épreuve olympique, Bree aurait été médaillée d'or. Elle était presque heureuse que le département dont elle avait été nommée shérif trois mois plus tôt soit dans un état désastreux. Entre le travail et l'éducation de sa nièce et de son neveu, Bree n'avait guère le temps de penser à sa propre perte.

Aujourd'hui, ses priorités avaient changé. Son travail était important, mais il y avait des jours – comme celui-ci – où elle n'appréciait pas son intrusion dans la sphère familiale. Le bon côté des choses, c'était qu'elle avait une garde d'enfants à domicile. Ça faisait déjà un souci en moins.

Elle fit demi-tour, enfonça l'accélérateur et son SUV partit à vive allure sur la route. Elle appela la maison pour prévenir sa famille qu'elle serait en retard, puis se concentra sur le travail. La route secondaire et son pont éponyme n'étaient plus qu'à quelques kilomètres.

Quelques minutes plus tard, Bree ralentit et tourna sur une petite route de comté. Dead Horse Road méritait bien son nom. La route traversait une vieille forêt dense, serpentant autour des arbres et des rochers massifs. Bree franchit le sommet d'une colline, descendit de l'autre côté et négocia deux derniers virages avant d'apercevoir le pont. Elle baissa le pare-soleil pour ne pas être éblouie. Au pied du pont, une petite croix en bois ornée d'une couronne de fleurs mortes marquait l'emplacement d'un accident mortel.

Une Toyota Camry était garée sur le bas-côté. L'adjointe Collins avait garé sa voiture de patrouille derrière la berline. Bree ralentit et s'arrêta. Elle sortit de son SUV. Elle ne voyait Collins nulle part.

— Shérif !

Bree fit volte-face.

À quinze mètres de là, l'adjointe Collins émergea de la forêt et grimpa le talus. Son visage était rougi par l'effort, et quelques cheveux blonds s'étaient échappés de son chignon soigné.

Bree attendit que l'adjointe s'approche d'elle.

Collins prit deux profondes inspirations.

— Un automobiliste a signalé le véhicule abandonné. Il a déclaré avoir vu la voiture vendredi soir en rentrant du travail, et de nouveau aujourd'hui en s'y rendant ce matin. Comme elle était encore là ce soir, il l'a signalée.

— A-t-il précisé l'heure à laquelle il a vu la voiture vendredi ? demanda Bree.

Collins sortit un petit bloc-notes de sa poche et l'ouvrit.

— Vers dix-neuf heures.

On était lundi.

— Donc la voiture est là depuis au moins trois jours, dit Bree.

Collins fronça les sourcils en regardant la Toyota.

— Les portes sont déverrouillées. La clé est à l'intérieur. Les pneus sont bons, le véhicule a beaucoup d'essence et le moteur démarre sans problème.

— Que savez-vous de la conductrice ?

— J'ai vérifié les plaques. Le véhicule appartient à une certaine Holly Thorpe. Elle vit à Grey's Hollow. Sa carte grise est à jour et elle n'a pas de contraventions en attente. Son permis de conduire est dans le sac à main.

— Avez-vous appelé son domicile ?

— Il n'y a pas de ligne fixe.

Collins montra le talus du doigt.

— J'ai cherché dans la pente, au cas où elle serait sortie de sa voiture pour une raison quelconque et serait tombée. La pluie était forte vendredi soir. Le sol devait être glissant. Je n'ai vu aucun signe de sa présence.

Le regard de Bree se posa sur la voiture, puis sur le pont.

— En règle générale, une femme ne laisse pas son sac à main et son téléphone portable derrière elle.

— Non. Son téléphone est protégé par un mot de passe, mais j'ai pu voir que la batterie avait encore un peu de jus. Il y a aussi une bonne réception cellulaire.

Collins couvrait méthodiquement les points essentiels.

Bree examina les alentours. D'un côté de la route, des bois épais couvraient une pente ascendante. De l'autre, un talus boisé escarpé descendait vers la rivière. Juste devant, le pont enjambait la rivière Scarlet. L'instinct de Bree était en alerte. À moins d'une panne ou d'un pneu crevé, il n'y avait aucune raison pour qu'une voiture soit garée ici. Pas de sentiers de randonnée. Pas de parc. Le pont était étroit, sans perspective. C'était une route secondaire utilisée principalement par les riverains.

Elle se dirigea vers la voiture et regarda par la fenêtre du conducteur. Un sac à main était posé sur le siège passager, ouvert. Un téléphone portable était abandonné sur la console centrale. Un portefeuille dépassait du sac à main.

— J'ai ouvert son portefeuille pour regarder sa carte d'identité, précisa Collins.

Bree enfila des gants et ouvrit la portière du véhicule. Elle se pencha et tapota l'écran du téléphone portable. L'écran de verrouillage à reconnaissance faciale apparut. Quelques secondes plus tard, il laissa place à une demande de mot de passe. Bree appuya sur le bouton *Urgence* en bas de l'écran.

— Owen Thorpe est son contact d'urgence.

— Oui, madame. Je suppose que c'est le mari. Selon le registre des véhicules à moteur, il a le même âge que Holly et vit à la même adresse. Il n'a pas répondu à son téléphone. J'ai laissé un message lui demandant de me rappeler.

Bree considéra cette information, tandis que son mauvais pressentiment s'intensifiait. Il existait une faible possibilité que Holly soit tombée malade et ait appelé quelqu'un pour la conduire à l'hôpital. Peut-être avait-elle été malade au point d'oublier son sac à main et son portable.

Mais pendant trois jours ?

Ça semblait peu probable. Bree inspecta le reste de l'intérieur du véhicule, puis ressortit. La température baissait en même temps que le soleil. Si Holly s'était éloignée – ou avait été enlevée – de son véhicule vendredi, ça faisait déjà trois nuits qu'elle était dans la nature. Il n'y avait pas de temps à perdre.

— Je vais envoyer un adjoint chez elle, dit Bree. Si elle n'est pas là et que son mari n'a pas d'informations, nous demanderons une équipe de recherche et lancerons un avis.

Bree accéda aux réseaux sociaux auxquels s'était inscrite Holly et cliqua sur *À propos* dans l'un de ses profils.

— Elle mentionne Beckett Construction comme étant son employeur. Je sais qu'il est tard, mais appelez-les et demandez s'ils ont des nouvelles de Holly.

— Oui, madame.

Collins rejoignit son véhicule.

Bree fit de même et appela le standard pour demander une vérification à l'adresse de Holly.

— Demandez à l'adjoint qui répondra de m'appeler avec son téléphone portable au lieu d'utiliser la radio. Je ne veux pas que la situation soit rendue publique tout de suite.

Les journalistes surveillaient les conversations radio de la police. Au cas où le pire se serait produit, Bree ne voulait pas que les proches de Holly l'apprennent par les médias.

En attendant une réponse, Bree consulta le dossier de carte grise de Holly et examina les informations de son permis de conduire. Holly Thorpe avait trente-quatre ans et mesurait un mètre cinquante-sept. Sur la photo de son permis de conduire, ses cheveux mi-longs étaient lisses et blonds.

Quelques minutes plus tard, le téléphone de Bree vibra. Elle répondit.

— Shérif Taggert.

— Ici l'adjoint Oscar. Je viens de parler avec Owen Thorpe. Il n'a pas vu sa femme depuis vendredi soir. Ils se sont disputés et elle est partie. Il dit qu'il est ivre depuis et il a l'air assez mal en point. On dirait que je l'ai réveillé.

— Demandez-lui si vous pouvez faire le tour de la maison pour vérifier que sa femme n'est pas là, dit Bree.

— Oui, madame, répondit Oscar.

Dans le combiné, elle entendit l'adjoint poser la question et une voix d'homme répondre :

— D'accord. Comme vous voulez.

— C'est une maison de ville avec deux chambres, dit Oscar à Bree. Ça ne sera pas long.

— Je vais attendre.

Bree écouta l'adjoint Oscar ouvrir et fermer des portes pendant quelques minutes.

Puis il déclara :

— Elle n'est pas là.

— Est-ce que le mari se souvient de ce qu'elle portait quand elle est partie ? demanda Bree.

Elle entendit Oscar répéter la question à Owen Thorpe.

Oscar répondit :

— Un chemisier bleu et un jean. Son imperméable est rouge. Il ne se souvient pas des chaussures qu'elle portait.

— OK. Restez avec le mari pour le moment. Tenez-le à l'écart des nouvelles. Dites-lui simplement que nous cherchons sa femme.

Bree réfléchissait dans un demi-vertige quand l'adjoint Collins frappa sur la vitre côté conducteur.

Elle sortit de son véhicule.

Collins secoua la tête.

— Le bureau de l'entreprise de construction est fermé.

Bree prit son téléphone.

— Je vais joindre le chef adjoint.

Elle appela Todd Harvey, qui faisait partie de l'équipe locale de recherche et de sauvetage. Après lui avoir parlé, Bree se tourna vers Collins.

— Il arrive dans vingt minutes. Utilisez votre portable pour demander des unités supplémentaires. Nous devons faire une fouille à pied immédiate de cette zone. Je vais faire des repérages.

Pendant que son adjointe utilisait son téléphone portable pour contacter le central, Bree se plaça sur la route, devant la voiture de Holly, et tourna sur elle-même. Des arbres et des rochers constituaient la majeure partie du paysage. Pourquoi Holly s'était-elle arrêtée ici ? Le *ruissellement de l'eau sur les rochers attira l'attention de Bree.* Son regard se porta sur le pont. Holly s'était disputée avec son mari. Leur dispute avait été assez sérieuse pour qu'elle quitte leur domicile. Elle devait être bouleversée, peut-être abattue.

Merde.

Bree se dirigea vers le pont. C'était une vieille structure en fer, qui faisait moins de cinquante mètres de long et aurait probablement dû être remplacée depuis longtemps. Mais les budgets des comtés ruraux ne donnaient la priorité aux ponts peu utilisés qu'au moment où ils s'effondraient lors d'une tempête. Lorsque Bree atteignit le milieu, elle regarda par-dessus la balustrade. Dix mètres plus bas, l'eau s'engouffrait sous le pont.

La chute était-elle assez haute pour être fatale ? Bree observa l'eau bouillonner en contrebas. Les fortes pluies récentes avaient gonflé la rivière davantage que la normale. Sauter ne signifierait peut-être pas mourir à l'impact, mais il serait difficile de nager jusqu'au rivage sans se blesser. Le courant était rapide. En aval, des rochers parsemaient l'eau vive. La plupart des gens auraient sans doute du mal à s'en sortir.

Bree suivit le courant. Après être passé sous le pont, le cours d'eau bifurquait vers l'est. Une petite ramification s'incurvait vers l'ouest, continuait à se courber et disparaissait derrière les arbres. Elle devrait envoyer des adjoints en aval, le long des deux rives.

Elle jeta un coup d'œil à sa montre. Il était dix-neuf heures. Le soleil se coucherait vers vingt heures. La luminosité serait bientôt nulle. Elle rejoignit l'adjoint Collins qui se tenait à côté de son véhicule.

— Trois unités ont répondu, déclara Collins.

Bree inclina la tête vers la rivière.

— Vous êtes descendue jusqu'à la rive ?

Collins secoua la tête.

— Non, j'ai juste vérifié le bas de ce talus, au cas où elle serait tombée.

Bree commença à descendre la pente.

— Restez ici et attendez les renforts. Dites à Todd que je descends vers la rivière.

— Oui, madame.

Collins jeta un coup d'œil par-dessus son épaule, en direction du pont.

— Vous pensez qu'elle a sauté ?

— Je ne sais pas.

Bree n'aimait pas faire de suppositions. Les théories préconçues nuisaient toujours à l'enquête. Mais pour quelle autre raison Holly se serait-elle garée ici ?

Bree dévala le talus rocheux et trouva une piste tracée par le gibier. Elle la suivit à pas prudents. Les longues ombres du soir obscurcissaient le sol. Au bout d'une cinquantaine de mètres, le terrain devenait fortement escarpé, les arbres poussant à des angles aigus en hauteur. Le chemin revenait en arrière sur quelques mètres, puis opérait à nouveau un demi-tour. Il devait zigzaguer ainsi dans la pente. Bree suivit les premiers virages. Devant, l'étroit sentier se séparait en deux. L'un continuait à descendre vers la rivière ; l'autre remontait la pente dans la direction opposée. Au tournant, elle entendit quelque chose de gros remuer dans les broussailles devant elle. Elle s'arrêta et sortit son arme.

Ses sens étaient en alerte, comme s'il y avait un prédateur à proximité.

L'assassin de Holly Thorpe ?

Ou l'imagination de Bree ?

Détends-toi. C'est probablement un chevreuil.

C'est une piste naturelle, après tout.

La voiture de Holly Thorpe était là depuis trois jours. Si sa disparition était d'origine criminelle, alors le coupable avait disparu depuis longtemps. Mais l'instinct de Bree refusait de se taire.

Devant elle, une brindille craqua. De la sueur coula entre ses omoplates. Il y avait quelque chose après le prochain virage. Elle plissa les yeux pour mieux scruter l'obscurité, reprit son Glock en main et le dirigea vers le son.

Elle recula d'un pas, posant une chaussure de sport sur le sentier, sans faire de bruit. Jetant un coup d'œil sur sa gauche, elle vit un gros tronc d'arbre. Un endroit où se mettre à couvert, si nécessaire.

Le bruit reprit sur le sentier – droit sur Bree.

Elle retint son souffle tandis qu'une silhouette sombre apparaissait dans le virage et s'avançait à la faveur d'un rayon de soleil.

Un ours noir.

Bree se figea. L'ours s'arrêta. Il se dirigeait probablement vers la rivière, lui aussi, et elle l'avait surpris.

En s'efforçant de ne pas faire de bruit, Bree avait fait le contraire de ce qu'il fallait. Les ours étaient timides. Ils n'aimaient pas les gens. Si elle avait fait beaucoup de bruit en descendant la piste, l'ours serait probablement parti dans la direction opposée.

Cet animal était maigre, mince, probablement sorti d'hibernation depuis un mois seulement. Il devait avoir faim, mais les ours noirs étaient rarement agressifs ; à moins qu'ils ne se sentent menacés. Ou qu'ils aient des petits.

Tout ira bien.

Deux petites formes noires bougèrent au pied de l'ours. Bree leur jeta un coup d'œil rapide.

Des oursons.

C'était une maman ourse, et Bree n'était qu'à quelques mètres de ses bébés.

Maman ourse se dressa sur ses pattes arrière. Elle leva le nez et huma l'air. La grosse tête se tourna, et l'animal renifla en direction de la rivière. Elle avait perçu une odeur concurrente.

L'endroit devenait peut-être peu à peu un quartier résidentiel, mais juste devant Bree se trouvait la preuve qu'une grande partie de la région était encore sauvage. Ce n'était pas le premier ours qu'elle voyait. Jusqu'à la mort de ses parents, alors que Bree avait huit ans, elle avait couru librement dans les bois de Grey's Hollow. Elle savait qu'il ne servait à rien de s'enfuir maintenant. Cela ne ferait que provoquer l'instinct de prédation de l'animal.

Les gens qui fuyaient devant des ours se faisaient rattraper.

Mais même si son cerveau savait ce qu'elle devait faire, son corps était prêt à se battre ou à s'enfuir. Aucune de ces options n'était recommandée.

Bree leva les mains et écarta les bras, essayant de paraître plus grande. Elle recula lentement d'un pas et dit d'une voix forte et plutôt calme :

— Doucement, ma belle. Je ne ferai de mal ni à toi ni à tes bébés.

Le Glock de Bree ressemblait un peu à une sarbacane, mais c'était tout ce qu'elle avait. Son spray anti-ours était resté dans le coffre de son véhicule. Un ours noir pouvait charger à quarante-cinq kilomètres par heure. Ses chances d'arrêter l'ours avec des tirs bien placés pendant cette nanoseconde de panique n'étaient pas élevées. Et elle ne voulait pas tirer sur l'animal. Le cœur de Bree s'emballait dans sa poitrine, mais elle força ses pieds à bouger, quoiqu'avec difficulté. Elle n'entendait guère que la pulsation désespérée de son propre pouls dans ses oreilles.

L'ours retomba à quatre pattes, frappant le sol avec ses antérieures. En soufflant, l'animal fit deux pas rapides en avant, puis recula.

Bree glissa un pied en arrière, puis l'autre. L'ours balança la tête d'un côté, puis de l'autre. Bree fit un nouveau pas en arrière, mettant encore un peu plus de distance entre elle et l'animal.

Au-dessus, elle entendit une sirène approcher. L'ours l'entendit aussi et pivota dans la direction opposée. Il battit en retraite au pas de course, ses petits sur ses talons.

Bree poussa un profond soupir, sujette à un léger vertige.

Elle avait eu de la chance. Beaucoup de chance.

Les jambes tremblantes, elle se tourna pour remonter le sentier jusqu'à la route. Elle attendrait des renforts – et un spray anti-ours – avant de fouiller la berge.

Des rochers cédèrent sous ses pas. Le sol se déroba et Bree dévala la pente. Luttant pour garder les pieds dirigés vers le bas, elle heurta un jeune arbre et glissa entre les troncs de deux arbres plus gros. Elle finit par rouler au bas de la pente. De la terre meuble et des petits cailloux roulèrent jusqu'à elle.

La berge rocheuse était juste devant. Bree se releva et essuya rapidement son pantalon.

Une odeur flotta vers elle grâce à la brise, retournant son estomac, et elle sut ce qui avait attiré l'ours.

Elle marcha sur les rochers qui bordaient le cours d'eau. Elle avait une vue dégagée sur toute la rive, jusqu'au pont la surplombant. Devant elle, quelque chose de rouge apparut derrière un rocher, puis s'éclipsa.

Sa gorge se noua.

Elle accéléra le pas. Contournant le gros rocher, elle baissa les yeux. Le fait de savoir ce qu'elle allait trouver ne rendait pas la découverte plus agréable. Dans les rochers et la boue du rivage se trouvait le corps d'une femme portant une parka rouge et un jean. L'ours avait été attiré par l'odeur. Les ours noirs mangeaient de tout, des insectes aux herbes en passant par les baies, jusqu'aux cadavres.

Elle prit son téléphone et appela l'adjoint Collins.

— Je l'ai trouvée.

Bree s'approcha du corps. La victime était allongée sur le côté, ses cheveux mouillés tourbillonnant dans l'eau, le corps changeant mollement de position au gré du courant. Bree fouilla dans sa poche et en sortit un stylo. Elle s'en servit pour écarter les cheveux de la victime. Elle était petite, blonde et assurément morte.

Chapitre Deux

Matt Flynn était assis sur le siège passager de la camionnette de sa sœur. Un complexe industriel abandonné s'étendait d'un côté de la rue. De petites maisons délabrées bordaient l'autre.

— Merci d'être venu avec moi, dit sa sœur Cady depuis le siège du conducteur.

— Je suis content que tu m'aies appelé. Je ne voudrais pas que tu sois seule dans ce quartier. Pour de nombreuses raisons.

Ancien adjoint du shérif, Matt connaissait bien cet endroit. Il avait démantelé un laboratoire de méthamphétamine dans la rue voisine. Mais il savait aussi que c'était le quartier où vivait la famille de l'ex-mari de Cady.

Sur la banquette arrière, Brody aboya et appuya sa truffe contre la vitre. Le berger allemand avait été le partenaire canin de Matt avant qu'une fusillade ne mette fin à leur carrière. Matt avait accepté un règlement à l'amiable avec le comté, à condition que son chien prenne sa retraite avec lui. Brody était son compagnon. Matt avait refusé de le laisser être utilisé par l'ancien shérif négligent et corrompu. Matt se demanda si Brody reconnaissait le quartier lui aussi.

— Je ne voulais pas attendre jusqu'à demain, dit Cady. La personne qui a appelé a dit que le chien était dans un sale état, et il fera nuit dans une heure.

Cady dirigeait un refuge canin. Elle recevait souvent des appels anonymes au sujet d'animaux négligés ou maltraités.

— D'habitude, je demande à une des filles de m'accompagner, mais j'ai pensé que tu serais une meilleure option pour ce soir.

— Je suis heureux de t'aider, même si tu n'as rien d'une damoiselle en détresse, dit Matt en remerciant silencieusement sa sœur d'avoir beaucoup d'intelligence et de bon sens.

Non qu'elle soit incapable de se défendre. Ancienne rameuse universitaire, Cady enseignait désormais le kickboxing et l'autodéfense. Mesurant près d'un mètre quatre-vingts, elle portait un jean délavé et un sweat à capuche orné du logo de la salle d'arts martiaux de leur frère aîné. Elle ne semblait guère vulnérable.

— Je préfère ne pas être en détresse du tout, si je peux l'éviter.

Cady désigna un terrain vague envahi par la végétation.

— C'est là.

Une petite maison se dressait au milieu des taillis. Des mauvaises herbes poussaient devant la porte d'entrée. Les murs blancs étaient couverts de moisissure.

Elle s'arrêta, ajusta sa longue queue-de-cheval blonde et attrapa la poignée de la portière.

— Attends.

Matt scruta la rue.

— Tu sais à qui appartient la maison ?

— Oui.

Cady dit un nom qu'il ne reconnut pas.

— Je lui ai déjà parlé et j'ai obtenu la permission de retirer le chien de sa propriété. La maison doit être démolie le mois prochain. Les occupants actuels sont des squatteurs.

Matt espérait qu'ils ne faisaient que squatter. Si lui et Cady tombaient sur des trafiquants de drogue, ils pouvaient se faire tirer dessus sans sommation et terminer dans la rivière.

Il se tourna vers le chien sur la banquette arrière.

— Pas bouger.

Il ne voulait pas que Brody marche sur une pipe à crack, une aiguille ou du verre brisé. Le chien était uniquement là en cas de besoin.

Brody n'aimerait pas rester là, mais il obéirait. Matt baissa la vitre pour lui donner de l'air – et pour que le chien puisse sortir du véhicule si nécessaire. Puis il ouvrit sa portière et sortit. Les cheveux de sa nuque se dressèrent.

Quelqu'un les regardait.

Dans ce quartier, il y avait toujours quelqu'un pour faire le guet. Les criminels surveillaient de près leur environnement. Et les résidents qui n'étaient pas des délinquants seraient tout aussi inquiets de voir des inconnus.

Le soleil descendait, projetant de longues ombres dans la rue. Matt suivit Cady jusqu'au trottoir défoncé. Une clôture en grillage rouillé entourait la propriété. Déverrouillé, le portail pendait sur ses gonds. Il grinça lorsque Cady le poussa. Ils avancèrent entre les buissons qui leur obstruaient la vue. Un arbuste épineux s'accrocha au jean de Matt.

— Tu sais où le chien est attaché ?

Il passa devant sa sœur, au cas où une surprise les attendrait.

— À l'arrière.

Le pouls de Matt s'accéléra en faisant le tour de la maison. Il tendait l'oreille, mais tout ce qu'il entendait était la brise printanière dans les arbres et le grondement lointain d'un train de marchandises. Il écarta une branche pour laisser passer sa sœur, puis ils émergèrent à l'arrière de la maison. Des bouteilles cassées, des mégots de cigarettes et des emballages de fast-food jonchaient le sol herbeux. Des éclats de verre craquèrent sous les bottes de Matt, et il se félicita d'avoir laissé Brody dans la camionnette.

Un faible gémissement se fit entendre derrière un épais buisson de genévrier, à l'angle du bâtiment. Matt et Cady en firent le tour pour voir l'arrière de la maison. Une véranda faisait la longueur du bâtiment. La moitié des poteaux de la balustrade étaient cassés et les marches en bois étaient pourries.

Cady tendit le doigt.

— Là.

Un jeune pitbull blanc et marron se tenait près de la porte arrière. Il était attaché à un poteau par une grosse corde sale. Des monceaux d'excréments l'entouraient. L'odeur était accablante, et il n'y avait pas un seul endroit propre de taille suffisante pour qu'il puisse s'allonger. Il avait les côtes saillantes et les poils sales.

— Pauvre bébé, dit Cady d'une voix aiguë. Tu es si mince.

Matt s'approcha lentement depuis le bas des marches, guettant tout signe d'agressivité. Le chien gémit doucement à nouveau. Matt sortit un morceau de poulet de sa poche et le tendit vers le chien. Sa posture s'adoucit tandis qu'il reniflait les doigts de Matt et prenait délicatement la nourriture. Pas d'agressivité, mais pas non plus d'hésitation ou de méfiance.

Incroyable.

Matt observa le corps décharné du chien.

— C'est un jeune mâle. Une quinzaine de kilos. Trop maigre d'au moins cinq kilos. Infesté de puces.

— Il n'y a pas de nourriture. Tu vois de l'eau ?

Cady contourna Matt pour mieux voir. Elle n'allait pas le laisser la protéger éternellement. Il aurait dû s'en douter.

— Il y a un bol vide.

Matt prit des photos. Documenter toute situation était une vieille habitude d'ancien enquêteur.

— J'en ai assez vu, dit Cady d'un ton décidé. Tirons-le d'ici.

Matt se pencha en avant et dénoua la corde attachée au collier du chien.

— Tu vas être un bon garçon ? demanda-t-il d'une voix haut perchée.

Le chien répondit en remuant la queue.

— Fais attention à ton visage, Matt.

Le chien semblait amical, mais la plupart des chiens ne mordaient pas par agressivité. C'était généralement une réaction à la peur ou à la douleur.

Ne voulant pas risquer de tomber à travers les marches pourries, Matt se pencha en avant et passa un bras autour du ventre du chien.

— Ne me mords pas, OK ?

Le chien ne se débattit pas du tout tandis que Matt le soulevait. Au lieu de cela, il lécha le visage de Matt.

— OK. C'est bien.

Matt le posa sur le sol et frotta sa tête carrée.

S'accroupissant devant le chien, Cady ouvrit la boucle de sa laisse et la lui passa autour du cou.

— Tu es un bon garçon.

Elle sortit de sa poche une friandise qu'elle lui offrit.

Étonnamment, sa fine queue se mit à fouetter l'air et son corps maigre se tortilla de joie.

— Comment ces chiens négligés peuvent-ils encore aimer les gens après ce qu'on leur a fait ?

Matt examina le reste du chien pour voir s'il était blessé, mais il semblait en bonne santé.

— Les humains ne méritent pas tout l'amour des chiens, reconnut Cady.

Matt tapota le flanc de l'animal.

— Tirons-le d'ici.

— Tu vas te sentir mieux très bientôt.

Cady se redressa.

Le chien semblait heureux de la suivre, comme s'il savait qu'un sort meilleur l'attendait.

Elle longea la maison, retournant vers la camionnette. Matt suivait à quelques pas de distance. Ils émergèrent sur le trottoir. Le soleil couchant aveugla Matt, et il leva la main pour le bloquer.

— Eh ! Vous ne pouvez pas prendre ce chien ! cria un grand homme chauve de l'autre côté de la rue.

Il sortit la tête du capot d'une F-150 cabossée et contourna une boîte à outils posée sur le sol.

Matt attrapa le bras de Cady, la tirant derrière lui. Le chien se serra contre son mollet.

— Nous avons la permission du propriétaire de la maison, dit Matt.

— Ouais, mais ce chien appartient à mon pote. Il est pas à vous.

L'homme avait la cinquantaine et portait un jean affaissé et un T-shirt taché de ce qui ressemblait à de l'huile de moteur. Bien qu'il soit plus âgé et plus mince, il avait un regard nerveux et méfiant qui mit Matt en alerte. L'homme s'approcha de quelques pas, visiblement peu craintif. Il fit claquer dans sa paume la clé à molette qu'il tenait d'une main.

Matt aurait aimé porter encore un badge et une arme à feu.

— Où est votre ami ?

En arrière-plan, Matt vit la silhouette sombre de Brody sortir silencieusement par la fenêtre ouverte de la camionnette et avancer sur le trottoir.

— Il est allé rendre visite à quelqu'un, dit l'homme. Il revient dans un jour ou deux.

— Il n'est pas censé vivre ici, dit Matt d'un ton calme. Vous devez savoir que ce n'est pas chez lui.

— Les gens se débrouillent comme ils peuvent.

L'homme haussa les épaules. Sa voix se fit plus grave, plus menaçante.

— Mais vous ne pouvez pas prendre le chien de quelqu'un comme ça.

Cady émergea de derrière Matt.

— Salut, je suis Cady. Tu t'appelles comment ?

— Cady, souffla Matt pour la retenir.

Elle l'ignora.

— Moi, c'est Dean.

La posture de l'homme se détendit face au sourire de Cady.

Puis le visage de Cady se fit sérieux. Elle regarda le chien d'un air inquiet.

— Ce chien est en assez mauvaise santé.

Dean fronça les sourcils.

— Je ne vois pas où est le problème.

Brody s'était approché sur le trottoir et se trouvait à quatre ou cinq mètres derrière l'individu. Matt lui fit discrètement signe de ne pas bouger. Brody obéit, mais il était à cent pour cent concentré sur Dean. Si Dean agissait de manière agressive, Brody le mettrait à terre.

— Il est beaucoup trop maigre. Il a tellement de puces qu'il a perdu une partie de son poil.

Cady indiqua une zone glabre sur l'arrière-train de l'animal.

— Ton ami l'a laissé sans nourriture ni eau. Il est parti quand ?

— Hier.

Dean balaya le chien du regard, comme pour mieux évaluer son état.

— Pas de nourriture ni d'eau, hein ?

— Non.

Cady fouilla dans sa poche et en sortit une carte de visite.

— Je m'occupe d'un refuge canin. Tu peux donner ma carte à ton pote quand il reviendra, et il pourra me contacter au sujet du chien. On va l'emmener chez un vétérinaire pour le faire soigner.

Dean fit signe qu'il ne voulait pas de la carte.

— Nan. J'avais jamais bien regardé ce chien, mais je vois que tu as raison. Il est beaucoup trop maigre.

Il recula, la voix pleine de respect.

— Faites ce que vous avez à faire. Je vais retourner m'occuper de mes oignons.

— Merci.

Cady conduisit le chien vers la camionnette.

Dean lui fit un rapide salut de la tête, puis retourna à ses réparations. Il hésita en apercevant Brody sur le trottoir. Avec ses oreilles pointées vers l'avant et ses yeux intelligents rivés sur Dean, le chien était intimidant.

— Brody, *fuß*, ordonna Matt.

Brody passa devant Dean en trottinant et se mit en position aux pieds de Matt. Secouant la tête, Dean retourna se pencher sur le capot ouvert de son pick-up.

Matt ouvrit la portière de chargement et souleva le pitbull. Cady ouvrit une caisse de transport, Matt glissa le chien à l'intérieur et ferma la porte. Le chien fit un tour sur lui-même et se pelotonna sur une vieille serviette.

Matt installa Brody sur le siège arrière de la fourgonnette.

— Tu n'es pas censé monter et descendre de voiture tout seul depuis que tu t'es blessé à l'épaule, mais merci de nous avoir aidés.

Brody remua la queue.

Matt et Cady grimpèrent dans le véhicule. Cady ouvrit une bouteille de gel désinfectant. Matt tendit la main et elle en fit gicler dans sa paume. Le pitbull était couvert de saleté et de puces, et Matt était content qu'ils aient pris le véhicule de Cady.

— Heureusement que l'un d'entre nous a des compétences relationnelles. C'était une désescalade magistrale, dit Matt tandis que Cady démarrait. Tu as transformé une confrontation potentielle en un échange positif.

Il s'était tenu prêt à aller au conflit, sans réfléchir.

Cady rit.

— Ce n'est pas la première fois.

— Je m'en doute, et c'est bien ce qui m'inquiète.

Matt jeta un coup d'œil à sa sœur. Son apparence était trompeuse. Ses taches de rousseur la faisaient paraître plus jeune que ses trente-trois ans. Mais cela faisait six ans déjà qu'elle s'occupait du refuge canin, depuis un mariage désastreux et un divorce des plus hostiles. Rien qu'en y repensant, Matt sentit son poing se serrer tandis qu'il se rappelait la satisfaction de l'avoir mis dans la figure de son ex. Mais il n'en dit rien. D'abord, elle n'était pas au courant. Elle pensait que son ex avait décidé d'arrêter de la harceler de son propre chef. Et de deux, à part le fait qu'elle ne semblait pas avoir de vie amoureuse, elle paraissait être passée outre cette terrible période.

— Tu parles comme papa.

Cady secoua la tête.

— Je peux me débrouiller et j'essaie de ne pas faire de bêtises.

— Oui, je sais.

— Je t'ai appelé, ce soir, n'est-ce pas ?

— En effet, reconnut-il. Et j'en suis content. Mais tu es quand même ma petite sœur.

Cady lâcha un petit rire.

— Je ne suis pas petite et je rencontre rarement des problèmes. La plupart des gens n'aiment pas voir un chien se faire maltraiter. J'ai rencontré des mecs assez durs qui pleuraient ou se mettaient en colère dans cette situation.

— Mais il y a plein de connards qui s'en foutent, comme celui qui l'a laissé sans eau ni nourriture.

Par-dessus la banquette arrière, Matt jeta un coup d'œil à la caisse contenant le petit pitbull. À travers les trous, il vit que le chien était toujours recroquevillé. Il tendit le bras pour gratter la tête de Brody.

Cady ne discuta pas davantage.

Peu de temps après, elle se gara devant chez Matt.

— Alors, est-ce que je peux le laisser ici jusqu'à ce que je lui trouve une famille d'accueil ?

Matt leva les yeux au ciel.

— Bien sûr. Il y a une place au chenil. Pourquoi ne pas la remplir ?

Après avoir guéri de ses blessures, Matt avait acheté la maison et le terrain et construit le chenil avec l'intention de former des chiens policiers, mais sa sœur l'avait immédiatement rempli d'animaux abandonnés. Plus de trois ans plus tard, elle l'occupait encore entièrement.

— Merci.

Elle se pencha et l'embrassa sur la joue.

— Je vais t'aider à le laver.

Matt laissa Brody sortir du véhicule pendant que Cady aidait le pitbull à quitter sa caisse.

Ils se dirigèrent vers le chenil. La porte s'ouvrit et un homme mince apparut. Matt connaissait Justin depuis l'enfance. Récemment sorti d'un centre de désintoxication, son ami avait l'air mal en point. Mais il avait survécu à un accident de voiture, à une dépendance aux opiacés et au meurtre de sa femme, au cours duquel il avait été kidnappé et blessé par balles. Justin tenait toujours debout, mais il n'était plus que l'ombre de lui-même. Émotionnellement, il était vidé.

— Salut, Justin.

Cady résuma la situation du chien.

Justin hocha simplement la tête. Il n'avait pas pu trouver de travail depuis sa libération, alors Matt l'avait mis au travail au chenil. La compagnie des chiens était la meilleure thérapie qu'il connaissait, et son ami avait besoin de s'occuper. Trop de temps libre ne l'aiderait pas à rester sobre.

Justin s'agenouilla sur le béton et tendit la main au pitbull. Le chien se rapprocha. Justin lui caressa la tête et l'animal s'appuya contre lui.

Une âme blessée en reconnaissait une autre.

Le téléphone de Matt vibra dans sa poche. Il le sortit. *Bree. Son cœur eut un petit frisson joyeux.* Leur relation était toute récente et il ne s'était pas encore habitué à l'effet que produisait sur lui le simple fait d'entendre sa voix. Voulait-elle le voir ce soir ?

— Je dois prendre cet appel.

Il sortit et décrocha.

— Salut.

— Salut, dit-elle.

Il espérait que c'était un appel personnel. Il était grand temps qu'ils passent une soirée ensemble. Sa famille et son travail la tenaient occupée. Mais il sut instantanément, au ton de son salut, qu'il s'agissait d'un appel officiel.

— Que se passe-t-il ?

— On a trouvé un corps dans la rivière, près du pont de Dead Horse Road.

— Tu es encore sur place ?

— Oui. Ça vient de se produire. J'attends toujours le médecin légiste.

— OK. Je te rejoins.

Matt raccrocha. Il rentra dans le chenil.

— Je dois aller travailler.

Cady fronça les sourcils.

— Je n'ai rien dit à maman. Elle n'aime pas que tu travailles à nouveau pour le département du shérif, puisque c'est comme ça que tu t'es fait tirer dessus.

— Je sais.

Mais Matt avait essayé la retraite. Ça ne lui convenait pas. Il n'avait que trente-cinq ans.

— Mais c'est mon job.

Il appela Brody.

— Tu peux laisser Brody avec moi. Je le ferai rentrer avant de partir.

Cady le serra brièvement dans ses bras.

— Je t'aime. Prends soin de toi.

— Ne t'en fais pas.

Matt entra dans la maison et enfila son uniforme de consultant civil : un pantalon cargo de couleur kaki et un polo noir avec le logo du shérif. Puis il grimpa dans son SUV et partit à la rencontre d'un cadavre.

Chapitre Trois

Bree remonta la pente jusqu'à la route. Elle inspira goulûment l'air printanier. L'eau froide avait ralenti – mais pas arrêté – la décomposition du corps. L'odeur, semblable à celle d'une viande en voie de putréfaction, pénétrait son nez et recouvrait le fond de sa gorge.

Collins se tenait dans la portière ouverte de sa voiture, parlant à la radio. Elle aperçut Bree, mit fin à l'appel et courut vers elle.

— J'ai appelé le médecin légiste, dit Bree, essoufflée. Et notre enquêteur criminel, Matt Flynn.

Les restrictions budgétaires interdisaient l'embauche d'un enquêteur à temps plein. Matt travaillait comme consultant civil auprès du département du shérif, en fonction des besoins.

Une voiture de service se gara sur le bas-côté. L'adjoint en chef Todd Harvey en sortit et avança dans leur direction. Il ajusta sa ceinture sur ses hanches. Il mesurait un mètre quatre-vingts et avait la démarche longue et souple d'un homme d'extérieur. Il s'arrêta devant Bree.

Celle-ci lui résuma la situation en quelques phrases rapides. Puis elle ouvrit la portière côté passager de son véhicule et prit son appareil photo.

— La lumière baisse rapidement. Vous et Collins, dispatchez les adjoints à leur arrivée pour fouiller le sol autour du véhicule, entre le véhicule et le pont, et sur le pont lui-même. Récoltez tous les indices que vous trouverez. Photographiez tout.

Bree regarda leurs véhicules alignés. La presse serait bientôt là.

— Installez un périmètre pour les journalistes. Soyez prudents. J'ai vu un ours noir et deux oursons sur le sentier. Je doute qu'ils reviennent, mais ouvrez l'œil.

Elle ferma la portière, se dirigea vers l'arrière du véhicule et ouvrit la trappe de chargement. Elle récupéra son spray anti-ours, juste au cas où.

— Selon le signalement initial, la voiture est garée sur le pont depuis vendredi. Les fortes pluies du week-end dernier ont probablement effacé toute trace de pas.

Bree doutait que le moindre indice ait pu survivre aux tempêtes, mais ils allaient quand même suivre la procédure.

— Oui, madame, dit Todd.

Le vent se leva sur la rivière et Bree sentit le froid la traverser. La température baissait en même temps que le soleil. Elle enfila sa veste, puis glissa des gants et des sachets de prélèvement dans ses poches.

— Vous enverrez la légiste et Matt à l'emplacement du corps.

Todd et l'adjoint Collins retournèrent à leurs véhicules. Bree redescendit la pente. Elle prit des photos du corps sous plusieurs angles et à distance variable. La main gauche était étendue sur les rochers. La victime portait une alliance en argent avec une texture brossée. Bree se pencha et la prit en gros plan. Le temps qu'elle termine ses photos, le soleil s'était caché derrière les arbres. Le médecin légiste prendrait également des photos du corps sur place, mais Bree aimait avoir les siennes. Sans compter que la légiste allait devoir travailler avec de la lumière artificielle. Bree préférait profiter de ce qui restait de lumière naturelle. On n'avait jamais trop de photos d'une scène de crime.

Des bruits de pas éveillèrent son attention. Elle se tourna et vit Matt et le médecin légiste sortir des bois. Large d'épaules, mesurant près d'un mètre quatre-vingt-dix, Matt avait une carrure impressionnante. Il portait deux projecteurs à batterie sur trépieds. Ces lampes portatives étaient spécialement conçues pour éclairer les zones reculées où l'installation d'un générateur n'était pas pratique.

Le Dr Serena Jones était une grande femme noire aux cheveux courts. Son assistant, un homme petit et trapu, devait presque courir pour la suivre. Les deux scientifiques portaient chacun une mallette en plastique.

— Shérif.

Le médecin regarda le corps d'un œil professionnel.

— Que savons-nous ?

— Sa voiture est garée au pied du pont depuis vendredi soir, dit Bree.

Matt posa les projecteurs. Le coucher de soleil donnait à ses courts cheveux roux et à sa barbe drue la couleur du cuivre bruni. Son regard croisa celui de Bree. Malgré la situation morbide, quelque chose de chaud se réveilla en Bree. S'ils ne s'étaient pas trouvés – encore une fois – en présence d'un cadavre, il l'aurait embrassée. Mais les cadavres semblaient être leur compagnie habituelle et Matt savait qu'elle n'aimait pas les démonstrations d'affection en public. Elle cligna des yeux, craignant que tout le monde ne voie à quel point elle l'aimait.

Comment saluer l'enquêteur criminel avec qui vous sortiez dans le plus grand secret ?

— Matt.

Bree s'éclaircit la gorge.

— Merci d'avoir répondu si rapidement.

Il hocha la tête tout en aidant le Dr Jones à installer les projecteurs sur la berge, éclairant le corps et la zone adjacente d'une lumière aussi vive que celle du soleil. L'assistant du médecin légiste se mit à prendre des photos. Quand il eut terminé, le Dr Jones s'accroupit à côté du corps. L'eau s'écoulait autour de ses bottes en caoutchouc. Elle tendit une main gantée vers la tête, écartant les cheveux mouillés du visage comme Bree l'avait fait.

— La température de l'eau est probablement sous les dix degrés. Le corps n'est donc pas gonflé comme d'ordinaire, mais il commence à se ramollir. Elle est dans l'eau depuis au moins deux jours.

— Son mari dit qu'elle a quitté la maison vendredi soir.

Bree se demandait si elle serait en mesure de vérifier la chronologie donnée par Owen Thorpe.

Le Dr Jones prit un air pensif.

— Je pourrai vous donner une réponse plus précise après l'autopsie. Retournons-la.

Bree enfila des gants et l'aida à mettre le corps sur le dos. Une entaille exsangue commençait sur le front et se prolongeait jusque dans les cheveux de la victime.

Le Dr Jones indiqua des abrasions sur la tête et les mains de la victime.

— La plupart de ces blessures semblent avoir été causées *post mortem*, peut-être dues à des chocs contre des rochers et autres débris dans la rivière. C'est moins sûr pour la blessure à la tête. J'aurai besoin de rayons X et d'une meilleure lumière pour l'évaluer.

Elle s'assit sur ses talons.

— Il y a trop de variables pour que je puisse vous donner plus d'informations maintenant. Je vais programmer l'autopsie pour demain après-midi.

Le médecin légiste ordonna à son assistant de relever les températures et de prélever des échantillons d'eau et de terre autour du corps. Elle sortit un scalpel de son sac et ouvrit la veste et le chemisier de la victime pour inciser l'abdomen. La température corporelle était plus précise lorsqu'elle était prise via le foie.

Bree et Matt s'éloignèrent de quelques pas pour les laisser travailler.

— Qu'est-ce que tu en penses ? demanda Bree.

Matt haussa les épaules.

— Je ne penserai rien jusqu'à l'autopsie, mais les circonstances peuvent correspondre à un suicide. Elle a pu se cogner la tête sur un rocher une fois dans l'eau.

Une heure plus tard, les restes étaient transférés dans un sac mortuaire noir et fixés sur une civière. Matt, Bree, l'assistant mortuaire et l'adjoint Collins portèrent la civière jusqu'au fourgon du médecin légiste. Deux camionnettes de journalistes étaient garées en bas de la route. Les équipes s'étaient rassemblées de l'autre côté des tréteaux. Des flashes crépitèrent tandis qu'ils photographiaient et filmaient le chargement de la civière.

— Allez-vous interroger le mari ce soir ? demanda le Dr Jones à Bree.

— Oui, tout à fait, répondit Bree.

Debout à côté de sa camionnette, la légiste échangea ses bottes en caoutchouc contre des chaussures de sport.

— Au cas où la victime n'ait pas d'empreintes digitales enregistrées quelque part, il serait utile de récupérer sa brosse à cheveux ou sa brosse à dents chez elle pour une comparaison ADN.

Le Dr Jones rangea ses bottes en caoutchouc dans un bac en plastique et ferma la porte latérale.

— Entendu.

Bree hocha la tête.

— Merci.

Le Dr Jones monta dans son véhicule et démarra.

Deux adjoints supplémentaires étaient arrivés et s'étaient joints à la fouille. Comme Bree s'y attendait, ils ne trouvaient pas grand-chose. Elle retourna au véhicule de Holly. Collins avait ouvert le coffre.

Bree la rejoignit et regarda à l'intérieur. Le coffre contenait une valise de taille cabine et un grattoir à glace. Bree prit plusieurs photos, puis se pencha et ouvrit la valise d'une main gantée. Un ordinateur portable était posé sur une pile de vêtements en désordre. Elle prit une nouvelle photo.

— Elle n'a pas pris le temps de plier quoi que ce soit, déclara Collins. Elle a juste fourré ses affaires dans sa valise et elle est partie.

Bree ferma la valise et fit le tour du véhicule pour ouvrir la portière côté passager. Accroupie, elle écarta le portefeuille pour mieux voir à l'intérieur du sac à main. Le contenu était classique : rouge à lèvres, désinfectant pour les mains, lime à ongles, bonbons à la menthe. Bree repéra une enveloppe tout au fond et la sortit. Le rabat n'était pas scellé, juste rentré. Elle l'ouvrit doucement et en fit glisser un morceau de papier plié en deux. Y était griffonné : *Je n'en peux plus. C'est trop dur.*

— Un mot d'adieu ? demanda Collins.

— Peut-être.

Environ trente pour cent des personnes qui se suicidaient laissaient un mot.

Bree prit le message en photo, puis le remit dans l'enveloppe.

— Emballez et étiquetez-la.

Puis elle donna des instructions pour que la voiture de Holly Thorpe soit remorquée à la fourrière municipale, où elle serait gardée comme preuve jusqu'à ce que Bree en décide autrement. Elle se tourna vers Matt.

— Je vais rendre visite à Owen Thorpe. Tu veux venir ?

— Oui, dit Matt. Je peux laisser ma voiture chez toi.

Ils déposèrent sa Suburban devant la ferme. Bree jeta un regard nostalgique aux fenêtres illuminées de la cuisine.

Matt monta sur le siège passager de son SUV.

— Tu ne veux pas aller dire bonne nuit aux enfants rapidement ?

Bree vérifia l'heure. Vingt et une heures passées.

— Kayla doit être couchée. Je ne veux pas la réveiller. Elle a enfin recommencé à faire ses nuits. Je ne veux rien faire qui puisse compromettre sa routine.

Sa nièce de huit ans avait fait de terribles cauchemars pendant les premiers mois suivant la mort de sa mère.

Bree entra l'adresse de Holly Thorpe dans son GPS. Puis elle sortit de l'allée et s'engagea sur la route de campagne sombre. Elle sentit le regard de Matt se poser sur elle dans l'obscurité.

— Tout va bien ? demanda-t-il.

— Ouais. Pourquoi tu me demandes ça ?

— Tu sembles juste… tendue.

Bree inclina la tête.

— Je pense juste à l'affaire.

— Tu ne te sens pas gênée de travailler avec moi maintenant que nous avons une relation ?

En plus d'avoir résolu plusieurs affaires de concert, elle et Matt étaient sortis ensemble plusieurs fois au cours des deux derniers mois.

— Je ne me sens pas du tout mal à l'aise avec toi. En fait, je pense que nous faisons une bonne équipe d'enquêteurs. Mais avec mes adjoints et le Dr Jones…

Bree chercha ses mots.

— J'ai l'impression que les gens soupçonnent quelque chose et nous regardent.

Et la jugeaient.

— Ou tu es juste hyperconsciente de la façon dont notre relation sera perçue par les autres, dit Matt.

— Ou ça.

Elle rit.

— Je ne suis shérif que depuis quelques mois.

Bree avait été nommée au poste vacant après avoir résolu le meurtre de sa propre sœur.

— C'est une petite ville. Les gens vont jaser. Je n'aime pas être le sujet de rumeurs.

Bree s'arrêta à un stop, puis tourna à gauche.

— Tout d'abord, je pense que personne ne sait. C'est peut-être juste dans ta tête. Deuxièmement, il n'y a pas grand-chose que tu puisses faire, à part rompre avec moi. J'espère vraiment que tu ne veux pas faire ça.

Elle sentit qu'il l'observait attentivement, guettant sa réaction. Elle sentit un pincement dans sa poitrine. Elle n'aimait pas l'idée de ne plus le voir. C'était le premier homme avec qui elle avait jamais ressenti une réelle connexion. Lors de leur dernier rendez-vous, il l'avait emmenée danser, à l'ancienne. Ils étaient le seul couple sur la piste de danse à ne pas avoir plus de soixante-dix ans.

— Je ne vais pas faire ça.

— Je ne pense pas que garder notre relation secrète soit une bonne idée.

Il fronça les sourcils.

— Ça implique que nous faisons quelque chose de mal, alors que ce n'est pas le cas.

— Ce n'est pas que je veuille avoir une relation secrète.

— Alors pourquoi on va à chaque fois dans le comté voisin pour se voir ?

— Je ne veux pas que les gens nous regardent. On a droit à un peu d'intimité.

Bree tourna sur une route secondaire bordée d'arbres. Elle alluma ses feux de route pour pénétrer l'obscurité totale de la forêt.

— Les gens me regardent déjà quand je suis seule, comme si j'étais une sorte de curiosité.

— Je sais que tu es née ici, mais tu n'as pas vécu à Grey's Hollow depuis que tu es enfant. Donc, tu es une étrangère qui vient de la grande ville. Tu as fait une arrivée remarquée. Les gens sont curieux.

Bree avait arrêté le meurtrier de sa sœur, puis résolu une affaire retentissante pour ses débuts en tant que shérif, ce qui lui avait valu beaucoup de publicité. La presse locale s'était penchée sur l'histoire de sa famille, et les gens avaient une curiosité morbide pour le meurtre-suicide de ses parents. À l'âge de huit ans, Bree s'était cachée avec son petit frère et sa petite sœur sous la véranda tandis que le drame avait lieu au-dessus d'eux. Même si elle détestait personnellement toute cette attention, elle devrait mener une campagne à la fin de son mandat, et les bons articles de presse l'aideraient dans ses négociations budgétaires actuelles.

— Écoute, ma famille est une curiosité locale depuis des décennies. Je protège ma vie privée.

Bree ravala une bouffée d'amertume. Les gens voulaient connaître tous les détails des souffrances de sa famille. Ne comprenaient-ils pas que les Taggert étaient des êtres humains, qui avaient vécu un vrai drame ? Ce n'était pas une émission de téléréalité.

— Je comprends pourquoi tu protèges ta vie privée.

Matt inspira et souffla un grand coup.

— Mais je préférerais marcher dans la grande rue en te tenant par la main et envoyer au diable ceux que ça dérange.

Ils émergèrent de la forêt. Bree tourna sur une route de campagne. En approchant de la petite ville de Grey's Hollow, ils passèrent devant un centre commercial, puis la gare et d'autres marques de civilisation.

— C'est mon bureau qui te paie, dit Bree. Il y a des gens qui qualifieraient notre relation de conflit d'intérêts et m'accuseraient de détourner de l'argent en faveur de mon petit ami.

— En toute franchise, tu ne me paies pas assez pour qu'on puisse parler de détournement de fonds. Je ne fais pas ça pour l'argent.

Matt s'était fait tirer dessus par un collègue lors d'un incident douteux. Il avait reçu une compensation importante. Il n'avait pas besoin de travailler.

— Je sais.

Ayant soudainement trop chaud, Bree défit le bouton supérieur de son col. Cette discussion avec Matt était plus stressante que la découverte d'un cadavre. Qu'est-ce que ça disait d'elle ? Elle abaissa légèrement sa vitre, laissant entrer un courant d'air frais dans le véhicule. Elle voulait être jugée en fonction de ses performances professionnelles, pas de l'identité de son petit ami. Mais Matt avait raison. Ils avaient parfaitement le droit d'avoir une relation. Elle avait le droit d'avoir une vie privée, et se cacher ne ferait que créer des problèmes. Elle allait devoir se résigner et faire face à cette intrusion dans sa vie privée.

— Tu as raison. Je suis désolée.

— Tu n'as pas à t'excuser avec moi. C'est pour toi que je m'inquiète. Il ne va rien m'arriver. Je n'ai pas besoin de ce job d'enquêteur à temps partiel et mal payé. Mais tu ne préférerais pas que l'annonce de notre relation vienne de toi plutôt que de quelqu'un d'autre ?

— Si.

Bree desserra les mains sur le volant.

— Mais je suis en train d'essayer d'arracher plus d'argent au comté. Laisse-moi terminer mes négociations budgétaires, puis je trouverai une solution.

Matt tendit le bras et lui prit la main dans sa poigne massive et chaude.

— OK. Mais à ce moment-là, on trouvera la solution ensemble.

Il lui serra la main, puis la relâcha.

Quelques minutes plus tard, le GPS annonça que leur destination était à cent mètres devant eux. Bree tourna dans une résidence composée de petites maisons de ville. Jaunes avec une bordure blanche, les logements étaient tous en duplex. Bree se gara devant la maison des Thorpe, à côté du véhicule de l'adjoint Oscar.

La conversation avec Matt l'avait sortie de sa zone de confort, mais lui avait au moins permis d'oublier l'entretien à venir.

Ce n'était pas une notification officielle de décès. Le médecin légiste n'avait pas formellement identifié les restes comme étant ceux de Holly Thorpe. Mais son mari décèlerait la vérité, même si Bree devait formuler le message en jargon juridique. Elle ouvrit sa portière. Il était temps d'annoncer à un mari que son pire cauchemar s'était réalisé : sa femme était morte.

Chapitre Quatre

Matt suivit Bree à l'intérieur. L'endroit sentait l'huile de cuisson et le whisky.

L'adjoint Oscar leur avait ouvert la porte. Il leur indiqua le couloir.

— Il est dans la cuisine. J'ai fait du café, mais il n'est pas moins soûl, juste plus réveillé.

Un homme était assis à une petite table, sanglotant dans ses bras croisés.

Lorsque Bree et Matt entrèrent dans la pièce, M. Thorpe se redressa vivement. Il portait un jean déchiré et un vieux sweat-shirt universitaire. Les deux étaient froissés et tachés, comme s'il avait dormi dedans pendant plusieurs jours, peut-être même tout le week-end. Ses yeux injectés de sang se fixèrent sur Bree sans ciller.

— Monsieur Thorpe… commença-t-elle.

— Appelez-moi Owen, s'il vous plaît.

Il prit une grande inspiration en tremblant.

— L'adjoint Oscar a dit que ma femme avait sauté du pont et que vous aviez trouvé son corps dans la rivière.

Bree se raidit.

— Nous ne sommes pas sûrs de ce qu'il s'est passé.

Elle essaya d'adopter un ton mesuré, mais sa frustration était palpable.

— Le médecin légiste n'a pas encore établi la cause du décès. Tout ce que je peux vous dire, c'est que la voiture de votre femme était garée près du pont, et que nous avons trouvé un corps que nous pensons être celui de Holly à proximité, dans la rivière.

Le regard qu'elle jeta à son adjoint aurait pu le fusiller sur place. Oscar avait manifestement été en contact avec les adjoints présents sur les lieux, et il avait relayé leurs hypothèses à Owen. Mais les hypothèses n'étaient pas des faits. Même quand les informations reçues n'étaient pas contradictoires, le décès d'un proche était déjà assez douloureux pour les familles, et le suicide était particulièrement difficile à accepter.

Matt observa Oscar. L'adjoint détourna les yeux, les lèvres pincées. Il savait qu'il avait merdé.

— Vous pouvez retourner à vos occupations habituelles, adjoint Oscar.

Le ton de Bree était méprisant et l'adjoint s'éclipsa piteusement.

— Que voulez-vous dire par « un corps que nous pensons être celui de Holly » ?

Owen avait l'air confus. Il tendit la main derrière lui pour prendre une photo encadrée. Il la tendit vers eux en la tenant à deux mains.

— C'est elle ou pas ?

Sur la photo, Holly apparaissait en gros plan, devant un ciel bleu lumineux. Elle regardait le photographe par-dessus son épaule. Un sourcil arqué, son expression était à la fois coquette et sérieuse, comme si elle et le photographe partageaient une blague privée et sexy. Matt devina qu'Owen avait pris la photo, à la manière presque révérencieuse dont il tenait le cadre.

Oh, non.

Soit Owen ne savait pas que sa femme était restée dans l'eau pendant trois jours, soit il ne pensait pas aux conséquences – cette immersion et les débuts de la décomposition avaient déformé le visage de son épouse.

Holly ne ressemblait plus à ça.

Bree allait devoir lui expliquer. Son visage s'assombrit.

— Pouvons-nous nous asseoir ?

Owen hocha la tête, les yeux embués par la peur. Matt et Bree s'assirent sur des chaises face à lui.

Bree commença :

— Owen, le corps a été trouvé au bord de la rivière. La personne est restée dans l'eau pendant plusieurs jours. L'immersion et le temps changent l'apparence physique…

Owen gémit, interrompant Bree. Posant les coudes sur la table, il laissa tomber sa tête dans ses mains. S'il pleurait, c'était en silence. Peut-être avait-il atteint les limites de sa capacité à absorber l'horrible vérité. Le silence s'installa, ponctué seulement par les inhalations profondes et tremblantes du mari. Finalement, il leva la tête et déglutit.

— Ça veut dire qu'il y a une chance que Holly soit encore en vie ?

Un éclair de pitié brilla dans les yeux de Bree.

— C'est extrêmement improbable. Je suis désolée. Mais pour remplir le certificat de décès, le médecin légiste aura besoin d'une confirmation. Votre femme porte-t-elle des bijoux ?

— Son alliance.

Owen toussa, puis déglutit.

— Vous pourriez la décrire ?

Bree sortit son téléphone.

— Elle est en argent, avec une bande en relief.

Il leva la main et leur montra la sienne.

— Identique à celle-ci.

Bree ouvrit son téléphone et lui montra une photo.

— Vous la reconnaissez ?

Il ferma les yeux quelques secondes. Puis il les rouvrit et hocha la tête.

Matt jeta un coup d'œil à l'écran du téléphone. Les bagues étaient identiques.

— Est-ce que votre femme consulte un dentiste ? demanda-t-elle.

— Non, répondit Owen. Elle en a très peur. Elle n'en a pas vu depuis qu'elle est enfant.

Bree fronça les sourcils.

— A-t-elle un médecin traitant ?

Owen lui donna un nom.

Bree le nota dans son téléphone.

— Nous vous tiendrons au courant de la procédure d'identification officielle. J'aimerais emporter la brosse à cheveux et la brosse à dents de votre femme avec nous.

Il hocha la tête, essuyant ses yeux sur sa manche. Il indiqua l'escalier et dit d'une voix étranglée :

— Bien sûr. Ses affaires sont sur la gauche de l'évier.

Ses épaules s'affaissèrent et ses mains tombèrent sur ses genoux.

Bree sortit un petit bloc-notes et un stylo de sa poche.

— Quand avez-vous vu ou parlé à votre femme pour la dernière fois ?

— Vendredi soir, vers dix-huit heures ou dix-huit heures trente. Je ne sais pas exactement.

La voix d'Owen était atone.

— On s'est disputés. Elle est partie.

— A-t-elle dit où elle allait ? demanda Bree.

Owen secoua la tête.

Bree prenait note.

— Quand pensiez-vous qu'elle reviendrait ?

Ses épaules se soulevèrent et retombèrent en un mouvement saccadé. Il baissa le regard sur ses mains, qui étaient toujours posées sur ses genoux.

— Elle a fait un plus gros sac que d'habitude.

Bree haussa un sourcil.

— C'était déjà arrivé ?

Owen hocha brièvement la tête.

— Ce n'est pas un secret, on avait des problèmes. Elle était déjà partie plusieurs fois. Elle allait habituellement chez sa sœur pendant quelques jours. Mais elle revenait toujours après s'être calmée.

— L'avez-vous appelée pendant le week-end ? demanda Bree.

Owen ne répondit pas tout de suite. Il ne leva pas non plus le regard pour croiser celui de Bree. Cachait-il quelque chose, ou était-il simplement mal à l'aise avec cette question – car il n'avait pas essayé de retrouver sa femme et qu'elle s'était suicidée ?

— Non, dit-il enfin. J'étais décidé à ne pas la supplier de revenir, cette fois. C'était toujours moi qui devais m'excuser. Jamais elle.

Il serra la mâchoire, puis fixa le sol.

— Qu'avez-vous fait après le départ de Holly ? demanda Matt en espérant le rendre plus bavard.

— J'ai marché jusqu'au Grey Fox.

Il leva les yeux.

— C'est un bar à quelques pâtés de maisons d'ici.

Matt hocha la tête.

— Combien de temps y êtes-vous resté ?

Owen détourna à nouveau le regard.

— Je ne sais pas. Je me suis réveillé le lendemain sur le canapé de Billy – c'est le barman. Je ne me souviens même pas de l'heure qu'il était.

Ses joues pâles s'empourprèrent.

— J'ai bu beaucoup de Jack Daniel's.

Il se tut, à nouveau songeur.

Bree reprit la parole.

— Pourquoi vous êtes-vous disputés, avec Holly ?

— Comme d'habitude, répondit-il avec amertume. L'argent.

Un profond soupir le traversa.

— On est en retard sur nos factures. La mère de Holly est en train de mourir, et l'assurance couvre beaucoup moins que ce que l'on pourrait croire. On partage les frais avec Shannon, la sœur de Holly, mais les factures nous mettent sur la paille.

— Vous ne voulez pas payer pour les soins de sa mère ? demanda Bree.

— Bon sang, non. Ce n'est pas ça. Je ne veux rien avoir à faire avec ces décisions. Ce n'est pas ma mère.

Owen leva les mains, paumes vers l'extérieur, en un geste défensif.

— Je ne peux même pas lui rendre visite. Son appartement sent la mort. Ça me rend malade.

Il fit une grimace de dégoût. Il secoua légèrement la tête, comme pour se débarrasser de ces souvenirs.

— Je n'arrête pas de dire à Holly que sa sœur doit payer la plus grande partie des factures de sa mère. On utilise nos cartes de crédit pour manger, tandis que Holly paie mille dollars par mois pour les soins infirmiers. Nous n'avons pas ce genre de revenus. Nos dettes augmentent tous les mois. J'ai déjà parlé avec un avocat de la possibilité de me déclarer en surendettement. Je ne vois pas d'autre issue à notre situation. En plus de ça, Holly n'est pas très douée pour respecter notre budget. Elle aime faire du shopping.

La colère colorait ses joues alors qu'il regardait autour de lui.

— Cet endroit n'est pas luxueux, mais c'est notre maison, et nous allons probablement la perdre.

— Holly comprenait-elle votre situation financière ? demanda Matt.

— Oui. Elle est comptable. Elle comprenait très bien.

Il fronça les sourcils, paraissant hésiter.

— Elle n'était pas rationnelle. Je sais qu'elle était déprimée à cause de sa mère et tout ça, mais c'était comme si elle ne pouvait pas concilier ses désirs et la réalité. Et Shannon n'arrêtait pas de nous mettre la pression pour qu'on paie encore plus.

Il se couvrit la bouche avec le poing. Ses épaules tremblèrent comme s'il réprimait un sanglot.

Sans avoir besoin de se consulter, Matt et Bree lui donnèrent une minute pour se ressaisir. Puis Matt passa à un sujet moins sensible.

— Que faites-vous dans la vie ?

— Je suis directeur adjoint de l'agence Randolph Savings and Loan, dit Owen d'une voix fatiguée. Celle de Plymouth Street.

— Vous êtes allé travailler, aujourd'hui ? demanda Matt.

— Non, je me suis fait porter malade, dit-il d'un air honteux. Et non, au cas où vous vous poseriez la question, je n'en fais pas une habitude.

— Et où travaillait Holly ? demanda Bree.

— Elle est comptable chez Beckett Construction.

Owen baissa les yeux. La souffrance l'épuisait. La montée d'adrénaline qu'il avait ressentie à cause du stress de la nuit avait clairement disparu.

À présent qu'Owen s'était calmé, Matt revint au drame familial.

— Vous avez parlé à la sœur de Holly pendant le week-end ?

— À Shannon ?

Owen haussa les sourcils.

— Oui, dit Matt. Vous avez dit que c'était chez elle que votre femme allait quand vous vous disputiez.

— Je n'appellerai pas Shannon à moins d'y être vraiment forcé, même si je suppose que je vais devoir le faire, maintenant.

Owen pinça les lèvres avec amertume.

— Elle me déteste.

Bree prit note.

— Vous savez pourquoi ?

— Probablement parce que Holly lui a souvent dit du mal de moi, répliqua Owen.

— Combien de fois Holly vous a-t-elle quitté ?

Bree posa ses bras croisés sur la table et se pencha en avant, s'immisçant dans l'espace physique d'Owen pour exercer une pression supplémentaire.

Owen repoussa sa chaise de quelques centimètres, essayant de retrouver ses aises. Il détourna le regard.

— Je ne sais pas. Je n'ai pas compté.

Mais Bree n'allait pas lui permettre d'éluder la question.

— Plus de cinq fois ? Plus de dix ?

— Plus de cinq, moins de dix.

La colère luisit dans les yeux d'Owen lorsqu'il répondit en dévisageant Bree.

Matt intervint, forçant Owen à changer d'attitude.

— Votre mariage a-t-il toujours été difficile ?

— Non.

La voix d'Owen s'adoucit, comme s'il se souvenait des bons moments.

— Au début, tout était super. Nous sommes mariés depuis cinq ans, mais les disputes n'ont vraiment commencé que lorsque sa mère est tombée malade.

— Aviez-vous parlé de divorcer ?

Bree leva son stylo.

— Non ! Jamais.

Owen se passa la main dans les cheveux.

— Nous savions tous les deux que les disputes n'étaient pas vraiment à propos de nous. Ce n'était que temporaire. Une fois la situation de sa mère résolue, on pensait que tout irait mieux.

Mais il parlait d'une voix faible en regardant ses mains.

Donc, une fois la mère de Holly morte, tout serait allé pour le mieux ? Ils oublieraient comme par magie leurs disputes ? Matt n'y croyait pas une seconde. Vu le ton employé par Owen, lui non plus.

Owen se recula sur sa chaise, l'air effondré.

— Je suppose que rien de tout ça n'a d'importance, maintenant. Holly n'est plus là. Je n'arrive pas à y croire.

Il se frotta les yeux.

— Je n'aurais pas dû lui crier dessus. J'aurais dû être plus patient et compréhensif. Mais je ne peux pas revenir en arrière maintenant, n'est-ce pas ?

Il se mit à pleurer doucement.

— Y a-t-il quelqu'un que nous pouvons appeler pour vous ? Un membre de votre famille ou un ami ? demanda Bree.

Owen s'essuya les yeux.

— Mon frère est en route. Il sera bientôt là.

— J'aurai aussi besoin des coordonnées de la sœur et de l'employeur de Holly, dit Bree.

— Sa sœur s'appelle Shannon Phelps.

Owen sortit son téléphone et lut les numéros de Shannon et de Beckett Construction.

Bree nota les informations, puis ferma son bloc-notes.

— Nous vous contacterons quand le médecin légiste aura procédé à une identification officielle.

Elle se glissa à l'étage et revint avec une brosse à cheveux ronde en métal et une brosse à dents rose dans des sachets en plastique. Elle les montra à Owen.

— Ce sont bien les affaires de Holly ?

Il confirma d'un hochement de tête. Puis ils le laissèrent attendre son frère, regardant la photo de sa femme en pleurant.

Une fois dehors, Bree s'arrêta sur le trottoir pour consulter son téléphone.

Matt jeta un coup d'œil à la maison.

— Ça semble cruel de devoir repasser par là quand l'identité de Holly sera confirmée.

— En effet, reconnut Bree.

— Et maintenant ? demanda Matt.

— J'envoie un mail au Dr Jones pour lui dire qu'Owen a identifié l'alliance de sa femme. Je vais aussi lui donner le nom de son médecin traitant.

Elle tapota l'écran, puis glissa son téléphone dans sa poche.

— Ensuite, on dépose les brosses au bureau du légiste, puis on rentre chez nous et on dort un peu. Pas la peine de brûler les étapes. On fera le point quand la légiste aura déterminé la cause du décès.

Chapitre Cinq

Bree sprinta sur la route de campagne, son souffle formant un petit nuage devant elle. L'aube qui s'annonçait striait l'horizon gris de nuances de jaune. Sur sa droite, un brouillard matinal planait sur les champs. Avec le lever du soleil, la brume se dissiperait. Elle accéléra la cadence jusqu'à ce que ses poumons demandent grâce. À cinq cents mètres de la maison, elle se mit à marcher, reprenant son souffle. Elle ouvrit la fermeture éclair de sa veste et laissa l'air humide la rafraîchir.

Devant elle, la ferme était immobile et silencieuse. De la lumière brillait aux fenêtres de la cuisine. La meilleure amie et ancienne partenaire de Bree, Dana Romano, était levée, il y aurait donc du café. Dana avait pris sa retraite et avait déménagé à Grey's Hollow pour aider Bree à élever son neveu de seize ans et sa nièce de huit ans. Bree accéléra le pas pour achever son effort. Le temps qu'elle atteigne les marches du perron, son rythme cardiaque était revenu à la normale.

À l'intérieur, elle enleva ses chaussures de course et les laissa près de la porte. Puis elle retira sa veste et l'accrocha à une patère. Elle avança vers l'odeur salvatrice qui annonçait une dose de caféine.

— Bonjour.

Dana était au comptoir, faisant fonctionner la machine à café qu'elle avait apportée de Philadelphie. Elle était toujours matinale. À cinq heures trente, elle était entièrement habillée, ses courts cheveux blonds striés de gris étaient élégamment ébouriffés et elle portait déjà un rouge à lèvres framboise éclatant.

— Tu as bien couru ?

— Oui, mais il fait froid.

Bree se frotta les mains.

— Encore deux mois et tu te plaindras de la chaleur.

Dana saupoudra un grand cappuccino de poudre de cacao et le lui tendit.

— C'est un double.

Bree serra la tasse entre ses doigts gelés et sirota une gorgée. Son corps ronronna en attendant la caféine, comme celui d'un chien de Pavlov.

— Si je ne fais pas mon jogging le matin, je n'y arrive pas. La journée me file entre les doigts avant que le soleil ne se lève.

Sans compter que Bree avait besoin d'évacuer le stress de la scène de crime de la nuit précédente. Elle but un peu plus de cappuccino.

— Merci pour le café.

— De rien.

Dana versa du lait chaud dans sa propre tasse.

— Wouah. Tu es pâle.

— Kayla n'a pas bien dormi la nuit dernière.

Heureusement, Bree avait réussi à faire se rendormir la petite fille en l'invitant dans son lit.

— Hum. Je pensais qu'elle avait dépassé ce stade, dit Dana.

— Ils ont fait des cartes de fête des Mères à l'école, hier.

Bree eut un pincement au cœur.

— Merde. Pauvre gosse.

— Ouais.

Bree soupira.

— Un petit avertissement de l'école aurait été sympa. J'aurais pu la préparer.

Dana hocha la tête.

— Elle continue de progresser, de manière générale. Il y aura forcément des petits contretemps.

— Je sais, mais à chaque fois, ça me brise le cœur. J'aurais dû m'arrêter à la maison à l'heure du coucher, la nuit dernière. Le changement de routine l'a mise en condition pour une nuit agitée.

La culpabilité tenaillait Bree. Elle n'était pas préparée à être parent. Elle se sentait comme un batteur qui n'aurait jamais joué au baseball. Même lorsqu'elle faisait de son mieux pour prendre la bonne décision, elle échouait parfois lamentablement.

— Tu ne peux pas être avec elle vingt-quatre heures sur vingt-quatre, sept jours sur sept, dit Dana. Ce n'est possible pour personne de ne jamais être loin de ses enfants.

— Je sais.

Mais Bree n'était pas obligée d'aimer ça. Elle se tourna vers la porte.

— Je vais prendre une douche.

— Mets du rouge à lèvres ! lui dit Dana alors qu'elle s'éloignait. Tu as l'air d'un cadavre.

Bree emporta sa tasse avec elle à l'étage et termina son cappuccino sous la douche. Après avoir utilisé le sèche-cheveux pendant quelques minutes, elle revêtit un pantalon cargo marron foncé et une chemise d'uniforme. Elle sortit son arme du coffre-fort biométrique de la table de chevet et la glissa dans l'étui sur sa hanche. Elle mit aussi son arme de secours dans un étui de cheville.

Elle s'assit au bord du lit pour enfiler ses chaussettes.

— Tante Bree, dit une petite voix.

Bree leva les yeux. Kayla se tenait dans l'embrasure de la porte. La petite fille avait les larmes aux yeux. Un chien d'arrêt potelé, blanc et noir, se tenait à ses côtés. Les yeux inquiets du chien allaient et venaient de Bree au visage de l'enfant. Toujours en pyjama, Kayla traînait son cochon en peluche par une jambe. Un souvenir revint à l'esprit de Bree : sa sœur, Erin, âgée de quatre ans, serrant son lapin en peluche dans ses bras tandis qu'elles écoutaient leurs parents se battre. Peu de temps après, leur père avait tué leur mère, puis avait retourné son arme contre lui. Bree cligna des yeux pour repousser ces images. Elle ne pouvait pas laisser le passé l'obnubiler quand on avait besoin d'elle dans le présent.

Elle se concentra sur la petite fille.

— Tu es réveillée tôt.

— J'ai encore fait un cauchemar.

Kayla se frotta un œil.

— J'ai rêvé que tu étais partie.

— Oh, chérie. Fais-moi un câlin.

Bree se leva et traversa la pièce à pas feutrés. Elle serra la petite fille dans ses bras et tapota la tête de Ladybug. Habituellement, le chien était attaché à Bree, ce à quoi Bree s'était presque habituée, mais Ladybug semblait toujours savoir quand Kayla avait davantage besoin d'elle.

Le corps de Kayla trembla pendant quelques secondes, puis elle soupira et se calma.

— Je ne veux pas aller à l'école.

Bree allait encore recevoir un appel de réprimande de la part du vice-principal. Kayla avait manqué plus de trois semaines d'école pendant l'hiver. La petite fille avait besoin de temps pour surmonter son deuil, mais elle progressait. Cela faisait seulement quatre mois qu'elle avait subi une tragédie qui aurait mis un adulte à genoux, sans parler d'un enfant.

Le vice-principal pouvait aller se faire voir. Bree lui expliquerait. C'était à elle de prendre les meilleures décisions pour Kayla, pas à l'administration scolaire.

— OK.

Bree traversa le couloir et frappa à la porte de Luke.

— C'est l'heure de se lever.

Il répondit par un grognement.

— Luke est grognon, le matin.

Kayla se frotta à nouveau les yeux.

— Moi aussi.

Bree conduisit sa nièce au rez-de-chaussée.

Dana leva les yeux de sa tasse de café et vérifia l'heure sur l'horloge murale.

— Qu'est-ce qui ne va pas ? demanda-t-elle.

— J'ai fait un cauchemar.

La lèvre de Kayla trembla.

— Ça va aller.

Bree passa un bras autour de ses épaules et la serra dans ses bras.

— Est-ce que tu veux du jus de fruits ? Des œufs, du pain grillé, du bacon ?

Dana pensait que la nourriture pouvait résoudre la plupart des problèmes.

— Du pain grillé, s'il te plaît, dit Kayla d'une voix triste en se glissant sur une chaise face à la table de la cuisine.

Elle passa un bras autour de son cochon et le serra contre sa joue. Dana mit des tranches de pain à griller et versa les œufs battus dans une poêle.

Bree entendit des chocs sourds sur le sol au-dessus de sa tête. Quelques minutes plus tard, des bruits de pas résonnèrent dans l'escalier. Son neveu, Luke, se précipita dans la pièce, vêtu d'un jean et d'une chemise en flanelle.

Il se versa un verre de lait.

— Bonjour.

— Bonjour, dit Bree.

Dana posa une assiette devant lui et il se mit à en engloutir le contenu. Il semblait brûler les calories plus vite qu'il ne pouvait les absorber, et sa consommation de lait était passée à plus de dix litres par semaine. Il avait grandi de cinq centimètres depuis janvier. À ce rythme, il aurait besoin d'un nouveau jean tous les trois mois.

— Je serai en retard ce soir, dit-il entre deux bouchées.

— Entraînement de baseball ? demanda Bree.

— Hm, hm.

Après avoir repoussé son assiette vide, Luke attrapa une veste et se dirigea vers la porte.

— Je vais nourrir les chevaux.

Luke était toujours triste, mais il semblait s'être adapté à leur nouveau quotidien. Depuis une semaine, cependant, il était anormalement calme. Bree enfila ses bottes et le suivit à l'extérieur. Elle entra dans l'écurie, où l'odeur des chevaux, des céréales et du foin l'accueillit. Elle s'arrêta pour gratter le front de Pumpkin. Le haflinger était de la taille d'un poney, bien que Kayla ait informé Bree que c'était techniquement un cheval. Fidèle à sa race, c'était un animal volontaire, amical et robuste.

Luke n'était pas aussi bavard que Kayla. Plutôt que de tenter de lui tirer les vers du nez, Bree avait décidé que la franchise était la meilleure approche avec l'adolescent.

— Kayla a des difficultés, avec la fête des Mères qui approche.

Elle s'appuya contre la porte de la cabine et attendit.

Luke sortit du grenier avec trois récipients en plastique. Il entra dans chaque stalle et y versa les granulés. L'écurie se remplit du bruit des chevaux farfouillant dans leur seau et mâchant leur nourriture. Ensuite, il vida et remplit les seaux d'eau. Bree donna à chaque cheval quelques flocons de foin.

Luke s'arrêta au milieu de l'allée.

— J'essaie juste de rester occupé.

— C'est normal d'être triste, et c'est normal de ne pas se sentir normal.

— Je sais.

Il soupira.

— Le truc, c'est que je suis fatigué. Je ne veux plus être triste.

Ses sourcils formèrent un V.

— Mais j'ai l'impression d'être, je sais pas…

Il chercha le mot juste.

— Déloyal.

— C'est naturel, mais ta mère voudrait que tu sois heureux. Tu le sais. Elle aurait voulu que tu aies une vie heureuse. Ton bonheur était sa priorité.

Bree sentit l'émotion lui serrer la gorge.

— Nous ne l'oublierons jamais. Elle vivra toujours dans nos cœurs. Mais nous devons aussi trouver un moyen d'aller de l'avant.

— Je ne sais pas comment faire.

Luke avait l'air perdu.

— Moi non plus. Peut-être qu'on pourra le découvrir ensemble.

Bree s'éclaircit la gorge.

— Peut-être qu'on devrait penser à disperser les cendres de ta mère dans un endroit qu'elle aimait.

Le coffre en bois contenant les cendres d'Erin était dans un placard depuis sa mort en janvier. Les enfants n'étaient pas prêts à prendre une décision à ce moment-là, mais il était peut-être temps de faire leurs adieux. Peut-être qu'en faisant ça, Luke pourrait mettre de côté sa culpabilité pour aller de l'avant.

Les yeux de Luke s'embuèrent.

— Ouais. C'est moche qu'elle soit dans une boîte. Elle n'aimerait pas ça.

— Réfléchis à un endroit.

Il s'essuya le visage avec sa manche.

— Maman aurait voulu être dehors.

— Je suis d'accord.

Bree poussa la porte. En passant devant son neveu, elle posa une main sur son épaule.

— Pas de pression. Il n'y a pas d'urgence. Prends ton temps. Je suis toujours disponible pour parler si tu en as besoin.

Luke hocha la tête. Bree quitta l'écurie, pour lui laisser de l'espace. Contrairement à Kayla, Luke avait besoin de passer du temps seul pour gérer ses sentiments. Elle entra dans la cuisine et laissa ses bottes près de la porte.

Kayla mangea la moitié de son toast, puis se glissa hors de sa chaise et emporta son cochon dans le salon. Bree essaya mentalement de remanier son emploi du temps, mais elle ne vit pas de solution. Elle passa la main dans ses cheveux, poussant des mèches encore humides derrière son oreille. Elle attendit que Kayla allume la télé dans l'autre pièce, puis baissa la voix et résuma à Dana sa conversation avec Luke.

— C'est un grand pas en avant pour lui, déclara Dana. Mais nous devrions garder un œil sur lui pour voir s'il ne réagit pas mal.

— Je ne peux pas prendre de congé aujourd'hui. J'ai un rendez-vous avec des membres du comité budgétaire du comté.

Bree baissa encore la voix.

— Et une autopsie.

— Hum. Les politiciens.

Dana pensait clairement que la réunion serait pire que d'assister à l'autopsie.

— Tu connais, reprit Bree. Mais je vais devoir être gentille. C'est à propos du budget, et j'ai besoin d'argent.

— Encore pire.

Dana fit un signe de la main.

— Je vais rester avec Kayla. Pas de souci. Tout ce que j'avais sur mon planning était un cours de fitness. J'irai courir plus tard. Kayla pourra faire du vélo avec moi.

— Merci. J'essaierai de rentrer à l'heure.

Bree avait une toute nouvelle opinion des mères qui travaillaient.

— À moins que cette nouvelle affaire ne se révèle être plus qu'un suicide.

— Elle doit apprendre à s'adapter au fait que tu n'es pas là de temps en temps, dit Dana. Tu es là presque tous les soirs.

— Je sais, mais je ne suis pas obligée d'aimer ça.

Bree entra dans le salon et s'accroupit devant Kayla, qui se blottissait avec son cochon et Ladybug sur le canapé. Il y avait un dessin animé à la télé.

— Je suis désolée, ma chérie. Je dois aller travailler.

Bree lui embrassa le crâne.

— C'est quelque chose de grave ?

Les yeux de Kayla s'écarquillèrent.

— Non, bien sûr que non, dit rapidement Bree. J'ai une réunion budgétaire très ennuyeuse aujourd'hui. Mais je suis la patronne, et les gens ont besoin que je prenne des décisions.

Elle embrasse à nouveau sa nièce.

— Je t'aime. À plus tard.

La culpabilité la tiraillait tandis qu'elle quittait la maison et fermait la porte. Elle était à mi-chemin sur la pelouse quand son téléphone portable vibra. Elle jeta un coup d'œil à l'écran. Nick West, un journaliste local. Il appelait certainement à propos du cadavre.

Bree décrocha.

— Bonjour, Nick. Comment puis-je vous aider ?

— J'ai entendu dire que vous aviez sorti un corps de la rivière, hier soir. Je vais mettre l'histoire sur nos réseaux sociaux et notre édition en ligne sous peu. Y a-t-il quelque chose que vous aimeriez dire ?

— Le département du shérif enquête sur le décès.

Bree monta dans son SUV.

— Vous ne pouvez pas faire mieux ?

Nick avait l'air déçu.

— Pouvez-vous confirmer que le nom de la victime est Holly Thorpe ? A-t-elle sauté du pont ?

— Désolé, Nick. La vérité, c'est qu'on ne sait pas encore. Le médecin légiste n'a pas déclaré la cause du décès.

Bree s'éclaircit la gorge.

— Hier soir, le département du shérif a reçu un signalement concernant un véhicule abandonné près du pont de Dead Horse

Road. Une fouille des environs a permis de découvrir le corps d'une femme dans la rivière. La cause du décès est inconnue pour l'instant. Le département du shérif enquête. Est-ce que c'est mieux ?

— Un peu, dit Nick, sans enthousiasme. Je suppose que l'autopsie aura lieu aujourd'hui. Je peux vous rappeler plus tard pour avoir plus d'informations ?

— Vous pouvez rappeler, mais je ne peux pas garantir que je pourrai partager quoi que ce soit.

Bree démarra.

— OK.

Nick soupira et mit fin à l'appel.

Bree se rendit au bureau du shérif en mode pilote automatique. Son assistante administrative, Marge, la rejoignit dans son bureau avec une énorme tasse de café. Âgée d'une soixantaine d'années, Marge était au service du bureau du shérif depuis plus longtemps que quiconque. Elle savait tout sur tout le monde.

— Merci, Marge.

— De rien.

Marge ressemblait à une grand-mère classique. Mais son apparence douce cachait une volonté de fer et un esprit assez aiguisé pour couper court aux conneries comme un scalpel chaud dans du beurre.

— Les membres du comité ont annulé votre rendez-vous.

Fils de...

— Est-ce qu'il y a une raison ?

— Non. Juste une demande de report.

— Encore.

— Oui, encore, admit Marge. S'ils continuent de te faire poireauter, ils n'ont pas à prendre de décision.

Frustrée, Bree se tourna vers son ordinateur pour taper ses rapports sur l'appel de la nuit dernière. Le côté positif, c'était qu'elle avait maintenant le temps de se préparer pour l'autopsie de Holly Thorpe.

Chapitre Six

À treize heures moins dix, Matt se gara devant le bureau du médecin légiste. Juste à côté, Bree sortait de son SUV. Malgré la raison macabre de leur rencontre du jour, il était quand même heureux de la voir.

Il la rejoignit sur le trottoir et réprima l'envie de l'embrasser pour lui dire bonjour.

— Prêt ? demanda-t-elle.

— Oui, mentit-il.

Il ne s'habituerait jamais à voir un être humain découpé comme un poisson qu'on vide. Bizarrement, contempler le corps à la morgue était pire pour Matt que de le voir sur la scène du crime. Sur les lieux, il y avait souvent des signes de passion, de rage ou d'autres motivations qui avaient conduit à la mort de la personne. Le cadavre était une personne qui avait eu une vie, jusqu'à ce que quelque chose l'interrompe. Face à la violence du crime, Matt éprouvait de la tristesse, de la colère ou de la frustration. La froide stérilité de la morgue faisait paraître la victime moins qu'humaine.

Il prit une dernière bouffée d'air pur printanier, comme s'il faisait des provisions, et se tourna vers le bâtiment. Il tint la porte ouverte à Bree. En passant devant lui, le coin de sa bouche se releva, comme toujours lorsqu'il appliquait l'un des gestes démodés que sa mère lui avait inculqués. Ces manières étaient enracinées et aussi automatiques pour lui que de respirer. Bree paraissait surprise, mais contente ; peut-être aussi surprise d'être contente.

Ils signèrent le registre, se rendirent au vestiaire et revêtirent leur équipement de protection individuelle. Matt enfila une blouse bleue par-dessus ses vêtements. Lorsque les scies à os entraient en action, les fluides corporels et les fragments de chair et d'os pouvaient gicler.

Il jeta un coup d'œil par la petite fenêtre qui donnait sur la salle d'autopsie. Le Dr Jones était penchée sur la table en acier inoxydable. Sur celle-ci, le corps nu était étendu sur le dos.

— Elle a commencé en avance, dit-il en se baissant pour fixer l'élastique d'un chausson.

— Merde.

Bree abaissa sa visière et se rua à travers la porte battante.

Matt la suivit, moins contrarié d'avoir manqué une partie de l'autopsie. Comme toujours, les odeurs le frappèrent comme un coup de poing, lui retournant immédiatement l'estomac. Il prit deux petites inspirations avant de serrer les fesses et d'aller se placer à côté de Bree. Son souffle embuait la visière, le rendant étrangement claustrophobe.

Le corps était griffé et en piteux état. Le pont était à environ dix mètres au-dessus de la rivière. À cette hauteur, il était possible de survivre à la chute et l'eau était suffisamment profonde pour que le sauteur ne touche pas le fond. Mais à une trentaine de mètres en aval, il y avait des rochers et d'autres débris que le corps avait pu heurter en étant ballotté par le courant.

L'incision en Y ouvrait la poitrine comme un sac de sport à large zip. La plaque thoracique avait été retirée et la cavité interne était vide. Les organes avaient été enlevés, pesés, examinés et des échantillons prélevés. Ils seraient remis dans le corps à l'intérieur d'un sac en plastique avant la fermeture de l'incision. Un bloc sous la nuque étirait la gorge, où la peau était soigneusement excisée et décollée pour exposer la structure anatomique sous-jacente.

Ils s'approchèrent de la table et le Dr Jones se redressa. Comme d'habitude, elle alla droit au but.

— Je vais commencer par la confirmation de l'identité de cette femme, Holly Thorpe.

Le médecin légiste inclina la tête vers le corps.

— Madame Thorpe n'a pas de dossier dentaire que j'aie pu trouver.

— Son mari a dit qu'elle n'avait pas consulté de dentiste depuis qu'elle était enfant, déclara Bree.

Le Dr Jones hocha la tête et poursuivit.

— Holly avait trente-quatre ans. Si elle n'a pas vu de dentiste depuis son enfance, il est possible que ce dentiste ne soit plus en activité ou qu'il ait supprimé ses dossiers. Les dentistes ne sont pas obligés de garder les dossiers aussi longtemps. Selon son médecin de famille, elle ne s'est jamais fracturé d'os. Donc, on n'a pas pu trouver de radios à comparer. Elle n'a ni tatouage ni cicatrice évidents. Bien que l'absence de ces choses corresponde à cette victime, ce n'est pas suffisant. Nous avons encore besoin de la confirmation scientifique de son identité. Sa brosse à cheveux contenait plusieurs mèches dont la racine était toujours attachée. Nous les soumettrons à des tests ADN et émettrons une confirmation officielle d'identité dès que ces résultats seront disponibles.

— Les tests ADN peuvent prendre des mois, dit Matt. C'est long à attendre pour la famille.

Le médecin légiste ne remettrait pas le corps aux pompes funèbres tant qu'elle ne serait pas satisfaite de l'identification.

— Je suis d'accord.

Le Dr Jones hocha la tête.

— Par respect pour la famille, j'ai contacté le laboratoire pour demander que les tests passent en priorité. Je fais pression pour avoir les résultats dans la semaine.

Elle fit un geste vers le corps.

— Donc, sur la base des informations dont nous disposons…

Le médecin légiste énuméra les faits sur ses doigts gantés.

— Avec les caractéristiques physiques de base, les papiers contenus dans son véhicule et son sac à main, et la reconnaissance par M. Thorpe de l'alliance de sa femme, nous sommes prêts à émettre une identification provisoire statuant qu'il s'agit de Holly Thorpe.

Bree intervint :

— J'aimerais parler à sa famille avant que cette information ne soit rendue publique.

Le Dr Jones hocha la tête.

— Si vous préférez publier vous-même le communiqué de presse, ça me va.

Matt était impressionné par la rigueur et la compassion du médecin légiste. Le Dr Jones traitait les cadavres dont elle s'occupait comme des patients.

— L'heure du décès ? demanda Bree.

Le Dr Jones fronça les sourcils en regardant le corps.

— Ma meilleure estimation, basée sur l'état du corps, est qu'elle est morte depuis au moins trois jours, mais pas plus de cinq. Je donnerai une heure de décès entre jeudi midi et samedi midi.

— Pouvez-vous déterminer la cause du décès ? demanda Bree.

— Oui.

Le Dr Jones fit face au corps.

— Tout d'abord, elle ne s'est pas noyée. Il n'y avait pas d'écume dans la bouche, les narines ou la trachée. Pas de distension des poumons. Mais plus important encore, elle était morte bien avant d'entrer dans l'eau.

La posture de Bree se raidit.

— Combien de temps ?

— Assez longtemps pour que les lividités cadavériques apparaissent.

Le Dr Jones pointa du doigt une tache violette qui s'étendait sur toute la longueur du côté du cadavre. À la hanche du cadavre, une longue et fine marque blanche était incrustée dans le violet foncé.

— Vous voyez cette impression ?

Lorsque le cœur s'arrêtait de battre, la gravité faisait s'accumuler le sang dans les parties les plus basses du corps. Ce processus, connu sous le nom de lividité ou *livor mortis*, apparaissait généralement six à douze heures après la mort, bien que l'immersion en eau froide ait pu ralentir le processus. Des empreintes nettes et pâles résultaient d'une pression dermique et signifiaient généralement que le corps avait été posé sur un objet dans les heures ayant suivi la mort. Le poids du corps appuyait sur l'objet et poussait le sang qui se déplaçait vers les tissus environnants.

Le Dr Jones continua.

— Normalement, les corps immergés après la mort présentent des lividités dans la partie supérieure du torse, la tête et les mains en raison de la position dans laquelle ils ont tendance à flotter.

Elle fit la démonstration de cette position en courbant le corps vers l'avant et en laissant pendre ses mains et sa tête.

— Donc, la présence de lividités latérales est atypique, dit Bree.

— Oui. Maintenant, il est possible qu'elle soit restée coincée contre un rocher ou prise dans un tourbillon.

Le Dr Jones agita la main le long de la tache violette, comme une présentatrice des *Chiffres et des lettres* montrant une voyelle. Elle s'arrêta, le bout des doigts à quelques centimètres de la marque pâle.

— Mais la précision du schéma global des lividités, la netteté et la clarté de cette marque suggèrent qu'elle a été allongée sur le côté et sur une surface dure pendant au moins six heures après la mort.

Les épaules de Bree s'affaissèrent.

— Je pense savoir ce qui a laissé cette marque. Le manche d'un grattoir à glace.

Le Dr Jones inclina la tête.

— La taille et la forme seraient à peu près correctes. Oui. Avez-vous un grattoir spécifique en tête ?

— Il y en avait un dans le coffre de sa voiture. J'ai une photo.

Bree s'éloigna de la table, écarta sa blouse de protection et sortit son téléphone portable. Elle enleva un gant et fit défiler l'écran. Après avoir trouvé le cliché, elle montra l'image au Dr Jones et à Matt.

D'un même mouvement, ils se tournèrent vers le corps pour comparer la forme du manche du grattoir à l'impression blanche.

Le médecin légiste hocha la tête.

— Je vais devoir confirmer avec des mesures, mais ça a l'air de correspondre.

Le silence se fit tandis qu'ils digéraient les implications de cette découverte.

Après sa mort, Holly avait probablement passé des heures dans le coffre de sa voiture.

Bree soupira.

— Je vais demander à un adjoint de vous apporter le grattoir à glace.

— Merci, dit le Dr Jones.

— Comment est-elle morte ? demanda Matt.

Le médecin légiste se dirigea vers un ordinateur portable posé sur une table. Enlevant un gant, elle fit apparaître une photo du cou de la victime.

— Ces éraflures sur le devant mou du cou ne ressemblent pas au reste des abrasions sur le corps.

Bree plissa les yeux.

— On dirait des griffures d'ongles.

— Oui, et profondes, confirma le Dr Jones.

Matt regarda la photo. Les égratignures couraient verticalement depuis la chair molle juste sous le menton jusqu'au creux de la gorge. Il eut un éclair de lucidité.

— Elle s'est gratté le cou elle-même.

— Oui.

Le Dr Jones indiqua les mains de la victime.

— Elle a deux ongles cassés. J'ai pris des échantillons en dessous et j'ai trouvé du sang.

— Il devait être profondément incrusté si l'eau ne l'a pas lavé, dit Bree.

Le médecin légiste hocha la tête.

Matt imagina la victime en train de se griffer le cou.

— Quelque chose était attaché autour de son cou. Elle essayait de l'enlever. Je ne vois aucune marque de ligature.

— Correct.

Le Dr Jones se dirigea vers la tête de la victime et indiqua l'incision du cou.

— Alors que tout ce qui était visible à la surface de la peau était une légère rougeur, ici, vous pouvez observer une série d'hémorragies et des ecchymoses plus profondes. Le motif de rupture des vaisseaux sanguins suggère que la pression a été appliquée par quelque chose de rigide, comme un avant-bras.

— Une prise d'étranglement ? demanda Matt.

— Probablement.

Le Dr Jones désigna des structures spécifiques.

— Mais c'était une technique mal effectuée. Il y a aussi de légers dommages à la trachée. Si la prise d'étranglement avait été correctement appliquée, ces structures n'auraient pas été endommagées.

— Donc, elle n'a pas été étranglée ?

Bree tendit le cou pour mieux voir.

— Correct, dit le Dr Jones. Les dommages infligés à la trachée n'étaient pas suffisants pour compromettre la respiration. Elle est morte suite à une compression du cou.

Le frère de Matt était un ancien combattant de MMA, et Matt s'entraînait régulièrement dans son club. Il connaissait très bien les prises d'étranglement. Lorsqu'une personne entraînée appliquait un étranglement sanguin, le creux du coude était positionné sur la trachée afin que les voies respiratoires ne soient pas comprimées. La personne pouvait respirer. La pression était appliquée sur les côtés du cou, coupant l'apport sanguin au cerveau et rendant la victime inconsciente en quelques secondes. C'était pour cette raison qu'un tel étranglement s'appelait également « prise du sommeil ».

Le Dr Jones retira ses gants. Elle les posa sur la table à côté du corps.

— Dans un combat de lutte normal, comme vous le voyez dans le MMA à la télévision, soit la personne se soumet avant d'être inconsciente, soit son adversaire relâche la prise à l'instant où elle devient molle. Le sang revient au cerveau et la personne se réveille au bout d'un moment.

En réalité, l'arbitre surveillait de près et arrêtait le combat lorsque l'un des combattants perdait connaissance.

— Et si la prise n'est pas interrompue ? demanda Bree.

Le Dr Jones indiqua la victime.

— Vous mourez.

Chapitre Sept

Tandis qu'elle s'éloignait de la table et que le Dr Jones retournait à son travail, Bree considéra les informations fournies par le médecin légiste.

Holly Thorpe ne s'était pas suicidée.

Alors, qui l'avait tuée ?

Bree se dirigea vers une table voisine recouverte d'un drap blanc. Les vêtements de Holly avaient été étalés sur le drap pour repérer toute trace pouvant constituer un indice.

Chaque effet personnel était étiqueté, mais on les laissait sécher dans une armoire spéciale avant de les ensacher pour éviter le développement de bactéries et de moisissures qui pourraient dégrader les tissus et l'ADN. Bree recevrait une liste d'articles, mais elle remarqua que le chemisier était en soie et portait le nom d'un couturier célèbre. Le jean et les bottes provenaient de marques plus courantes.

Bree sortit de la salle d'autopsie. Elle et Matt retirèrent leur équipement de protection et sortirent du bureau.

Dehors, elle tourna son visage vers le soleil printanier. La chaleur était agréable sur son visage, mais ne réussit pas à effacer entièrement le froid intense de la salle d'autopsie.

Bree frissonna.

— Holly a été assassinée.

À côté d'elle, Matt respirait l'air frais comme s'il venait d'émerger d'une plongée en apnée.

— Et sa mort a été soigneusement et délibérément maquillée pour ressembler à un suicide, ce qui rend probable la préméditation.

— Son assassin a même laissé une fausse lettre.

La colère jaillit dans la poitrine de Bree.

— Et maintenant ? demanda Matt. Tu veux réinterroger Owen Thorpe tout de suite, ou attendre que nous ayons plus d'informations ?

— Il nous faut un mandat de perquisition pour leur maison.

Bree pinça les lèvres. Elle s'était portée volontaire pour donner à Owen les nouvelles du médecin légiste concernant la mort de sa femme.

— Je vais demander à Todd de remplir la paperasse. Allons voir sa sœur et vérifions l'alibi d'Owen en attendant.

Bree ne voulait pas lui donner le temps de se préparer. Non que ça ait de l'importance. Si Owen avait tué sa femme, il avait déjà eu plusieurs jours pour se débarrasser des preuves.

Matt hocha la tête.

— Bien vu. On ne lui laisse pas le temps de consolider son alibi.

— Exactement.

Bree téléphona à son adjoint en chef et le mit au courant des résultats de l'autopsie.

— Demandez un mandat pour la résidence des Thorpe. Nous devons aussi vérifier les antécédents de Holly et Owen Thorpe et Shannon Phelps. Et il nous faudra des mandats pour obtenir les relevés financiers de Holly Thorpe, Owen Thorpe et Shannon Phelps. Mais d'abord, appelez l'employeur de Holly Thorpe, Beckett Construction, et voyez si elle était au travail vendredi. Si on peut retracer ses allées et venues, ça nous aidera à déterminer l'heure de sa mort.

— Je m'en occupe.

Todd raccrocha. Il n'avait pas beaucoup d'expérience en matière d'enquête lorsque Bree avait repris le département. L'ancien shérif – corrompu – avait préféré garder ses enquêtes pour lui. Mais Todd apprenait vite.

— Tu veux emmener Owen au poste pour qu'il mijote un peu pendant qu'on fouille chez lui ? demanda Matt.

— Non. Je ne veux pas lui faire peur, il risque d'appeler tout de suite son avocat. On va d'abord lui parler, puis on fera jouer le mandat.

Bree et Matt laissèrent sa Suburban devant le poste du shérif, puis montèrent dans le SUV de Bree.

Matt utilisa l'ordinateur du tableau de bord pour récupérer l'adresse de Shannon Phelps.

— La sœur de Holly habite sur la route rurale 29.

Il entra l'adresse dans le GPS.

Bree se dirigea vers la campagne.

Un quart d'heure plus tard, ils arrivèrent devant un lotissement de belles maisons de construction récente. Shannon vivait dans une maison grise à deux étages, de style fermette, avec une véranda et des pots de fleurs suspendus.

— Jolie maison.

— Bien plus luxueuse que celle de Holly et Owen, dit Matt.

Le téléphone de Bree sonna. Elle jeta un coup d'œil à l'écran. Todd.

— Vous êtes sur haut-parleur, Todd. Matt est avec moi. Qu'avez-vous trouvé ?

La voix de Todd résonna dans le SUV.

— J'ai parlé à la secrétaire de Beckett Construction. Holly Thorpe a travaillé toute la journée de vendredi. Elle est partie à dix-sept heures. Paul Beckett, le propriétaire, n'était pas disponible.

— Vous avez son numéro ? demanda Bree.

— Je vous l'envoie par SMS, répondit Todd. Je travaille actuellement sur la demande de mandat de perquisition. Je vais la soumettre par voie électronique. On devrait avoir la réponse rapidement.

Bree coupa le moteur.

— Si Holly était au travail vendredi, ça réduit le créneau pour l'heure de décès de dix-sept heures vendredi soir à midi samedi. Merci, Todd. Je serai de retour au bureau dans quelques heures.

Elle raccrocha. Le message de Todd arriva avec le numéro de téléphone de Paul Beckett. Bree l'appela, mais tomba sur sa messagerie vocale. Après avoir laissé un message lui demandant de la rappeler, elle sortit du SUV et rejoignit Matt dans l'allée. Ils montèrent les marches de la véranda et Bree frappa à la porte rouge foncé. À l'intérieur, un petit chien se mit à japper.

Des pas se firent entendre. La porte s'ouvrit, révélant une petite femme avec des boucles blondes tombant jusqu'au menton. Elle tenait un petit chien au poil également bouclé dans les bras. L'animal avait la mâchoire inférieure très prononcée et ses dents dépassaient comme celles d'un piranha.

— Puis-je vous aider ? dit-elle en reniflant.

La ressemblance entre les deux sœurs était frappante. D'après la photo du permis de conduire de Holly, Shannon pesait cinq ou six kilos de plus. Cela adoucissait son visage, celui de Holly étant plus maigre et plus dur. Shannon s'essuya les yeux avec un mouchoir froissé. Ses yeux étaient cerclés de rouge et exprimaient une profonde souffrance. Elle avait le visage enflé à force de pleurer.

— Êtes-vous Shannon Phelps ? demanda Bree.

Le regard de la femme passa de Bree à Matt, s'attardant une seconde de plus sur ce dernier. Bree ne pouvait pas lui en vouloir. Elle les présenta tous les deux.

Les yeux de Shannon s'écarquillèrent lorsqu'elle parut remarquer l'uniforme de Bree.

— Oh, mon Dieu. Vous êtes ici pour Holly.

Elle grimaça et de nouvelles larmes se mirent à couler sur ses joues.

— Pouvons-nous entrer ? demanda Bree.

Shannon hocha la tête, le visage crispé, comme si elle était incapable de parler. Elle se retourna et leur fit signe de la suivre. Ils empruntèrent un couloir revêtu de parquet jusqu'à une cuisine lumineuse et moderne décorée dans des tons gris et blancs. Shannon posa le chien sur le sol et se tint au milieu de la cuisine, comme si elle ne savait pas quoi faire. Sur l'îlot central, la ficelle d'un sachet de thé dépassait d'une tasse vide.

— Nous vous présentons toutes nos condoléances, dit Bree.

Shannon répondit par un hochement de tête saccadé.

— Nous aimerions vous poser quelques questions, poursuivit Bree.

Le chien de Shannon grogna, ses yeux noirs et luisants fixés sur Bree.

Même si la peur des chiens de Bree était profonde, celui-ci ne devait pas dépasser les trois kilos. Elle l'ignora et regarda Shannon.

— Je suis désolée.

Shannon s'assit sur un tabouret.

— Il n'aime pas les inconnus, mais il ne mord pas.

Le chien se détourna et avança vers Matt d'une démarche raide. Il le renifla. Puis, pour une raison mystérieuse, il sembla se détendre. Sa queue bouffante frémit, comme si elle s'apprêtait à remuer.

Matt s'accroupit et tendit la main.

— Qui est un bon chien-chien ?

Comme d'habitude, il n'avait aucun complexe à employer une voix suraiguë de bébé. Et comme d'habitude, le chien fut séduit et s'approcha pour se faire caresser.

— Wouah. En général, il n'est pas si facile à amadouer.

Shannon regarda Matt d'un air admiratif.

— Il sent que j'aime les chiens.

Matt gratta le petit chien derrière les oreilles. Puis il se redressa.

Bree désigna le tabouret au bout de l'îlot, en face de Shannon. Il hocha la tête, comprenant qu'elle voulait qu'il prenne l'initiative de l'entretien. Matt avait clairement établi un lien avec Shannon par le biais du chien. Elle serait plus susceptible de s'ouvrir à lui.

Bree balaya la pièce du regard. Son regard s'arrêta sur une rangée de photos encadrées sur une étagère. La plupart étaient des photos du chien, mais le regard de Bree s'arrêta sur une photo de Shannon et Holly, petites filles. Elles devaient avoir environ huit et dix ans. Elles se tenaient épaule contre épaule, se ressemblant comme deux gouttes d'eau, tenant des balles de softball et des battes posées sur l'épaule.

Shannon prit sa tasse entre ses mains et dit à Matt :

— Je n'ai pas voulu croire ce que me disait Owen, quand il m'a appelée hier soir. Il a dit que Holly s'était suicidée, qu'elle avait sauté du pont.

— Est-ce que Holly était déprimée ? demanda Matt. Avez-vous des raisons de penser qu'elle s'est suicidée ?

— Nous sommes toutes les deux affectées par la situation de notre mère. Elle a un cancer. Stade quatre. Et puis…

La voix de Shannon trembla et elle se tut pour reprendre ses esprits. Elle posa une main sur sa poitrine.

— C'est à cet endroit que notre père est mort.

Bree sursauta, tous les sens en éveil. Il ne pouvait pas s'agir d'une coïncidence.

— Quand est-ce arrivé ? demanda Matt.

Shannon hocha la tête et sa voix s'adoucit.

— C'était un accident de voiture. Holly et moi étions au lycée. Je me souviens encore du policier qui est venu chez nous l'annoncer à ma mère. Sa voiture a dévalé la pente jusqu'au début de la glissière de sécurité. Maman n'a plus jamais été la même après ça.

— Je suis désolé qu'une telle chose vous soit arrivée, dit Matt.

— Merci.

Shannon cligna des yeux en le regardant à travers ses larmes.

— Je vous présente à nouveau mes condoléances, dit Bree en maudissant silencieusement l'adjoint Oscar pour avoir dit à Owen que sa femme s'était suicidée.

Owen avait transmis cette fausse information à Shannon, et maintenant Bree devait la corriger.

— J'ai quelque chose à vous annoncer. La mort de votre sœur n'était pas un suicide.

Shannon ouvrit de grands yeux, sous le choc.

— Que voulez-vous dire ? répondit-elle d'une voix tremblante.

Bree savait qu'il n'y avait aucun moyen d'adoucir le choc.

— Elle a été assassinée.

Shannon se figea.

— Quoi ? Comment ça ?

— Nous sommes en train d'établir la chronologie des faits, dit Bree. Nous espérons que vous pourrez nous aider.

— Mais Owen a dit...

Shannon semblait confuse.

Bree hocha la tête.

— Ça semblait être un suicide hier soir, mais le médecin légiste a établi la cause du décès cet après-midi.

— Je n'arrive pas à y croire.

Shannon se rongea l'ongle du pouce, en réfléchissant intensément.

Bree poursuivit :

— Owen a dit qu'il pensait que Holly était venue vous voir pendant le week-end.

Shannon fit la grimace.

— Elle venait généralement ici quand ils se disputaient. Je lui disais toujours de ne pas retourner avec lui, mais elle ne voulait pas m'écouter.

— Pourquoi le faisait-elle ? demanda Bree.

— Elle disait qu'elle l'aimait.

Shannon soupira.

— Ils ont – avaient – une relation compliquée. Ils étaient soit très amoureux, soit fâchés. Il n'y avait pas d'autre possibilité pour eux.

Elle détourna le regard.

— La nuit dernière, j'étais tellement choquée que je n'avais pas les idées claires, mais toute la journée, j'ai eu l'impression que quelque chose n'était pas net. Maintenant, la voix d'Owen continue de me tourner dans la tête. Il était trop calme, hier soir.

Bree lui laissa quelques secondes pour développer son propos, mais elle n'en fit rien.

— Que pensez-vous que ça signifie ?

Shannon leva les yeux. De la colère luisait à travers ses larmes.

— C'est peut-être lui qui l'a tuée.

— Vous avez des raisons de le penser ? demanda Bree.

Shannon haussa une épaule.

— Pas exprès, mais peut-être par accident. Quand ils se disputaient, c'était violent. Ce n'étaient pas des discussions raisonnables. Il leur arrivait d'en venir aux mains.

Elle plissa les yeux.

— Et une fois, j'ai entendu Owen dire qu'il ne la laisserait jamais le quitter. Je ne dis pas que c'est un assassin ou quoi que ce soit, juste qu'il a mauvais caractère. Cela dit, Holly aussi.

Matt s'appuya sur ses coudes.

— Owen a-t-il déjà été violent envers votre sœur ?

Shannon pinça les lèvres et prit un air pensif.

— Je ne sais pas, mais ça ne m'aurait pas surprise, surtout que…

Elle s'interrompit brusquement.

— Surtout que quoi ? demanda Bree.

— Rien.

Shannon baissa les yeux.

Que cachait-elle donc ?

— Vous n'êtes au courant d'aucun incident spécifique ? demanda Bree. Votre sœur ne vous a jamais dit qu'il l'avait frappée ?

— Non.

Shannon secoua la tête.

Frustrée, Bree changea de tactique.

— Quand avez-vous parlé à Holly pour la dernière fois ?

— Elle est venue ici jeudi soir, répondit Shannon.

— De quoi avez-vous parlé ? demanda Bree.

— Nous nous sommes disputées au sujet de maman.

Shannon ferma les yeux.

— Était-elle particulièrement bouleversée ?

Bree changea de position sur le tabouret.

Le chien grogna dans sa direction et Shannon lui caressa les oreilles.

— On est toutes les deux bouleversées à chaque fois qu'on parle de maman.

— Qui a eu le dernier mot ? demanda Matt.

— Personne. Il n'y a pas de solution. Holly est partie en colère contre moi. Elle veut envoyer maman dans un centre de soins palliatifs, et pas moi.

Le visage de Shannon s'empourpra.

— Maman n'est pas prête à mourir.

Malgré son ton catégorique, elle n'avait pas l'air convaincue.

— Que souhaite votre mère ? demanda Bree.

— Maman se bat de son mieux. Poursuivre son traitement pourrait lui donner encore six mois. Peut-être plus.

Shannon n'avait pas vraiment répondu à la question.

— Elle a besoin d'une infirmière à domicile. Elle a utilisé tous les jours alloués par son assurance. En plus, il y a des frais, des équipements et des médicaments qui ne sont pas couverts. Holly et moi partagions les factures. Le mois dernier, le total était d'un peu plus de cinq mille dollars.

— Et Holly en a payé la moitié ?

Bree se souvenait que, selon Owen, ils avaient payé mille dollars.

— Oui, mais ça ne l'empêchait pas de s'en plaindre continuellement.

Shannon frappa sur le comptoir du plat de la main. Le bruit soudain fit sursauter son chien.

— Pardon, Chicken.

Elle embrassa le chien sur le crâne et le posa sur le sol. L'animal courut jusqu'à un petit panier situé dans le coin de la pièce. Il s'y installa, puis posa la tête sur le rebord et fixa Bree comme s'il planifiait son assassinat.

Shannon poursuivit.

— Cette dispute, c'était entièrement de la faute d'Owen. J'en suis sûre. Il se plaignait tout le temps de ces dépenses, comme si l'argent était plus important que la vie de notre mère. Mais je suppose qu'il est content, maintenant. Il n'a plus à se préoccuper des factures. Il va s'en laver les mains, maintenant que Holly n'est plus là.

Shannon soupira, avec une expression pleine d'amertume.

— Où étiez-vous, vendredi soir ?

Bree jeta un coup d'œil circulaire. La grande maison de Shannon était bien plus luxueuse que l'appartement de Holly et Owen. Le regard de Bree revint à Shannon.

— J'étais ici, j'ai travaillé tard.

Shannon se leva et remplit sa tasse d'eau au robinet.

— J'ai l'habitude de rendre visite à ma mère le soir, mais j'ai attrapé un rhume. Je ne l'ai pas vue depuis quelques jours. Son système immunitaire est affaibli. Je ne peux pas risquer de lui transmettre mes microbes. Même un petit rhume pourrait la tuer.

D'habitude, si je ne peux pas y aller, c'est Holly qui le fait. Ça va être vraiment difficile de m'occuper de maman toute seule.

— Que faites-vous, dans la vie ? demanda Bree.

Shannon mit sa tasse dans le micro-ondes et appuya sur un bouton.

— Je gère des campagnes de marketing en ligne. Du thé ? demanda-t-elle machinalement.

— Non, merci.

Matt secoua la tête.

— Pouvez-vous prouver que vous travailliez vendredi soir ?

— Je ne sais pas.

Shannon fronça les sourcils. Elle regarda un instant le plafond.

— J'ai fait un signe à mon voisin en rentrant mon courrier et ma poubelle vers dix-huit heures, et j'ai fait de la paperasse presque toute la soirée. J'ai échangé des messages avec un client.

Elle pinça les lèvres.

— J'ai un système d'alarme qui garde trace du moment où je l'allume et l'éteins.

— Quel voisin ?

Bree ouvrit une note sur son téléphone.

— Celui d'en face.

Shannon indiqua la direction du doigt. Elle soupira.

— Franchement, je ne sors pas beaucoup. Je n'ai pas beaucoup d'amis. Je préfère être seule.

Bree nota l'emplacement de la maison du voisin.

— Vous travaillez pour une entreprise ?

— Non.

Le micro-ondes bipa et Shannon en sortit sa tasse.

— Je suis à mon compte. J'ai un bureau chez moi.

— J'aurai besoin des coordonnées du client, déclara Bree.

Shannon eut l'air inquiète.

— Je préférerais ne pas impliquer mon client. Je ne peux pas me permettre de perdre des affaires en ce moment. Comme Holly n'est plus là, je vais devoir payer toutes les factures de maman, à présent.

— Merci.

Bree laissa tomber pour l'instant. Si elle découvrait des informations qui impliquaient Shannon, elle reviendrait à la charge pour le client. Avant ça, elle ne pouvait pas forcer celle-ci à obéir.

Matt regarda autour de lui.

— Vous avez une belle maison. Vos affaires doivent bien marcher.

— Je me débrouille.

Shannon trempa un sachet de thé dans sa tasse.

— Mais ce qui est tout aussi important, c'est que je suis douée pour gérer mes finances. J'économise. J'investis. Je suis économe.

Elle leva le menton d'un air têtu.

— Vous insinuez que j'ai plus d'argent que ma sœur et que j'aurais dû payer plus qu'elle pour les soins de maman.

Bree ne dit rien, mais c'était exactement ce qu'elle pensait. Elle laissa le silence se prolonger pendant quelques secondes, sachant que Shannon voudrait probablement y mettre fin.

Celle-ci soupira bruyamment.

— Pourquoi devrais-je payer davantage, alors que ma sœur et son mari dépensent tout leur argent ? Ils ont deux salaires et n'arrivent pas à économiser un centime.

Elle sirota son thé, les traits crispés.

— En décembre, ils ont fait une croisière. Six mois plus tôt, ils étaient partis à Vegas. Puis ils se sont disputés à cause de l'argent qu'Owen a perdu en jouant au Black-jack. Holly a dormi dans ma chambre d'amis pendant trois jours après ça.

Elle posa sa tasse.

— Toute notre vie, j'ai été la plus raisonnable. En récompense, j'ai dû assumer plus de responsabilités. Ce n'est pas juste.

— Non, reconnut Bree. Vous lui en vouliez beaucoup ?

Shannon ne répondit pas, mais ses yeux brillèrent.

D'orgueil ?

Matt intervint :

— Si ma sœur dépensait tout son argent pour s'amuser, puis voulait interrompre les soins infirmiers de ma mère, je serais furieux.

Le regard amer de Shannon ne disait pas le contraire.

— Votre dispute était grave ? demanda Bree.

— Toutes les sœurs se disputent, relativisa Shannon d'un ton pourtant sombre. Surtout dans ces circonstances.

Elle frissonna.

— Mais il n'y a aucun moyen d'effacer ce que je lui ai dit quand j'étais en colère. Elle n'est plus là et je dois vivre avec le fait que la dernière chose qu'elle a entendue de moi était à quel point je pensais qu'elle était égoïste, cruelle et irresponsable.

— Veuillez m'appeler si vous vous souvenez de quoi que ce soit d'autre qui pourrait être utile à notre enquête.

Bree laissa une carte de visite sur la table. Le chien se remit à aboyer férocement tandis qu'elle et Matt se dirigeaient vers la porte d'entrée. Shannon les regarda partir depuis sa fenêtre, le visage fermé en un masque de douleur pensive.

Ils traversèrent la rue et frappèrent à la porte. La voisine répondit et confirma que, lorsqu'elle était rentrée du travail vendredi soir vers dix-huit heures, elle avait vu Shannon dehors. Bree et Matt retournèrent à leur véhicule.

Matt grimpa sur le siège passager et ferma sa portière.

— Owen tient de plus en plus la tête de la liste de suspects.

— La plupart des femmes assassinées sont tuées par leur compagnon.

Bree démarra, fit demi-tour et s'éloigna.

— Mais Shannon aussi avait un mobile. Holly voulait laisser mourir leur mère. Je ne peux pas imaginer de sujet plus émotionnel pour une dispute.

— Donc, c'était un crime passionnel ?

Bree tapota du pouce sur le volant.

— Le traumatisme par objet contondant peut être passionnel. La strangulation est un acte passionnel. Même une attaque au pistolet ou au couteau peut être alimentée par des émotions. Mais un étouffement sanguin semble plus…

— Calculateur ?

— En effet, répondit Bree. Même mal exécuté, un étranglement sanguin demande des connaissances et de la technique. Si le médecin légiste ne se trompe pas, alors le tueur était derrière elle, le bras autour de sa gorge. Une vraie confrontation aurait donné lieu à un face-à-face. Là, c'est plus sournois.

— Le Dr Jones a dit que la technique n'était pas très bonne, dit Matt. Mais je me demande si notre tueur a étudié les arts martiaux.

— C'est une possibilité.

— Financièrement, Shannon est désavantagée par la mort de sa sœur, souligna Matt.

— En effet.

Bree accéléra.

— Mais j'avais aussi le sentiment qu'elle cachait quelque chose.

— J'ai eu la même impression. Quelque chose qui concernait les disputes entre Owen et Holly.

Bree vérifia son téléphone.

— Le mandat de perquisition pour la résidence de Holly est arrivé.

— Allons voir Owen, dit Matt. Je trouve intéressant qu'il n'ait jamais mentionné que le père de Holly était mort sur le même pont.

— Moi aussi.

Bree appela Todd et lui demanda d'envoyer un adjoint à l'adresse d'Owen avec une copie du mandat de perquisition dans une trentaine de minutes.

— On s'arrêtera au bar en chemin. Je veux savoir à quel point son alibi est solide avant de l'interroger à nouveau.

Bree se dirigea vers le Grey Fox, le bar situé à quelques pâtés de maisons de l'appartement de Holly et Owen. C'était un tripot pourri, à l'intérieur comme à l'extérieur. Quelques hommes étaient alignés au comptoir, sirotant des bières et regardant du sport sur trois téléviseurs fixés au plafond. Le barman avait une trentaine d'années, il était maigre et devait mesurer un mètre soixante-quinze. Un crâne tatoué sur son cuir chevelu transparaissait à travers des cheveux noirs tondus de près. Il essuyait un verre à vin avec un chiffon visiblement sale. Bree raya le Grey Fox de sa liste de sorties possibles.

Le barman remarqua l'uniforme de Bree et se figea.

Elle se dirigea vers le comptoir.

— Je cherche Billy.

— Je suis Billy.

Mais il avait l'air de le regretter profondément.

Bree les présenta, elle et Matt.

— Quel est votre nom complet ?

— Billy Zinke.

Il reprit l'essuyage du verre.

— Nous aimerions vous poser quelques questions sur Owen Thorpe, dit Bree.

Billy lui lança un regard méfiant.

— Qu'est-ce que vous voulez savoir ?

Bree posa les avant-bras sur le bar.

— Quand l'avez-vous vu pour la dernière fois ?

— Il était ici presque tout le week-end.

Billy glissa la tige du verre sec dans un râtelier et en prit un autre.

— Il est arrivé vendredi soir, furieux contre sa femme. Rien de nouveau là-dedans.

— À quelle heure est-il parti vendredi soir ? demanda Matt.

Billy renifla.

— Il n'est pas parti. J'ai dû le décoller de son tabouret à la fermeture et le ramener à la maison avec moi. Si je l'avais laissé marcher, il aurait fini dans un fossé quelque part. Le mec était bourré.

— À quelle heure est la fermeture ? demanda Bree.

— Quatre heures.

Billy jeta le chiffon par-dessus son épaule.

— Pourquoi l'avez-vous emmené chez vous ? demanda Bree.

— Parce qu'il était tellement ivre, j'avais peur qu'il tombe et se casse quelque chose, le crâne, par exemple.

Billy croisa les bras sur sa poitrine.

— Owen est un habitué depuis des années. Croyez-le ou non, cet endroit n'est pas toujours plein. Il y a souvent des nuits où c'est juste moi et quelques clients qui regardent le match.

Il hocha la tête en direction de la télévision.

— J'ai passé pas mal de temps avec Owen.

— À quelle heure est-il parti de chez vous samedi ? demanda Bree.

Billy secoua la tête.

— Je ne me souviens pas exactement, mais aucun de nous ne s'est réveillé avant midi.

Bree leva les yeux vers une caméra de surveillance montée au-dessus du bar.

— Avez-vous des enregistrements vidéo pour étayer cette chronologie ?

Billy suivit son regard.

— Nous avons des caméras de sécurité sur les portes avant et arrière. C'est tout.

— Et celle-là ?

Elle indiqua d'un hochement de tête celle qui se trouvait dans le coin.

Billy baissa la voix.

— Elle ne marche plus depuis des années.

— Vous avez un colocataire ?

Bree aurait aimé avoir une confirmation supplémentaire de l'alibi d'Owen.

— Non.

Billy secoua la tête.

— Je vis seul.

— Je voudrais les images des portes, alors, s'il vous plaît, dit Bree. J'ai également besoin que vous veniez au poste pour signer une déclaration.

— OK.

Billy s'éclipsa. Il revint quelques minutes plus tard avec une clé USB.

— Tenez.

— Merci.

Bree prit la clé USB.

Si Owen avait un alibi, alors son travail devenait plus difficile. Qui d'autre aurait voulu assassiner sa femme ?

Chapitre Huit

Protégeant ses yeux du soleil de l'après-midi, Cady poussa le diable à travers le parking et entra dans le magasin pour animaux de compagnie. Elle avait passé la matinée à quatre pattes, essayant d'attirer un pitbull et ses trois chiots hors des combles d'une maison abandonnée. Ses baskets étaient couvertes de boue. Son T-shirt *N'achetez pas, adoptez* était taché de sueur et son jean de traînées de boue – du moins, elle espérait que c'était de la boue. Elle avait désespérément besoin d'une douche, mais aussi de quelques kilos de nourriture pour chiens.

— Salut Cady ! l'apostropha Russell depuis la caisse, tout en scannant une laisse achetée par une dame âgée.

Un bouledogue français noir était assis dans son caddie. D'après ses yeux troubles et son museau blanc, Cady supposa que le chien était aussi une personne âgée.

— Salut, Russell.

Cady lui fit signe de la main tout en se dirigeant vers une grande boîte en carton à l'avant du magasin.

Russell remit sa monnaie à la vieille femme et ferma la caisse.

— La boîte est pleine, cette semaine.

— C'est génial. On apprécie vraiment tous ces dons.

Cady fit rouler son diable jusqu'au coin du magasin. À l'intérieur du carton, elle trouva de vieilles serviettes, des jouets et de la nourriture pour chiens.

— Bonne récolte.

— Laisse-moi t'aider, se précipita Russell.

Avec son aide, Cady manœuvra le diable sous le bord du carton et le fit basculer vers l'arrière. Puis elle le fit rouler vers la porte, que Russell tenait ouverte. Après avoir chargé le butin de la semaine à l'arrière de sa camionnette, elle dressa un rapide inventaire mental. Elle avait besoin de croquettes supplémentaires et de quelques os à mâcher. Elle mit le diable dans la camionnette et retourna dans le magasin.

Prenant un chariot, elle se dépêcha de rejoindre le rayon des aliments pour chiens. Elle prit un sac de quinze kilos pour ses quatre chiens. Puis elle choisit des sacs supplémentaires pour les chiens de Furever Friends qui étaient en pension dans le chenil de Matt. Cady déposa aussi une caisse de boîtes de conserve dans le chariot. Le chariot plein était lourd et elle devait se pencher pour le déplacer, alors elle le laissa au bout de la rangée pour prendre des friandises et des produits à mâcher. Elle contourna le bout de l'allée et se heurta à un homme de grande corpulence.

Elle tituba en arrière.

— Excusez-moi.

Retrouvant son équilibre, elle leva les yeux.

Merde.

Greg.

Son ex-mari la regardait fixement.

— Cady.

Il était pâle et ses joues plus creuses que d'habitude, mais il restait le plus bel homme qu'elle ait jamais vu. Ses cheveux étaient noir de jais et ondulés, et ses yeux étaient plus bleus qu'un ciel d'hiver. Il portait un T-shirt noir et un jean qui montraient les nombreuses heures qu'il passait à la salle de sport. Elle savait que ses abdominaux étaient aussi sculptés que ses pommettes. Il avait été mannequin pour des sous-vêtements, entre autres choses. Le gars était bâti comme une statue grecque.

Bien sûr qu'elle allait le rencontrer aujourd'hui, alors qu'il ressemblait à ça, et qu'elle ressemblait à… Pourquoi n'avait-elle pas pu le croiser la semaine dernière, alors qu'elle avait eu une bonne journée capillaire ? Mais, tout le temps qu'ils avaient été ensemble, elle ne s'était pas sentie à la hauteur.

Son apparence était la raison pour laquelle elle s'était entichée de lui, mais elle avait compris la leçon. Elle avait payé le prix fort pour avoir été superficielle, et ne se laisserait plus jamais séduire par un joli visage. La beauté de Greg cachait une vilaine personnalité.

Les souvenirs lui revinrent et ses yeux s'embuèrent. Ses larmes n'avaient rien à voir avec Greg.

Il toussa fort, d'un son aussi profond et dur que l'aboiement d'un phoque.

Bien qu'elle ne l'ait pas vu depuis six ans et qu'il ait semblé malade, elle ne s'enquit pas de sa santé. Au lieu de cela, elle se souvint des tourments qu'il lui avait fait subir, et elle se tourna pour s'éloigner de lui.

Il déplaça le sac de nourriture pour chien qu'il tenait sous son bras.

— Tu n'es pas obligée de t'enfuir.

— Je ne m'enfuis pas, mais je n'ai rien à te dire.

Elle attrapa son chariot et le fit pivoter vers l'avant du magasin. Le poids la renversa presque et elle percuta un présentoir en carton de biscuits pour chiens. Des boîtes tombèrent sur le sol.

Et merde.

De nouvelles larmes lui montèrent aux yeux en se rappelant tout : la douleur des contractions trop précoces, le bébé de la taille d'une poupée dans une couverture d'hôpital, son départ de l'hôpital les bras vides. Elle porterait toujours ce vide douloureux dans son cœur.

Maintenant, elle pleurait dans une animalerie.

Devant Greg.

Derrière elle, elle entendit Greg marmonner dans sa barbe :

— Connasse.

Plus fort, il dit :

— Tu es toujours aussi cinglée. Je suis content qu'on ait rompu.

La colère s'accumula dans son ventre comme une boule de feu. Greg n'avait pas le moindre soupçon d'empathie. Il ne pensait qu'à lui.

Elle se retourna pour lui faire face.

— Tu es vraiment un con.

Il rougit et se rapprocha.

— Ne me parle pas comme ça.

— Sinon quoi ?

Il la fusilla du regard, mais ne répondit pas.

Six ans plus tôt, Greg avait réussi à l'intimider. Pas physiquement – elle n'avait jamais eu peur de lui. Mais sur le plan psychologique. Il l'avait tourmentée en jouant sur son sentiment de culpabilité. Elle était fragile émotionnellement et physiquement, à l'époque. Mais ce n'était plus le cas, désormais. Elle se redressa et leva le menton. Elle et Greg faisaient la même taille. Elle n'arrivait pas à croire qu'autrefois, elle ne portait que des chaussures plates pour protéger son ego fragile. Elle avait été stupide de l'épouser simplement parce que leur courte relation avait abouti à une grossesse surprise. Mais, enfouie profondément sous son chagrin se trouvait la joie qui l'avait traversée lorsqu'elle avait lu le test à la maison. Elle s'était sentie complètement différente. Au début, il semblait qu'il avait changé aussi.

Mais ce n'était pas vraiment le cas.

Elle fit un pas de plus et pointa le doigt vers son visage.

— Ne t'approche pas de moi, Greg. Je ne suis plus en deuil de mon enfant, cette fois-ci.

— Tu ne veux pas dire *notre enfant*, celui que tu as tué par négligence ?

Les mots de Greg la transpercèrent.

Elle savait qu'elle n'avait rien à se reprocher, mais la culpabilité lui transperça quand même le cœur. Elle était enceinte de cinq mois et sa grossesse se passait très bien. Le médecin lui avait dit qu'elle pouvait continuer à faire les exercices qui lui convenaient jusqu'au dernier trimestre. Elle faisait de l'aviron depuis le lycée, mais Greg avait voulu qu'elle arrête. Le fait qu'elle soit plus rapide que lui l'avait toujours mis mal à l'aise. Elle était sur la rivière quand la fausse couche avait commencé. Elle porterait ce moment – et le cauchemar qui avait suivi – pour le restant de ses jours comme une cicatrice sur son âme.

Plus tard, ils avaient appris que le bébé avait une anomalie cardiaque, qu'il était mort avant même qu'elle ne sorte sur l'eau ce jour-là, et que même s'il était né, il n'aurait pas pu survivre. Mais juste après sa mort, elle n'en savait rien. Elle s'en était voulu.

Et Greg aussi lui avait donné tort.

Au lieu de la soutenir au pire moment de sa vie, il avait tout aggravé.

Mais elle ne discuterait pas de la cause du décès de son fils avec Greg. Elle ne lui devait rien.

— Laisse-moi tranquille.

Cady lui tourna le dos et poussa son chariot vers la caisse. Elle ne le laisserait pas la chasser du magasin. Elle n'accepterait pas son comportement, cette fois-ci.

— Bien sûr, l'interpella Greg dans son dos. Enfuis-toi. C'est ce que tu fais de mieux.

Elle serra la main autour de la poignée du chariot. De l'autre, elle lui fit un doigt d'honneur par-dessus son épaule.

Russell apparut au bout de l'allée. Il regarda Cady et Greg tour à tour et revint à Cady.

— Tout va bien ?

Cady se força à faire un petit sourire. Les muscles de son visage étaient figés. Elle avait l'impression qu'ils allaient se briser.

— Oui, oui. Désolée pour le désordre.

Russell leva la main.

— Ne t'inquiète pas pour ça.

Il fronça les sourcils en regardant Greg, qui se tenait toujours au même endroit, le visage figé dans une grimace de colère.

Cady passa à la caisse et poussa son chariot jusqu'à la camionnette. De l'autre côté du parking, elle vit Greg monter dans un petit SUV gris foncé et s'éloigner. En le maudissant, elle jeta les lourds sacs dans la zone de chargement. Le travail physique dissipa une partie de sa colère.

Puis elle s'installa au volant et fondit en larmes.

Chapitre Neuf

Mardi après-midi, Matt se tenait sur le perron de l'appartement des Thorpe. Il se tenait à bonne distance d'Owen et de ses vapeurs d'alcool. Le whisky semblait lui sortir par les pores, comme s'il avait mariné dans une barrique. Si quelqu'un grattait une allumette à moins d'un mètre de lui, il risquerait de flamber comme une torche.

— Quoi ? demanda Owen en vacillant.

— Nous avons des nouvelles au sujet de la mort de votre femme, dit Bree.

Owen la regarda, impassible.

— OK.

Avec un geste désinvolte, il fit demi-tour et s'éloigna en titubant. Il ne s'était clairement pas douché récemment.

Matt et Bree le suivirent jusqu'à la cuisine. En plus de celle de transpiration, Matt perçut aussitôt une odeur de vomi. Quelqu'un – vraisemblablement Owen – avait été malade. Une bouteille de whisky presque vide était posée sur le comptoir. Une deuxième bouteille était prête à prendre sa suite. Sur la table, un verre contenait un fond de liquide ambré. Owen cherchait-il à se suicider en plongeant dans un coma éthylique ?

— Votre frère ne devait pas venir, hier soir ? demanda Matt.

— Il est là.

Owen indiqua la cage d'escalier.

— Il cuve à l'étage.

C'est sans doute lui qui a vomi.

— À votre avis, qui m'a apporté tout ce whisky ? demanda Owen.

Ce qui n'était pas lui rendre service.

Owen s'assit et prit son verre d'un mouvement sûr et fluide, avec une assurance de buveur professionnel.

Bree s'assit de l'autre côté de la table. Matt resta debout derrière elle.

— Vous n'êtes pas allé travailler ?

Sa voix n'était pas accusatrice, juste curieuse.

— Je me suis fait porter malade.

Owen but une gorgée de whisky.

— Mon patron m'a autorisé à prendre le reste de la semaine. C'est la première fois qu'il fait un truc sympa. Faut croire que votre femme doit mourir avant que vous deveniez un être humain à part entière pour une banque.

Matt aurait voulu vider le reste du whisky d'Owen dans l'évier et le pousser sous une douche froide. Il était en train de se tuer lentement, mais qu'aurait fait Matt si l'amour de sa vie avait disparu ? Il jeta un coup d'œil à Bree. La façon dont ses pensées allaient automatiquement vers elle le déstabilisait. Ce n'était pas désagréable, juste étrange. Ses sentiments pour Bree étaient-ils plus profonds qu'il ne l'avait réalisé ?

Et alors, qu'est-ce que ça veut dire ?

Elle avait tout pour elle : intelligence, honneur, *sex appeal*, un grand sens de l'humour. Bon sang, c'était même une véritable héroïne. Oui, il était tout à fait d'accord pour que ça devienne sérieux entre eux. La seule ombre potentielle au tableau, c'était qu'elle ne ressentait peut-être pas la même chose. Mais la vie était pleine de risques, non ?

— Monsieur Thorpe… commença Bree.

— Owen, l'interrompit-il. Monsieur Thorpe, ça fait vieux.

Bree poursuivit en hochant la tête.

— Owen, le médecin légiste a établi la cause du décès de votre femme.

Owen se figea, le verre à la main.

— Holly a été assassinée, déclara Bree.

Il cligna des yeux plusieurs fois de suite, comme s'il ne comprenait pas la nouvelle.

— Quoi ?

— Votre femme ne s'est pas suicidée, expliqua Bree d'une voix patiente.

Le choc paralysa le visage d'Owen pendant quelques secondes.

— Je ne comprends pas.

Bree semblait avoir du mal à trouver les mots justes. Mais Owen était trop ivre pour s'arrêter à de telles subtilités. Seule la vérité simple et brutale pouvait percer le brouillard alcoolisé où il se trouvait.

— Quelqu'un a étranglé votre femme, dit Matt.

Ce qui était la manière directe dont Owen avait besoin. Il sursauta. Il porta la main à son cou, en pâlissant. Une série d'émotions se succédèrent sur ses traits, du chagrin à l'horreur en passant par la confusion. Il posa son verre sur la table.

— Qui a pu faire une chose pareille ?

— Nous espérions que vous pourriez avoir des informations qui nous aideraient à trouver celui qui lui a fait ça.

Bree se pencha en avant.

— Connaissez-vous quelqu'un qui était en colère contre votre femme ?

— Peut-être sa sœur.

Owen haussa une épaule.

— Elles se sont disputées jeudi soir. Mais je ne vois pas Shannon tuer Holly. Elles se disputent, mais elles sont sœurs.

— Holly vous a parlé de leur dispute ?

Bree prit son bloc-notes et griffonna quelques mots.

— Oui.

Avec un soupir, Owen prit son whisky et en but une gorgée.

— Elle est rentrée en pleurs.

Bree se redressa. Son nez se plissa, comme si elle essayait d'ignorer l'odeur déplaisante qui régnait dans la cuisine.

— Savez-vous pourquoi elles se sont disputées ?

— L'argent.

Owen termina son verre.

— Shannon veut nous saigner à blanc. Elle a des tonnes de fric, avec sa belle maison et sa grosse voiture. Mais elle demandait de l'argent à Holly pour les factures de leur mère.

— Selon Shannon, elle est juste plus douée pour économiser, dit Bree.

— Shannon est une garce.

Owen roula des yeux.

— C'est plus facile d'économiser quand on gagne plus.

— Vous avez fait une croisière il y a quelques mois, fit remarquer Matt.

— Et alors ? On avait payé ce voyage il y a longtemps, avant que la mère de Holly ne tombe malade. On ne pouvait probablement pas se le permettre, mais c'étaient nos premières vacances depuis notre lune de miel il y a cinq ans.

Il repoussa sa chaise et se leva.

— Shannon a raison. Holly n'était pas la meilleure pour faire des économies. Moi non plus. Mais on n'avait pas le droit de se faire un peu plaisir, aussi ?

Il s'approcha du comptoir et remplit son verre.

— Je suis content qu'on ait fait ce voyage. (Des larmes brillaient dans ses yeux lorsqu'il se retourna.) Au moins, j'aurai ces souvenirs.

— Et le voyage à Vegas ? demanda Matt.

— C'est Shannon qui vous en a parlé ?

Owen serra les dents et retourna s'asseoir.

— C'était un voyage d'affaires. Une conférence pour banquiers locaux. La banque a payé notre hôtel. On a juste dû payer le billet d'avion de Holly. Elle a pris une compagnie *low cost*. Ça nous a coûté moins de cent dollars.

Bree attendit qu'Owen soit bien installé.

— Avez-vous joué pendant que vous étiez là-bas ?

— Un peu, admit-il. J'ai perdu quelques centaines de dollars. Holly était furieuse. C'était stupide. On n'avait plus d'argent le deuxième jour. La banque ne couvrait que ma nourriture, alors on a fini par partager les repas pour la seconde moitié du voyage.

Il joua avec son verre.

— Écoutez, ce n'est pas parce que Shannon est heureuse de rester seule dans sa maison tout le temps que le reste du monde peut le supporter. Certains d'entre nous ont quand même besoin d'interactions sociales.

— Quand nous vous avons parlé hier soir, vous n'avez pas mentionné que le père de Holly était mort sur le même pont, fit remarquer Matt.

Owen haussa les épaules.

— J'ai oublié. Il est mort longtemps avant que je rencontre Holly.

— Et le travail de votre femme ? interrogea Bree en changeant de sujet. Est-ce qu'elle s'entendait bien avec son patron et ses collègues ?

— Pour la plupart, dit Owen. Elle ne parlait pas beaucoup de son patron, et le bureau est petit. À part Holly, il a une secrétaire et quelques employés à temps partiel.

Bree insista.

— Et Holly ne s'est jamais plainte de quelqu'un au travail ?

— Tout le monde se plaint de son boulot, dit Owen. Et personne ne s'entend tout le temps avec tous ses collègues. Mais je ne me souviens de rien de sérieux. La secrétaire est une vieille garce qui n'aimait pas Holly. Elle faisait toujours des commentaires désobligeants, mais il semble qu'elle traitait tout le monde de la même façon. Holly allait parfois boire un verre avec l'une des employées à temps partiel. Elles l'ont fait la semaine dernière, d'ailleurs. Elle s'appelle Deb.

— C'était quelle nuit ? demanda Bree.

— Mardi, dit Owen.

— Et son patron ? demanda Matt. Des tensions de ce côté-là ?

— Je ne pense pas. Paul n'est pas souvent au bureau. Il est très présent sur les chantiers. C'est là qu'il passe l'essentiel de son temps.

Owen porta le whisky à ses lèvres, puis le baissa avec un soupir.

— Je suppose que je ne peux pas rester ivre pour toujours.

— Vous avez déjà rencontré son patron ? insista Bree.

Owen hocha la tête.

— Quelques fois, quand j'ai dû passer au bureau pour une raison quelconque. Ce n'est pas le genre de type à organiser des fêtes de Noël au bureau ou quelque chose comme ça.

Bree se leva, apparemment satisfaite.

— Si vous pensez à autre chose que vous voudriez nous dire, s'il vous plaît, appelez-moi.

Elle posa une carte de visite sur la table.

— J'aurai besoin que vous mettiez par écrit ce que vous m'avez dit au sujet de votre dispute avec Holly, la dernière fois que vous l'avez vue, et où vous étiez entre vendredi, dix-sept heures, et samedi midi.

— Mais je viens de vous dire tout ça, protesta Owen.

— Je sais, dit Bree. Mais j'aimerais que ce soit avec vos propres mots pour mes archives officielles. Je ne voudrais pas me tromper dans les détails.

En outre, ils compareraient la déclaration écrite d'Owen avec ses réponses verbales pour y détecter d'éventuelles incohérences.

— OK. Je le ferai.

Owen se leva, jeta son whisky et remplit le verre au robinet.

— C'est toujours aussi irréel. Je m'attends encore à ce que Holly passe la porte.

Il regarda son verre d'eau.

— Je peux la voir ?

— Vous voulez dire voir son corps ?

Bree se redressa.

Owen hocha la tête.

Bree fronça les sourcils.

— Dès que les résultats des tests ADN seront arrivés, le médecin légiste libérera le corps de votre femme.

— Combien de temps ça va prendre ?

Owen tourna la tête vers Bree.

— Le médecin légiste dit qu'elle aura les résultats dans une semaine, dit-elle.

Il se passa la main sur le crâne.

— C'est si long que ça ?

— Vous devrez penser aux dispositions à prendre, ajouta Matt. Quand l'identification de Holly sera officielle, le médecin légiste vous appellera pour vous demander quel funérarium vous allez utiliser.

— Oh.

Owen se laissa de nouveau tomber sur sa chaise, comme si la réalité du choix d'une entreprise de pompes funèbres rendait la situation plus claire.

Un coup retentit à la porte. Owen traversa la pièce et ouvrit. Un adjoint se tenait sur le perron.

— Il est avec moi.

Bree décida de lâcher l'information tout de suite.

— Il a un mandat de perquisition. Nous devons fouiller votre maison.

— Quoi ? s'exclama Owen d'une voix incrédule.

— Votre femme a été assassinée, expliqua Bree. Nous devons fouiller sa résidence.

L'adjoint remit le mandat à Owen. Il le prit sans se soucier de le lire.

— Emmenez M. Thorpe dehors et attendez avec lui, dit Bree à l'adjoint.

Puis elle fit signe à Matt.

— Commençons par l'étage.

Owen jeta un regard noir à l'adjoint, mais sortit sans résistance.

Matt suivit Bree. Ils enfilèrent des gants tout en montant les marches. Bree sortit un petit appareil photo numérique de sa poche. Sur le côté gauche du palier se trouvaient une salle de bains et une petite chambre actuellement utilisée comme bureau et chambre d'amis. La chambre principale était sur la droite.

Ils entrèrent dans la chambre d'amis. Affalé sur le lit, un homme ronflait. Il sentait le vomi. Bree commença à tout photographier.

Matt tapa sur la jambe de l'individu.

— Eh, mon pote. Réveille-toi.

L'homme ouvrit les yeux en poussant un grognement.

— C'est quoi ce bordel ?

— Bureau du shérif, dit Matt. Vous allez devoir attendre dehors.

L'individu rota et se leva en titubant.

— Je l'accompagne.

Matt ne voulait pas qu'il fasse un plongeon dans les escaliers. Il conduisit l'ivrogne jusqu'à la porte et le laissa en compagnie d'Owen et de l'adjoint.

De retour dans la chambre d'amis, Matt se dirigea vers le placard, à côté duquel se trouvait une valise ouverte. Trois polos étaient suspendus dans la penderie.

Bree photographiait tous les détails de la pièce, son appareil crépitant de plus belle.

— On va prendre l'ordinateur portable et le courrier.

— Il n'y a pas grand-chose dans le placard.

Matt fit un signe du pouce.

— Probablement les affaires du frère bourré.

Il regarda sous le lit. Rien. Il se tourna vers le bureau, regardant par-dessus l'épaule de Bree. Elle ouvrait des tiroirs.

— Vieilles factures, déclarations de revenus, modes d'emploi d'appareils électroménagers.

Elle ferma le tiroir du bas.

— Passons à la chambre principale. En ouvrant l'œil au cas où il y aurait des ongles cassés.

Ils n'avaient aucune idée de l'endroit où Holly avait été tuée.

Au passage, Matt ouvrit la porte de la salle de bains et alluma. Il y avait une trousse de toilette ouverte sur la commode. Des éclaboussures de vomi sur le siège des toilettes. Et une odeur pestilentielle. En retenant son souffle, Matt ouvrit l'armoire à linge, qui était remplie de serviettes et de papier toilette.

— On dirait que c'est prévu pour les invités.

Il éteignit la lumière.

La chambre principale était spacieuse. Des dressings flanquaient un court couloir qui menait à la salle de bains privative.

Bree passa directement dans la salle de bains. Matt s'attaqua au premier dressing, qui était clairement celui d'Owen. Des jeans, des sweat-shirts et des pulls étaient empilés sur des étagères. Pantalons et chemises suspendus sur des cintres. Six paires de chaussures étaient alignées sous les vêtements. Matt fouilla dans les poches, les chaussures et entre les habits empilés. Des boîtes alignées sur l'étagère supérieure contenaient des vêtements hors saison. Matt souleva le couvercle de la dernière boîte. Des cartes de baseball.

Malheureusement, elles étaient tachées et endommagées et ne valaient probablement pas grand-chose.

Il émergea du dressing au moment où Bree sortait de la salle de bains.

— Tu as trouvé quelque chose ?

Elle souffla sur une mèche de cheveux qui lui tombait sur le visage.

— Non.

— Moi non plus.

Elle s'arrêta face à la porte du dressing de Holly.

— Wouah.

Matt jeta un coup d'œil. Contrairement à l'espace bien rangé d'Owen, celui de Holly ressemblait à un grand magasin qui aurait explosé. Il compta quarante sacs à main.

— Je vais commencer par la moitié supérieure.

Matt prit une boîte de rangement de chaussures en plastique et l'ouvrit. Des talons hauts argentés. Il en essaya une autre. Encore des talons, ceux-ci rouge vif.

— Combien de paires de chaussures une femme peut-elle porter ?

— Ne compte pas sur moi pour t'expliquer ça. Je déteste faire du shopping.

Bree s'accroupit pour ouvrir un grand sac de courses posé sur le sol. Elle en sortit un sac à main rouge et carré.

— Il y a encore l'étiquette.

Elle le mit de côté et sortit deux boîtes à chaussures. En sortant une autre paire, Bree siffla doucement.

— OK. Je dois l'admettre. Elles sont magnifiques.

Matt jeta un coup d'œil. Les chaussures étaient en daim bleu vif. Elles avaient un talon fin et une semelle rouge. Il pensait que Bree était superbe en uniforme ou portant simplement un jean et des bottes. C'était une femme simple. Mais il ne put s'empêcher d'imaginer ces talons hauts à ses pieds.

Pense à autre chose, Matt.

— Ce sont des Louboutin.

Bree les remit délicatement dans la boîte.

Matt avait déjà entendu ce nom quelque part.

— C'est cher, non ?

— Oui.

Bree plongea la main dans le sac et en sortit un ticket.

— Ces deux paires de chaussures et le sac ont coûté mille huit cents dollars.

— Sérieusement ? Quand les a-t-elle achetés ?

— La semaine dernière.

Bree s'assit sur ses talons.

— Elle a payé en liquide.

— Où Holly trouvait-elle tout cet argent ?

Bree prit des photos, puis rangea le sac sur le côté.

— On va les prendre avec nous.

— C'est ta taille ? plaisanta Matt.

Bree lui lança un regard impassible.

— Comme pièces à conviction.

Il lui fit un sourire et elle ne put s'empêcher de lui répondre. En riant, elle se mit à fouiller le reste des affaires de Holly, en ouvrant toutes les poches de ces innombrables sacs à main.

— Ce sont les seuls articles avec un ticket récent.

— Mais d'autres paires de chaussures semblent neuves.

Matt fit tourner une bottine dans sa main. La semelle était parfaitement propre et lisse.

— Mais on ne peut pas prouver qu'elle les a achetés sans avoir le ticket.

Bree se redressa.

Matt ouvrit son téléphone et prit une vidéo de tout le placard.

Ils terminèrent de fouiller le placard de Holly sans rien trouver d'autre de notable. Les tables de nuit contenaient des livres, mouchoirs, stylos et autres objets habituels. Ils vérifièrent sous le matelas et derrière la tête de lit.

Bree ouvrit une boîte à bijoux sur la commode.

— Mince.

Matt regarda à l'intérieur. Beaucoup d'objets brillants.

— Certains de ces bijoux ont l'air précieux.

Elle prit des photos.

— Demandons à Owen ce qu'il en est de tout ça.

Matt descendit le sac de courses et l'ordinateur portable. La cuisine et le salon furent plus rapides à fouiller. Quand ils eurent fini, Bree ouvrit la porte d'entrée.

— Vous pouvez rentrer, maintenant.

Owen alla dans la cuisine. Son frère se précipita vers les escaliers. Il avait une tête de zombie et Matt supposa qu'il allait se recoucher.

Owen se tenait au milieu de sa cuisine, le visage figé dans un froncement de sourcils.

— Qu'est-ce que vous prenez ?

— Nous vous donnerons un reçu pour tout ce que nous emportons comme pièces à conviction.

Bree posa le sac sur la table. Elle sortit le ticket de caisse.

— Où Holly a-t-elle trouvé l'argent pour tout ça ?

Owen leva une épaule d'un mouvement saccadé.

— Je ne sais pas.

— Elle les a achetés la semaine dernière.

Bree lut le total du ticket.

— En cash.

Le visage d'Owen pâlit subitement.

— Je ne sais pas.

Cette fois, sa réponse semblait moins arrogante.

— Et les bijoux ? Vous savez d'où ils viennent ?

— Non.

Il haussa les épaules.

— Je ne fais pas attention aux boucles d'oreilles de ma femme.

Owen aperçut l'ordinateur dans les mains de Matt.

— Eh, vous ne pouvez pas prendre mon ordinateur ! protesta-t-il.

— Si, nous le pouvons.

Bree indiqua le mandat plié sur la table.

— C'est inscrit sur le mandat.

— Merde.

Owen se passa la main sur le visage.

— Qu'est-ce que je suis censé utiliser ?

— Nous vous le rendrons dès que possible, dit Bree. Nous avons presque fini.

Bree et Matt en terminèrent rapidement avec le sous-sol. Bree rédigea un reçu pour les objets qu'ils emportaient et le remit à Owen.

Il le lui arracha des mains.

— Je vais prendre un avocat. J'ai un alibi.

Bree lui adressa un sourire poli en sortant.

Matt se dirigea vers la porte.

— Merci pour votre coopération.

Owen semblait sur le point d'exploser.

Chapitre Dix

Dehors, l'air frais remplaça l'odeur de l'alcool dans les narines de Matt. Il suivit Bree jusqu'au SUV et fit le tour du côté passager.

Elle le regarda par-dessus le capot.

— Peut-être Holly est-elle morte à cause de la manière dont elle se procurait cet argent.

— L'argent est toujours un bon mobile pour un meurtre, reconnut-il.

Bree hésita, une main sur la poignée de la portière.

— Allons parler aux voisins.

Ils marchèrent jusqu'à la maison d'à côté. Bree frappa, mais personne ne répondit. Ils eurent plus de chance de l'autre côté.

Un homme d'une soixantaine d'années aux cheveux blancs ouvrit la porte et lança un regard dur à Bree.

— Vous êtes ici pour la fille d'à côté, n'est-ce pas ? Comment est-elle morte ?

— C'est ce que nous essayons d'établir.

Bree se présenta, ainsi que Matt.

— Connaissez-vous bien les Thorpe ?

— De vue, simplement. Mais il y a une chose que je sais à leur sujet.

Il ferma son cardigan.

— Ils se disputent tout le temps. Bruyamment. Les murs ne sont pas épais. Je ne peux pas vous dire combien de fois je me suis couché avec mes écouteurs antibruit.

Il secoua la tête.

— Les avez-vous entendus se disputer vendredi soir dernier ? demanda Matt.

— Oui. Ils se sont criés dessus pendant une bonne vingtaine de minutes, puis elle est partie en trombe avec une valise.

Le vieil homme leva les yeux au ciel.

— Je l'ai aussi vu soûl comme un âne le lendemain matin. J'espérais qu'ils allaient enfin divorcer, cette fois-ci, pour que je puisse dormir un peu.

Bree sortit son petit bloc-notes.

— Savez-vous si Holly était proche de vos autres voisins ?

— Non, répondit-il. Je les voyais à peine, elle et son mari. Juste quand ils sortaient ou rentraient chez eux.

Bree prit les coordonnées du voisin. Elle et Matt essayèrent plusieurs autres portes dans le même bâtiment. Deux autres résidents confirmèrent le récit du premier voisin : Owen et Holly n'étaient guère sociables et se disputaient constamment.

Bree et Matt retournèrent à leur véhicule.

— Et maintenant ? demanda Matt depuis le siège passager.

Bree poussa un profond soupir.

— Maintenant, ça va être encore pire que de parler au mari et à la sœur de la victime. Il faut qu'on aille voir la mère de Holly.

Elle appela Todd, qui lui donna l'adresse de Pénélope Phelps.

Madame Phelps vivait dans une résidence pour personnes âgées composée de petites maisons d'un étage, presque identiques. Bree frappa à la porte. Il n'y eut pas de réaction. Matt appuya sur la sonnette. Le carillon résonna à travers la porte. Un long moment plus tard, un frottement se fit entendre à l'intérieur, au rythme de pas lents et hésitants. De longues minutes s'écoulèrent avant que la porte ne s'ouvre.

La femme qui se tenait dans le vestibule avait probablement une soixantaine d'années, mais elle semblait nettement plus âgée. Frêle et mince, elle s'appuyait lourdement sur un déambulateur. Des balles de tennis recouvraient les deux pieds sans roues. Petite comme ses filles, Mme Phelps avait clairement encore rétréci. Elle plissa les yeux derrière d'épaisses lunettes.

Bree les présenta, montrant son badge.

— Vous êtes ici pour Holly.

— Oui, madame.

Bree joignit les mains devant elle.

Matt inclina la tête.

En respirant difficilement, Mme Phelps recula d'un pas.

— Veuillez entrer. J'ai des questions à vous poser.

Le couloir donnait sur le salon, où Mme Phelps se traîna jusqu'à un fauteuil. En s'y installant, elle attrapa une canule à oxygène et posa le tube sur son visage. Avec une respiration sifflante, elle leur indiqua un canapé bleu.

Matt et Bree s'assirent l'un à côté de l'autre. Matt posa les coudes sur ses genoux et laissa pendre ses mains jointes.

Bree se percha au bord du coussin.

— Toutes nos condoléances.

— Je n'aurais jamais pensé survivre à une de mes filles.

Elle croisa leur regard avec des yeux chassieux qui ne semblaient pas y voir net.

— Je ne me soucie pas de grand-chose ces jours-ci – sauf de mes enfants. Peu importe l'âge qu'ils atteignent, vos bébés restent vos bébés. Si la vie voulait me faire souffrir une dernière fois, c'était le seul moyen de le faire.

Matt sentit un élan d'empathie l'envahir. Il ne pouvait pas imaginer faire face à sa propre mort et subir la perte d'un enfant.

Madame Phelps tendit une main tremblante vers une étagère derrière elle. Elle choisit une photo encadrée parmi une douzaine d'autres et l'approcha de son visage.

— Je les vois encore comme des petites filles.

Elle tendit la photo à Bree, qui l'inclina pour que Matt puisse la voir également.

Deux filles étaient assises en face l'une de l'autre à une table, en train de dessiner. Leurs postures étaient parfaitement identiques, comme dans un miroir. L'une était un peu plus grande, avec des cheveux raides. L'autre était plus petite et toute bouclée. Matt jeta un coup d'œil à la cuisine attenante et y vit la même table.

— Les filles ont grandi ici, à Grey's Hollow, dit Mme Phelps. Nous avions une maison plus grande, à l'époque.

Le cœur de Matt se serra devant cette image innocente.

— Quel âge ont-elles sur cette photo ?

Madame Phelps toucha le visage de l'aînée des deux filles.

— Holly avait douze ans. Shannon a deux ans de moins.

En tâtonnant, elle ouvrit le cadre et enleva la photo. Elle la tendit à Bree.

— Je vous la donne.

— Oh, je ne peux pas accepter, protesta Bree.

— Je veux que vous l'ayez avec vous pour vous rappeler que Holly était une personne en chair et en os, pas un numéro de dossier ou une statistique. Et qu'il y avait des gens qui l'aimaient.

Madame Phelps eut les larmes aux yeux, puis s'essuya le visage du bout des doigts.

— Je n'y vois pas assez bien pour qu'elle me soit utile, de toute façon.

Bree accepta la photo.

— Merci.

Madame Phelps inspira profondément et parut se calmer.

— Jusqu'à ce dernier cycle de chimio, j'allais plutôt bien. Mais là, c'est compliqué. Le pire, c'est que ça n'a même pas ralenti le cancer.

Elle s'affaissa dans son fauteuil en soupirant.

— Je n'ai ni l'énergie ni l'appétit pour manger. Shannon veut que j'aie une sonde d'alimentation. Elle dit que c'est une procédure mineure.

Elle plaça une main protectrice sur son ventre. Elle inclina la tête, l'air abattu.

— Shannon veut que je continue à me battre, mais mon corps en a assez. C'est fini. Je ne peux plus tenir longtemps. Je n'en ai pas envie. Pas après ça. Perdre ma fille, c'est vraiment trop dur. Tout est trop dur. J'ai décidé d'aller en soins palliatifs.

— En avez-vous parlé à Shannon ? demanda Bree.

Madame Phelps secoua la tête.

— Ce n'est pas quelque chose qui peut se faire par téléphone. J'attendrai de pouvoir le lui dire en personne.

Bree s'éclaircit la gorge.

— Quand lui avez-vous parlé pour la dernière fois ?

— Elle a appelé tard, hier soir. Je dormais quand le téléphone a sonné. Au début, j'ai cru que je faisais un cauchemar.

Elle passa la langue sur ses lèvres sèches. Se couvrant la bouche, elle toussa, d'une toux sèche et saccadée.

— Puis-je vous offrir quelque chose, madame ? demanda Matt. De l'eau ?

Elle hocha la tête et indiqua une porte. Matt entra dans la petite cuisine, trouva un verre dans l'armoire et le remplit au robinet. Il revint et le tendit à Mme Phelps. Elle le prit à deux mains.

— Si je peux me permettre, madame, vous pouvez rester ici toute seule ? demanda Bree.

— L'infirmière sera bientôt là, dit Mme Phelps. Habituellement, Shannon ou Holly vient le soir.

— Quand avez-vous vu Holly pour la dernière fois ? demanda Bree.

— Je pense que c'était mercredi ou jeudi dernier. J'ai du mal à me souvenir précisément.

Madame Phelps s'arrêta pour reprendre son souffle.

— Et je ne peux pas croire que Holly se soit tuée.

Elle essaya de soulever son verre pour le poser sur la table, mais son bras s'affaissa.

Matt lui prit le verre des mains et s'en chargea.

— Holly ne s'est pas suicidée, dit Bree d'une voix douce. Elle a été assassinée.

— Je savais qu'elle n'aurait pas fait ça. Je le savais.

La voix de Mme Phelps faiblit. Elle sembla s'affaisser encore plus. Ses paupières se fermèrent lentement. Sa respiration ralentit. Inquiet, Matt l'observa quelques instants et fut soulagé de voir sa poitrine se soulever et s'affaisser.

Il se pencha vers Bree et murmura :

— Elle dort ?

Il espérait qu'elle n'était pas en train de mourir. Mais étant donné sa souffrance physique, peut-être que mourir serait un soulagement. Lui et Bree se glissèrent hors de la pièce.

De retour dans la voiture, Matt jeta un coup d'œil à la maison.

— Je ne voudrais surtout pas mourir comme ça.

— Elle ne peut pas choisir de ne pas avoir de cancer.

— Ce n'est pas ce que je veux dire.

Il chercha ses mots avec difficulté.

— Peut-être que Shannon est égoïste de vouloir prolonger la vie de sa mère. On pourrait dire que lui demander de continuer à se battre est cruel. Se faire mettre un tube dans l'estomac ne semble pas agréable.

— Elle a dit que c'était considéré comme une opération légère.

Matt renifla.

— Ma définition de légère, c'est une opération faite sur quelqu'un d'autre.

Après qu'on lui avait tiré dessus, il avait subi assez d'opérations légères à la main pour le savoir.

— Ou Shannon veut juste profiter de sa mère le plus longtemps possible.

Bree s'apprêtait à mettre le contact, mais elle s'interrompit et se laissa aller en arrière sur son siège.

— Je sais combien c'est dur de perdre sa mère. Si j'étais Shannon, je me battrais aussi pour chaque seconde que je pourrais passer avec elle.

— Je suis désolé. Je n'avais pas réfléchi.

Un sentiment de culpabilité envahit Matt.

— Je n'ai pas connu les mêmes pertes que toi.

— Tu as toujours le droit d'avoir ton avis.

Bree démarra enfin.

— Mais Mme Phelps semble avoir fini de se battre, avec la mort de Holly.

— Le cancer, ça craint.

— Sur ce point, on est d'accord, dit Bree. Mais est-ce que la dispute entre Holly et Shannon donne à Shannon une motivation suffisante pour tuer sa sœur ?

Un jour, Matt avait répondu à un appel d'urgence et trouvé un homme qui avait tué son frère parce qu'il avait bu la dernière canette de sa bière préférée.

— Les gens trouvent toutes sortes de raisons pour s'entre-tuer.

Chapitre Onze

Bree retourna au poste, avec un mal de tête lancinant à l'arrière du crâne. Elle n'aurait pas dû sauter son déjeuner, mais la morgue n'était pas un endroit à visiter l'estomac plein. Et elle n'avait pas eu le temps depuis. Elle consulta ses messages.

— Paul Beckett m'a rappelée, dit-elle. Il sera disponible à son bureau demain matin à huit heures si nous voulons lui parler.

— C'est généreux de sa part, dit Matt d'un ton sarcastique. Je ne voudrais pas interrompre son travail pour lui parler de son employée assassinée.

Bree se gratta le front.

— Nous devrons déclarer que Holly a été victime d'un meurtre. Des informations contrôlées valent mieux que des spéculations sauvages.

— Qu'est-ce qu'on fait, maintenant ? demanda Matt en attrapant la poignée de la portière.

— On fait le point avec Todd et on voit si les mandats sont arrivés. J'aimerais rentrer chez moi avant que les enfants se couchent, même si je dois revenir après.

Bree sortit de son véhicule. Elle manquerait probablement le dîner, mais elle pourrait peut-être rentrer à temps pour lire une histoire à Kayla. Elles en étaient au troisième livre d'*Harry Potter*. Le fait de voir Bree rentrer à la maison à la fin de chaque journée contribuait à apaiser les craintes de la petite fille, tout comme le fait de s'en tenir à leur routine habituelle.

Bree entra dans le poste par la porte de service. Todd était à son bureau. Dès qu'il repéra Bree et Matt, il se précipita vers eux.

— Avez-vous des informations générales ? demanda Bree.

— Oui, répondit-il.

— Mon bureau. Cinq minutes, dit-elle.

Elle et Matt s'arrêtèrent dans la salle de repos. Matt se fit une tasse de café. Bree prit de l'eau et des M & M's au distributeur.

Une fois dans son bureau, elle rédigea une brève déclaration qu'elle donna à Marge avec pour instruction de la transmettre à leurs contacts dans les médias. Le temps qu'elle termine, Matt et Todd l'avaient rejointe.

Todd tira une chaise et posa un gros classeur et son ordinateur portable sur le bureau de Bree. Il tapa sur la couverture du classeur.

— J'ai déjà organisé le dossier.

Celui-ci était destiné à recevoir une copie de tous les rapports, entretiens et photos recueillis sur l'affaire. Toute personne travaillant sur l'enquête aurait un accès facile à toutes les informations.

Bree s'assit et ouvrit son sac de bonbons. Matt fit les cent pas derrière Todd.

— Commençons par Holly.

Todd ouvrit le dossier et en sortit une photo.

— Elle n'a pas de casier judiciaire. Elle est mariée à Owen depuis cinq ans et travaille comme comptable chez Beckett Construction depuis sept ans. J'ai confirmé ce qu'elle a dit au sujet de son père. Walden Phelps est mort dans un accident de voiture sur Dead Horse Road il y a seize ans.

Il fit glisser le rapport d'accident vers Bree.

Elle le parcourut du regard.

— Pas de doute sur le fait que l'accident en était bien un ?

— Non, dit Todd. Selon le rapport, il descendait la colline trop vite et a glissé sur du verglas. L'analyse toxicologique a montré que son alcoolémie était de 0,11.

— En infraction, mais pas démesuré non plus, dit Matt.

— Oui, acquiesça Todd.

Bree mit le rapport de côté.

— Qu'en est-il de sa situation financière ?

Todd fouilla dans son dossier.

— Ils sont fauchés. Pas d'économies à la banque. Ils sont en retard sur toutes leurs factures, y compris l'hypothèque de la maison. Leurs dettes ne cessent d'augmenter. Ils ne règlent que le minimum avec leur carte bancaire.

— Et ils peuvent se payer un service d'aide à domicile ?

Bree tendit le cou pour voir le dossier.

Todd feuilleta les documents.

— Je vois environ mille dollars par mois pour des services de santé. En partie payés avec leurs cartes de crédit. Quand ils approchent du maximum d'une carte, ils en ouvrent une nouvelle.

— Et des paiements à Shannon Phelps ?

Todd secoua la tête.

— Je ne vois pas de chèque à Shannon ni de retrait de liquide important.

— Shannon a dit que Holly payait deux mille par mois. Owen a dit mille, ce qui correspond à leurs déclarations. D'où vient le reste de l'argent ?

La question de Bree était rhétorique.

— Passons aux relevés téléphoniques, poursuivit Todd. J'ai examiné ses appels la semaine précédant sa mort, mais je n'ai rien vu de particulier. Elle a surtout appelé et envoyé des SMS à Owen, sa sœur et sa mère. Plusieurs appels ont été passés à Beckett Construction et à son patron, Paul Beckett, dont un jeudi dernier. Elle a passé un très bref appel à sa sœur à dix-sept heures cinq jeudi soir. La dernière utilisation du téléphone est une série de SMS avec Owen, le vendredi après-midi, pour discuter de ce qu'ils allaient manger. Le téléphone ne montre aucune utilisation après ça.

— Logique. Elle est morte entre dix-sept heures vendredi et samedi midi, dit Bree.

Todd hocha la tête.

— Passons à Owen. Il travaille pour Randolph Savings and Loan, la banque locale. Il n'utilise pas son téléphone autant que sa femme. La plupart de ses SMS sont avec Holly et trois autres numéros. L'un de ces numéros appartient à Steve Thorpe.

— C'est le frère d'Owen, dit Bree.

Todd hocha la tête.

— Les quelques appels restants ont été passés à des entreprises : une compagnie d'assurances, un garage automobile, une pharmacie, etc.

— Demandez à un adjoint d'appeler Owen et de lui faire identifier les trois numéros supplémentaires, y compris celui de son frère, dit Bree. Puis vérifiez ses informations.

Todd prit note.

— Quant à Shannon Phelps : jamais mariée, elle a créé sa société de marketing il y a six ans. Ça semble marcher correctement. Elle n'est pas riche, mais elle paie ses factures à temps et a un peu d'épargne.

Bree informa son chef adjoint des entretiens qu'elle et Matt avaient menés.

— Le barman du Grey Fox a fourni un alibi à Owen pour vendredi soir. Faisons une vérification de ses antécédents. Il s'appelle Billy Zinke.

Todd griffonna sur un bout de papier.

Bree lui tendit la clé USB qu'elle avait récupérée au Grey Fox.

— Voici la vidéo de surveillance de l'entrée principale du bar où Owen dit être resté toute la nuit. Demandez à un adjoint de l'examiner et de noter les apparitions d'Owen.

Matt se passa la main sur le visage.

— Quel est le plan de la soirée ?

Bree consulta sa montre.

— Disons qu'on a terminé et repartons du bon pied demain matin avec une visite à Beckett Construction. Espérons que ça nous fournira plus d'éléments.

— Ça marche.

Matt se leva et quitta la pièce.

Todd se leva.

Bree leva la main.

— Est-ce que l'adjoint Oscar est là ?

Todd hocha la tête.

— À l'instant.

— Envoyez-le-moi en partant, s'il vous plaît, dit Bree.

— Oui, madame.

Todd se glissa hors de la pièce.

Oscar apparut quelques instants plus tard. Il ajusta sa ceinture de service et entra dans le bureau en roulant des épaules.

— Veuillez fermer la porte.

Bree croisa les mains sur son bureau et attendit qu'il ferme la porte et s'assoie face à elle.

Il avait les lèvres pincées et le regard noir.

— Si c'est à propos de l'autre nuit…

Bree répondit en haussant les sourcils.

— C'est bien le cas.

Il se tortilla et serra les poings sur ses cuisses.

— Ce n'est pas la première fois que je dois vous réprimander pour ne pas avoir suivi les procédures. Elles ne sont pas là par hasard.

Oscar baissa les yeux.

Bree poursuivit.

— Dans ce cas, vous avez dit à un homme que sa femme s'était suicidée. Non seulement le corps n'avait pas encore été identifié par le médecin légiste, mais celui-ci n'a pas conclu au suicide.

Le menton d'Oscar se releva brusquement.

— Quoi ?

— Elle a été assassinée.

— Mais elle a sauté du pont.

Oscar cligna des yeux.

— Pourquoi pensez-vous ça ? demanda Bree.

Oscar resta silencieux un instant.

— C'est ce qu'on m'a dit.

— Qui vous a dit ça ?

Il serra la mâchoire et détourna à nouveau le regard.

Appuyée sur ses coudes, Bree se massa les tempes pendant quelques secondes. Elle ne voulait pas faire pression sur Oscar pour qu'il révèle qui l'avait si mal informé. Les flics se serraient les coudes. Il ne fallait forcer une dénonciation que dans les cas d'urgence ou de force majeure. Oscar se trouvait avec Owen Thorpe. Il avait dû recevoir l'information d'un des adjoints présents sur les lieux. *Peu importe qui*, décida-t-elle. Le fait que les adjoints parlent entre eux n'était pas le problème. Faire des suppositions et les transmettre aux familles des victimes, voilà ce qui n'allait pas.

Bree leva la tête.

— La victime était déjà morte lorsqu'elle est entrée dans l'eau.

L'adjoint eut l'air confus.

— Aujourd'hui, j'ai dû dire à M. Thorpe que la mort de sa femme n'était pas le résultat d'un suicide. Qu'elle avait été assassinée. Comme vous pouvez l'imaginer, ça a été un choc pour lui après votre déclaration.

Bree se redressa sur sa chaise.

— La dernière fois que vous n'avez pas suivi la procédure, vous avez perdu le contrôle d'un suspect violent. Je vous ai donné une autre chance, même si votre mauvaise technique a mis tout le monde en danger.

Elle laissa cette remontrance faire son effet.

— Nous avons tous eu de la chance que personne n'ait été sérieusement blessé.

Oscar déglutit. Quelques mois auparavant, il avait involontairement permis à un dangereux suspect de se libérer de ses menottes.

— Cette fois, un avertissement écrit va figurer dans votre dossier personnel.

— Ce n'est pas juste ! dit Oscar en se levant brusquement.

Bree le regarda froidement.

— Ces procédures existent dans un but précis. Vous êtes tenu de les suivre. Je vous conseille de ne pas y manquer une troisième fois.

— C'est tout ? dit Oscar, le visage rouge.

Bree attendit trois battements de cœur pour répondre.

— Oui.

— Je peux partir en patrouille ?

Elle hocha la tête et il se rua hors de son bureau.

Sa migraine s'était encore aggravée. Elle jeta un coup d'œil à sa montre, remplit sa mallette et verrouilla son bureau. Todd travaillait toujours sur un poste informatique.

Elle s'arrêta devant le bureau.

— Ne restez pas trop tard. Vous avez besoin de sommeil, vous aussi.

— Oui, madame.

Son regard se dirigea vers la porte qu'Oscar venait de franchir.

Bree secoua la tête. Elle ne voulait pas parler d'Oscar. Elle voulait se doucher, manger et faire la lecture à Kayla. Quand ses désirs étaient-ils devenus aussi simples ?

Todd baissa la voix.

— Avec tout le respect que je vous dois, madame, surveillez vos arrières.

***

Bree sursauta en sentant son téléphone vibrer sur sa hanche. Elle était assise dans le lit de Kayla, le livre qu'elles lisaient ouvert sur ses genoux. La tête de la fillette reposait sur son épaule. Sa respiration était profonde et régulière, ses yeux fermés. Le pied de Bree était engourdi. Ladybug était allongée la tête sur la cheville de Bree, coupant sa circulation. Bree décala son pied et fléchit la cheville. Un fourmillement se répandit dans ses orteils.

Après avoir fermé le livre et l'avoir posé sur la table de nuit, Bree se dégagea et déplaça doucement la tête de Kayla sur son oreiller. Celle-ci se blottit sous sa couverture et soupira. Les yeux du chien suivirent Bree jusqu'à la porte.

Son téléphone vibra à nouveau. Elle se dépêcha de sortir dans le couloir et ferma la porte de Kayla. Puis elle entra dans sa chambre et répondit, tout en tirant la porte derrière elle.

— Shérif Taggert, entendit-elle dans un murmure. C'est Shannon Phelps. Je crois qu'il y a quelqu'un dans mon jardin.

— Vos portes sont-elles verrouillées ?

Bree vérifia l'heure. Onze heures et demie.

— Oui, dit Shannon à voix basse. Et mon alarme est activée.

— Ne bougez pas. Je suis en chemin et j'envoie une voiture. Ne sortez pas de chez vous.

— OK. Oh non !

La voix de Shannon était presque inaudible.

— J'entends quelque chose au rez-de-chaussée. Je ne veux pas qu'ils m'entendent.

La ligne fut coupée.

Bree appela le poste et demanda qu'un véhicule de patrouille soit envoyé à l'adresse de Shannon. En même temps, elle prit son arme dans le coffre-fort. Après avoir attaché l'étui de jambe à sa ceinture, elle se saisit également de son arme secondaire et de son étui de cheville. Sans prendre la peine de changer de vêtements, elle se dépêcha de descendre.

Dana s'était endormie sur le canapé du salon avec un livre sur les genoux. Elle se réveilla en clignant des yeux en entendant Bree arriver.

— Un problème ?

— Shannon Phelps, la sœur de la victime, pense que quelqu'un s'est introduit chez elle.

Bree passa dans la cuisine. Elle enfila ses chaussures de sport noires et tira l'ourlet de son jean sur le Glock miniature qu'elle portait à la cheville.

Dana la suivit.

— Sois prudente.

— Bien sûr. Ne m'attends pas.

Prenant une veste sur laquelle était écrit *Shérif* dans le dos, Bree ouvrit la porte.

— Je t'enverrai un texto.

Elle courut jusqu'à son SUV, se glissa au volant et s'engagea sur la route principale. Elle enfonça l'accélérateur et appela Matt. Il décrocha et elle lui expliqua ce qu'il se passait.

— Je te retrouve là-bas, dit-il.

Bree arriva à l'adresse de Shannon et se gara le long du trottoir. À l'aide de la radio, elle signala son arrivée au poste.

— Combien de temps avant l'arrivée de renforts ?

— Quatre minutes, fut la réponse.

Aucune unité n'était à proximité.

Le comté de Randolph était en grande partie un territoire rural, et comptait plusieurs petites villes dépourvues de services de police. Le shérif était responsable de toutes ces juridictions. Il était impossible pour la petite équipe de Bree de couvrir intégralement la zone. Avoir une unité à proximité quand on en avait besoin était en grande partie une question de chance.

— Bien reçu.

Bree n'attendit pas. Trop de choses pouvaient se passer en quatre minutes.

— Unités en intervention, sachez que le shérif Taggert est sur place en civil.

Sous-entendu : ne me tirez pas dessus.

Elle attrapa son gilet en Kevlar, l'enfila et attacha les bandes Velcro. Puis elle dégaina son arme, sortit une lampe de poche de la boîte à gants et se glissa hors du SUV.

Le quartier était sombre et calme. Bree entendit au loin l'aboiement d'un chien. Elle s'approcha de la ferme grise. Aucune lumière ne brillait aux fenêtres. Même la lumière de l'entrée était éteinte. Bree s'avança dans l'allée, ses baskets ne faisant aucun bruit sur le béton. Puis elle coupa à travers la pelouse, restant à l'ombre d'un énorme chêne qui occupait le centre du terrain.

Au-dessus, le vent sifflait dans ses branches. Bree posa une épaule contre l'arbre et jeta un coup d'œil de l'autre côté. Elle ne vit personne. Elle courut jusqu'à l'entrée, se posta à côté de la porte et frappa. En restant dos au bâtiment, Bree scruta le reste du jardin.

Shannon ne répondit pas lorsque Bree toqua à la porte. Rien ne bougeait. La maison était plongée dans un silence inquiétant.

Bree quitta le perron et commença à contourner la maison. Elle jeta un coup d'œil au coin du mur. Ce côté du jardin était vide également. De la sueur coulait entre ses omoplates et son cœur battait à tout rompre derrière son sternum.

Une sirène se fit entendre au loin. Bree soupira. Les renforts étaient en route, mais ils semblaient être encore à quelques minutes de là.

Des aboiements retentirent de l'intérieur de la maison. Bree revint vers l'entrée en courant. Elle sauta les quelques marches du perron. Elle essaya la poignée, mais la porte était verrouillée. De la crosse de son arme, elle brisa la vitre, passa la main dans l'ouverture et tourna le verrou. En se plaquant sur le côté, elle poussa la porte.

Puis elle franchit le seuil en tenant son arme devant elle. Dans l'entrée sombre, elle s'arrêta pour écouter, mais le bruit de son propre rythme cardiaque noyait le reste. L'adrénaline bouillonnait dans ses veines. Elle inspira profondément et retint son souffle quelques secondes pour maîtriser son rythme cardiaque et sa pression sanguine. Puis elle s'ancra dans son environnement physique pour ne pas souffrir de l'effet tunnel. Le salon sur la gauche. Le plancher sous ses pieds. Un couloir menait à la cuisine.

Lorsqu'elle exhala, son audition était déjà meilleure. Une porte claqua. Bree se dirigea dans cette direction. Elle atteignit le bout du couloir. Le clair de lune entrait par la fenêtre, illuminant l'îlot de la cuisine et les tabourets. Bree traversa la pièce, balayant chaque direction du canon de son arme. La cuisine et le salon étaient vides.

L'arme à la main, les nerfs à vif, elle se dirigea vers le bruit. Elle ouvrit le garde-manger. Vide.

Un silence inquiétant avait envahi la maison. Il n'y avait pas le bourdonnement des appareils ménagers. Pas d'écoulement d'air par les bouches d'aération.

Elle se faufila dans l'obscurité jusqu'à un petit couloir qui partait de la cuisine. Il n'y avait pas de fenêtres et le couloir était complètement sombre. Bree leva sa lampe de poche. La tenant à bout de bras, elle l'alluma et éclaira une porte fermée. Elle se rapprocha et tendit la main vers le bouton. Il tourna dans sa main. Elle tira la porte et balaya l'espace du faisceau de sa lampe de poche. La salle de bains était vide. Bree expira fortement.

Elle vérifia la buanderie attenante. Il n'y avait pas d'espace assez grand pour qu'un adulte puisse s'y cacher. Elle retourna dans la cuisine. Une légère brise lui ébouriffa les cheveux. Elle s'arrêta net, cherchant l'origine du courant d'air. Et elle la trouva. La porte-fenêtre menant à la terrasse n'était pas complètement fermée.

L'intrus est-il sorti par-là ?

Ou est-il seulement entré ?

Elle avança lentement vers l'ouverture, sortit sur la terrasse et scruta le jardin. Il était fermé par une clôture en bois de deux mètres de haut. Quelques arbres projetaient leur ombre sur une grande étendue d'herbe. D'un côté, le portail se balançait au gré du vent.

Bree sentit la brise sur sa peau. Elle eut la chair de poule. Il ou elle avait pu quitter la maison en entendant Bree arriver. *Bon sang.* Elle aurait voulu poursuivre l'intrus. Mais elle ne pouvait pas laisser Shannon seule.

Bree rentra dans la maison, traversa le hall et monta les escaliers. Elle arriva sur le palier. Le plancher craqua et elle retint son souffle, tendant l'oreille. Mais tout était calme.

Trop calme.

Elle bifurqua, tous les sens en alerte. La première chambre à gauche était vide. Bree ouvrit le placard et braqua sa lampe de poche à l'intérieur. Rien. La deuxième pièce était un bureau avec des étagères. La troisième une chambre d'amis. Bree ressortit. La salle de bains était vide.

Ce qui laissait la chambre principale.

Elle éteignit sa lampe de poche. Le clair de lune éclairait l'espace et elle ne voulait pas que le faisceau de sa lampe fasse d'elle une cible facile pour quelqu'un qui serait caché dans un coin sombre. Elle s'approcha et posa l'épaule sur le chambranle de la porte. En restant le plus possible à couvert, elle regarda à l'intérieur. Ses yeux s'étaient adaptés à la pénombre, et elle distinguait la moitié de la pièce. Vide. Franchissant la porte et tournant simultanément, elle vérifia l'angle mort. Un placard était ouvert et Bree utilisa sa lampe de poche pour vérifier l'intérieur. Heureuse que le placard de Shannon soit bien rangé, elle éclaira le bas de l'espace pour s'assurer que personne ne se cachait sous les vêtements suspendus.

Il ne restait qu'une seule porte fermée, qu'elle supposait être la salle de bains attenante.

Bree se posta d'un côté de la porte, l'épaule contre le mur, son arme devant elle.

— Shannon ?

Le chien aboya, puis la voix de Shannon s'éleva, aiguë et paniquée.

— Oh, mon Dieu. Oh, mon Dieu. Qui est là ?

Bree cria :

— Shannon, c'est le shérif Taggert. Vous allez bien ?

— Oui, répondit-elle d'une voix faible.

La sirène se rapprochait.

— Vous pouvez sortir, maintenant.

Bree recula d'un pas et attendit. Et si l'intrus était dans la salle de bains avec Shannon, la forçant à répondre ?

— S'il vous plaît, gardez les mains bien en vue.

La porte s'ouvrit lentement. Bree s'efforça de respirer régulièrement, tandis qu'elle attendait, l'arme à la main.

— J'ai une arme, dit Shannon en sortant.

D'une main, elle serrait son petit chien contre sa poitrine. De l'autre, elle tenait un petit revolver.

— Posez l'arme sur le sol et écartez-vous.

Bree lui fit signe de s'éloigner de l'arme.

— Vous avez un permis de port d'arme ?

— Oui.

Shannon suivit les instructions de Bree.

Le shérif s'approcha, ramassant le revolver et le mettant dans sa poche. Puis elle inspecta la salle de bains. La grande douche, la baignoire et l'armoire à linge étaient toutes vides.

— Quelques minutes après vous avoir parlé, le chien s'est mis à aboyer. Puis les lumières se sont éteintes, et j'ai entendu quelqu'un bouger en bas.

Shannon avait encore une voix paniquée. Elle portait un pantalon de yoga et un T-shirt. Ses pieds étaient nus. Sans le revolver, elle semblait vulnérable. Le chien grogna.

— J'avais peur d'utiliser mon téléphone. Je ne voulais pas qu'ils m'entendent. Je nous ai enfermés dans la salle de bains.

— C'était une bonne idée.

Bree rangea son arme.

— Allons dehors.

Bree conduisit Shannon vers la porte d'entrée. Des lumières rouges et bleues tourbillonnaient, une voiture de shérif étant en train de se garer non loin. Bree ouvrit la porte et sortit la première sur le perron. Elle leva la main pour saluer l'adjoint qui sortait de son véhicule, puis se tourna vers Shannon.

— Vous gardez votre porte ouverte ou fermée ?

— Fermée à double tour.

Shannon marchait lentement, toujours pieds nus.

L'intrus était certainement loin. Pourquoi Shannon était-elle une cible, et le cambriolage de ce soir était-il lié au meurtre de Holly ?

Chapitre Douze

Matt gara son SUV derrière le véhicule d'un adjoint. Il vit Bree sur le perron, en jean et gilet pare-balles. Il poussa un soupir de soulagement.

Elle allait bien.

Il savait qu'elle n'attendrait pas les renforts, pas quand la vie de Shannon pouvait être en danger. Bree n'était pas téméraire, mais elle faisait toujours passer la sécurité des autres avant la sienne.

Il prit une grosse lampe de poche en métal et sauta de son véhicule.

Ses yeux rencontrèrent ceux de Bree.

— Tu vas bien ?

— Ça va.

Mais ses épaules reflétaient une certaine tension. Bree fit signe à l'adjoint et à Matt de s'approcher. Ils se retrouvèrent tous au bas des marches.

— Adjoint, restez avec Mme Phelps, s'il vous plaît. Matt, tu es avec moi.

Matt lui emboîta le pas.

— Tu ne me donnes pas d'arme, donc tu penses que l'intrus est parti ?

Elle acquiesça.

— La maison est vide. Je soupçonne l'intrus d'être sorti par la porte de derrière quand il ou elle m'a entendue arriver.

Ils firent le tour de la maison. Matt s'arrêta et indiqua une fenêtre. Le verre avait été découpé. La vitre entière était posée dans l'herbe, contre la maison.

Matt se mit sur la pointe des pieds pour regarder par la fenêtre du garage. À l'intérieur, une tondeuse à gazon se trouvait à côté d'une Ford Escape noire. D'autres outils étaient empilés dans un coin.

— On dirait qu'il ou elle est entrée par là.

Ils continuèrent leur tour des lieux. Bree indiqua le portail, qui était ouvert. Les voisins de Shannon n'avaient pas de clôture. Matt et Bree coururent jusqu'au bout du terrain. En arrivant à la limite de la propriété de Shannon, Matt braqua sa lampe de poche sur le sol. Un chemin d'herbe écrasée traversait la pelouse du voisin.

— La végétation est trop épaisse pour qu'on trouve de vraies empreintes.

Le terrain du voisin était ouvert à tous les vents. Bree distinguait la rue de l'autre côté de la propriété.

— L'intrus a pu se garer là-bas et traverser le jardin du voisin jusque chez Shannon.

Ils marchèrent jusqu'à la rue en suivant cette trajectoire, sans trouver d'empreintes de pas. La maison du voisin était sombre et semblait vide. Bree et Matt revinrent en arrière jusque chez Shannon. Celle-ci attendait dans l'allée avec l'adjoint.

— Le voisin de derrière est chez lui ?

Bree fit un geste du pouce en direction de la maison.

— Non, dit Shannon. Normalement, il y a un bateau garé à côté de la maison. Il n'est pas là, donc je pense qu'ils doivent être en vacances.

Donc personne pour signaler une voiture étrange garée devant chez eux.

— Je voudrais vérifier quelque chose, dit Bree.

Matt la suivit jusqu'au garage de Shannon. Ils passèrent devant un taille-haie et d'autres outils de jardin. Quelques planches de bois et de contreplaqué étaient empilées à côté d'une boîte à outils, de petits outils de jardinage et d'une boîte de bric-à-brac. Bree se dirigea vers le boîtier électrique dans un coin et l'ouvrit.

Matt l'éclaira de sa lampe de poche. Le disjoncteur principal était activé.

— Ils ont coupé le courant.

Il appuya sur l'interrupteur et l'alimentation revint, ainsi que le bourdonnement des appareils électriques. Le système d'alarme se mit à hurler. Ils retournèrent dans la maison et vérifièrent que les lumières étaient allumées. Puis ils revinrent dans l'allée, où Shannon regardait son téléphone.

— Dès que le Wi-Fi revient, je pourrai l'éteindre.

Elle tapota l'écran. L'alarme se tut.

— J'ai besoin d'un meilleur système d'alarme.

Elle croisa les bras sur sa poitrine.

— C'était le moins cher. Mon budget était serré quand j'ai acheté la maison.

— Est-ce qu'il a une batterie de secours ? demanda Matt.

Shannon haussa une épaule.

— Je ne sais pas.

Donc probablement pas.

Matt jeta un coup d'œil à la maison.

— La porte entre la maison et le garage est-elle munie d'une alarme ?

Shannon secoua la tête.

— Non, j'essayais d'économiser de l'argent. Ça semblait inutile, puisqu'ils ont mis des détecteurs à la fenêtre et que la porte basculante a une ouverture électrique.

— Les portes basculantes ne sont pas très difficiles à forcer.

Bree rangea son arme.

— Mais on dirait que l'intrus est entré par la fenêtre du garage.

Shannon sembla confuse.

— Les détecteurs sont des aimants, expliqua Matt. Ils sont placés sur le cadre de la fenêtre et sont alignés lorsque la fenêtre est fermée. L'alarme se déclenche si le contact entre ces aimants est rompu. Donc, ils ne fonctionnent que si une fenêtre est ouverte de force. L'intrus a découpé toute la vitre. Il n'a pas ouvert le cadre de la fenêtre ni perturbé le contact entre les deux aimants.

Shannon en resta bouche bée.

— Je n'avais jamais pensé à ça.

Matt ne pensait pas que les systèmes de sécurité étaient utiles si on les achetait au rabais. Celui qui avait vendu celui-ci aurait dû mieux expliquer. Les criminels étaient très ingénieux.

Il poursuivit.

— Vous devriez demander à votre entreprise de sécurité d'ajouter une batterie de secours et une surveillance cellulaire pour vous protéger en cas de panne de courant. Vous devriez aussi faire installer une alarme sur la porte entre la maison et le garage.

— OK, dit Shannon d'une voix faible. Je ne la fermais même pas à clé, normalement, mais maintenant je n'y manquerai pas.

Bree se tourna vers son adjoint.

— Voyez s'il y a des empreintes sur la fenêtre du garage et sur la vitre découpée. Puis continuez à l'intérieur : les poignées de la porte et les portes vitrées de la cuisine.

Elle se tourna à nouveau vers Shannon.

— J'ai besoin que vous fassiez le tour de la maison et que vous nous disiez s'il manque quelque chose. Mais ne touchez à rien. Au cas où il y ait des empreintes digitales.

Shannon remit ses cheveux en ordre d'une main tremblante.

— Oui, bien sûr.

Elle retourna vers la maison d'un pas hésitant. Matt et Bree lui emboîtèrent le pas. Shannon fit le tour du salon et de la salle à manger, puis se dirigea vers la cuisine à l'arrière de la maison. Elle s'arrêta au milieu de la pièce et regarda autour d'elle.

— Jusque-là, tout semble normal.

— Est-ce qu'il s'est passé autre chose d'inhabituel ce soir ? demanda Bree.

Shannon écarta une mèche de cheveux de son front.

— J'ai reçu un appel d'un journaliste qui voulait m'interviewer sur la mort de Holly. Je lui ai dit non.

— À moins que vous ne reconnaissiez le numéro, vous devriez laisser votre boîte vocale répondre pendant un moment, suggéra Matt. Les journalistes peuvent se montrer insistants.

— D'accord.

Shannon regarda l'îlot de la cuisine.

Elle porta les mains au visage et sa bouche s'ouvrit avec une expression de stupeur.

La main de Bree se porta aussitôt à son arme.

— Qu'est-ce que c'est ?

Shannon indiqua l'évier, d'une main tremblante.

L'évier était rempli d'eau. Dedans, une poupée flottait sur le ventre.

Matt réprima un frisson. Il s'approcha et inspecta la petite poupée blonde. Ses cheveux raides semblaient avoir été grossièrement coupés à la hauteur des épaules.

La position et les cheveux correspondaient à la façon dont ils avaient trouvé le corps de Holly Thorpe dans la rivière.

C'était pervers.

Shannon fixait l'évier, le visage figé. Ses jambes semblèrent faiblir et elle attrapa le coin de l'îlot pour se stabiliser. Elle prit une grande inspiration.

Bree la prit par le coude et la conduisit jusqu'au canapé.

— Respirez.

Shannon haleta.

— Pourquoi quelqu'un ferait ça ?

Pour vous terroriser.

Bree s'accroupit devant elle.

— Savez-vous pourquoi quelqu'un voudrait vous faire peur ?

Shannon secoua fortement la tête. Son visage était blafard.

— Qu'est-ce que je vais faire ? Je ne peux pas aller chez ma mère tant que je ne suis pas débarrassée de ce stupide rhume, et je ne voudrais pas lui faire courir de risque de toute façon. Sans l'aide de Holly pour les factures de maman, je ne peux pas me permettre un hôtel.

— Je vais demander à un adjoint de se garer devant chez vous pour le reste de la nuit, dit Bree. Demain, vous devriez appeler votre société d'alarme et faire renforcer votre système de sécurité.

— Entendu, dit Shannon.

L'adjoint entra avec son kit d'empreintes digitales.

— Pas d'empreintes claires sur le rebord de la fenêtre ni sur le verre.

Il se dirigea vers les portes-fenêtres, s'agenouilla et posa son kit sur le sol.

— Occupez-vous aussi du robinet de la cuisine.

Bree se dirigea vers la porte d'entrée.

Matt pensa que toute personne assez intelligente pour contourner le système d'alarme de Shannon l'était également pour porter des gants, mais il fallait suivre la procédure.

— Je reviens tout de suite.

Bree disparut dans le couloir et revint une minute plus tard avec le petit appareil photo qu'elle gardait dans sa boîte à gants. Elle commença à prendre des clichés de la poupée dans l'évier.

— Je vais barricader la fenêtre de votre garage. J'ai vu du contreplaqué dehors.

Matt retourna au garage et sécurisa la fenêtre.

Lorsqu'il revint dans la maison, l'adjoint finissait de relever les empreintes. Matt fit le tour de la maison, vérifiant toutes les fenêtres et toutes les portes pour s'assurer qu'elles étaient verrouillées. À son retour dans le salon, Shannon était toujours sur le canapé. Elle n'avait même pas changé de position.

Bree était assise sur un pouf, un petit bloc-notes en équilibre sur ses genoux.

— Avez-vous une idée de la raison pour laquelle quelqu'un voudrait s'introduire chez vous ?

— Non, dit Shannon en se rongeant l'ongle du pouce.

— Holly a-t-elle pu laisser quelque chose ici ? demanda Bree.

Shannon baissa la main et mordit sa cuticule.

— Je ne pense pas. J'ai nettoyé la chambre d'amis après son dernier séjour chez moi. Je n'ai rien trouvé.

— Ça vous dérange si je regarde ?

Bree se leva.

Shannon secoua la tête.

— Allez-y.

Bree s'engagea dans le couloir. Matt vérifia les portes vitrées et entendit les pas de Bree au-dessus de lui. Elle revint quelques minutes plus tard. Leurs regards se croisèrent. Elle secoua la tête.

— Il n'y a rien là-haut. La commode et le placard sont vides.

— Je n'utilise même pas cette pièce comme rangement, dit Shannon. Holly était la seule à s'en servir.

— J'ai encore une question pour vous.

Bree se planta devant Shannon.

— Comment Holly payait-elle les factures médicales de votre mère ?

— Elle payait directement au service de soins environ mille dollars par mois. Elle me remboursait les mille cinq cents restants en liquide.

Shannon croisa les mains sur ses genoux.

Matt vérifia le verrou d'une porte-fenêtre, puis se tourna vers elle.

— Elle vous donnait du liquide ? Elle ne faisait pas de chèque, n'utilisait pas une appli ?

Shannon resta impassible.

— Non.

— Vous ne trouviez pas étrange que votre sœur vous donne mille cinq cents dollars en liquide ? demanda Bree.

Shannon haussa les épaules.

— Holly a dit qu'elle avait vendu certains de ses vêtements et sacs à main de marque. Je n'y ai pas réfléchi. Elle aimait faire du shopping, même quand elle n'en avait pas les moyens.

Matt et Bree échangèrent un regard. Il était louche que Holly ait gagné autant d'argent en vendant des vêtements d'occasion, même de marque.

Shannon leva des yeux larmoyants et fit un signe de la main en direction de sa cuisine.

— Qui voudrait me faire peur comme ça ? Je n'ai jamais fait de mal à personne.

— Je ne sais pas.

Pas encore.

Bree ferma son bloc-notes et le fourra dans sa poche arrière.

— OK, dit Shannon d'une voix tremblante.

Elle ramena les jambes sur le canapé et passa les bras autour de ses genoux. Elle ne semblait pas rassurée.

Bree lui rendit son revolver et ses balles.

— Depuis combien de temps possédez-vous cette arme ?

— Environ dix ans, dit Shannon en empochant les munitions.

— À quelle fréquence vous rendez-vous sur le champ de tir ? demanda Bree.

— Pas aussi souvent que je le devrais, reconnut Shannon. Ça fait quelques mois.

— Ce n'est pas très utile si vous ne vous entraînez pas, dit Bree.

— J'irai bientôt, promit Shannon.

Bree et Matt prirent congé. L'adjoint s'installa dans son véhicule pour monter la garde. Bree monta dans son SUV et baissa la vitre. Elle souleva le sac en plastique qui contenait la poupée. Son visage était éraflé et délavé.

— Elle a l'air vieille. Je doute qu'on arrive à retrouver son acheteur.

Matt s'appuya contre la portière. Cette poupée était effrayante. Quiconque a ou a déjà eu des enfants pourrait en avoir une pareille.

— Assez facile à trouver dans les vide-greniers aussi.

Bree mit le sac de côté.

— Je vais la déposer au laboratoire médico-légal et voir si les techniciens peuvent extraire des indices ou des empreintes digitales. Comme elle flottait dans l'eau, je soupçonne que non. Mais ça vaut toujours la peine d'essayer. On ne sait jamais ce qui peut rester sur un objet.

Elle leva les yeux vers lui.

— Je viendrai te chercher demain matin pour notre rendez-vous avec Paul.

— OK.

Matt n'aimait pas voir de tels cernes sous ses yeux. Il l'aiderait comme il le pourrait. Mais il n'y avait rien d'autre à faire, ce soir. Il recula et fit un geste en direction de la maison.

— C'est clairement lié au meurtre de Holly. Jusqu'à ce qu'on retrouve son assassin, Shannon n'est pas en sécurité.

Chapitre Treize

Matt lança la balle dans son jardin. Greta, un berger allemand noir dont il s'occupait pour Cady, traversa la pelouse comme un boulet de canon. Elle attrapa la balle au vol, pivota agilement et courut vers Matt. Elle la laissa tomber à ses pieds, recula et aboya.

— Tu n'en as pas eu assez ?

Matt frappa la balle avec une crosse et l'envoya à nouveau à l'autre bout du jardin. Greta se rua après elle.

Matt baissa les yeux sur le berger allemand noir et feu étendu derrière lui dans le soleil matinal.

— Combien de temps avant qu'elle se fatigue ?

Brody bâilla et posa sa grosse tête sur ses pattes.

— Tu as sans doute raison, dit Matt à son chien. Avant, tu avais autant d'énergie.

Brody roula sur le côté et ferma les yeux. Malgré son attitude paresseuse, le travail lui manquait autant qu'à Matt.

Greta laissa tomber la balle aux pieds de Matt et aboya. Il donna un nouveau coup de crosse et elle repartit en courant.

— Elle a toujours autant d'énergie ? dit la voix de Bree derrière lui.

Matt se retourna. Bree était appuyée contre la clôture, son regard suivant l'animal noir qui courait dans l'herbe.

— Oui, répondit-il.

Greta revint. Matt ramassa la balle et lui ordonna de s'asseoir en allemand. Entièrement concentré sur lui, le mince chien noir obéit.

— C'est normal ?

Bree semblait méfiante, mais c'était toujours le cas avec les gros chiens.

Brody se leva et s'étira. Il s'approcha du portail et remua la queue en regardant Bree. Hésitante, elle passa la main par-dessus la barrière et lui toucha la tête. Brody s'assit poliment.

— C'est une jeune chienne très motivée, c'est pourquoi elle fera un excellent officier canin, déclara Matt.

— Je n'arrive pas à convaincre les membres du conseil du comté de parler d'argent pour la formation des chiens. Ils n'arrêtent pas de repousser notre réunion budgétaire.

Matt soupira.

— Et alors ? Tu savais que ça arriverait. Tu l'avais prédit. Cady est déterminée à placer Greta dans le département du shérif. Elle va faire en sorte que ça arrive. La collecte de fonds sera un succès.

Ladybug et Greta venaient toutes deux du refuge de Cady.

— Elle a suggéré que nous organisions une soirée casino en tenue chic. Elle l'a déjà fait et ça avait bien marché. Les gros donateurs aiment la publicité. Je ferai venir Greta pour faire une démonstration de ses talents.

Bree lança à Greta un regard dubitatif.

— Elle sera prête pour faire son numéro ?

— Elle est magnifique et intelligente.

Matt fit un signe de la main au chien qui se mit à plat ventre. Il lui ordonna de ne pas bouger.

— Elle est impressionnante, reconnut Bree.

Puisqu'ils étaient seuls, Matt se dirigea vers Bree et se pencha pour la saluer d'un vrai baiser. Il leva la tête.

— Salut.

— Salut.

Elle cligna des yeux vers lui, ses yeux noisette plus doux et plus vulnérables que d'habitude.

— Tu m'as manqué.

En prononçant ces mots, il se rendit compte à quel point ils étaient vrais.

Elle se haussa sur la pointe des pieds et lui rendit son baiser.

— Ça m'a manqué d'être avec toi.

Une vague de chaleur envahit Matt. Bree n'était pas démonstrative. Les petits gestes et les moments comme celui-ci signifiaient plus venant d'elle que de la plupart des gens. Une enfance tragique lui avait appris à garder ses sentiments pour elle. Mais il était en train de venir à bout de ses défenses.

Elle s'éclaircit la gorge et recula.

— Quand Greta sera-t-elle prête pour l'entraînement ?

— Le temps que tu aies l'argent, elle pourra commencer les cours.

— Alors je croise les doigts pour que la collecte de fonds soit suffisante.

— Il faut être optimiste. Ça va marcher.

À côté de la jambe de Matt, Greta se tortillait, impatiente.

— Tu veux la caresser ?

— Pas vraiment, dit Bree. Mais j'aimerais bien.

— Elle n'est pas méchante, juste réactive.

Matt jeta un coup d'œil à Greta. Elle suivait chacun de ses gestes avec la plus grande attention.

— Et concentrée. Très concentrée.

— Honnêtement, sa taille et son énergie sont intimidantes.

Enfant, Bree s'était fait attaquer par un chien et en avait peur depuis.

— Pour l'instant, Ladybug me convient parfaitement.

— Comment va-t-elle ?

— Plutôt bien.

Bree sourit.

— C'est vrai que je t'en ai voulu de m'avoir poussée à l'adopter, mais maintenant je suis vraiment contente. Je n'aurais jamais pensé le dire un jour, mais elle fait partie de la famille. Kayla a été triste à l'approche de la fête des Mères, et Ladybug ne veut pas la quitter.

— Les chiens comprennent tout.

Matt ordonna à Greta de le suivre et se dirigea vers la maison.

— Laisse-moi rentrer les chiens, et on peut y aller.

Bree fit un pas en arrière pour laisser passer Greta. Ça semblait être un réflexe. Bree s'était peut-être habituée à son chien joufflu et très rassurant, et elle s'était même rapprochée de Brody, mais un jeune berger allemand plein d'énergie était clairement une autre affaire. Matt mit les chiens dans la cuisine et ferma la grille métallique qu'il avait boulonnée au mur.

— Est-ce que ça tiendra ?

Bree regarda la porte avec méfiance.

— Pas si elle veut vraiment sortir, mais elle restera avec Brody. Et il ne peut plus sauter par-dessus.

L'idée que son chien vieillisse attristait Matt. Lui et Brody avaient traversé tellement de choses ensemble. Il n'y avait qu'une poignée de personnes dont il était plus proche que de son chien. Bree faisait partie de ce groupe restreint. Depuis le peu de temps qu'il la connaissait, ils avaient affronté de multiples crises. Elle avait toujours assuré ses arrières. Et il se pouvait bien qu'elle ait aussi capturé son cœur.

Brody s'allongea sur son lit orthopédique. Greta s'allongea à côté de lui et lui lécha le visage. Il soupira.

— À plus tard, dit Matt aux chiens. Cady viendra à l'heure du déjeuner pour vous laisser sortir. Soyez sages.

Matt et Bree sortirent et grimpèrent dans le SUV.

En s'installant derrière le volant, Bree gloussa.

— Qu'est-ce qu'il y a de si drôle ? demanda-t-il.

— Avant, je trouvais bizarre la façon dont tu parles aux chiens, comme s'ils étaient des enfants. Maintenant, je fais la même chose.

— Tu ne parles pas à ton chat ?

— Si, mais comme s'il était mon égal – ou mon supérieur.

Matt rit.

— Ton chat est un enfoiré.

— Ouais. Mais c'est mon enfoiré à moi.

Ils parcoururent quelques kilomètres en silence. Puis Bree bifurqua vers le centre-ville.

— Todd a fait une petite recherche sur l'entreprise, hier soir. Beckett Construction est en activité depuis plus de trente ans. L'entreprise a été créée par le père de Paul, qui est décédé il y a plusieurs années. Compte tenu de la nature de leur activité, ils n'ont eu que quelques procès mineurs au fil des ans, et ils jouissent d'une excellente réputation.

— Quel type de construction font-ils ?

— Des cuisines haut de gamme, installations, rénovations, extensions, répondit Bree. Paul Beckett est marié à Angela Beckett. Ils ont des jumeaux, des garçons de dix-neuf ans.

Peu de temps après, elle se garait dans une zone industrielle. Beckett Construction occupait un petit immeuble de bureaux et un entrepôt attenant. Ils sortirent de voiture et entrèrent dans le bâtiment principal. Le bureau était dépouillé, avec des dalles de plafond et une moquette bon marché. Beckett Construction ne gaspillait pas son argent en frais généraux.

La secrétaire venait manifestement d'arriver. C'était une grande et robuste femme d'une cinquantaine d'années aux cheveux courts, blond cendré. Elle rangeait son sac à main et son déjeuner dans les tiroirs de son bureau lorsque Bree et Matt arrivèrent.

Bree les présenta.

— Nous sommes ici pour voir Paul Beckett.

La secrétaire jeta un coup d'œil à la porte fermée derrière elle et fronça les sourcils.

— Monsieur Beckett n'est pas encore arrivé. Vous aviez rendez-vous ?

— En effet, répondit Bree.

— Alors il sera là.

La secrétaire tapota sur son téléphone des deux pouces.

— D'habitude, il s'arrête sur nos chantiers en cours avant de venir au bureau. Je lui ai envoyé un texto pour lui dire que vous êtes là. C'est à propos de Holly, n'est-ce pas ?

Ses yeux s'embuèrent.

— En effet, répondit Bree.

— Je ne peux pas croire qu'elle se soit tuée. Je travaillais avec elle tous les jours, et je n'ai rien vu venir.

Elle prit un mouchoir en papier dans une boîte sur son bureau et s'essuya les yeux.

La déclaration de Bree sur le meurtre avait été transmise à la presse, mais la secrétaire ne l'avait clairement pas lue.

— Elle ne s'est pas suicidée, dit Bree. Elle a été assassinée.

— Oh.

La secrétaire se figea.

— C'est horrible.

Elle inspira profondément et dut fournir un effort pour se calmer.

— J'aimerais vous poser quelques questions, dit Bree.

Le retard de Paul à leur rendez-vous était agaçant, mais c'était aussi l'occasion de questionner ses employés hors de la vue du patron.

La secrétaire lança un regard méfiant à Bree.

— Très bien.

Bree commença.

— Y avait-il de l'animosité entre Holly et les autres employés ?

— Pas que je sache, dit-elle.

— Et avec le patron ? demanda Bree.

— De l'animosité ? dit la secrétaire. Non.

— Personne n'était en colère contre elle ? insista Matt. Il y a des petits conflits dans la plupart des bureaux.

— Je n'ai pas dit qu'il n'y avait pas de conflits, répondit la secrétaire en lui adressant un sourire ironique. Mais rien de sérieux. Nos employés à temps partiel sont jeunes. L'une d'elles est toujours en retard et s'habille de manière très inappropriée pour travailler.

Elle poussa un soupir désapprobateur.

— L'autre est assez fiable, mais arrogante.

La secrétaire leva les yeux au ciel.

— Mais tout ce qu'on a, c'est des histoires typiques de bureau, surtout des petites querelles au sujet de qui a mangé le yaourt de qui, si vous voyez ce que je veux dire.

— Très bien, dit Bree. Est-ce que Holly et vous avez déjà passé du temps ensemble en dehors du travail ?

La secrétaire prit une paire de lunettes sur le bureau et les fit tourner entre ses doigts.

— Non, mais Holly a vingt ans de moins que moi. On s'entendait bien, ici. Elle faisait son travail. Je faisais le mien. Holly était généralement à l'heure et assez consciencieuse. Parfois, elle aimait sortir boire un verre en *happy hour*. Moi, je suis fatiguée à la fin de la journée. Je rentre chez moi.

— J'aurai besoin des noms et des coordonnées des employés à temps partiel, dit Bree.

La secrétaire nota ces informations sur un morceau de papier. Elle tapa de la pointe de son stylo à côté d'un des noms.

— Deb a un deuxième emploi comme serveuse dans un restaurant. Si elle n'est pas chez elle, essayez là-bas.

La porte s'ouvrit et une jeune femme entra. Elle portait un jean troué aux cuisses, un pull court qui laissait apparaître un piercing au ventre et des baskets Converse. En jetant un coup d'œil irrité à l'horloge, la secrétaire identifia la nouvelle venue comme étant l'employée toujours en retard et mal habillée. Malgré lui, Matt était d'accord avec la secrétaire, ce qui le faisait se sentir vraiment vieux. La jeune femme ne ressemblait à rien.

Elle ouvrit de grands yeux en voyant l'uniforme de Bree.

— Vous êtes ici pour Holly.

Elle fondit en larmes, les sanglots secouant tout son corps.

La secrétaire prit la boîte de mouchoirs et la lui apporta. Elle tenta de l'apaiser avec des airs maternels.

Lorsque la fille se fut calmée, la secrétaire présenta Bree et Matt.

— Voici Connie, l'une de nos employées à temps partiel.

Pas Deb, alors.

Matt était déçu. Il voulait interroger celle qui, d'après Owen, passait du temps avec Holly après le travail.

— J'aimerais vous poser quelques questions sur Holly.

Bree jeta un coup d'œil autour d'elle.

— Y a-t-il un endroit où nous pouvons parler en privé ?

— Oui.

Connie haussa les épaules nerveusement.

— On peut aller par là.

Elle indiqua une porte. Ils entrèrent dans une autre pièce plus grande. Une longue table en occupait le centre, et un poste informatique était installé à chaque extrémité. Connie posa son sac sur une armoire de classement.

Bree posa à Connie les mêmes questions sur Holly, mais l'entretien n'apporta pas de nouvelle information. Elle avait pris un verre avec Holly une ou deux fois après le travail, mais elle dit :

— Elle est un peu vieille, vous comprenez ? Je préférais traîner avec mes amis, mais je ne voulais pas la blesser.

Matt ne pensait pas que ce soit une très bonne raison de passer du temps avec elle.

Quand ils en eurent fini avec Connie, il était huit heures trente et Paul n'était toujours pas arrivé. Ils retournèrent dans le premier bureau. Pendant que la secrétaire rappelait Paul, Matt fit le tour du bureau, s'arrêtant pour regarder des photos encadrées de cuisines neuves et rutilantes.

La secrétaire reposa le combiné.

— Il ne répond pas.

— C'est normal ? demanda Matt.

La secrétaire ne semblait pas inquiète.

— Il ne rappelle pas toujours et, normalement, je ne le sollicite pas si tôt le matin. Il visite les chantiers qu'il veut, puis s'arrête au bureau quand il le peut. Il y a des jours où il ne vient pas ici du tout. C'est parfois frustrant.

Bree se planta devant le bureau.

— Vous savez où il allait ce matin ?

La secrétaire nota une série d'adresses sur un post-it.

— Nous avons trois équipes. Ce sont les chantiers sur lesquels elles doivent travailler aujourd'hui. Il y en a d'autres qui sont en attente, à différentes étapes. Certaines attendent une livraison de matériaux. D'autres doivent faire l'objet d'une inspection avant que les travaux puissent commencer. Paul est très probablement à la première adresse, celle de Bleeker Street. Ils ont découvert des problèmes structurels majeurs, cette semaine.

Elle remit la note à Bree.

— Paul a travaillé dans ce secteur toute sa vie. Il est capable de faire le travail de tous ses employés, de la pose de carreaux à la menuiserie. S'il y a un problème, il trouvera la solution. Mais parfois, il ignore le côté administratif de l'entreprise. Il a peut-être oublié votre réunion. Son cerveau a tendance à être très concentré.

— Merci.

Bree prit le post-it et donna sa carte à la secrétaire.

— Si vous pensez à quelque chose qui pourrait nous aider dans notre enquête, appelez-moi.

— C'est entendu.

La secrétaire ouvrit un Rolodex à l'ancienne et classa la carte de Bree sous la lettre *s*, probablement pour *shérif*.

La porte s'ouvrit brusquement et un homme grand et costaud entra dans la pièce. Il posa un regard plein de colère sur Bree et Matt.

— Vous avez dix minutes.

Il entra dans son bureau, laissant la porte ouverte.

Quel accueil.

Bree haussa un sourcil en regardant Matt. Celui-ci haussa les épaules et la suivit dans le bureau.

Tout en consultant une pile de papiers sur son vieux bureau en métal, Paul désigna d'un signe de tête les deux chaises en plastique qui lui faisaient face.

— Ne vous mettez pas trop à l'aise. Je n'ai pas beaucoup de temps pour ces conneries, ce matin.

Bree s'assit.

— Monsieur Beckett, nous sommes ici pour vous poser quelques questions sur votre employée Holly Thorpe. Vous êtes au courant que Mme Thorpe a été assassinée.

Paul se figea pendant une fraction de seconde avant de poser la pile de papiers.

— J'avais entendu dire qu'elle s'était suicidée.

— Vous avez été mal informé.

Matt s'installa sur une chaise sans cesser de regarder Paul dans les yeux.

— Holly a été assassinée.

Paul grimaça, puis reprit d'un air impassible :

— Je ne vois pas en quoi ça me concerne.

— Holly travaillait pour vous.

Bree sortit son petit bloc-notes et un stylo.

— Quand l'avez-vous vue pour la dernière fois ?

Paul regarda un papier puis le mit de côté.

— Vendredi. Elle travaillait sur l'ordinateur quand je suis entré pour prendre un papier dans l'imprimante.

Bree appuya sur le bouton de son stylo.

— C'était à quelle heure ?

— Vers neuf heures, je crois. Je ne pourrais pas en jurer. Je ne me suis arrêté que quelques minutes avant de partir vérifier les chantiers.

Il prit un autre papier.

Bree s'éclaircit la gorge.

— Cette affaire est grave, monsieur Beckett. J'apprécierais d'avoir votre entière attention.

Il lui jeta un regard furieux.

— Je ne suis pas tenu de vous parler.

L'irritation monta dans la gorge de Matt comme une brûlure d'estomac.

Un connard arrogant.

C'était pour ça qu'il préférait ses chiens à la plupart des êtres humains.

Mais Bree avait de meilleures aptitudes relationnelles.

— Monsieur Beckett, nous parlons du meurtre de votre employée.

Son ton était sérieux et recelait juste une légère réprimande.

Paul jeta les papiers sur le bureau, se redressa et croisa les bras. *Mais oui. Beaucoup mieux.* Matt réprima l'envie de lever les yeux au ciel.

— Êtes-vous au courant de problèmes que Holly pouvait avoir ? demanda Bree.

Paul fronça les sourcils.

— Quel genre de problèmes ?

Bree fit un geste vague.

— Est-ce qu'elle s'entendait bien avec ses collègues ? Est-ce qu'elle avait des problèmes personnels ?

— Je ne m'intéresse pas à ce genre de choses.

Il expira bruyamment par le nez, comme un taureau irrité.

— Holly a travaillé pour vous pendant sept ans, souligna Bree.

— Au bureau, répliqua-t-il. Je passe la plupart de mon temps sur les chantiers.

Matt ouvrit de grands yeux malgré lui.

— Mais sept ans, c'est long.

— Où voulez-vous en venir ? dit Paul d'un ton sec.

— Nulle part, monsieur Beckett.

La mâchoire de Bree s'était contractée. Normalement, elle était très patiente, mais l'attitude de Beckett l'agaçait visiblement.

— Est-ce que Holly était en retard au travail, ces derniers temps ? Son travail vous donnait-il satisfaction ? Faisait-elle des erreurs inhabituelles ou semblait-elle distraite ?

— Si elle avait merdé au travail, je l'aurais virée.

Paul s'avança, posant les mains sur son bureau.

— Je ne supporte pas l'incompétence. Les gens font leur foutu travail, ou ils trouvent un autre job.

— Donc, vous ne savez pas si Holly était en retard ou si elle avait des problèmes professionnels ?

— Demandez à ma secrétaire.

Paul agita une main furieuse en direction de la porte.

— C'est elle qui s'occupe des dossiers des employés.

Bree se pencha en avant, plaçant les mains sur ses genoux.

— Aviez-vous des problèmes avec Holly ?

— Son travail semblait identique aux autres jours, dit-il en détachant ses mots.

Bree garda le contact visuel.

— Où étiez-vous, vendredi soir ?

Il n'hésita qu'une seconde avant de lâcher d'un ton mordant.

— Je ne m'en souviens pas. Laissez-moi vérifier mon agenda.

Il prit son téléphone et tapota l'écran.

— Rien de noté. J'ai dû rentrer chez moi.

— Mais vous ne vous en souvenez pas ? demanda Matt. Ce n'est pas comme si on vous demandait où vous étiez il y a six mois. Vendredi dernier, ça ne fait pas si loin.

Paul l'ignora, mais un muscle tressaillit sur le côté de son visage. Il cachait quelque chose.

— Étiez-vous seul ici ? demanda Bree.

Les narines de Paul se dilatèrent.

— Ma femme et moi sommes séparés.

Intéressant.

Il avait réussi encore une fois à ne pas répondre à la question.

— Quand vous êtes-vous séparés ? demanda Bree.

Paul ne cilla pas.

— Elle est partie il y a quelques mois, reprit-il, l'air pincé. Si j'avais su que j'aurais besoin d'un alibi, j'aurais prévu quelque chose. Maintenant, si vous voulez bien m'excuser, j'ai du travail. Mon menuisier n'est pas venu, aujourd'hui. Je dois aller couper des moulures.

Bree se pencha en avant.

— Vous avez parlé avec Holly au téléphone, jeudi dernier.

— Ah bon ?

Paul plissa les yeux.

Bree inclina la tête.

— Quelle était la nature de cette conversation ?

— Je ne m'en souviens pas exactement.

Son visage resta impassible.

— C'était ma comptable. Parfois, elle avait une ou deux questions sur les comptes.

Paul se leva derrière son bureau. Ouvrant son tiroir du haut, il parcourut un tas de cartes de visite en vrac. Il en choisit une et la jeta sur le bureau devant Bree.

— Si vous voulez me poser d'autres questions, appelez et prenez rendez-vous avec mon avocat.

Il se redressa, puis croisa les bras sur sa poitrine.

Bree récupéra la carte de visite de l'avocat.

— Merci.

Son ton n'était même pas sarcastique. Matt fut impressionné.

— Vous connaissez le chemin, dit Paul d'un ton qui signifiait qu'ils pouvaient aller se faire foutre.

Il se laissa retomber sur sa chaise et les fixa avec un regard courroucé.

Bree sortit du bureau la première. Elle remercia la secrétaire d'un geste en se dirigeant vers la porte.

Une fois dehors, ils montèrent dans le SUV.

— C'était intéressant.

Elle démarra.

Matt attacha sa ceinture de sécurité, insérant la boucle plus fort que nécessaire.

— Quel connard ! A-t-il répondu à une seule question ?

— Non. Aucune.

Bree tapa du doigt sur le volant.

— Alors, la grande question, c'est : pourquoi ? *Est-ce que c'est juste un abruti, ou a-t-il délibérément éludé nos questions pour une raison précise ?*

Elle prit son téléphone, appela Todd, et lui demanda de faire une recherche approfondie sur Paul Beckett et Beckett Construction.

— Et maintenant ? demanda Matt.

— Il faut qu'on retrouve l'autre employée à temps partiel, Deb, et qu'on découvre ce que Paul Beckett nous cache.

Chapitre Quatorze

Bree gravit la rampe en béton devant le restaurant. Matt lui tint la porte et ils entrèrent. Le restaurant était divisé en deux sections : un comptoir avec deux rangées de tables surplombant le parking et une salle à manger avec des tables et des chaises à l'arrière du restaurant. Entre l'affluence du petit-déjeuner et du déjeuner, le restaurant était calme. Quelques clients étaient assis sur des tabourets au comptoir, mais la plupart des tables étaient inoccupées. La grande salle à manger était bloquée par une pancarte sur un support métallique.

Bree repéra le gérant, un homme aux cheveux blancs portant une brassée de menus. Il ressemblait au colonel Sanders, sans la barbichette. Elle attira son attention et il se précipita vers elle, se glissant derrière le comptoir et rangeant les menus dans une fente.

— Comment puis-je vous aider, shérif ?

Bree lui présenta Matt.

— Nous voudrions parler avec Deb Munchin.

Le gérant haussa des sourcils blancs et touffus.

— J'espère qu'elle n'a pas d'ennuis.

— Non, le rassura Bree. Mais nous espérons qu'elle pourra nous aider avec une affaire.

— Bien sûr.

Il se tourna vers une serveuse en pantalon noir et blouse blanche.

— Pouvez-vous demander à Deb de venir à l'avant ? Elle est dans la réserve.

La serveuse observa l'uniforme de Bree avec intérêt, mais elle hocha la tête et s'éloigna. Elle passa derrière le comptoir et disparut derrière des portes battantes.

— Je m'appelle Roger.

Il appuya les deux mains sur le comptoir.

— Je peux vous apporter du café ou quelque chose à manger pendant que vous attendez ?

— Non, merci.

Bree n'acceptait jamais de nourriture gratuite ou d'autre service de la part des entreprises locales. Le shérif ne devrait devoir de faveur à personne.

Une minute plus tard, une jeune femme aux longs cheveux noirs attachés en un chignon soigné s'approcha d'eux. Elle avait une vingtaine d'années. Comme les autres serveuses, elle portait un pantalon noir et des chaussures de sport noires. Juste en dessous de la manche courte et ourlée de son chemisier blanc se trouvait le tatouage d'une licorne.

Roger s'inclina et s'éloigna.

— Prenez votre temps, shérif.

Bree entra dans la salle vide.

— J'aurais besoin de vous poser quelques questions.

— C'est à propos de Holly ?

Deb fit une grimace triste.

— En effet, répondit Bree.

Deb regarda par-dessus l'épaule de Bree et fronça les sourcils. Elle s'éclaircit la gorge tout en se couvrant la bouche, puis murmura :

— On peut aller dehors ?

Bree jeta un coup d'œil derrière elle. Le gérant les observait.

— Allons prendre l'air, dit Matt d'une voix plus forte avant de se diriger vers la porte.

Il la tint à Bree et Deb et tous trois s'engagèrent sur la rampe en béton pour rejoindre le parking.

— Merci.

Deb sortit un paquet de cigarettes de sa poche.

— Roger est un type bien, mais il ne peut pas s'empêcher de se mêler des affaires des autres. C'est la dernière personne à qui vous devriez confier un secret.

Allait-elle partager des informations personnelles ?

Mais Deb resta silencieuse pendant quelques secondes, le temps d'allumer une cigarette.

Bree cligna des yeux alors qu'un panache de fumée lui parvenait directement au visage.

— Quand avez-vous vu Holly pour la dernière fois ?

Deb tira sur sa cigarette.

— Vendredi. Je ne travaille que deux jours par semaine chez Beckett, généralement les jeudis et vendredis, mais parfois ils me demandent de changer. Tout dépend de ce qu'il y a à faire.

— Quel est votre rôle dans l'entreprise ? demanda Bree.

Deb souffla un anneau de fumée.

— Tout ce dont ils ont besoin. Surtout la paie, mais chaque trimestre, ils ont aussi besoin d'aide pour les déclarations fiscales.

— Est-ce que Holly vous a semblé dans son état normal ?

Bree sortit son bloc-notes de sa poche.

Deb haussa les épaules.

— Je suppose.

Le vent tourna et la fumée chatouilla le nez de Bree.

— Vous la connaissez bien ?

— Comme ça.

Deb haussa une épaule.

— Considérez-vous Holly comme une amie ? demanda Matt.

— Juste une collègue de boulot.

Deb fit tomber les cendres de sa cigarette.

— Il nous arrive de prendre un verre après le travail pour discuter de choses et d'autres, mais on ne se voit pas en dehors de ça. Ça fait même longtemps qu'on n'a pas fait une *happy hour*.

Bree leva son stylo.

— Vous n'êtes pas sorties boire un verre la semaine dernière ?

— Non.

Deb fronça les sourcils.

— Ça fait au moins un mois, sans doute plus. Elle n'arrête pas de m'envoyer balader.

Elle avait l'air un peu blessée et se tut de nouveau.

Bree tenta une autre approche.

— Vous aimez votre travail chez Beckett Construction ?

— Non, gloussa Deb. Je vais probablement arrêter. J'essayais de ne plus faire serveuse. Travailler dans un bureau fait moins mal aux pieds, mais ça n'en vaut pas la peine. J'ai demandé à Roger aujourd'hui si je pouvais avoir plus d'heures ici.

— Pourquoi ? demanda Matt.

— Parce que Paul Beckett est une putain de pieuvre.

Deb étira une grimace de dégoût.

— Il a les mains baladeuses. Et il est vieux. C'est dégueu.

Bree ne fut pas surprise. Paul se comportait comme si les règles ne s'appliquaient pas à lui.

— Qu'est-ce que vous voulez dire par là, exactement ?

La colère luisait dans les yeux de Matt. Comme la plupart des types bien, il était toujours indigné par les hommes qui utilisaient leur pouvoir pour abuser des femmes.

Deb fronça les sourcils.

— Je veux dire, il faisait tout pour se frotter à moi, et il m'a attrapé les fesses plusieurs fois. Et puis il sourit, comme si je ne pouvais rien y faire.

Elle tira sur sa cigarette, puis hocha la tête en direction du restaurant.

— Roger est aussi bavard qu'une vieille dame, mais il est correct et garde ses mains près de lui.

Matt pinça les lèvres.

— Vous a-t-il fait des propositions ou menacé de vous renvoyer si vous ne couchiez pas avec lui ?

— Non. Il n'est jamais allé plus loin.

La voix de Deb était pleine d'amertume.

— Il aime juste me montrer qu'il peut faire ce qu'il veut. Et ça ne dérange personne, ajouta-t-elle avec agacement.

— Qui ne s'en soucie pas ? demanda Bree.

— Holly.

Deb laissa tomber sa cigarette et l'écrasa sous sa chaussure.

Une pièce du puzzle se mit en place dans le cerveau de Bree.

— Elle a dit ça ?

— Non.

Deb regarda Bree d'un air amusé.

— Mais je sais qu'elle baisait avec lui.

— Holly avait des relations sexuelles avec Paul ? clarifia Bree.

— C'est ce que *baiser* veut dire, en général.

Deb alluma une autre cigarette, comme si elle essayait d'inhaler autant de nicotine que possible pendant sa pause inopinée.

— Comment le savez-vous ? demanda Bree.

— Je les ai vus ensemble.

Deb tira fortement sur sa deuxième cigarette. Elle jeta un coup d'œil vers l'entrée du restaurant.

— Écoutez, j'étais attirée par Holly.

Elle regarda Bree, puis Matt d'un air digne, comme si elle les mettait au défi de la juger.

— Je savais qu'il ne se passerait jamais rien entre nous. Ce n'était pas son truc. Mais la voir avec Paul…

Elle secoua la tête.

— Son mariage était agité. Elle se plaignait toujours des disputes qu'elle avait avec son mari, mais elle disait qu'elle l'aimait aussi. Après l'avoir vue avec Paul, j'ai pensé qu'elle racontait surtout des conneries.

Bree essaya de mettre de l'ordre dans ses divagations.

— Où les avez-vous vus ensemble ?

Deb rougit.

— Mardi dernier, j'ai demandé à Holly de sortir prendre un verre. Elle a dit qu'elle devait rentrer chez elle, mais elle avait l'air bizarre.

Deb détourna les yeux.

— Je l'ai suivie.

Elle fit tomber des cendres.

— Elle est allée chez Paul. Il a ouvert la porte et l'a fait entrer.

Intéressant.

— Avez-vous des preuves ? demanda Bree.

— Comme des photos ? dit Deb d'une voix haut perchée.

Bree hocha la tête.

— Non, pas moyen. Ça irait trop loin. Je me suis barrée avant qu'ils me voient.

Deb écrasa sa deuxième cigarette, d'un geste à la fois rageur et définitif.

— Vous me prenez pour une cinglée ?

Bree supposa que c'était une question rhétorique, étant donné que Deb avait été assez jalouse pour suivre Holly, ce qui était déjà plutôt bizarre.

À la limite du harcèlement.

Ce qui incita Bree à demander :

— Où étiez-vous vendredi soir dernier ?

Deb sursauta.

— Quoi ?

Bree reformula sa question de manière plus précise.

— Où étiez-vous entre vendredi dix-sept heures et samedi midi ?

Deb poussa une petite exclamation.

— C'est à ce moment-là que Holly a été tuée, n'est-ce pas ?

— En effet, répondit Bree.

Deb posa une main à la base de sa gorge.

— C'est quoi ce bordel ? Je vous donne des informations, et vous les retournez contre moi ?

— On doit vérifier l'alibi de toutes les personnes qui étaient dans la vie de Holly, mentit Bree.

Deb plissa les yeux, l'air méfiant.

— Je devais servir le petit-déjeuner samedi matin.

Elle inclina la tête vers le restaurant.

— Je devais être là à cinq heures, alors je suis restée à la maison vendredi soir et je me suis couchée tôt.

— Pouvez-vous prouver que vous étiez chez vous ? insista Bree.

Deb semblait impulsive et caractérielle. La colère pouvait lui faire baisser sa garde.

Elle baissa la main et serra le poing.

— Je vis seule.

— Avez-vous commandé une pizza ou vu des voisins ? demanda Matt.

— Non.

Deb se campa sur ses jambes.

— Vous ne pouvez pas me mettre ça sur le dos, dit-elle d'une voix rendue plus grave par l'irritation.

— On ne veut mettre ça sur le dos de personne, dit Bree en la regardant dans les yeux. Mais nous trouverons qui a tué Holly.

Deb jeta un coup d'œil au restaurant.

— Vous devriez parler à la femme de Paul, Angela.

— Mais Paul et sa femme sont séparés depuis des mois, dit Bree. Pourquoi s'en soucierait-elle ?

Deb eut un regard méchant et elle baissa la voix.

— D'une, Holly baisait son mari. Deux, Paul était au bord de la faillite. L'entreprise perdait de l'argent et enregistrait des pertes tous les mois.

— Que voulez-vous dire ? demanda Bree.

Deb secoua la tête.

— Je n'aurais rien dû dire du tout. Je pourrais avoir des ennuis.

Elle haussa les épaules.

— Tant pis. Je démissionne, de toute façon. Paul trame quelque chose de louche. Quand je l'interroge sur des transactions inhabituelles, il s'énerve et refuse de répondre à mes questions.

Elle secoua la tête avec frustration.

— C'est un vrai connard. C'est mon putain de boulot d'accorder les comptes, ce que je ne peux pas faire si je ne peux pas catégoriser les dépenses, dit-elle. Et il se comporte de manière vraiment bizarre.

— C'est-à-dire ?

— Il est nerveux et encore plus grincheux que d'habitude.

Elle pinça les lèvres.

— Un soir, il y a quelques semaines, je suis restée tard pour travailler sur les déclarations du premier trimestre avec Holly. Paul est entré. Je ne suis pas sûr qu'il savait que j'étais là. Il est entré dans son bureau et a laissé la porte ouverte. Je l'ai vu sortir une grosse enveloppe de son coffre-fort. Elle était pleine de liquide. Il l'a compté, l'a mis dans sa poche et est parti.

— Vous souvenez-vous de quel jour c'était ?

Deb plissa le front. Elle sortit son téléphone et ouvrit son agenda.

— C'était il y a trois ou quatre semaines, un mercredi. Je ne l'ai pas mis sur mon calendrier parce qu'ils m'ont appelée à la dernière minute.

Quelqu'un frappa à la vitre et ils se tournèrent tous pour regarder. Roger indiqua sa montre, puis désigna Deb et mima des excuses.

Elle lui fit signe de la main.

— Le coup de feu du déjeuner va bientôt commencer. Je dois vraiment y aller.

— Merci pour votre aide.

Bree regarda Deb disparaître dans le restaurant.

Matt se frotta la barbe.

— Je ne sais pas si elle est plus en colère parce que Paul la tripotait ou jalouse que Holly ait couché avec lui et pas avec elle.

— Les deux, sans doute. Émotionnellement, elle semblait plutôt perdue.

Bree se dirigea vers son véhicule.

— Nous avons une bonne raison de considérer officiellement Paul Beckett comme suspect – et de demander des mandats supplémentaires.

Elle appela Todd.

— En plus des informations générales sur Paul et son entreprise, je veux également ses relevés bancaires et de carte de crédit personnelle, ainsi que les données financières de l'entreprise.

— Oui, madame, dit Todd. Nous avons reçu une douzaine d'appels de médias.

Bree soupira.

— OK. Organisez une conférence de presse pour cet aprèsmidi. Je ferai le point sur l'affaire et répondrai aux questions.

Elle mit fin à l'appel.

— N'aie pas l'air si agacée, dit Matt.

— Tu sais que les conférences de presse ne sont pas mon activité préférée.

— Regarde le bon côté des choses. On a deux nouveaux suspects.

Mais Bree avait espéré que cette affaire se termine rapidement. Au lieu de ça, tout devenait plus compliqué.

Chapitre Quinze

Matt s'installa dans l'un des bureaux des adjoints et passa les heures suivantes à écrire des rapports, résumer des entretiens et faire des recherches de base sur leurs suspects. Todd s'affaira à obtenir les données téléphoniques et financières, tandis que Bree s'occupait de la conférence de presse et de la paperasse. Les devoirs habituels d'un shérif ne s'évanouissaient pas par magie à cause d'une nouvelle affaire d'homicide. Todd et Matt examinaient les données au fur et à mesure qu'elles arrivaient. Shannon Phelps appela pour signaler que sa société de sécurité avait envoyé un technicien chez elle et qu'il appliquait actuellement les modifications que Matt avait suggérées à son système d'alarme, ainsi que quelques mises à niveau supplémentaires.

Il était seize heures passées lorsque Bree retrouva Matt et Todd dans la salle de conférences. Matt avait apporté ses dossiers et son ordinateur portable.

Bree s'assit au bout de la table et s'étira.

— Où en sommes-nous ?

Todd ferma la porte derrière lui et se laissa tomber sur une chaise.

Matt commença.

— J'ai vérifié les antécédents de Paul Beckett. Pas de casier judiciaire, juste un tas de contraventions pour excès de vitesse qu'il a accumulées au cours de l'année écoulée.

Il passa à la page concernant Beckett Construction.

— Son entreprise a été fondée par son père il y a plus de trente ans. Paul y travaille depuis le début. Il est devenu président il y a huit ans, quand son père a fait une crise cardiaque mortelle sur un chantier.

Matt se pinça l'arête du nez. Il commençait à avoir la migraine.

— On attend toujours ses états financiers.

— Quelque chose sur l'ordinateur portable de Holly ? demanda Bree.

Todd secoua la tête.

— Le technicien du labo est en train de travailler dessus.

Il ouvrit son propre ordinateur portable.

— J'ai fait des recherches sur Deb Munchin. Pas de casier judiciaire, mais elle a été arrêtée pour avoir harcelé une collègue dans un supermarché il y a deux ans.

Matt se redressa. Ça semblait prometteur.

— Le PV contenait-il des détails ?

Todd hocha la tête.

— Une collègue a déclaré que Deb l'avait suivie chez elle après le travail et s'était assise devant son appartement pour l'observer.

— Flippant.

Bree prit une note.

— Et Deb a admis avoir fait exactement la même chose avec Holly.

— Ouais, acquiesça Todd. Mais les poursuites ont été abandonnées lorsque Deb a accepté de la laisser tranquille. Elle a changé de travail et il n'y a plus eu de plaintes. Donc je suppose qu'elle a obtempéré.

— Quand même.

Bree tambourina des doigts sur la table.

— Le harcèlement constitue un crime très personnel.

— Comme l'étranglement, ajouta Matt. Et nous savons déjà que Deb avait un faible pour Holly.

— Et Deb a admis avoir suivi Holly jusque chez Paul. La jalousie est une motivation potentielle pour le meurtre.

Bree se redressa.

— Approfondissons les antécédents de Deb et contactons la victime pour plus d'informations.

Todd écrivit sur son clavier.

— Billy Zinke n'a aucun antécédent judiciaire. Je n'ai rien trouvé de plus grave que quelques contraventions de stationnement.

Bree prit un air pensif.

— Avons-nous d'autres idées pour tester l'alibi d'Owen ? Il n'est pas en haut de ma liste pour le moment, mais je ne veux ignorer aucune piste.

— Je pourrais aller au Grey Fox pour parler aux habitués, suggéra Todd. Si Owen y est connu, alors les gens se souviendront peut-être s'il était là vendredi soir dernier.

Bree hocha la tête.

— Pas une mauvaise idée. Allez-y en civil. Prenez Collins avec vous. Les clientes se sentiront plus à l'aise en parlant à une femme.

— Oui, madame. Et Shannon ? demanda Todd. Est-elle toujours suspecte ?

Bree hocha la tête.

— Oui. Il est trop tôt pour exclure complètement qui que ce soit. D'un côté, elle n'a pas d'alibi et elle a un mobile pour tuer Holly. De l'autre, elle souffrira financièrement, car Holly n'est plus là pour partager les frais médicaux de leur mère.

Matt consulta son ordinateur.

— Le rapport préliminaire d'autopsie est arrivé. Pas de surprises.

Le rapport d'autopsie final ne serait pas complet tant que tous les tests de toxicité ne seraient pas arrivés, ce qui prendrait des semaines.

— Il y a un rapport du labo sur des relevés chimiques. Des traces de quelque chose qui s'appelle le métabasalte ont été trouvées dans le coffre de la voiture de Holly.

— Du métabasalte ?

Bree leva les yeux.

Matt parcourut le rapport en diagonale.

— Une roche vieille d'un milliard d'années qu'on trouve dans les montagnes Blue Ridge de Virginie-Occidentale, blablabla. Elle est utilisée sous forme de poudre verte pour des courts de tennis en terre battue.

— Personne n'a mentionné que Holly jouait au tennis, dit Bree.

— Peut-être pas elle, mais le tueur, dit Matt.

Bree se leva.

— Nous ferons un entretien de suivi avec Shannon.

— J'aimerais aussi reparler à Paul.

Matt n'arrivait pas à décider s'il était juste désagréable – ou coupable.

— Je ne sais pas ce que nous apprendrons de lui. Il n'est pas coopératif.

Bree fronça les sourcils.

Exactement, pensa Matt.

— Et je veux savoir pourquoi.

— Fixons un rendez-vous pour lui parler.

Bree attrapa son téléphone.

Matt l'arrêta en levant la main.

— Ou on pourrait le suivre ce soir et voir où il va après le travail.

— Une planque ? gémit Bree.

— Je sais, ça craint, dit Matt.

Les planques n'étaient pas aussi excitantes qu'à la télévision. Il s'agissait surtout de rester dans son véhicule à manger du fast-food et à essayer de ne pas s'endormir.

— Ça peut prendre des jours pour attraper Paul en train de faire quelque chose d'intéressant, sans même parler d'illégal.

— Je sais, acquiesça-t-il. Mais Deb a dit que Paul a ponctionné un tas d'argent liquide dans son coffre-fort un mercredi soir. On est aussi mercredi. En plus, il ne veut pas nous parler, et nous avons tous les deux pensé qu'il cachait quelque chose. Il faut qu'on découvre ce qu'il mijote. On aura peut-être de la chance.

— Tu as raison. Essayons ça.

Elle vérifia l'heure sur son téléphone.

— Faisons une pause pour le dîner. Je passe te chercher après.

Matt prit ses dossiers et rentra chez lui. La camionnette de Cady était garée devant la maison. Matt ramassa son courrier, puis entra.

Sa sœur détachait la laisse de Greta.

— Je viens de les sortir. J'étais ici, de toute façon, et je ne savais pas à quelle heure tu rentrerais.

Matt l'embrassa rapidement.

— Merci.

Les yeux de sa sœur étaient rouges et elle avait l'air fatiguée.

— Ça va ?

Cady hocha la tête, puis soupira.

— J'ai vu Greg, hier.

Matt se raidit.

— Il t'a encore embêtée ?

— Non.

Elle secoua la tête.

— C'était une rencontre accidentelle. Il semblait aussi surpris que moi.

— Mais ?

La colère monta dans la poitrine de Matt.

Cady eut un haussement d'épaules saccadé.

— C'est toujours un sale con.

Mais l'incident l'avait bouleversée. Matt aurait voulu aller chez son ex et le bouleverser à son tour.

— Tu veux que je le fasse disparaître ?

Il plaisantait. Pas entièrement.

— Non.

Elle posa la main sur son avant-bras.

— Je suis un peu triste, mais ça va aller. Dans un sens, c'était bien de voir qu'il n'a pas changé. Ça confirme que j'ai fait le bon choix en divorçant.

— Honnêtement, est-ce que tu as déjà eu des doutes là-dessus ?

Cady laissa échapper un long soupir.

— Je n'avais pas les idées claires, à l'époque.

— Tu étais en deuil, corrigea Matt.

Elle acquiesça.

— Ça ira mieux dans quelques jours. J'ai juste besoin de m'occuper.

Matt la regarda en fronçant les sourcils. Il avait eu tort de penser qu'elle s'était entièrement remise. Elle était toujours en deuil. Si elle avait eu un partenaire pour partager cette peine, comme aurait dû le faire un mari, serait-elle toujours aussi malheureuse ? Assimiler le mariage à un travail d'équipe lui fit penser à Bree.

— Ce n'est pas comme si je ne pensais jamais à lui, dit-elle d'une voix triste.

Matt savait que celui dont elle parlait n'était pas son ex, mais le bébé qui n'avait jamais eu la moindre chance d'exister. Son cœur se brisa pour elle. Il la serra fort dans ses bras.

— Je suis toujours là pour toi.

— Je sais, et merci.

Cady lui rendit son étreinte.

— Maintenant, parlons d'autre chose.

Brody et Greta se frottèrent contre Matt pour obtenir des caresses. Il s'agenouilla et essaya d'accorder aux deux chiens la même attention. Greta en eut bientôt assez et courut après une balle de tennis, mais Brody resta serré contre Matt, qui lui caressa le flanc.

— Tu m'as manqué, toi aussi.

Matt posa ses dossiers sur la table.

— Papa t'envoie du bœuf braisé.

Cady indiqua le réfrigérateur.

— Il sait que tu as une enquête et ne voulait pas que tu meures de faim. Tu devrais sans doute appeler les parents. Ils s'inquiètent.

— Je vais le faire.

Matt rit.

— Ils savent vraiment comment mettre la pression.

— Au moins, ils fournissent aussi la purée de pommes de terre et la sauce.

— Bien vu.

L'estomac de Matt gargouilla.

— C'est un prix que je suis prêt à payer. J'adore le bœuf braisé de papa.

Médecin à la retraite, le père de Matt était devenu le cuisinier de la famille. Leur mère était une ancienne enseignante qui ne savait même pas faire griller un toast.

Cady tapota le dossier qui se trouvait sur le dessus de la pile de Matt.

— Je la connais, cette Shannon Phelps.

— Ah bon ?

Matt se rendit au réfrigérateur et en sortit un récipient en verre. Son père avait séparé la viande, la purée de pommes de terre et les carottes en trois tas et avait tout recouvert de sauce. Salivant abondamment, Matt mit le récipient au micro-ondes.

Cady hocha la tête.

— Elle a adopté un chien de chez nous, il y a quelques mois.

— Tu te souviens de quoi, à son sujet ?

Il régla le micro-ondes sur deux minutes et appuya sur *Démarrer*. Le four se mit à bourdonner.

— Blonde. Petite. Genre comme ça.

Cady mit la main au niveau de son épaule.

— Elle était timide, presque introvertie, mais je l'ai trouvée sympathique. Elle était gentille avec le chien.

Le micro-ondes bipa et Matt en sortit son dîner. L'odeur de la sauce de son père emplit la cuisine.

— Je lui ai trouvé un petit chien, du genre nerveux. On l'a appelé Chicken parce qu'il avait tellement peur, une vraie poule mouillée. J'ai pensé que Shannon lui conviendrait bien parce que sa maison serait calme. Elle a dit qu'elle n'avait pas beaucoup de compagnie et qu'elle travaillait à domicile. Leurs personnalités correspondaient. Elle aussi semblait très sensible.

Matt posa le plat fumant sur la table. Sa sœur s'assit en face de lui.

— Tu en veux ?

Il indiqua la nourriture.

— Tu plaisantes ?

Cady se frotta le ventre.

— Papa m'a déjà nourrie.

Matt attaqua.

— Tu te souviens d'autre chose, sur Shannon ?

— J'avais vraiment de la peine pour elle. Quelqu'un dans sa famille était malade.

Cady leva un doigt et pencha la tête, essayant de se souvenir.

— Sa mère.

La fourchette à la main, Matt fixa sa nourriture. Shannon Phelps ne mangerait plus jamais de repas préparé par ses parents.

— Qu'est-ce qui ne va pas ? demanda Cady.

— La sœur de Shannon a été tuée.

— Quoi ?

Cady écarquilla les yeux.

— La femme trouvée au pont de Dead Horse Road ?

— Ouais. Mais garde son identité pour toi, OK ?

Matt soupira et se mit à manger. Il devait se nourrir, même s'il n'avait guère d'appétit.

— Shannon n'a pas besoin de commérages supplémentaires en plus de l'attention des médias.

— Bien sûr. C'est terrible. Elle voulait que le chien lui tienne compagnie. J'espère que ça l'aide.

— Moi aussi, dit Matt.

Bientôt, Shannon n'aurait plus de famille en ce monde. Elle avait déjà perdu son père et sa sœur. Sa mère était mourante. Et quelqu'un s'était introduit chez elle pour lui laisser un message désagréable.

Pourquoi ?

Matt ne voyait pas de motivation plausible pour vouloir effrayer Shannon.

Un instant, il réfléchit à ce qu'il ferait si quelqu'un faisait du mal à un membre de sa famille. Puis il repoussa cette idée. C'était trop douloureux, rien que de l'imaginer. Tandis que Bree travaillait dur pour renouer avec sa famille, Matt avait toujours eu le soutien et l'amour de la sienne. Lorsqu'il s'était fait tirer dessus et que sa carrière avait été brusquement interrompue, c'était sa famille qui l'avait aidé à surmonter cette épreuve.

— Comment le chien s'est-il adapté ? demanda Cady.

— Il était encore nerveux, dit Matt. Je doute que ça change.

— J'espère qu'il n'est pas trop dur à gérer pour elle.

Elle fronça les sourcils.

— Il faut parfois des mois pour que la véritable personnalité d'un chien abandonné se révèle. Je vais la contacter et prendre des nouvelles.

Cady prenait son métier au sérieux. Elle se souciait du bien-être de chaque animal qu'elle plaçait. Les adoptants devaient signer un formulaire promettant de rendre les chiens au refuge si le placement ne fonctionnait pas.

— Je soupçonne qu'elle est dépassée par sa situation, pas par le chien.

Cady pinça les lèvres avec colère.

— J'espère que vous trouverez l'assassin de sa sœur.

Matt sentit un surcroît de détermination et d'empathie l'envahir. Déjà endommagée, la vie de Shannon était en chute libre parce que quelqu'un avait assassiné Holly. Les sœurs n'étaient peut-être pas d'accord sur les soins à donner à leur mère, mais elles étaient tout de même là l'une pour l'autre. Il n'y avait rien de tel que la famille. Maintenant, Shannon était seule et devait faire face à un nouveau deuil.

Il planta sa fourchette dans un morceau de viande.

— Ne t'inquiète pas. On le trouvera.

Chapitre Seize

Bree gara son SUV à côté de la maison. De là, elle pouvait regarder à travers la fenêtre de la cuisine. Dana ouvrit le four pour vérifier la cuisson du dîner. Le frère de Bree, Adam, sortait la vaisselle du placard du haut, tandis que Kayla prenait les couverts dans le tiroir. Assis à la table, Luke écrivait dans un cahier à spirales.

Cette scène familiale frappa Bree en plein cœur. Elle n'avait jamais connu ça de toute sa vie. Elle avait été séparée de son frère et de sa sœur après la mort de leurs parents et été élevée seule par une cousine. L'absence d'Adam et d'Erin dans son enfance l'avait profondément marquée, et l'isolement avait laissé des traces. Bree avait du mal à cultiver des relations personnelles. Elle devait souvent se forcer à ne pas prendre de décisions rapides, mais à prendre du recul et à évaluer les situations. Son envie instinctive d'éviter toute relation qui pouvait la rendre vulnérable venait d'un besoin de se protéger, le produit d'une enfance solitaire et traumatisante. Avant le meurtre-suicide de ses parents, elle avait vécu dans un foyer violent et terrifiant. Pendant la majeure partie de sa vie, elle n'avait pu compter que sur elle-même.

Mais elle était adulte maintenant, et elle était déterminée à laisser le passé derrière elle. Le meurtre de sa propre sœur lui avait appris l'importance de la famille. Si seulement elle avait appris cette leçon avant la mort d'Erin.

Les larmes aux yeux, elle se glissa hors du SUV et se dirigea vers l'écurie. Elle ouvrit la lourde porte et alluma. Trois têtes la saluèrent. Riot, le hongre bai de Luke, frappa la porte de son box en hennissant. Pumpkin hocha la tête, espérant une caresse ou une friandise. Le robuste petit cheval était clairement gâté. Elle le gratta sous sa crinière blonde au passage. Elle attrapa une brosse et se glissa dans la stalle de Cowboy. De robe pie, c'était une bête calme et patiente. Il ne bougea pas tandis que Bree passait de grands coups de brosse sur l'animal.

— Tes taches blanches ont l'air ternes. Tu t'es roulé dans la boue, aujourd'hui ?

Il parut mal à l'aise. Ses paupières se baissèrent.

— Il fera peut-être assez chaud pour un bain, ce week-end.

Bree s'attaqua à une plaque de boue séchée sur sa croupe. Cowboy avait d'excellentes manières au sol. En promenade, il était imperturbable. Il n'était pas très beau, mais c'était un cheval solide et raisonnable. Bree n'était pas montée à cheval depuis son enfance, mais lorsqu'elle avait monté Cowboy pour la première fois après la mort de sa sœur, elle s'était sentie en sécurité. Lui et les deux autres chevaux étaient destinés à l'abattage quand Erin les avait adoptés. Bree cessa de brosser et posa le front sur le cou de Cowboy.

— Elle t'aimait, tu sais. Erin était l'une des personnes les plus gentilles que je connaisse.

Cowboy enroula son cou autour de Bree.

Elle éclata de rire.

— Je sais que tu ne fais que vérifier mes poches en quête de friandises, mais je vais faire comme si c'était un câlin.

Le cheval baissa la tête et attrapa du foin.

Bree lui frotta l'épaule avant de quitter sa stalle, le cœur un peu plus léger. Sur le chemin de la maison, elle réprima son chagrin. Ce soir, elle allait profiter de sa famille et savourer les liens qui se tissaient entre eux. Le deuil de Shannon Phelps était un rappel que le bonheur pouvait vous être arraché à tout moment. Rien ne devait être considéré comme acquis. Chaque moment de bonheur était un cadeau à apprécier.

Un sentiment de culpabilité la tourmenta. Elle devait des excuses à son frère. Il ne lui avait demandé qu'une chose depuis qu'elle était revenue à Grey's Hollow : l'accompagner à la vieille maison des Taggert, là où leur père avait tiré sur leur mère avant de se suicider. Et Bree avait repoussé l'échéance pendant des mois, tandis qu'Adam avait fait tout ce qu'elle lui avait demandé.

Bree passa la porte, enleva ses bottes et se prépara à l'accueil de Ladybug. La grosse chienne galopa vers elle et glissa sur le carrelage. Bree la rattrapa avant qu'elle ne percute le mur. Imperturbable, la chienne remua son moignon de queue et renifla comme un cochon alors que Bree lui frottait les côtes avec les deux mains.

Kayla attendit que la chienne s'éloigne, puis elle s'approcha pour un câlin. Bree l'embrassa au sommet du crâne. Elle se dirigea vers la table et fit de même avec Luke. En apparence, il semblait seulement tolérer son affection, mais elle savait qu'au fond, il en avait besoin. Bien que Bree ait souvent l'impression d'échouer lamentablement dans son nouveau rôle de parent, elle était la meilleure personne disponible. Elle savait mieux que quiconque ce que c'était que de vivre avec le genre de chagrin que Kayla et Luke connaissaient.

Et elle était déterminée à être là pour eux. Ils ne seraient pas rejetés, isolés et encore plus traumatisés, comme elle l'avait été.

Relâchant Luke, Bree donna à son frère une bise sur la joue. Adam portait un jean déchiré et un vieux T-shirt délavé, tous deux largement tachés de peinture. C'était un artiste à succès, mais on ne l'aurait pas dit à ses vêtements. Il n'avait aucun goût pour les apparences. Il conduisait la même vieille Ford Bronco depuis des décennies et vivait dans une grange aménagée qu'il avait achetée uniquement pour sa luminosité. Au lieu de s'adonner au faste, il avait dépensé son argent pour Erin et ses enfants. Il avait acheté et entretenu la ferme qu'Erin voulait, mais qu'elle n'aurait jamais pu s'offrir avec son revenu de coiffeuse. En ce sens, Adam avait été un meilleur frère que Bree. Mais lui et Erin avaient aussi grandi ensemble. Ils avaient eu un lien dont Bree avait été exclue.

Ce qui signifiait également qu'il avait probablement ressenti la perte d'Erin plus intensément que Bree, ce qu'elle n'avait jamais envisagé auparavant.

Vivre, c'est principalement apprendre, se dit-elle.

Mais elle devait apprendre plus vite. Certaines leçons lui semblaient toujours arriver trop tard.

— Lave-toi les mains. Le dîner est presque prêt.

Dana sortit du four deux pizzas faites maison. Elle s'empara d'une roulette dans un tiroir et découpa des parts comme une pro.

Bree s'avança vers l'évier et se lava les mains. Elle jeta un coup d'œil au chemisier en soie noire, au jean à pattes d'éléphant et aux chaussures à talons de Dana.

— Tu es très élégante.

— J'ai un rendez-vous.

Dana se servit d'une spatule pour transférer les parts de pizza sur un plateau.

Bree prit une canette de seltzer dans le réfrigérateur.

— Des détails, des détails !

— C'est juste un café.

Elle haussa les épaules.

— On s'est rencontrés via une appli.

— Sérieusement ?

Bree haussa les sourcils involontairement.

— Une appli ?

Dana resta de marbre.

— Je sais que c'est difficile à croire, mais Grey's Hollow n'a pas une vie sociale trépidante.

Elle jeta la roulette dans l'évier.

— Tout le monde ne rencontre pas une vraie bombe dès son premier jour en ville.

— Je te l'accorde.

Bree gloussa. Sa relation avec Matt avait été une surprise totale.

— Sois prudente. Envoie-moi sa photo et ses coordonnées.

— Je le retrouve dans un café. J'arriverai en avance pour qu'il ignore où je serai garée.

Dana tira sur la jambe de son jean pour montrer à Bree l'arme de poing attachée à sa cheville.

— Et je n'ai pas oublié les accessoires. Ne t'en fais pas.

— OK. Je te fais confiance.

Bree rejoignit les enfants et Adam à table.

Dana disait apprécier sa nouvelle vie avec Bree et les enfants, après deux décennies et demie à côtoyer des criminels toute la journée. Mais parfois, Bree oubliait tout ce que son amie avait abandonné pour aider la famille Taggert. Elle devait se sentir seule.

Dana fronça les sourcils.

— Tu ne t'es pas changée. Ça veut dire que tu retournes au travail ce soir ?

— Matt et moi, on surveille la maison d'un suspect.

Bree pensa laisser Luke s'occuper de Kayla. Il avait seize ans et, dans une famille normale, il aurait pu jouer ce rôle, mais elle hésita. Ils avaient tous connu trop de violence pour avoir une vie tout à fait normale.

— Je peux annuler mon rendez-vous, proposa Dana.

— Je ne veux pas te demander ça… dit Bree.

Elle aurait dû demander à Dana avant d'organiser cette planque. Mais elle avait supposé que son amie serait à la maison, ce qui était égoïste.

— Pas besoin, interrompit Adam. Je peux rester avec les enfants.

Bree sourit à son frère.

— Merci, Adam. Je peux préparer Kayla pour la nuit avant de partir.

— Mais je veux rester avec Adam et Luke ! protesta Kayla.

Bree réprima l'envie de dire non. C'était un soir de semaine, mais il fallait faire des exceptions. Kayla avait subi tant de pertes, dans sa courte vie. Elle avait besoin d'éprouver de la joie, même pour quelque chose d'aussi simple que de rester debout après l'heure du coucher de temps en temps.

— D'accord, dit Bree.

La petite fille s'endormirait probablement sur le canapé, de toute façon.

Heureuse, Kayla bavarda tout au long du repas, tandis que Bree interrogeait Luke sur sa journée. Du moins, c'était ce qu'elle ressentait. Comme d'habitude, l'adolescent était réticent à fournir des détails, et Bree devait lui arracher les informations. Une fois le dîner terminé, Bree et Adam rangèrent la cuisine. Dana se recoiffa, rajusta son maquillage et partit pour son rendez-vous.

Bree attrapa un coupe-vent et dit au revoir aux enfants.

— Choisissez un film, lança Adam par-dessus son épaule en la suivant sur la véranda.

Le soleil était bas dans le ciel, projetant de longues ombres. Des nuages sombres planaient au loin.

— Il va y avoir de l'orage.

Il glissa les mains dans les poches de son jean et regarda le ciel.

— Merci encore, Adam.

— Pas la peine de me remercier. On est une famille, pas vrai ?

— Ouais.

Tout à fait.

Bree se tourna vers lui.

— Ce qui m'amène à mes excuses. Ça fait maintenant deux mois que tu m'as demandé de t'accompagner à notre ancienne maison. Je me suis arrangée pour y échapper. Je suis désolée.

En mars, Adam l'avait stupéfiée en lui annonçant qu'il avait acheté leur maison d'enfance délabrée, qui avait besoin d'être condamnée. Cette même maison dans laquelle leur vie avait pris un tour si dramatique vingt-sept ans auparavant.

L'endroit où leur père avait tué leur mère.

Bree détourna le regard, puis comprit que c'était encore une manière d'éviter le sujet. Elle se força à croiser le regard de son frère.

— Je comprends, Bree.

Les yeux noisette d'Adam, de la même couleur que les siens, ne cillèrent pas.

— Je ne te forcerai pas à y aller. Je suis désolé d'avoir demandé. C'était égoïste de ma part. Je n'avais pas réalisé à quel point ce serait difficile pour toi. Tu te souviens de tout.

Et elle savait qu'il souhaitait désespérément se souvenir de ses parents qui étaient morts quand il était enfant.

— Tu n'as pas de raison de t'excuser. Il faut que j'affronte la réalité. J'aimerais juste qu'il ne me faille pas si longtemps pour trouver le courage de le faire.

Bree sentit son visage s'échauffer, même si une peur froide s'accumulait dans son ventre. Autant renâclait-elle à l'idée d'y retourner, autant sa propre lâcheté l'embarrassait.

Adam posa la main sur son bras.

— Ne t'en fais pas. La maison sera toujours là quand tu seras prête.

Ils avaient tous deux mûri au cours des quatre derniers mois. Avant, Adam était émotionnellement distant, un mécanisme de défense identique au besoin de Bree de tout contrôler. Mais lorsqu'elle avait demandé une place dans sa vie et qu'il l'aide à élever les enfants de leur sœur, il s'était engagé sans se plaindre.

— Je te promets qu'on ira bientôt.

— Ça me suffit tout à fait.

Il fit volte-face et rentra dans la maison.

Bree se glissa au volant de son SUV. Elle se dirigea vers le domicile de Matt, sous des nuages de plus en plus épais, se préparant mentalement à surveiller la maison d'un tueur potentiel.

Chapitre Dix-Sept

Ils prirent la Suburban de Matt pour se rendre au domicile de Paul. Le véhicule officiel de Bree n'était pas adapté à une planque, surtout s'ils devaient suivre Paul à un moment donné. À travers le pare-brise, le soleil descendait, et Matt abaissa sa visière pare-soleil pour ne pas être ébloui. Dans le rétroviseur, des nuages sombres s'amassaient derrière eux.

— Tu arrives à croire que Dana prend un café avec un type qu'elle a rencontré sur une appli ? demanda Bree depuis le siège passager.

— Ces applis sont populaires.

— Il faut croire.

Son téléphone sonna et elle jeta un coup d'œil à l'écran.

— Tu es déjà sorti avec quelqu'un par le biais d'une appli ?

— Non.

Bree était la première personne avec qui il sortait en trois ans, depuis la fusillade.

— Les relevés bancaires de Beckett sont arrivés, dit Bree. Todd les a examinés.

Matt sirota du café dans un mug en acier inoxydable.

— Quelle est sa situation financière ?

— C'est ce qui est intéressant.

Elle fit défiler les données sur son écran.

— Deb avait raison – ses soldes bancaires sont en baisse de tous les côtés. Soyons clairs : il est toujours riche. Mais on ne sait pas très bien où va l'argent.

Matt posa son mug dans le porte-boisson.

— Il a dit que lui et sa femme étaient séparés. Est-ce que c'est pour payer un avocat ?

— Ça fait deux ans que ça a commencé. Sa femme est partie il y a quelques mois seulement.

Bree tapota l'écran de son téléphone.

— Todd dit qu'il y a pas mal de retraits en liquide.

— En cash ? Peut-être qu'il fait des paiements à sa femme ?

— Mais pourquoi en cash ? demanda Bree. S'il donnait de l'argent à son ex-femme ou à son avocat, il voudrait sûrement en garder une trace.

— Tu as raison. Ça n'a pas de sens.

Matt posa les deux mains sur le volant et le tapota de ses pouces.

Le GPS leur indiqua que leur destination était devant eux, sur la droite. Matt vérifia la carte sur l'écran du tableau de bord. La maison des Beckett était au prochain virage.

— Je ferais mieux de m'arrêter ici.

Bree fouilla dans un sac de sport et en sortit un appareil photo avec téléobjectif.

— Jolie petite propriété de campagne.

Sa radio crépita sur sa ceinture de service et le standard relaya des informations sur un accident de voiture sans gravité. Elle baissa le volume.

Matt se gara au bord de la route, cachant le SUV à l'ombre des arbres. Il plissa les yeux en regardant à travers le pare-brise.

— Tu vois la même chose que moi ?

Avec sa façade solide et carrée, la grande maison de pierre se dressait au bout de l'allée comme un manoir anglais. Le bitume formait un cercle devant la demeure, puis s'incurvait jusqu'à un garage détaché.

Derrière le garage, une haute clôture entourait un court de tennis.

— Bingo. Un court de tennis.

Bree leva son appareil photo. L'objectif ronronna pendant la mise au point.

— Je ne vois aucun signe de vie dans la maison.

Les lumières du jardin étaient allumées, mais la maison était sombre.

Matt scruta les environs du bâtiment.

— Son pick-up est probablement dans le garage.

Il coupa le moteur et ils s'installèrent pour regarder et attendre. Bree posa son appareil photo sur ses genoux. Le vent soufflait en rafales, secouant les feuilles des arbres environnants. Matt but son café, heureux de pouvoir rester à l'intérieur du véhicule. Il gardait un œil sur la maison tout en inspectant le terrain, guettant le moindre mouvement.

— Voilà.

Bree leva à nouveau son appareil photo. Elle prit un cliché.

— C'est Paul. Il quitte la maison.

Matt se redressa sur son siège. Il regarda Paul entrer dans son garage détaché par une porte latérale. Matt démarra. La porte de garage basculante s'ouvrit et une berline Maserati en sortit en marche arrière.

— Ça ne va pas être difficile de le suivre.

La voiture s'engagea sur la route dans la direction opposée, mais Matt attendit quelques instants avant de partir à sa suite. Il garda une distance importante, permettant tout juste de distinguer les feux arrière de la Maserati. Ils roulèrent environ quinze minutes avant que Paul ne bifurque à l'entrée d'un petit complexe de bureaux. Matt éteignit les phares avant de faire de même.

La plupart des bâtiments étaient sombres et Paul se dirigea vers l'arrière du complexe. Matt s'arrêta, l'extrémité de sa Suburban cachée derrière le coin d'un immeuble. Il conserva une centaine de mètres entre eux et la voiture de Paul.

— Tu arrives à le voir ? Je ne veux pas me rapprocher. On se ferait trop remarquer dans ce parking vide.

Bree sortit son appareil photo et le leva.

— Oui. Il approche de la benne à ordures. Il y a une camionnette, garée à l'envers. Paul se gare à côté. Il vient de baisser sa vitre et de passer une enveloppe blanche par la fenêtre.

— Tu peux lire la plaque d'immatriculation de la camionnette ? demanda Matt.

— Non.

L'appareil photo cliqueta. Le tonnerre gronda au loin, et une rafale fit voler des feuilles sur le bitume.

— Et le conducteur ?

— Il y a un homme dans la camionnette, mais il n'y a pas assez de lumière pour voir son visage.

Bree prit davantage de photos.

— J'utilise le réglage de nuit, mais les images vont être sombres.

Elle baissa l'appareil.

— Il s'en va.

La transaction avait duré moins de deux minutes. Paul démarra et se dirigea vers la sortie du complexe.

— On suit Paul ou la camionnette ? demanda Matt.

— On reste avec Paul. C'est notre suspect.

Bree leva son appareil photo.

— Espérons que le labo pourra éclaircir ces photos pour qu'on puisse lire la plaque de la camionnette.

Matt et Bree se baissèrent tous deux sur leurs sièges tandis que Paul tournait au coin de la rue et s'éloignait. Quand la voiture de

Paul se fut éloignée sur la route principale, Matt démarra et la suivit. Il attendit d'être sur la route pour allumer les phares.

Des éclairs serpentèrent dans le ciel et une pluie fine s'abattit sur le pare-brise, réduisant la visibilité. Matt alluma les essuie-glaces et augmenta sa vitesse jusqu'à ce qu'il puisse juste distinguer les feux arrière de Paul sur la route devant lui.

— Il rentre chez lui, dit Bree.

Le tonnerre gronda et la pluie s'intensifia. Les feux arrière de Paul quittèrent la route principale. La porte du garage s'ouvrit en basculant. Paul entra et la porte se referma. Une lumière brillait aux fenêtres. Matt retourna au même point d'observation et éteignit les phares.

Bree regarda à travers l'objectif de son appareil. Elle fronça les sourcils.

— Il n'est pas sorti du garage.

— Il attend peut-être que l'orage passe.

— Tu as entendu ?

— Quoi ?

Matt n'entendait que le tambourinement de la pluie sur le toit du véhicule.

Bree pencha la tête et ferma les yeux.

— Je ne sais pas. J'ai cru entendre trois claquements.

— Comme le tonnerre ou des coups de feu ?

Matt sentit les poils de sa nuque se dresser.

La pluie cessa et Matt écouta attentivement. Il n'entendit rien d'autre que le grondement lointain du tonnerre alors que l'orage s'éloignait. La lumière filtrant par les vitres du garage s'éteignit, probablement grâce à une minuterie. Il inspecta la propriété de Paul. L'éclairage du jardin illuminait l'avant de la maison presque comme en plein jour.

— Il est toujours dans le garage, non ? Dans le noir.

— Ouaip.

Bree baissa son appareil.

— Je n'aime pas ça. J'ai un mauvais pressentiment.

— Alors allons voir.

— Laisse-moi essayer de l'appeler, d'abord.

Elle tapota sur son téléphone.

Matt entendit la ligne sonner plusieurs fois, puis passer sur messagerie vocale.

— Monsieur Beckett, c'est le shérif Taggert. J'aimerais prendre des dispositions pour que vous veniez au poste pour un interrogatoire supplémentaire. Vous pouvez venir avec votre avocat.

Elle laissa son numéro et raccrocha.

— Allons-y.

Elle passa la main derrière les sièges et sortit leurs gilets pare-balles.

— Juste au cas où.

Elle en tendit un à Matt et enfila l'autre. Puis elle coupa la radio. Matt enfila le gilet et attacha les bandes Velcro. Ils prirent des lampes de poche et sortirent du véhicule. Bree le rejoignit derrière la Suburban. Il ouvrit sa trappe de chargement et récupéra son fusil.

— Juste au cas où.

De l'eau coulait des arbres et ils se mirent à courir le long de la route, puis dans l'allée qui menait au garage.

Ils approchèrent du bâtiment. De la sueur s'accumulait sous la veste de Matt.

Le long bâtiment disposait de quatre portes basculantes, d'une porte latérale et de deux fenêtres de chaque côté des quatre travées. Matt courut jusqu'à la première fenêtre et s'adossa à la paroi à côté. Il jeta un œil par la fenêtre, prudemment. Malgré l'obscurité, il pouvait distinguer les formes approximatives de trois véhicules, dont le pick-up de Paul et la Maserati. Il n'y avait pas assez de lumière pour voir à l'intérieur des véhicules ou dans les coins.

— Tu vois Paul ? demanda Bree.

— Non.

Matt inspecta le bâtiment. Rien ne bougeait. Pourtant, il avait la chair de poule. Une brise fraîche et humide balayait la cour.

— Je vais voir l'autre fenêtre.

Bree courut vers l'autre bout du garage.

— J'aurai peut-être une meilleure vue.

Pop, pop, pop.

Le bruit des éclats de verre heurtant le béton suivit celui des coups de feu.

Matt se jeta au sol derrière un rocher. Il leva son fusil, mais ne pouvait pas riposter sans savoir où ses balles iraient ni qui elles pourraient toucher. Quelques mètres plus loin, Bree chuta sur l'herbe. Matt regarda dans sa direction, mais elle ne bougeait pas.

Chapitre Dix-Huit

Où est Matt ?

La douleur traversait le bras gauche de Bree. Elle resta immobile, faisant la morte, ne bougeant que les yeux pour chercher son compagnon. Dans sa vision périphérique, elle le vit accroupi derrière un gros rocher. Son fusil était pointé sur le garage.

Il va bien.

Bree regarda le garage, mais ne vit aucun signe du tireur. Sans bouger, elle chercha un abri. Elle ne voulait pas que le tireur sache qu'elle était en vie avant qu'elle trouve un endroit où se mettre à couvert. À environ dix mètres de là, un gros chêne masquait le ciel nocturne. Le tronc mesurait près d'un mètre de diamètre.

Ça fera l'affaire.

Elle expira fortement. Son cœur cognait contre ses côtes, son pouls s'emballait dans ses oreilles. Il fallait qu'elle bouge. Sa position actuelle était trop exposée. Elle prit une profonde inspiration, plaqua son bras blessé contre ses côtes et roula derrière l'arbre. Pour protéger la majorité de son corps, elle se mit en position assise, dos au tronc. Elle sortit son arme et attendit de voir si son mouvement attirait de nouveaux coups de feu. Le silence persistant, elle attrapa son téléphone de la main gauche. Un surcroît de douleur lui transperça le bras et la chaleur humide du sang frais imbiba sa manche. Elle s'immobilisa. Après avoir posé son arme sur ses genoux, elle utilisa sa main droite pour allumer sa radio, signaler les coups de feu tirés et demander des renforts.

Heureusement, une unité était à proximité. Arrivée dans cinq minutes.

L'appel terminé, elle échangea la radio contre son arme. Puis elle regarda autour de l'arbre et scruta le bâtiment. Les coups de feu étaient passés par la fenêtre depuis l'intérieur du garage. Était-il – ou était-elle – encore à l'intérieur ?

Ou le tireur avait-il changé de position, pour mieux viser Bree ou Matt ?

Elle chercha du mouvement, mais ne vit rien. Ce qu'on voyait à travers la vitre cassée était sombre et vide. Elle consulta sa montre. Quatre minutes avant l'arrivée des renforts. La poussée d'adrénaline avait atténué la douleur. De la sueur coulait au milieu de son dos et trempait sa chemise sous sa ceinture de service. Une bourrasque l'enveloppa et elle frissonna. Avec un peu de chance, elle avait juste froid et n'était pas en état de choc. Tandis qu'elle était allongée sur le sol, l'eau de pluie avait pénétré son pantalon d'uniforme.

Le tireur pouvait encore être à l'intérieur.

Elle jeta un coup d'œil à son téléphone, puis reporta son attention sur le bâtiment.

Arrivée des renforts dans trois minutes.

Toujours aucun signe du tireur.

Bree ouvrit l'œil. Elle sentait passer les secondes au vrombissement de son pouls dans sa blessure. Tant qu'elle et Matt restaient à couvert, tout irait bien jusqu'à l'arrivée des renforts.

Matt s'élança en zigzags sur le gazon, le mouvement la faisant sursauter.

Son cœur cogna dans sa poitrine.

— Qu'est-ce que tu fabriques ? chuchota-t-elle.

Il se glissa à côté d'elle. Il était aplati sur le sol et l'arbre le protégeait en partie, mais pas complètement. Il tenait son fusil sur ses genoux et le gardait pointé vers le garage.

— Tu aurais dû rester où tu étais ! dit-elle dans un murmure sec.

— Tu es blessée.

— Je sais. Ce n'est pas une raison pour te faire tirer dessus aussi.

Bree jeta un coup d'œil à son bras. Le sang imprégnait sa manche jusqu'au coude. Son bras palpitait toujours, la douleur restant modérée par l'adrénaline. Elle le regarda.

— Tu vas bien ?

— Oui.

Le visage de Matt était pâle et tiré.

— Tu peux surveiller le bâtiment ?

— Oui.

Elle tourna la tête en restant protégée par le tronc d'arbre.

— Tu as vu le tireur ?

— Non.

Il posa son fusil et déchira la manche de Bree.

Celle-ci garda les yeux rivés sur le garage, sans y voir de mouvement. Mais elle n'avait rien vu non plus avant de se faire tirer dessus.

— Il peut être n'importe où.

— Je n'ai rien pour te faire un pansement.

Il arracha le reste de sa manche, plia le tissu et l'appuya contre la plaie.

— Tiens ça.

Il enleva un de ses lacets et le lui noua autour du bras.

— La blessure n'est pas très profonde – un sillon droit – mais tu dois éviter de bouger. Sinon, tu vas la faire saigner encore plus.

— Les renforts devraient être là dans une minute. D'ici là, on reste à couvert. Je ne vais pas me vider de mon sang dans les deux prochaines minutes.

Mais Bree sentit que le sang imprégnait déjà le bandage de fortune.

— Tu le pourrais si tu ne restes pas immobile, dit Matt d'une voix lugubre.

Bree glissa son pouce dans sa ceinture de service pour immobiliser son bras.

Ils ne pouvaient pas battre en retraite. Il n'y avait pas de couverture entre eux et leur véhicule.

Les secondes défilèrent. La blessure de Bree palpitait toujours.

Boum. Boum. Boum.

Il sembla s'écouler plus d'une minute avant que les sirènes ne se fassent entendre. Le premier véhicule du département du shérif s'engouffra dans l'allée. L'adjoint Oscar était au volant. Il aperçut Matt et Bree et dirigea son véhicule vers eux à travers le gazon. Il plaça sa voiture entre eux et le garage. En restant accroupi, Matt ouvrit la portière arrière du véhicule et aida Bree à y grimper. Puis Oscar les ramena au SUV de Matt.

Bree lui résuma la fusillade pendant que Matt récupérait sa trousse de premiers soins. Il couvrit sa blessure avec de la gaze et appliqua un pansement plus solide.

— Ça devrait t'empêcher de goutter sur la scène de crime.

Dès que Matt eut attaché le bandage, il ramassa son fusil.

Un autre adjoint arriva.

— Oscar, vous avez des jumelles ? demanda Bree.

— Oui, madame.

Oscar alla les chercher dans son véhicule.

Bree s'en servit pour observer le garage. Elle ne vit aucun mouvement.

Le tireur est-il toujours là ?

Elle pointa Matt du doigt.

— On va faire le tour du garage.

Elle se tourna vers les adjoints.

— Vous deux, prenez l'entrée principale.

Ils se séparèrent.

Matt et Bree coururent en arc de cercle, en restant à bonne distance du garage.

— Tu ne devrais sans doute pas courir, dit-il.

— Probablement pas.

Bree haussa les épaules. Elle n'avait pas l'habitude de se cantonner dans une position de commandement. Envoyer d'autres personnes accomplir les tâches les plus dangereuses pendant qu'elle attendait dans un endroit sûr ne lui semblait pas naturel. C'était son instinct d'assumer elle-même les tâches les plus risquées.

Ils se déplacèrent d'arbre en arbre jusqu'à avoir fait le tour du bâtiment. Aucun mouvement ou son n'était perceptible à l'intérieur. Bree leva à nouveau les jumelles et repéra une vitre appuyée contre le revêtement.

— Le tireur est entré dans le garage par la fenêtre latérale.

— Laisse-moi deviner, dit Matt. La vitre a été enlevée.

— Ouaip.

Bree baissa les jumelles.

Elle utilisa sa radio pour joindre les adjoints.

— Tout est encore dégagé à l'avant ?

— Affirmatif, répondit Oscar.

— On s'approche.

Matt ouvrit la voie, zigzaguant à travers les arbres jusqu'au coin du bâtiment.

Bree donna à ses adjoints l'ordre d'avancer, mit les jumelles dans sa poche et sortit son arme.

Matt s'adossa au mur tandis que Bree s'accroupissait sous la fenêtre, la vitre découpée à ses pieds. Le fusil en avant, il regarda par la fenêtre. Il balaya l'espace du faisceau de sa lampe de poche.

— Je ne vois personne.

— Le tireur a probablement décampé juste après m'avoir tiré dessus.

De la sueur coulait le long de la colonne vertébrale de Bree. Une douleur intense irradiait dans son bras et des nausées tourbillonnaient dans son ventre. La surcharge d'adrénaline la faisait trembler et transpirer.

— Ça va ? demanda Matt.

— Ouais.

Elle déglutit.

— Attends. Je vois quelque chose. Il y a un homme allongé sur le sol.

— Beckett ?

— Je ne sais pas, dit Matt. Je ne peux pas voir son visage.

Elle se mit sur la pointe des pieds et regarda par-dessus le rebord de la fenêtre. Échangeant son arme contre sa lampe de poche, elle inspecta l'intérieur du garage. Rien ne bougeait dans les deux faisceaux qui balayaient la zone. La berline Maserati et une Porsche 911 Carrera partageaient l'espace avec le pick-up de Paul. Bree déplaça sa lampe de poche. Une ombre sur le sol attira son attention.

— Je le vois.

Elle plissa les yeux.

— À côté de la Maserati.

Elle relaya leur emplacement et donna l'ordre à ses adjoints d'entrer par la porte principale. La porte s'ouvrit et deux autres lumières apparurent dans le garage. Un adjoint longea le mur et actionna un interrupteur. Des plafonniers dissipèrent l'obscurité. Les deux adjoints se déplacèrent de concert pour vérifier l'intérieur et l'extérieur de chaque véhicule.

— Personne ! cria Oscar en rangeant son arme.

Bree ouvrit la voie jusqu'à l'avant du bâtiment. Le garage était un grand espace ouvert. Les véhicules de Beckett remplissaient trois emplacements. Dans le quart restant du garage, un établi bordait le mur.

Matt fit le tour de la Maserati.

— C'est Paul Beckett.

Bree contourna l'avant du véhicule.

De l'autre côté de l'élégante berline, Paul Beckett était étendu à côté de la portière du conducteur dans une petite flaque de sang.

Bree faillit se précipiter vers lui et s'arrêta net. Il n'était pas nécessaire de vérifier son pouls. Il était clairement mort, et elle ne pouvait pas risquer de contaminer la scène avec son propre sang. Les yeux bleus vides de Paul fixaient le plafond. Au centre de son polo bleu avec le logo de Beckett Construction se trouvaient trois grandes taches rouges.

Bree observa la flaque de sang. Encore humide, elle scintillait.

— Il a été tué alors qu'on surveillait la maison depuis la route.

Elle scruta le béton et l'établi, à la recherche d'une arme à feu. Il n'y en avait pas. Beckett ne s'était pas suicidé. Il n'avait pas non plus tiré sur Bree.

Où est passé le tireur ?

Chapitre Dix-Neuf

— Il faut qu'on inspecte le reste du terrain, dit Bree.

Matt indiqua son bras grossièrement bandé.

— Tu dois t'occuper de ça.

— Je vais le faire.

Mais d'abord, elle devait évaluer la situation.

Ils sortirent et inspectèrent les environs. L'aire de stationnement s'étendait entre la maison et le garage. Au moins un demi-hectare de pelouse luxuriante, parsemée d'arbres, entourait les deux bâtiments. Puis l'herbe se faisait plus rare et menait à une forêt plus dense. Bree ne vit rien bouger, hormis des chauves-souris qui voletaient au-dessus du court de tennis. Une chouette hulula au loin. Un bruit de pneus annonça l'arrivée du véhicule d'un autre adjoint.

— Pas beaucoup d'endroits où se cacher, déclara Bree. Pas avant la forêt.

Elle évalua la distance. Il aurait fallu un fusil de sniper pour tirer de si loin.

— Nous n'avons pas vu le tireur aller ou venir. Il ou elle a dû traverser le pré.

Matt sortit son téléphone portable.

— En regardant la carte, je vois une route de l'autre côté de ces bois.

Bree examina le sol.

— Pas de traces de pas.

Elle se retourna et regarda la maison. Elle devait faire plus de cinq cents mètres carrés. La femme de Paul l'avait quitté et leurs enfants étaient à l'université. Mais elle ne pouvait pas supposer que la maison était vide.

Bree chargea un adjoint de sécuriser le garage et de commencer un journal de scène de crime, en enregistrant toutes les personnes qui étaient entrées sur les lieux. Elle, Matt, et les deux autres adjoints se dirigèrent vers la maison. La porte était verrouillée. Elle regarda à travers une étroite vitre située à côté de la porte. Il n'y avait personne dans le hall.

Bree appuya sur la sonnette. Un carillon retentit à l'intérieur.

Pas de réponse. Elle sonna de nouveau, puis frappa à la porte et cria :

— Bureau du shérif !

Rien.

— Nous entrons, cria Bree.

Elle brisa l'une des vitres avec la crosse de son arme, tendit la main et tourna le verrou. L'arme au poing, ils entrèrent. Un escalier s'élevait d'un côté du hall d'entrée. Bree fit signe aux adjoints hall d'entrée. Bree fit signe aux adjoints de prendre le deuxième étage. Bree et Matt passèrent dans le salon sur la gauche.

Bree et Matt passèrent dans le salon sur la gauche. Ils franchirent la porte et balayèrent l'espace de leur arme.

— Personne.

Bree pivota sur ses talons.

Ils traversèrent le hall pour entrer dans la salle à manger et répétèrent le processus.

Matt se mit dos au mur.

— Personne.

Bree avança dans le couloir jusqu'à une cuisine et une salle à manger plus grandes que toute la surface de sa propre maison.

Épurées et modernes, les pièces étaient presque dénuées de mobilier et de bibelots. Une cheminée en marbre occupait le centre de la scène. À l'arrière de la maison, de larges fenêtres et deux portes-fenêtres offraient une vue sur la pelouse, la prairie et les bois situés derrière la maison. L'îlot de cuisine était une dalle de marbre blanc qui faisait la même taille que la porte de l'écurie de Bree.

Elle ouvrit une porte et découvrit un immense garde-manger. Matt inspecta un placard. Ils traversèrent la cuisine jusqu'à la buanderie et une salle d'eau. Sortant de la cuisine, ils empruntèrent un petit couloir de l'autre côté de la salle à manger. D'un côté, un bureau avec un ordinateur et une bibliothèque murale. Plus loin dans le couloir se trouvaient une chambre et une salle de bains. Personne ne se cachait dans les placards.

Des bruits de pas dans l'escalier les ramenèrent au foyer.

— Personne à l'étage, dit l'adjoint.

— Allons dehors.

Bree sortit dans l'air chaud du soir.

La mort de Paul leur permettait de rechercher un tueur ou une autre victime potentielle, mais une procédure appropriée devait être suivie afin de rechercher et de recueillir des preuves.

Deux autres véhicules de police arrivèrent. Todd sortit de sa voiture. Matt remit l'AR-15 dans sa Suburban et récupéra l'appareil photo de Bree. Elle chargea deux adjoints de fouiller le périmètre de la propriété et fit signe à Todd de la suivre jusqu'au garage. En chemin, elle téléphona au bureau du médecin légiste et au service de médecine légale du comté.

Bree mit rapidement Todd au courant des événements.

— Il nous faut un mandat de perquisition pour la résidence des Beckett.

En tapant avec les pouces, il prit des notes sur son téléphone.

— Sauf votre respect, madame, vous devriez peut-être aller aux urgences ?

— Je le ferai dès que j'aurai parlé au médecin légiste.

Bree ravala à nouveau sa nausée. L'adrénaline s'estompant, elle n'avait que sa volonté pour la soutenir.

— Elle est en route.

Todd peut s'occuper de la scène après ça, non ?

Ils atteignirent la porte du garage. Bree s'arrêta dans l'embrasure et inspecta la pièce pendant que Matt entrait. En faisant attention à ne pas marcher dans le sang, il s'accroupit à côté du corps. Avec dextérité, il sortit le portefeuille de Paul de la poche arrière de son jean et ouvrit le porte-monnaie.

— Il y a de l'argent dans son portefeuille. Quelques centaines de dollars, et ses cartes de crédit.

— Ce n'est pas un cambriolage, donc, dit Bree.

— Alors, que voulait l'assassin ?

Elle inspecta la scène sous un nouvel angle. Beckett était allongé à côté de sa Maserati.

— D'après la position du corps, il semble qu'il ait été abattu en sortant de sa voiture.

Matt enfila des gants.

— Le seul endroit où le tireur a pu se cacher est derrière l'un des autres véhicules.

Bree imagina Beckett en train de sortir de sa Maserati.

— Il est sorti de sa voiture et a fermé la portière.

Elle observa le corps. Les mains de Paul étaient tendues vers les portes du garage.

— Peut-être que le tireur est sorti de derrière le pick-up et lui a fait face.

Matt évalua la situation.

— L'angle semble bon. La Porsche est trop petite pour se cacher derrière.

— Paul est séparé et fait probablement face à un divorce imminent.

Bree s'éloigna du corps.

— Il faut qu'on parle à Mme Beckett.

— Je m'en occupe.

Todd se dirigea vers la porte.

— Quelqu'un arrive.

Bree sortit du garage.

Une berline Mercedes s'arrêta le long du trottoir et une femme en sortit. Elle avait une cinquantaine d'années. Ses cheveux blonds et courts semblaient sortir de chez un coiffeur de luxe. Mince et grande, elle portait un jean foncé, des bottines et un trench-coat qui lui donnaient l'allure d'un mannequin. Elle regarda les véhicules de police, puis son attention se reporta sur Bree.

La femme de Paul ? Quelle coïncidence.

— Madame.

Bree se présenta.

— Quel est votre nom ?

— Angela Beckett, dit-elle d'une voix hésitante. Que se passe-t-il ?

Au lieu de répondre, Bree demanda :

— Quelle est votre relation avec Paul Beckett ?

— Je suis sa femme.

Angela semblait du genre à être toujours bien habillée. Son apparence était son armure. Ses vêtements étaient repassés et son maquillage parfaitement appliqué. De délicats solitaires ornaient ses oreilles et un bracelet fin reflétait la lumière du garage.

— Mais enfin, que se passe-til ?

Bree chercha un endroit pour lui parler en privé, mais il n'y en avait pas.

— Enfin, expliquez-vous !

Angela éleva la voix en pointant le doigt sur Bree et en s'empourprant.

Bree savait qu'il n'y avait aucun moyen d'adoucir la nouvelle.

— Nous avons trouvé M. Beckett dans le garage. Il est mort. Mes condoléances.

Le visage de la femme se figea en une expression d'incrédulité stupéfaite.

— Paul est mort ?

— Oui, madame.

— Comment ?

— On lui a tiré dessus, dit Bree.

La main d'Angela retomba sur le côté. Sa posture parfaite s'affaissa.

— Je ne peux pas le croire.

Bree attendit, sentant qu'elle allait dire autre chose.

— Nous ne nous entendions pas très bien, mais Paul était… un surhomme, pour ainsi dire.

Angela fronça les sourcils.

— Il semble impossible qu'il ne soit plus là.

— Où étiez-vous ce soir ? demanda Bree.

— Paul et moi sommes séparés depuis des mois.

Angela soupira

— Je loge chez une amie. Je suis juste venue récupérer des affaires.

Elle regarda ses bottines.

— Il a changé les serrures, donc je ne peux pas entrer quand il n'est pas là.

— Où sont vos enfants ?

— Les garçons sont tous les deux à l'université. L'un est en Caroline du Nord. L'autre dans le Michigan.

Elle se mordit la lèvre, étalant son rouge à lèvres sur ses dents.

— Je vais devoir les appeler.

— Pourquoi vous et Paul vous êtes-vous séparés ? demanda Bree.

Angela pinça les lèvres.

— Ça semble stupide, mais il faisait une crise de la quarantaine totalement prévisible. Il s'est décoloré les cheveux. Il a acheté des voitures. Il courait après des femmes plus jeunes.

Elle soupira, apparemment exaspérée.

— Il m'a trompée tout au long de notre mariage, mais il ne l'avait jamais affiché. Je pouvais l'ignorer tant que personne ne savait. Il avait toujours été discret, jusqu'à récemment. Je lui ai dit qu'il allait vieillir, quoi qu'il fasse, mais il a continué à courir après la jeunesse comme s'il n'avait rien à perdre.

Mais il avait quelque chose à perdre : sa vie.

— Et il ne se souciait plus de me perdre, moi, dit Angela. Est-ce que je peux entrer prendre mes affaires ?

— Non, madame.

Bree vérifia si la main gauche de la femme portait une alliance. La bague était toujours là.

— Vous allez devoir attendre que nous ayons terminé.

La camionnette du médecin légiste apparut, interrompant l'entretien. Les yeux d'Angela s'écarquillèrent.

— Ça vient de se passer ? Paul est toujours là ?

— Oui, madame.

Angela cligna des yeux plusieurs fois, puis elle recouvra une contenance lorsqu'elle comprit que le corps de son mari était toujours sur les lieux. Elle se dirigea vers le garage. Bree s'interposa.

— Je veux le voir, dit Angela, les yeux pleins de larmes.

Non, ce n'est pas une bonne idée.

Mais comme les gens croyaient rarement Bree sur parole, elle dit :

— Je suis désolée, madame. C'est une scène de crime. Je ne peux pas vous laisser entrer.

Les yeux d'Angela s'écarquillèrent et son regard se porta sur le bras de Bree. Une grande tache de sang était maintenant visible et commençait à traverser le bandage.

— Oh, mon Dieu. Qu'est-il arrivé à votre bras ? On vous a tiré dessus aussi, n'est-ce pas ?

— Je dois parler au médecin légiste, maintenant.

Bree fit signe à un adjoint.

— Emmenez Mme Beckett au bureau.

— Quoi ?

Elle ouvrit grand la bouche.

— Vous ne pouvez pas faire ça ! Je suis une suspecte ?

Bien sûr que vous êtes une suspecte.

Angela fronça les sourcils en regardant le véhicule de police comme si c'était une boîte de Pétri. Elle n'avait pas totalement tort.

— Madame Beckett, commença Bree, j'ai besoin de vous poser quelques questions. Il y a trop de choses que je ne sais pas sur la mort de votre mari. Vous pourriez être en danger. Je me sentirais bien mieux si vous attendiez dans nos bureaux pendant que je m'occupe de ce qui s'est passé ici. Je viendrai vous parler plus tard dans la soirée. À ce stade, tout le monde et personne n'est suspect.

Angela plissa le front.

— Je ne répondrai à aucune question sans mon avocat.

Tous les gens riches avaient-ils un avocat à disposition ? *Bree reconsidéra les heures à venir.* Elle allait en passer une partie aux urgences. Impossible d'y échapper. Elle n'aurait probablement pas le temps ou l'énergie de mener un interrogatoire correct ce soir, de toute façon.

— J'aurai besoin de vos coordonnées pour organiser un entretien demain matin.

— Vous ne pouvez pas venir chez mon amie. Elle dormira. Elle est infirmière aux urgences et travaille de nuit.

Frustrée, Bree se força à desserrer la mâchoire. Elle préférait interroger les gens dans leur propre environnement, où ils étaient plus détendus et moins méfiants. Mais elle ne pouvait pas forcer les choses.

— Nous pouvons mener l'entretien au bureau du shérif.

Angela sortit un téléphone portable de sa poche.

— Je vous ferai savoir si mon avocat est disponible.

À moins de l'arrêter, Bree ne pouvait pas forcer Angela à accepter un entretien. Parler à la police était une démarche volontaire. Mais la plupart des gens ne le savaient pas. La plupart des gens voulaient également paraître coopératifs, car éviter les questions les faisait paraître coupables. Soit Angela Beckett pensait être au-dessus de la plupart des gens, soit elle avait vraiment quelque chose à cacher.

Paul n'avait pas été coopératif non plus. Les Beckett étaient-ils impliqués dans quelque chose d'illégal ?

Bree lui tendit sa carte.

— Faites savoir à mon bureau votre heure d'arrivée.

Angela prit la carte d'un geste sec et se dirigea vers son véhicule.

— Et soyez prudente, madame Beckett, ajouta Bree.

Angela ralentit un instant, puis repartit d'un pas un peu moins assuré.

Bree se dirigea vers la camionnette du médecin légiste.

— Je vous vois trop souvent, shérif. Encore une fois.

La légiste prit des chaussons dans un caisson en plastique. Elle se tourna pour faire face à Bree et son regard se posa sur son bras.

— Que s'est-il passé ?

— C'est superficiel, dit Bree.

Le Dr Jones haussa un sourcil.

— Je ne vous ai pas demandé d'évaluer votre propre blessure. J'ai demandé ce qu'il s'était passé.

Bree ne connaissait que deux intonations à la voix profonde du médecin légiste. L'une était apaisante et compatissante, utilisée pour s'adresser aux familles des victimes. L'autre exprimait un professionnalisme confiant. Mais ce soir, on aurait dit une mère énervée réprimandant un adolescent.

— Je… euh… me suis fait tirer dessus, reconnut Bree.

Le Dr Jones souffla bruyamment.

— Il y a combien de temps ?

— Je ne sais pas exactement.

— Je suppose que c'était avant que vous ne m'appeliez ?

— Oui.

Le Dr Jones marmonna quelque chose. Bree saisit seulement le mot *stupide*. Puis la légiste pointa le doigt vers le visage de Bree.

— Vous avez cinq minutes. Si vous n'êtes pas en route pour les urgences à ce moment-là, j'appellerai moi-même une ambulance.

— OK. OK.

Bree leva sa main valide en signe de reddition.

Avec un rapide signe d'assentiment, la légiste et son assistant suivirent Bree dans le garage, où Matt examinait la camionnette.

Bree informa le Dr Jones des circonstances de la découverte du corps pendant que l'assistant de la légiste prenait des photos, à distance puis de plus en plus près.

Le Dr Jones s'arrêta à quelques mètres du corps et scruta la scène pendant une minute avant de se rapprocher et de s'accroupir. Bree lui montra le portefeuille de Paul à travers le sachet en plastique transparent, de manière que son permis de conduire soit visible.

Le Dr Jones y jeta un coup d'œil.

— Aucun doute quant à son identité, alors.

— Non.

Bree recula et regarda la légiste travailler.

Le Dr Jones mesura la température de l'air, puis ouvrit la chemise du cadavre. Sans toucher aux blessures, elle pratiqua une incision au niveau du foie et inséra un thermomètre pour enregistrer la température corporelle. Un cadavre perd de la chaleur à un rythme d'environ un degré Celsius par heure jusqu'à atteindre la température ambiante. Le médecin légiste devait toujours tenir compte des conditions environnementales, mais plus le cadavre était frais, plus l'heure de la mort était précise.

Bree savait déjà que le décès de Paul Beckett était très récent, mais le médecin légiste devait confirmer l'heure de sa mort par des méthodes scientifiques.

Le Dr Jones saisit la tête du cadavre. Elle tourna facilement.

— La rigidité cadavérique n'a pas commencé.

Des réactions chimiques dans le corps provoquaient la contraction ou la raideur des muscles, un processus qui commençait normalement deux à quatre heures après la mort et se manifestait d'abord dans la mâchoire et le cou. Elle indiqua le torse, c'est-à-dire la partie dont la peau était la plus proche du sol.

— Les lividités ne sont pas encore visibles non plus.

Les lividités commençaient à apparaître environ trente minutes après la mort et devenaient généralement visibles en une heure ou deux. Elle se balança sur ses talons.

— Compte tenu de ces facteurs, ainsi que de la perte de chaleur corporelle, il est mort depuis trente minutes à une heure.

Bree vérifia l'heure sur son téléphone. Vingt heures quarante. Elle fit le calcul.

— J'ai cru entendre des coups de feu vers vingt heures.

La légiste acquiesça, puis jeta un coup d'œil au bras de Bree et inclina la tête dans l'expectative.

Bree hocha la tête.

— Je vais aller aux urgences, maintenant.

Elle ne demanda pas la cause du décès. Le médecin légiste n'aurait pas voulu faire de commentaires, mais ce qui avait tué Paul était assez clair : trois blessures par balle dans la poitrine.

Bree se dirigea vers la porte. Elle baissa les yeux et vit une tache verte sur le béton.

— Qu'est-ce que c'est ?

Matt s'accroupit.

— Ça ressemble à de la terre battue verte.

Chapitre Vingt

— Paul a un court de tennis, donc trouver de l'argile verte ici ne semble pas inhabituel, mais il y a quand même un lien fort entre cette scène de crime et celle de Holly.

Matt se redressa. Il aperçut des traces sur le pick-up de Paul et s'approcha pour les examiner. La peinture noire était rayée entre les vitres avant et arrière.

Bree s'approcha en faisant la grimace.

— Tu as trouvé quelque chose ?

Matt indiqua les marques.

— On dirait que quelqu'un a essayé de s'introduire dans le véhicule. Si tu insères ici un long instrument derrière le joint en caoutchouc, là, tu peux manipuler la poignée de la porte.

Bree laissa retomber ses mains.

— Nous ne savons pas où ni quand cela s'est produit.

— C'est juste.

Matt s'éloigna.

— Shérif, appela Todd depuis la porte du garage. L'équipe médico-légale est là.

— Tu as pris des photos ? demanda Bree à Matt.

— Oui.

Il signala les rayures du pick-up à Todd. Puis Matt lui remit l'appareil photo.

— Il y a aussi des photos des activités de Paul plus tôt dans la soirée qui doivent être éclaircies.

— J'enverrai les photos au service médico-légal et je ferai relever les empreintes digitales sur le pick-up.

Todd sortit son bloc-notes de sa poche et prit des notes.

L'assistant du médecin légiste entra en poussant un chariot chargé d'un sac mortuaire. Ils se préparaient à transporter le corps de Paul à la morgue.

— Alors laissons la scène à l'équipe médico-légale.

Bree sortit du garage et prit quelques minutes pour parler aux techniciens pendant qu'ils s'habillaient.

— Allons-y.

Matt fit un geste en direction de son véhicule.

— Bon, bon.

Elle semblait réticente à quitter la scène, mais elle était aussi pâle que de la craie. Le pansement était saturé de sang.

— Todd peut gérer la scène.

Matt guida Bree vers la voiture sans la toucher.

— Tu as raison.

Elle se dirigea vers le SUV. Elle serrait son bras blessé contre son ventre. Elle souffrait beaucoup plus qu'elle ne voulait l'admettre.

— Ou alors tu pourrais rester et superviser.

— Non.

Matt n'avait pas l'intention de la quitter d'une semelle.

Elle ne discuta pas, ce qui était un signe de plus qu'elle n'allait pas fort. Elle parvint pourtant à lui résumer sa brève conversation avec Angela Beckett tout en marchant.

Sur la route, une équipe de journalistes se mettait en place. Le cameraman se tourna vers Bree et le journaliste appela :

— Shérif Taggert !

— Nick West.

Matt aurait voulu continuer sans faire attention à eux.

— Ne t'arrête pas. Ignore-le.

— Je ne peux pas. La caméra est en marche.

Elle s'arrêta et il la vit baisser le bras sur le côté et forcer son corps à se redresser. Elle se mit de côté pour cacher sa blessure et se tourna vers le journaliste.

— Monsieur West.

— Nous sommes en direct avec le shérif Bree Taggert. Que pouvez-vous nous dire sur la fusillade ?

Nick West était jeune, il avait grandi dans le coin et jouissait d'une bonne réputation.

Mais à cet instant, Matt dut résister à l'envie de le frapper en le voyant pousser le micro vers le visage de Bree.

— Je ne peux pas encore faire de commentaires, pas avant que la famille ait été informée, déclara-t-elle.

— Le médecin légiste est ici, donc c'était une fusillade mortelle ?

West essaya de regarder derrière Matt. Les yeux du journaliste se posèrent sur le bras de Bree et s'écarquillèrent.

— Qu'est-il arrivé à votre bras, shérif ?

— Juste une blessure sans gravité. Je vais bien.

Bree écarta les jambes, comme si elle peinait à garder l'équilibre.

— Une personne est morte, et nous enquêtons sur la fusillade. Nous pensons que le tireur est toujours en fuite. Une fois que les membres de la famille auront été informés, le département du shérif publiera une déclaration officielle.

— L'homme qui vit à cette adresse est l'employeur de la femme dont le corps a été retrouvé lundi. Les deux crimes sont-ils liés ?

Nick avait fait son travail, et sans traîner.

— Nous ne pouvons pas le supposer aussi tôt dans l'enquête, mais c'est possible, déclara Bree.

— Le public est-il en danger ? demanda le journaliste.

— À ce stade, nous n'avons aucune raison de croire qu'il y ait un risque accru pour le grand public.

Les muscles de la mâchoire de Bree se tendirent, comme si elle serrait les molaires.

— C'était un crime passionnel ?

— Je ferai une déclaration dans la matinée.

Bree se détourna, son masque rassurant se dissolvant dès que la caméra fut dans son dos.

Matt résista à l'envie de lui prendre le coude. Elle ne voudrait pas paraître faible. Il jeta un coup d'œil par-dessus son épaule. Le journaliste faisait une prise de son avec la maison et les véhicules des forces de l'ordre en toile de fond. Matt l'aida à retirer son gilet en Kevlar. Puis il enleva le sien et les jeta tous les deux à l'arrière du SUV. Il ouvrit la portière passager et aida Bree à monter dans le véhicule. Une fois installée sur le siège, elle ferma les yeux.

— Ça va ?

— Démarre, s'il te plaît, dit-elle en serrant les dents.

Il s'exécuta et partit à bonne allure.

— Foutus journalistes.

— West est un type correct. Il fait juste son travail, et tu dois admettre qu'il le fait bien. Il a relié la mort de Holly et l'adresse de Beckett plus rapidement que je ne l'aurais imaginé.

— Ou quelqu'un a divulgué la connexion.

Matt tourna à une intersection.

— Ça n'a pas d'importance. On ne nous voit plus ?

Matt jeta un coup d'œil dans le rétroviseur. Les feux clignotants des véhicules d'urgence disparurent après un virage.

— Non.

— Arrête-toi sur le côté.

Il se gara au bord de la route.

Dès que le véhicule s'immobilisa, Bree ouvrit la portière, glissa sur le sol et vomit.

Matt bondit et courut jusqu'à elle.

Elle leva la main.

— Ne t'en fais pas. C'est fini.

— Arrête de dire que tu vas bien. C'est faux. Tu sais pourquoi ? Parce que tu es blessée par balle.

Matt trouva une bouteille d'eau dans le véhicule.

— Rince-toi la bouche, mais ne bois pas.

Elle obéit, crachant de l'eau dans l'herbe au bord de la route.

— Je suis désolée.

— Pourquoi ? Parce que tu es humaine ? Bree, tu dois arrêter avec ce syndrome du sauveur.

— J'ai un syndrome du sauveur ?

Elle essaya de sourire, mais la contraction de sa bouche forma plutôt une grimace.

— Je croyais que j'étais juste control freak.

Il ricana.

— Ça aussi.

Elle se tourna vers le SUV. Encore fragile, elle trébucha. Matt lui attrapa le coude. Elle s'arrêta et se reposa sur lui pendant une minute. Un frisson la parcourut. Il enroula ses bras autour d'elle, faisant attention à sa blessure, et la serra contre lui. Avec un instinct protecteur, Matt scruta la route pour s'assurer qu'ils étaient seuls. Bree ne méritait pas que son bref moment de vulnérabilité soit enregistré.

Une minute plus tard, elle leva la tête.

— Merci.

— Tu ne vas pas t'excuser, hein ?

— Non.

Un vrai progrès.

Elle avança vers le SUV et Matt l'aida à remonter dans le véhicule. Puis il se remit au volant.

— Je dois appeler la maison. C'était un reportage en direct. Je ne veux pas que la famille le voie avant que je leur aie dit que je suis blessée.

Elle sortit son téléphone.

— Adam ? Avant tout, sors sur la véranda.

Une minute plus tard, elle reprit :

— J'ai été blessée au boulot. Mais je vais bien. Il faut probablement juste quelques points de suture. Matt m'emmène aux urgences. S'il te plaît, évite de regarder les infos. Il y avait un journaliste et je ne veux pas que les enfants voient la vidéo avant que je sois rentrée à la maison et qu'ils voient de leurs propres yeux que je vais bien.

Matt réprima une réplique.

Tu ne vas pas bien !

Il n'entendit pas la réponse d'Adam.

— Je te rappelle un peu plus tard, dit Bree. Dis simplement aux enfants que je rentrerai plus tard que prévu. Je leur expliquerai tout demain matin.

Elle posa le téléphone sur ses genoux.

— Tu aurais pu lui dire la vérité, suggéra Matt.

— Je ne veux pas qu'il s'inquiète, et je n'ai pas menti.

— Par omission, si.

Et dans ce cas, Matt ne voyait pas beaucoup de différence. Mais il ne le fit pas remarquer. Ce soir, Bree s'était reposée sur lui. Peut-être qu'un jour, elle apprendrait qu'elle pouvait aussi s'appuyer sur d'autres personnes.

Elle resta silencieuse le reste du chemin jusqu'à l'hôpital. Il laissa le véhicule au bord du trottoir et aida Bree à entrer. Une infirmière se précipita vers eux.

— Le shérif est blessé par balle, dit Matt d'une voix calme.

L'infirmière leur fit traverser une série de doubles portes. Puis elle ouvrit le dernier rideau d'une série d'alcôves.

— C'est l'endroit le plus discret que nous ayons.

— Merci.

Bree s'assit sur le brancard et s'adossa au coussin, tendant son téléphone à Matt.

L'infirmière souleva le pansement, fronça les sourcils en inspectant la plaie, puis remit le bandage en place.

— Je vais chercher un médecin, la paperasse et quelque chose pour la douleur.

Elle revint une minute plus tard avec un jeune médecin. L'infirmière prit des ciseaux et commença à découper la chemise de Bree.

— Je serai dans le couloir.

Matt se détourna.

— Attends.

Bree défit sa ceinture de service et la lui tendit.

— Prends aussi mon arme de rechange.

Matt remonta la jambe de son pantalon et retira l'étui sanglé à sa cheville. Puis il sortit, rangea les armes dans le coffre-fort de son SUV et gara le véhicule dans le parking. Tandis qu'il revenait à pied vers l'entrée des urgences, le téléphone de Bree sonna. Le nom de Dana apparut à l'écran.

Matt décrocha.

— C'est Matt.

— Elle va vraiment bien ?

— Oui. On est aux urgences. Un médecin est en train de l'examiner.

Dana poussa un soupir de soulagement.

— Je viens de la voir répondre à des questions aux infos. Le journaliste a dit qu'il ne pouvait pas croire que le shérif lui avait parlé si calmement alors qu'elle avait apparemment une blessure par balle.

— Selon l'expression consacrée, c'est juste une blessure superficielle.

— Ça va, à d'autres. Je sais à quoi ça ressemble, une blessure par balle.

— Désolé. Je sais.

Matt fit la grimace. Il aurait dû être honnête. Au lieu de minimiser la situation comme Bree l'avait fait.

— C'est un sillon droit à travers son triceps gauche. Grosse hémorragie, mais pas terriblement profond. Elle est entrée aux urgences en marchant toute seule comme une grande, et je pense qu'elle en sortira dès ce soir.

— C'est mieux.

— Je croyais que tu avais un rendez-vous.

Matt s'arrêta devant les portes coulissantes.

— Pas un rendez-vous. Un désastre. Le gars n'a fait que parler de lui pendant une heure d'affilée. Je suis sur le chemin du retour, maintenant. Est-ce qu'Adam sait ?

— Ouaip. Bree l'a appelé.

— OK.

Dana avait l'air en partie calmée.

— Elle aurait dû m'appeler aussi.

— Je sais. Je lui dirai.

— S'il te plaît. Appelle-moi si la situation change ou si elle a besoin de quelque chose.

— Ça marche.

Matt raccrocha et entra dans l'hôpital. Il arriva au service des urgences juste au moment où le médecin émergeait du rideau de Bree.

— Vous pouvez rentrer, dit celui-ci.

Matt écarta le rideau. Bree était recroquevillée sur le flanc droit, lui tournant le dos. Elle portait un débardeur. Sa chemise d'uniforme ensanglantée se trouvait dans un sac en plastique au pied du lit. L'infirmière avait posé une perfusion et, d'après le regard trouble de Bree, lui avait donné des antidouleurs.

— Ça va mieux ? demanda-t-il.

— Hum, hum.

Elle semblait groggy.

— Nous lui donnons quelque chose pour la douleur et les nausées, déclara l'infirmière. Le médecin revient avec un anesthésique local. Puis il nettoiera et recoudra la plaie.

Elle poussa une chaise en plastique à côté du lit, puis sortit.

La respiration de Bree s'était calmée, et les muscles de son visage s'étaient adoucis. Mais c'était le tatouage à l'arrière de son épaule qui retint l'attention de Matt. Il avait vu celui de sa cheville et le trouvait plutôt joli, mais ça…

C'était autre chose.

C'était une œuvre d'art étonnante. Une vigne vierge vert foncé lui entourait l'épaule. Une libellule en vol, plus grande que la main de Matt, était perchée sur son omoplate, les ailes complètement déployées. Son corps d'un bleu brillant et d'un vert pâle était presque iridescent dans la lumière halogène. Il dut y regarder de près pour distinguer l'énorme cicatrice qu'il savait se trouver sous le tatouage. L'artiste avait habilement incorporé le tissu cicatriciel à son dessin. Mais en observant attentivement, Matt distinguait la laideur sous la beauté. La cicatrice s'était étirée à mesure que Bree grandissait, mais il en voyait encore bien la forme. On pouvait facilement imaginer un gros chien, les mâchoires serrées autour de l'épaule d'un enfant. Le chien avait dû secouer la tête, essayant de briser le cou de l'enfant – le cou de Bree – comme Greta secouait ses peluches. Il entendait presque les cris terrifiés de la petite fille. Elle avait cinq ans.

Comment avait-elle survécu ?

Le docteur revint et l'infirmière fit attendre Matt dans le couloir. En partant, il jeta un coup d'œil à Bree, recroquevillée comme une enfant. La libellule semblait le regarder fixement. De loin, la posture de la créature ressemblait à un défi – affirmant sa capacité à transformer une expérience laide en œuvre d'art.

Bree lui avait raconté l'histoire, mais voir la cicatrice fit déferler en lui une nouvelle vague de colère et d'empathie. Suivie d'un sentiment de respect. Ce n'était pas étonnant qu'elle soit terrifiée par les chiens. Qui ne le serait pas après une attaque vicieuse, presque mortelle ? C'était sa détermination à surmonter sa peur qui révélait son courage. En bref, elle avait survécu parce que c'était une battante. Elle persévérait, quels que soient les enjeux, dans toutes les situations. Il l'avait vue foncer tête baissée dans des circonstances qui auraient pétrifié la plupart des gens. Elle était intelligente et compétente – mais elle avait aussi eu de la chance.

À un moment donné, son entêtement risquait de la tuer.

Chapitre Vingt Et Un

Après que le médecin eut fini de nettoyer, de recoudre et de panser sa blessure, le bras de Bree était agréablement engourdi. Si elle résistait à la consommation de drogues, elle appréciait cependant leur existence. Elle entendit le chuintement des chaussures de l'infirmière qui se déplaçait autour d'elle.

— Reposez-vous, dit cette dernière. Je reviens tout de suite.

Elle quitta la pièce.

Bree ferma les yeux. Son corps était lourd. Elle entendit des pas à la porte, mais supposa que c'était soit l'infirmière soit Matt. Elle n'ouvrit pas les yeux.

— Bree.

La voix de son frère la fit sursauter. Elle ouvrit les yeux et roula sur le dos. Des vertiges dus au mouvement soudain et à la drogue la traversèrent.

Son frère se tenait dans l'embrasure de la porte, ses yeux noisette sombres et dévastés.

— Adam.

Elle ne savait pas quoi dire d'autre.

Il se précipita en avant, puis s'arrêta brusquement à côté de son lit.

— Je veux te serrer dans mes bras, mais je ne veux pas te faire mal.

— Je vais bien, Adam. Juste un peu étourdie par les médicaments. C'était juste quelques points de suture.

Bree se déplaça de quelques centimètres et tapota la civière à côté d'elle. Elle leva son bras valide.

— Serre-moi autant que tu veux.

Il se percha au bord de la civière et enroula ses bras autour d'elle. En appuyant son front sur son épaule, elle fut transportée dans le froid d'une nuit de janvier où elle s'était blottie sous une véranda avec Adam, bébé, dans les bras et leur sœur de quatre ans, Erin, à ses côtés. Bree pouvait sentir la terre froide sous ses pieds nus. Le bébé tremblait dans la nuit glaciale. Elle se souvenait avoir retenu son souffle et espéré que la cachette qu'elle avait choisie était la bonne. Du haut de ses huit ans, elle savait que si elle avait fait le mauvais choix ou si elle ne pouvait pas faire taire le bébé, leur père les trouverait – et il les tuerait tous.

De chaudes larmes roulèrent sur ses joues. Elle essaya de s'arrêter, mais ne parvint qu'à hoqueter, son corps tremblant de frissons embarrassants.

Adam frotta son bras indemne.

— Tout va bien.

Ce soir, son monde était à l'envers. C'était Adam qui était fort.

Elle ignorait combien de temps s'était écoulé avant que le torrent ne passe et qu'elle reprenne son souffle. Elle leva la tête et s'essuya les yeux.

— Je suis désolée.

— Pourquoi donc ?

Adam la relâcha et écarta un cheveu de son visage.

— Je ne sais même pas.

Bree soupira. Elle devait arrêter de s'excuser d'être humaine, mais c'était une habitude difficile à perdre.

— Qu'est-ce que tu fais ici ? Je t'ai dit au téléphone que j'allais bien.

Un éclair de colère passa dans les yeux d'Adam. Ce n'était pas une émotion qu'il montrait souvent.

— J'ai regardé ton interview sur les lieux du crime. Puis quelques minutes plus tard, le journaliste a dit qu'on t'avait tiré dessus.

— Mince.

Bree se souvenait à peine de son échange avec Nick West. Sur le moment, elle avait surtout essayé de ne pas vomir.

— Est-ce que j'avais l'air d'une idiote ?

— Tu avais l'air d'une dure à cuire, comme d'habitude.

Il fronça les sourcils.

— Je comprends l'image que tu dois donner en public, mais tu aurais dû me dire la vérité. Toute la vérité. Tu dois arrêter d'essayer de me protéger de tout. Je suis un adulte fonctionnel depuis longtemps.

— Je sais, mais c'est difficile pour moi. Tu seras toujours mon petit frère.

— Je fais quinze centimètres de plus que toi.

— Et tu es devenu un type bien.

Elle lui toucha la main.

— Je suis fière de toi.

— Je sais qu'avant la mort d'Erin, j'ai laissé mon art me consumer. Je n'ai pas été aussi proche d'elle, des enfants ou de toi que j'aurais dû l'être. J'aurai toujours ce regret.

— Je suis tout aussi coupable…

— Laisse-moi finir.

Un soupir le traversa.

— Mais depuis qu'Erin est morte, et que tu m'as demandé de t'aider avec les enfants, j'ai vraiment essayé de mieux faire. Au début, c'était dur, mais maintenant que je comprends ce qui manquait à ma vie, ce n'est plus difficile du tout. Alors, arrête de t'excuser à chaque fois que tu as besoin de mon aide pour quelque chose. Arrête de te sentir obligée de tout faire toi-même. Tu veux que nous ayons une vraie relation, mais elle ne peut pas être unilatérale, avec toi qui portes tout sur tes épaules. Tu peux compter sur moi, maintenant. C'est comme ça que c'est censé fonctionner, la famille, je suppose.

— Tu as raison.

Les émotions affluèrent dans la poitrine de Bree. Du chagrin à la gratitude, elles arrivaient trop vite pour qu'elle puisse s'y retrouver. Traiter Adam comme un enfant était arrogant de sa part, comme si elle était la seule personne à pouvoir être forte ou prendre une bonne décision. Si elle voulait du respect, de l'amour et de la confiance de sa part, alors elle devait lui rendre la pareille.

— Je vais m'améliorer, et si je merde, promets-moi de m'en parler. Ne me laisse pas être une garce autoritaire.

— Tu n'es jamais une garce, mais je promets de te rappeler à l'ordre si tu es autoritaire.

Adam hocha la tête.

— Tu dois être épuisée. Quand est-ce que tu peux sortir d'ici ?

L'infirmière réapparut.

— J'ai vos papiers de sortie. L'anesthésie locale devrait durer quelques heures. Attendez-vous à ce que la blessure soit plus douloureuse demain.

Elle posa un sac en plastique contenant des documents devant Bree.

— Les ordonnances pour les antibiotiques et les analgésiques sont dans le sac, ainsi que les instructions de soin de la plaie. Vous devez garder le bras immobile pendant quelques jours. Y a-t-il une chance que vous vous asseyiez sur le canapé pour regarder la télévision pendant une semaine ?

— Non, dit Matt depuis le pas de la porte. Aucune.

— Je me disais aussi.

L'infirmière sortit une écharpe de son emballage plastique.

— Alors, portez ça, s'il vous plaît. Il faut surtout éviter d'arracher les points de suture.

Un quart d'heure plus tard, Bree était prête à partir. Elle se leva lentement, testant son équilibre. Adam enleva son sweat à capuche et l'enroula autour de ses épaules.

— Il faudrait passer à la pharmacie.

Adam sortit les ordonnances du sac en plastique.

— Je m'en occupe.

Matt prit les papiers.

— Il y a une pharmacie ouverte vingt-quatre heures sur vingt-quatre à Scarlet Falls.

— Je peux attendre jusqu'au matin, dit Bree.

Matt secoua la tête.

— Mais il n'y a pas de raison de le faire. Je te dépose les médicaments tout à l'heure. Prends soin d'elle, Adam.

— Sans faute.

Adam lui prit le coude et ne le lâcha plus jusqu'à son pick-up. Il l'installa sur le siège passager. Bree s'endormit sur le chemin du retour et sursauta quand Adam lui toucha le bras.

— On est arrivés, dit-il.

Adam l'aida à entrer dans la maison et à monter les escaliers. Dana prit le relais pour retirer son uniforme et lui enfiler un bas de pyjama et un débardeur propre. Puis Bree s'allongea et Dana posa son bras bandé sur un coussin.

— Tu veux que j'enferme les animaux hors de la chambre ? demanda Dana.

— Non. Qui sait ce que ce chat fera s'il n'obtient pas ce qu'il veut ?

Dana rit.

— OK. Tu l'auras voulu.

Elle ouvrit la porte de la chambre. Ladybug sauta sur le lit et se recroquevilla à côté des jambes de Bree. Vador prit sa place habituelle sur le deuxième oreiller.

Malgré son épuisement, Bree dormit d'un sommeil agité. Elle rêva que quelque chose d'invisible la poursuivait. Peu importait la vitesse à laquelle elle courait, son poursuivant restait sur ses talons. Elle se réveilla à bout de souffle dans sa chambre sombre. Son bras lui faisait mal. Elle avait la bouche sèche et la tête aussi lourde qu'une boule de bowling.

Dana s'était endormie sur une chaise à côté du lit. Elle se redressa et cligna des yeux.

— Je vais te chercher de l'eau et un analgésique.

Elle quitta la pièce sans attendre la réponse de Bree.

— Tante Bree ?

Kayla se tenait dans l'embrasure de la porte.

— Je t'ai entendue pleurer. Tu as fait un mauvais rêve ?

— Oui.

Bree peina à se redresser. Elle se toucha le visage. Ses joues étaient humides.

Kayla s'approcha.

— Tu es blessée.

Le cœur de Bree battit la chamade.

— Juste un peu, comme quand tu es tombée en faisant du roller il y a quelques semaines.

— Je peux faire en sorte que tu ailles mieux.

Kayla fit volte-face et quitta la pièce en courant. Elle revint une minute plus tard avec le livre de *Harry Potter* qu'elles lisaient ensemble. Le matelas roula dans tous les sens tandis qu'elle sautait sur le lit, chaque mouvement envoyant de nouvelles explosions de douleur dans le bras de Bree.

Dana revint.

— Oh, chérie. Il vaut sans doute mieux ne pas déranger…

— Tout va bien, dit Bree.

Elle prit la pilule et l'avala avec de l'eau. Puis elle se réinstalla sur ses oreillers.

Kayla s'agenouilla pour allumer la lampe de chevet. Le chat partagea à contrecœur son oreiller avec la petite fille qui s'installa et se mit à lire. Bree ferma les yeux. Elle entendit Dana se rasseoir sur sa chaise. Bree se concentra sur la voix de l'enfant, comme si elle pouvait tenir ses démons à distance jusqu'au matin.

Chapitre Vingt-Deux

Il faisait encore sombre lorsque Cady fit sortir ses chiens dans la rue. Elle démêla les quatre laisses qu'elle tenait à la main. Son dogue allemand, Harley, marchait docilement à ses côtés. Devant, une voisine promenait son berger australien. Lorsqu'ils approchèrent de l'autre côté de la rue, les deux pitbulls de Cady remuèrent la queue, impatients de jouer. Taz, le chihuahua, bondit et aboya au bout de sa laisse. En soupirant, Cady le prit dans ses bras. Il continua de grogner.

— Désolée.

Elle fit signe à sa voisine.

La voisine rit et la salua en retour.

— C'est un petit monstre, celui-là.

— Vous n'avez pas idée.

Taz tremblait, non de peur, mais du désir de pourchasser le berger australien. Avec ses deux kilos le ventre plein, Taz était le chef de meute autoproclamé et le seul chien que Cady avait jamais recueilli qui refusait d'être dressé. Heureusement, il était petit et fragile, avec des dents de la taille de celles de Tic et Tac, et des jambes aussi fines que des crayons. Mais il était convaincu d'être un dogue.

Dix minutes plus tard, elle ramena ses chiens chez elle et les enferma dans la cuisine et le salon. Le dressage de Taz n'était pas fiable, et les pitbulls étaient tous les deux jeunes. Ils mâchonnaient tout. Repus et promenés, les chiens s'allongèrent pour une sieste, et Cady se rendit chez son frère pour nourrir les rescapés. Seule dans la voiture, elle combattit la tristesse qui lui creusait la poitrine.

Maudit Greg.

Le voir avait fait remonter trop de souvenirs. Depuis, elle dormait mal et avait perdu l'appétit. Elle se frotta un œil.

Occupe-toi.

Elle quitta son quartier. Quelques kilomètres plus tard, elle s'engagea sur la route rurale qui menait à la maison de son frère. Elle jeta un coup d'œil à son rétroviseur. Des phares tournèrent derrière elle. Il y avait rarement du monde sur la route si tôt le matin. Elle s'arrêta à une intersection. La voiture ralentit. Elle regarda des deux côtés et tourna à droite. Une minute plus tard, les phares brillaient à nouveau dans son rétroviseur. Elle tourna encore. La voiture ne se rapprocha pas, mais les phares restèrent dans son sillage.

Les poils de sa nuque se dressèrent.

Est-ce que quelqu'un la suivait ?

Elle revit le visage en colère de Greg à l'animalerie. Avait-il décidé de la tourmenter à nouveau ? C'était exactement ce qu'il avait fait la dernière fois qu'il avait voulu la punir. Une partie d'elle voulait arrêter la voiture et l'affronter.

Ne sois pas stupide.

Elle était entraînée aux arts martiaux, mais si Greg avait une arme ? Comme elle l'enseignait dans ses cours, l'autodéfense physique était un dernier recours et ne remplaçait pas le bon sens.

Elle enfonça l'accélérateur. Sa camionnette bondit en avant et la voiture disparut. Dix minutes plus tard, elle s'engageait dans l'allée de Matt et se garait à côté du SUV de son frère. Elle se tourna sur son siège et regarda la route à travers la vitre arrière. Le véhicule passa sans ralentir. Elle ne pouvait pas lire la plaque d'immatriculation, et il faisait trop sombre pour voir la marque et le modèle, mais cela semblait être un SUV de couleur sombre, comme celui que Greg conduisait.

L'entrée de l'autoroute était plus loin sur la route. Était-ce une coïncidence si la voiture avait été derrière elle pendant tout le trajet ?

Ou était-ce Greg ?

Chapitre Vingt-Trois

Le téléphone de Matt sonna alors qu'il donnait le petit-déjeuner à ses chiens. Il était à peine sept heures. Il lut le nom de Bree sur l'écran et soupira en répondant à l'appel.

— Tu ne devrais pas être encore endormie ?

— Probablement.

Elle avait l'air fatiguée.

— À quelle heure est l'entretien avec Mme Beckett ?

— Onze heures.

Il abandonna. Bree allait faire ce qui lui chantait. Impossible de l'arrêter.

— OK. J'ai déjà parlé avec Todd. Les mandats sont là. Je veux que tu ailles à la résidence Beckett avec lui et les techniciens ce matin.

Attends. Est-ce qu'elle délègue ?

Normalement, elle aimait diriger tous les éléments clés d'une enquête.

— J'avais prévu de le faire, dit-il.

— Les compétences d'investigation de Todd ont beaucoup progressé ces derniers mois, mais j'aimerais quand même que tu sois de la partie.

Matt avait supposé que Bree voudrait l'accompagner, même si elle devait traîner sa pauvre carcasse blessée.

— Comment a-t-il obtenu les mandats si vite ?

— Il a tout soumis électroniquement la nuit dernière, et le juge a répondu tôt ce matin. Je te retrouve au bureau avant onze heures.

— D'accord, dit Matt. Qu'est-ce que tu vas faire, ce matin ?

— Rien.

Elle soupira.

— Wouah.

— Je sais, dit-elle d'un ton ironique. J'ai promis à Kayla de me reposer, ce matin. Je n'ai le droit que d'aller au bureau, et je dois rester assise tout le temps que j'y suis.

Matt réprima un rire. La seule personne qui pouvait contrôler Bree avait huit ans.

— C'est parfait, dit-il lorsqu'il fut sûr de pouvoir contrôler son hilarité. Tu as besoin d'un chauffeur ?

— Adam va me déposer. Je te vois à onze heures. Tu veux bien rapporter ma voiture ?

Elle l'avait laissée chez lui la veille quand ils avaient décidé d'utiliser sa Suburban pour la planque.

— Bien sûr. Repose-toi.

— Je n'ai pas vraiment le choix.

Bree n'avait pas l'air enchantée.

Matt appela Todd et lui donna rendez-vous chez Paul Beckett. Lorsqu'il partit, la camionnette de sa sœur était garée près du chenil et les lumières étaient allumées. Matt se rendit chez les Beckett, où Todd l'attendait dans son véhicule. Il en sortit en voyant Matt arriver.

— Comment va le shérif ? dit Todd en se grattant le nez.

— Ça va. Elle sera au bureau dans la matinée.

— Je suis surpris qu'elle ne soit pas déjà là.

— Elle aussi, dit Matt.

De l'autre côté du parking, une bande adhésive jaune barrait l'entrée du garage et bouclait la zone où Bree s'était fait tirer dessus.

— Les techniciens sont en route, dit Todd. Information intéressante : Paul Beckett avait un Sig Sauer P226 enregistré à son nom.

— On va voir si on le retrouve.

— J'ai envoyé les photos de Paul remettant l'enveloppe dans le parking au labo. Ils vont éclaircir les photos et voir s'ils peuvent obtenir la plaque d'immatriculation de l'autre véhicule.

— Super, dit Matt.

L'équipe médico-légale arriva. Tout le monde mit des gants et des surchaussures avant de passer la porte d'entrée.

Matt et Bree avaient déjà visité l'intérieur de la maison la veille au soir, mais ils s'étaient concentrés sur la recherche d'un suspect potentiellement armé et/ou de victimes supplémentaires, et non d'indices. Cette fois, Matt parcourut les pièces lentement, prenant des photos et notant les objets qu'il voulait saisir comme pièces à conviction. Les techniciens commencèrent par des photos.

Todd ouvrit le réfrigérateur.

— Pas grand-chose à part de la bière et des plats chinois à emporter. Mais il y a quatre récipients à moitié finis. Ça fait beaucoup de nourriture pour un seul homme.

— Peut-être qu'il avait prévu ça pour plusieurs jours.

Matt jeta un coup d'œil dans l'évier.

— En même temps, il y a deux verres à vin dans l'évier, alors peut-être qu'il avait de la compagnie.

Todd inspecta le conteneur du recyclage.

— Une demi-douzaine de bouteilles de bière et une bouteille de vin vide.

Un refroidisseur à vin sous le comptoir contenait quelques dizaines de bouteilles. Des portraits de jumeaux, de la petite enfance à l'obtention du baccalauréat, ornaient les murs du couloir. Un instantané de Paul et des garçons sur un bateau de pêche était posé sur une table derrière le canapé. Sur la photo, les garçons semblaient avoir environ dix ans. Matt scruta les murs gris clair. Il y avait des endroits vides où il semblait que des photos avaient été enlevées. Il se rapprocha. De petits trous dans la cloison sèche confirmèrent ses soupçons.

Todd le rejoignit.

— Quelqu'un a enlevé un tas de photos.

— Je n'en ai pas vu une seule d'Angela Beckett.

— Ils étaient séparés.

Todd se dirigea vers un petit couloir.

— Maintenant, ça n'a plus d'importance.

Todd feuilleta une pile de courrier posée sur la crédence.

— On dirait des factures.

— Prenons-les.

Le bureau était dégagé, à l'exception d'un ordinateur portable parfaitement centré sur le sous-main en cuir. Matt utilisa un stylo pour ouvrir les tiroirs. Les surfaces étaient propres et dégagées.

— Tout semble assez normal. On va prendre aussi l'ordinateur et l'iPad.

Il sortit du bureau. La chambre d'amis semblait ne pas avoir été utilisée depuis un certain temps. Ils terminèrent de fouiller le rez-de-chaussée avant de se diriger vers l'escalier.

— L'endroit est super propre. On dirait presque que personne ne vivait ici.

Todd suivit Matt à l'étage. Deux chambres d'enfants se trouvaient d'un côté du palier. Des placards à moitié vides contenaient des rangées de pantalons et de chemises suspendus. Les étagères contenaient des piles de jeans et de pulls pliés. Les tiroirs étaient organisés avec précision, même les chaussettes et les sous-vêtements. Des trophées de football et de tennis garnissaient les étagères de la première pièce. Ils entrèrent dans la deuxième chambre, où ils trouvèrent des trophées de crosse et de tennis.

— Les deux garçons jouaient au tennis. Tu te souviens de l'argile verte des scènes de crime de Holly et de Paul ?

— Oui.

Matt tomba à genoux pour regarder sous un lit. Puis il se releva et inspecta les murs.

— Il y a des fanions d'une université de Caroline du Nord ici, et d'autres du Michigan dans la deuxième chambre. Je vais récupérer les numéros de portable des garçons sur le téléphone de Paul. On vérifiera que les garçons étaient dans leurs universités respectives hier.

— On peut venir ici en voiture depuis la Caroline du Nord ou le Michigan en dix ou douze heures.

Todd ferma la porte d'un placard.

— Pourquoi un des fils tuerait-il son propre père ?

— Fâché par la façon dont Paul traitait sa mère ? On ne sait rien des relations des garçons avec lui.

— Exact.

Todd pivota sur lui-même, balayant la pièce du regard.

— Rien dans leurs chambres n'a l'air d'avoir été touché depuis des mois.

— Ça ne veut pas dire grand-chose, dit Matt. Beckett dispose clairement d'un service de nettoyage régulier. C'est une grande maison et elle est impeccable.

— Je ne vois pas un homme comme Paul Beckett passer la serpillière et récurer les toilettes après le travail, reconnut Todd.

— Il faudra retrouver les coordonnées du service de nettoyage. Les gens qui vident les poubelles et nettoient les salles de bains en savent long sur la vie privée de leurs employeurs.

Ils continuèrent. Une immense suite parentale occupait le reste du deuxième étage.

Matt s'arrêta dans l'embrasure de la porte.

— Au moins, on dirait que quelqu'un est entré dans cette pièce.

Un lit king size se tenait entre deux fenêtres et deux fauteuils assortis faisaient face à une télévision murale. Sur la première table de nuit se trouvait uniquement une lampe de chevet. Sur l'autre, des écouteurs et un iPad côtoyaient un réveil et une tasse à café vide sur un sous-verre.

— Je vis seul, dit Todd. La seule pièce qui semble occupée, c'est ma chambre. J'utilise rarement la cuisine. La plupart des nuits, je mange des plats à emporter debout au-dessus de l'évier, je me douche, je dors et je retourne au travail. Je regarde le football dans mon fauteuil le dimanche après-midi et le lundi soir.

Le chef adjoint jeta un coup d'œil à Matt.

— Ce n'est pas aussi pathétique que ça en a l'air.

Matt leva des mains gantées.

— Je ne te juge pas. Remplace *regarder le football* par *dresser des chiens* et ajoute le brunch du dimanche avec mes parents, et c'est ma vie.

Du moins, c'était sa vie avant que Bree ne revienne à Grey's Hollow. Maintenant, Matt passait au moins une nuit par semaine avec elle. La plupart du temps, ils dînaient chez elle avec sa famille. De temps en temps, ils parvenaient à avoir un vrai rendez-vous. Il devait admettre qu'il aimait cette nouvelle vie.

Il se dirigea vers la table de chevet qui appartenait manifestement à la victime et l'ouvrit avec son stylo. Une photo encadrée était posée à l'envers à côté d'une boîte de préservatifs. Il retourna le cadre.

— Il a rangé sa photo de mariage loin des regards et fait le plein de préservatifs.

— Pas étonnant.

Todd entra dans la salle de bains. Quelques minutes plus tard, il ressortit.

— Il y a plusieurs préservatifs usagés dans la poubelle et un flacon de Viagra récemment ouvert dans la pharmacie.

Il s'approcha et regarda les draps.

— Je vois un long cheveu brun sur le deuxième oreiller.

— On demandera à un technicien de recueillir les preuves biologiques pour une éventuelle comparaison ADN. Je ne veux pas de problèmes de procédure qui puissent faire des histoires au tribunal.

Matt vérifia les autres tiroirs de la table de chevet et trouva une autre boîte pleine de préservatifs. Il sortit un appareil photo de sa poche et prit plusieurs clichés.

— Madame Beckett ne vit plus ici depuis quelques mois.

Todd se redressa.

— La tromperie a-t-elle entraîné leur séparation, ou la séparation a-t-elle entraîné la tromperie ?

— Elle a dit au shérif qu'il l'avait toujours trompée, mais qu'il avait récemment arrêté d'être discret.

— C'est dégueulasse.

— Ouaip. Mais la colère, la jalousie et l'humiliation publique donnent à Mme Beckett un mobile pour le tuer.

Matt se déplaça vers la table de chevet de l'autre côté du lit. Vide. Il ouvrit un dressing. Les deux tiers de la penderie et des étagères étaient vides. Il vérifia les poches des pantalons et des vestes et regarda à l'intérieur des chaussures et des sacs à main. Il repéra plusieurs grandes boîtes en carton sur l'étagère supérieure. Un tintement cristallin s'éleva lorsqu'il en saisit une. Il l'ouvrit. Elle était pleine de photos encadrées de toute la famille, le verre brisé comme si quelqu'un avait jeté les photos dans la boîte avec force. En faisant attention aux éclats, il posa la boîte et commença à regarder les images une à une.

Todd passa la tête dans l'embrasement de la porte.

— Qu'est-ce que tu as trouvé ?

— Les photos manquantes.

Matt en tourna une pour que Todd puisse la voir.

— Madame Beckett sur le court de tennis avec les garçons.

Une jupe blanche courte et une chemise bleue sans manches révélaient des bras et des jambes musclés. Les deux fils ressemblaient beaucoup à Angela, grands et naturellement minces. Leur père était plus costaud.

— Tu te souviens de photos de Paul jouant au tennis ?

— Non.

— Moi non plus.

Matt referma la boîte et en prit une deuxième. Elle était pleine de coupes de tennis gravées du nom d'Angela Beckett. Il ajouta les photos et les trophées à sa liste de pièces à conviction.

— Je dois retourner au poste pour faire le point avec le shérif avant l'interrogatoire d'Angela Beckett.

— Je vais emballer et étiqueter les pièces et sécuriser la scène après le départ de l'équipe médico-légale.

— Continue à chercher l'arme de Paul.

— Entendu, dit Todd. Mais on a regardé dans tous les endroits assez grands pour contenir une arme de poing. À moins qu'il n'y ait une sorte de cachette super secrète, elle n'est pas ici.

Matt passa quelques appels sur le chemin du retour. L'un était destiné à l'adjoint chargé d'examiner le téléphone portable de Paul. Celui-ci fournit à Matt les numéros de téléphone des jumeaux Beckett.

Puis il appela Timothy Beckett et se présenta.

— C'est au sujet de mon père, n'est-ce pas ?

La voix de Timothy était tranchante, presque en colère.

— Oui. Savez-vous ce qui s'est passé ?

— Ma mère a appelé hier soir et a dit que quelqu'un l'avait tué.

— C'est exact. Où êtes-vous en ce moment ? demanda Matt.

— Je suis toujours dans le Michigan. Mon dernier examen est prévu pour la semaine prochaine, mais mon professeur a accepté que je le passe aujourd'hui. Je vais faire mes bagages ce soir et partir tôt demain. Je devrais être là en fin de journée.

— Avez-vous l'intention d'aller à la maison ?

— Non.

La réponse de Timothy avait été immédiate.

— Maman a dit qu'il avait été tué là-bas. Je vais loger chez un ami.

— Où étiez-vous hier soir ?

— Je passais un examen de seize à dix-huit heures. J'ai dû m'enregistrer avec ma carte d'étudiant. Ce sera vérifiable, si ça vous est utile.

— En effet. Merci, dit Matt. Étiez-vous au courant des difficultés conjugales de vos parents ?

Timothy hésita, puis dit d'un ton prudent :

— Vous feriez mieux de parler de ça à ma mère.

— Mais vous saviez qu'ils avaient des problèmes.

— N'est-ce pas le cas de tout le monde ? répondit Timothy.

— Étiez-vous proche de votre père ?

Matt songeait au nombre de photos des garçons avec leur mère contre une seule avec leur père.

— Papa travaillait tout le temps.

Timothy éluda la question et dit d'un ton décidé :

— Écoutez, je dois y aller.

— Toutes mes condoléances.

Matt n'insista pas. Timothy avait un alibi, et Matt pouvait envisager un entretien en personne à son retour.

— Ouais. Merci.

Il raccrocha.

Ensuite, Matt appela Noah Beckett.

— Je suis Matt Flynn, enquêteur criminel au bureau du shérif du comté de Randolph.

— Je suppose que c'est à propos de mon père.

La voix de Noah tremblait.

— Ma mère a appelé hier soir.

— Toutes mes condoléances, dit Matt. Vous êtes à l'université ?

Noah soupira.

— Je ne l'ai pas dit à ma mère quand je lui ai parlé, mais j'ai terminé le semestre en avance. Je suis à Grey's Hollow.

Chapitre Vingt-Quatre

Bree regarda par la fenêtre passager de la vieille Bronco de son frère. Plusieurs équipes de journalistes stationnaient sur le parking du bureau du shérif.

— Fais le tour du bâtiment et dépose-moi devant la porte de derrière.

Adam suivit ses instructions et entra dans le parking arrière, qui était clôturé. Il s'arrêta près de la porte.

Bree sortit du véhicule.

— Merci, Adam.

— Dis-moi si tu as besoin que je vienne te chercher plus tard.

— D'accord, mais je compte reprendre ma voiture d'ici là, dit Bree.

Puis elle ferma la portière.

Adam attendit qu'elle ait ouvert la porte du bâtiment avant de s'éloigner.

Elle entra, se dirigea vers son bureau et s'y installa. Malgré son attitude vaillante, elle avait l'impression d'être passée sous un train. Elle se sentait aussi partiellement nue sans les armes qu'elle avait laissées à Matt la nuit précédente. Mais les armes et les analgésiques ne faisaient pas bon ménage. Elle ne porterait d'armes à feu que lorsqu'elle serait en état de s'en servir.

On frappa à sa porte. Elle leva les yeux, aperçut Matt et fut heureuse que personne d'autre ne soit là pour voir son sourire irrépressible.

— Entre !

Il posa sa ceinture de service et son arme de rechange sur le bureau.

— J'ai pensé que ça allait te manquer.

— Absolument.

Avec son bras en écharpe, Bree eut du mal à attacher la ceinture d'une seule main.

— Laisse-moi t'aider.

Matt s'approcha. Il attacha la ceinture autour de sa taille.

— Le parking est plein de journalistes.

— Je ferai une déclaration cet après-midi.

Bree ajusta la ceinture, puis s'assit sur sa chaise et posa le pied sur le bureau. Résignée à ne pas pouvoir s'équiper elle-même, elle demanda :

— Tu veux bien m'aider ?

— Bien sûr.

Matt remonta l'ourlet de son pantalon et fixa son deuxième étui autour de sa cheville. Il remit la jambe de pantalon en place par-dessus sa chaussure de sport noire.

Elle remit le pied sous son bureau.

— Merci.

— Pas de quoi.

Il resta penché sur elle pendant quelques secondes avant de s'installer dans l'une des deux chaises qui faisaient face au bureau. Il sentait bon les agrumes et le cèdre.

Elle se réprimanda intérieurement. La douleur sourde de son bras lui indiquait que l'effet des drogues s'était dissipé, mais elle était encore sous le choc. Normalement, elle était très professionnelle au bureau. Mais elle n'avait pas bien dormi. Peut-être que l'épuisement et la douleur avaient affaibli ses limites habituelles. Se sentant extraordinairement vulnérable, elle fit ce qui lui était naturel : revenir à l'affaire.

— Comment s'est passée la fouille de la résidence de Paul Beckett ?

— On a pris les appareils électroniques et la paperasse habituelle. Quelques éléments intéressants.

Matt les énuméra sur ses doigts.

— Madame Beckett est une joueuse de tennis sérieuse, comme le sont leurs deux fils. On a trouvé des signes qui suggèrent que Paul a récemment eu de la compagnie féminine – quelqu'un avec de longs cheveux noirs. Paul possède une arme de poing, que nous n'avons pas trouvée. Ce matin, la police scientifique a confirmé que la tache verte sur le sol du garage est la même que celle trouvée dans le coffre de Holly Thorpe. La terre battue correspondait également au type utilisé sur le court de tennis des Beckett. Enfin, j'ai parlé avec les jumeaux, Timothy et Noah. Timothy est toujours dans le Michigan. J'ai chargé un adjoint de vérifier son alibi, mais il semble solide.

— Je sens venir un *mais*.

Bree se redressa sur son fauteuil.

Les yeux de Matt brillaient, un peu comme un chat qui aurait repéré une souris.

— Noah est ici, à Grey's Hollow.

— Angela Beckett pense qu'il est en Caroline du Nord.

— Il dit qu'il a terminé le semestre en avance. Il ne voulait pas se retrouver au milieu de la séparation de ses parents, alors il loge chez un ami. Il n'a pas d'alibi.

— Intéressant.

Bree détestait l'idée qu'un fils puisse tuer son propre père, mais elle avait déjà vu des gens s'entre-tuer en famille de nombreuses fois. Des émotions fortes, un historique personnel, des rapports conflictuels brouillaient souvent la frontière entre l'amour et la haine.

— Tu as pu te faire une idée de la relation entre les garçons et leur père ?

— Paul travaillait beaucoup. Ils semblent tous les deux plus proches de leur mère, mais aucun des deux n'a voulu parler de la relation de leurs parents au téléphone.

— Convoquons Noah pour un entretien.

— Il est en route.

Matt sourit.

— Je voulais obtenir une déclaration de sa part dès que possible. Une fois que sa mère saura qu'il était en ville et qu'il n'a pas d'alibi pour la mort de son père, elle lui prendra un avocat et il ne parlera plus.

— Tu as sûrement raison. Elle fera tout pour protéger ses enfants.

Marge débarqua avec une brassée de paperasse. Elle scruta Bree d'un regard perçant.

— Tu as une mine affreuse.

— Merci, dit Bree. Ne t'inquiète pas. Je me maquillerai avant la conférence de presse.

— Non, dit Marge en secouant la tête. Laisse-les voir à quel point tu te sacrifies. Tout le monde se rallie derrière un héros blessé.

Bree se rebiffa.

— Mais je ne joue pas la comédie.

— Je sais, et c'est pour ça que les gens te font confiance. Mais que ça te plaise ou non, tu es une élue, maintenant.

Marge posa les papiers et montra une ligne marquée d'un onglet autocollant bleu.

— Tu veux de l'argent pour rénover nos bureaux ?

— Oui.

Bree parcourut le document et signa.

Marge tourna la page.

— Plus tu es populaire auprès du public, plus tu auras de poids auprès du comité budgétaire du comté. Ils pourront moins te faire tourner en bourrique si tu as le soutien du public.

Bree signa plusieurs autres documents.

— Je n'aime pas jouer à ces petits jeux.

— Je ne t'encourage pas à faire autre chose que te montrer authentique. Tu n'as pas besoin de faire semblant. Mais tu peux utiliser les circonstances à ton avantage.

Marge ramassa ses papiers et les serra contre sa poitrine.

— N'oublie pas que le jeu existe, que tu le veuilles ou non. Le seul choix que tu as, c'est d'essayer de les battre ou de les laisser gagner.

— Je n'aime pas perdre, reconnut Bree.

— Alors tu dois garder une longueur d'avance sur ces roublards qui contrôlent notre budget. Tu dois anticiper la façon dont ils vont essayer de refuser de l'argent à ce département. Ils ne te soutiendront que si c'est dans leur propre intérêt. Tu dois faire en sorte que ça le soit. Souviens-toi, ils sont là depuis très longtemps. Ils savent comment le jeu fonctionne, et ils ont toujours quelques coups d'avance.

Une colère ardente surgit dans la poitrine de Bree. Elle détestait la politique, mais Marge avait raison. Elle devait jouer aux échecs, pas à Candy Land.

— Je veux ce satané vestiaire.

— C'est mieux.

Marge haussa un sourcil souligné au crayon.

— Maintenant, Angela Beckett est arrivée. Où veux-tu la voir ?

— Salle d'interrogatoire une.

Bree prit un stylo et un bloc-notes, mais sans se précipiter. Ça ne la dérangeait pas de laisser Angela, une femme qui avait l'habitude d'obtenir ce qu'elle voulait, attendre un peu. Selon l'expérience de Bree, les gens riches se sentaient souvent au-dessus des lois. Elle voulait qu'Angela soit bien connectée à la réalité.

— Quand Noah Beckett arrivera, mets-le immédiatement dans la salle deux. Je ne veux pas que sa mère le voie.

— Très bien.

Marge fit volte-face et quitta le bureau.

Bree se tourna vers Matt.

— Allons parler à Mme Beckett.

Elle glissa son bloc-notes sous son écharpe.

— J'ai besoin de café et de sucre.

Ils s'arrêtèrent dans la salle de repos. Bree acheta un paquet de M & M's au distributeur et mangea quelques sucreries pendant que Matt préparait deux tasses de café. Le sucre et le chocolat réveillèrent son cerveau. Elle acheta un deuxième paquet.

Le café à la main, ils descendirent le couloir et ouvrirent la porte de la salle de conférences. Angela était assise dos au mur. Elle portait un pantalon gris, un chemisier en soie bleu et de superbes escarpins gris qui coûtaient plus cher que le loyer d'une personne normale. Des bijoux en argent délicats et sobres ornaient ses oreilles et son poignet. Une bouteille d'eau fermée était posée devant elle. Malgré son apparence soignée, sa nervosité était apparente. Elle faisait tourner son alliance frénétiquement sur son doigt.

Bree alluma la caméra vidéo.

— Cet entretien sera enregistré.

Angela hocha la tête.

— Nous attendons votre avocat ?

Elle s'installa dans la chaise en bout de table, en diagonale par rapport à Angela. Matt se laissa tomber sur une chaise en face d'elle.

— Non.

Comme soudainement consciente de ses gestes, Angela cessa de jouer avec sa bague et croisa les mains sur la table.

— Il n'était pas disponible.

— Êtes-vous sûre de vouloir continuer sans lui ? demanda Bree, ne voulant pas qu'il soit possible d'invalider les déclarations d'Angela au tribunal plus tard.

— Oui. Je veux juste en finir avec tout ça.

Angela leva les yeux, le visage vide.

— Je n'arrive toujours pas à comprendre la mort de Paul.

— Encore une fois, nous sommes désolés pour votre perte.

Bree lui lut ses droits et fit glisser un papier sur la table. D'une voix modulée par la routine, elle dit :

— J'ai besoin que vous signiez ce document déclarant que vous comprenez vos droits.

Elle offrit son stylo.

Angela le prit, lut attentivement le papier, puis le signa, les lèvres pincées en un demi-sourire.

Bree répondit à son sourire et fit glisser le deuxième paquet de bonbons sur la table.

— Madame Beckett, merci d'être venue nous parler pendant ce qui doit être un moment difficile.

Elle aimait toujours avoir l'air d'être du côté du suspect, du moins au début.

— Appelez-moi Angela. Je ne sais pas encore si je laisse tomber le nom de Beckett. Je déteste ce nom, maintenant, mais c'est aussi celui de mes garçons, alors…

Angela toucha le sac de bonbons d'un doigt, comme s'il allait la brûler.

— Je n'ai pas mangé de bonbon depuis… je ne sais même pas depuis combien de temps. J'avais toujours peur de prendre du poids. Paul aimait que je sois mince et en forme. Je joue au tennis cinq jours par semaine.

Bree prit un M & M's dans son propre sachet.

— Est-ce que Paul jouait au tennis ?

— Non.

Angela pinça les lèvres.

— Il aimait le golf et la pêche, mais il n'avait pas beaucoup de temps pour les loisirs. La seule chose qu'il aimait vraiment, c'était son entreprise.

— Mais vos fils jouent au tennis ? demanda Bree.

— Oui.

Le visage d'Angela s'éclaira d'un sourire.

— Ils étaient tous les deux dans l'équipe de tennis du lycée. Ce sont des athlètes nés.

Sa voix vibrait de fierté.

— Ils doivent vous manquer. Quand sont-ils revenus pour la dernière fois ? demanda Matt.

— À Noël.

Elle fronça les sourcils en regardant les M & M's.

— Paul les a envoyés en Floride pour les vacances de printemps. Il ne voulait pas mêler les garçons à nos problèmes.

Bree prit note.

— Qu'est-ce que vous en pensiez ?

— Je ne sais pas.

Angela détourna le regard.

— Je voulais les voir, mais je ne voulais pas les contrarier. Ça m'a fait de la peine de devoir leur annoncer notre séparation par téléphone. Certaines choses doivent être faites en personne.

Elle renifla.

— J'ai dû leur annoncer la mort de leur père au téléphone aussi. C'était horrible pour eux. Mais ils n'étaient pas censés rentrer à la maison avant deux semaines. Je ne voulais pas qu'ils l'apprennent par quelqu'un d'autre ou aux informations.

— Alors pourquoi ne pas avoir attendu qu'ils rentrent pour l'été afin de leur annoncer la séparation ? demanda Matt.

— Parce que s'ils parlaient à Paul, il n'aurait pas su garder le secret, et je voulais qu'ils l'entendent de ma bouche. J'avais peur que Paul soit…

Elle agita la main, comme si elle cherchait le mot juste.

— Brutal. Paul n'aurait pas compris que les garçons soient bouleversés. Il leur aurait dit de ne pas se comporter en mauviettes.

Elle prononça ces derniers mots avec une amertume perceptible.

Ou voulait-elle que les garçons entendent sa version des faits avant celle de Paul ?

Matt se pencha en avant, attentif.

— On dirait que Paul était assez sévère avec ses fils.

— Il pensait que les hommes devaient être des durs, corrigea Angela.

— Vous aviez des approches parentales différentes, dit Bree d'une voix compréhensive.

Angela prit un moment pour réfléchir avant de répondre.

— Paul pensait que j'étais trop conciliante avec les garçons. Peut-être qu'il avait raison.

Elle était plus méfiante que ce à quoi Bree s'attendait et essayait de minimiser ses désaccords avec son mari.

Bree changea de sujet, espérant prendre Angela au dépourvu.

— Donc, Paul vous a demandé de partir ? Ça ne semble pas juste. C'était aussi chez vous.

— Il ne l'a pas demandé. Pas exactement.

Angela déploya un effort visible pour se ressaisir.

— Une amie m'a dit l'avoir vu avec une autre femme, plus jeune.

Elle prit une profonde inspiration.

— Ce qui est vraiment étrange, c'est que j'en ai eu honte. Mon mari fricotait avec une autre femme, mais c'est moi qui étais gênée.

Elle se tut, comme si elle songeait à ce fait étrange. Mais à l'intérieur, Bree percevait l'agitation, la rage qu'Angela s'efforçait de dissimuler.

— Aviez-vous déjà envisagé de le quitter ? demanda Bree.

— Oui. Quand les garçons étaient à la maison, j'avais un but. Je ne voulais pas briser leur foyer.

Son regard tomba sur ses mains.

— Mais contrairement à Paul, j'ai décidé de donner une dernière chance à notre relation. J'admets que j'étais tellement concentrée sur les garçons que Paul – et notre mariage – étaient souvent relégués au second plan. Mais j'avais investi plus de deux décennies dans notre relation. Après le départ des garçons pour l'université cette année, j'ai proposé à Paul de faire un long voyage tous les deux. Il y a tellement d'endroits que je voudrais visiter, mais nous avons toujours été trop occupés. Paul avec son travail. Moi avec les enfants. Tout à coup, nous avions ce nid vide.

— Qu'est-ce que Paul en a dit ? demanda Bree.

— Qu'il ne pouvait pas prendre de vacances. Il avait trop de chantiers et nous avions des frais de scolarité à payer. Quand j'ai insisté, il m'a traitée d'égoïste et de fainéante. Il m'a dit que je n'avais aucune idée de la pression qu'il subissait pour continuer à faire rentrer l'argent pendant que je jouais au tennis et organisais des événements caritatifs.

La colère luisait dans ses yeux. Elle déposa quelques bonbons dans sa paume et les serra fermement.

— Je savais que ce n'était qu'une excuse. Je le savais. Mais je l'ai laissé me culpabiliser parce que je n'avais pas de revenus. Ironiquement, c'est Paul qui ne voulait pas que je travaille quand les enfants étaient petits.

Elle fourra la poignée de bonbons dans sa bouche en un geste rageur. Elle mâcha avec une énergie colérique. Puis elle fournit un effort pour se maîtriser et se donna une contenance lisse.

Matt se pencha vers elle.

— Que faisiez-vous avant d'épouser Paul ?

Angela déglutit. Son expression devint mélancolique.

— J'étais enseignante. Dans le primaire.

— Donc, vous avez abandonné votre carrière pour lui ?

Bree remua volontairement le couteau dans la plaie.

— Oui.

Angela attrapa la bouteille d'eau.

— Mais j'aimais aussi être à la maison avec mes enfants. C'est juste que maintenant qu'ils sont grands, j'ai besoin de faire quelque chose d'autre. Jouer au tennis ne suffit pas.

Elle se détendit sur sa chaise. Ses épaules se relaxèrent visiblement.

— Et maintenant, je n'aurai plus à divertir les clients ou qui que ce soit d'autre.

Ça n'avait pas l'air de trop la contrarier.

— Pour la première fois depuis des décennies, mon temps m'appartient.

— Quand avez-vous annoncé la séparation à vos fils ? demanda Bree après une minute de silence.

Angèle secoua la tête.

— Je les ai appelés environ une semaine après avoir déménagé.

— Vous leur avez dit la vérité ? s'enquit Bree.

— Je suis restée vague.

La poitrine d'Angela se souleva.

— Ce n'est pas le genre d'information que les enfants ont besoin d'avoir.

— Ce ne sont pas des enfants, fit remarquer Bree. Ce sont des hommes adultes.

— La raison pour laquelle Paul et moi nous sommes séparés ne les regarde pas, dit Angela. Ça ne regarde personne.

Matt intervint.

— Les garçons sont-ils proches de Paul ?

Angela haussa une épaule.

— Il n'avait pas beaucoup de temps à leur consacrer quand ils étaient jeunes. Il travaillait tout le temps, et comme ni l'un ni l'autre ne montrait d'intérêt pour l'entreprise familiale, Paul était mécontent.

Elle avait marqué une légère pause avant le mot *mécontent.*

— Nous avons rencontré Paul.

Matt se pencha légèrement en avant.

— Il avait un sacré caractère. Je parie qu'il était plus que… mécontent.

Angela ne répondit pas. Elle plissa les yeux, d'un air prudent – voire rusé. Elle n'était pas bête. Elle ne confirmerait rien qui pourrait les rendre suspects, elle ou ses garçons.

— Paul était un mâle dominant.

Angela leva le menton, feignant une confiance en elle qu'elle ne ressentait clairement pas.

— C'était un connard, corrigea Matt.

Le regard d'Angela s'embrasa, mais elle ne fit aucun commentaire.

Bree décida de changer de sujet, espérant qu'Angela parlerait plus librement.

— Où étiez-vous entre dix-neuf heures et vingt heures hier soir ?

Angela tripota le paquet de bonbons.

— Comme je vous l'ai dit hier soir, je loge chez une amie, mais elle est partie au travail à dix-huit heures trente.

— J'aurai besoin des coordonnées de votre amie.

Bree leva son stylo.

— Bien sûr.

Angela donna à Bree le nom et l'adresse.

Bree prit note, puis laissa tomber sa grande question.

— Où étiez-vous vendredi soir dernier ?

— Quand ? Pourquoi ?

Angela fronça les sourcils, confuse.

— Une des employées de Paul a été tuée à ce moment-là.

Bree la regarda dans les yeux.

Angela ouvrit la bouche sans rien dire.

— Holly, murmura-t-elle, presque pour elle-même.

Elle baissa les yeux sur le sac de bonbons, mais son attention était tournée vers l'intérieur.

— Je pensais que c'était un suicide. Je l'ai vu aux infos.

— Le journaliste spéculait, déclara Bree. Holly a été assassinée.

Angela resta bouche bée.

— Je ne savais pas. Je n'ai pas regardé les informations depuis que j'ai vu ce reportage. Cela signifie-t-il que la mort de Holly est liée à celle de Paul ?

Elle pencha la tête.

— Nous ne le savons pas.

Bree imita son geste.

— Connaissiez-vous bien Holly ?

— Pas vraiment.

Angela baissa le menton, laissant sa frange tomber sur son visage.

— Ma seule contribution à l'entreprise était d'aider Paul à divertir les clients. Je ne connais rien à la construction.

— Mais vous connaissiez Holly ? insista Bree.

Angela hocha la tête sans lever les yeux.

— Je l'avais rencontrée une ou deux fois quand je m'arrêtais au bureau pour parler avec Paul, mais je ne la connaissais pas bien.

— Je trouve ça difficile à croire, dit Bree. Elle a travaillé pour votre mari pendant sept ans.

Angela se raidit face à cette contradiction, mais ne dit rien. Elle resta immobile et détourna le regard. Elle en savait plus qu'elle ne le disait. Le nom de Holly et son meurtre avaient clairement déclenché une réaction émotionnelle qu'Angela essayait de dissimuler. Bree le sentait. Elle jeta un coup d'œil à Matt. Lui aussi attendait patiemment, les épaules faussement détendues. D'un accord tacite, ils laissèrent le silence se prolonger.

— Je suppose que vous allez le découvrir, de toute façon. Ça ne sert à rien de le cacher.

Angela déchira un petit morceau du sac de bonbons.

— Un soir, il a dit qu'il travaillait tard. Je l'ai appelé, et la ligne est passée sur la messagerie vocale. J'ai envoyé un texto et il n'a pas répondu. Je suis stupide. J'ai commencé à m'inquiéter pour lui.

Sa voix se fit amère.

— J'ai appelé son bureau et sa secrétaire m'a dit qu'il était parti à dix-sept heures.

Elle déchira un nouveau morceau de plastique.

— C'est là que j'ai commencé à avoir des soupçons.

Ni Bree ni Matt ne bougèrent d'un cil. Quand un suspect se mettait à parler, vous ne l'interrompiez pas.

— Quelques nuits plus tard…

Elle s'arrêta en rougissant.

— Je me suis couchée. Paul était dans son bureau à domicile. Je me suis réveillée quelques heures plus tard, et il n'était pas venu se coucher. Je suis descendue le chercher. Il lui était déjà arrivé de s'endormir à son bureau et de se réveiller avec un torticolis.

Elle se mordit la lèvre, retenant ses larmes.

— J'ai entendu sa voix dans le couloir.

Elle prit une inspiration profonde et tremblante.

— Il essayait de la calmer, lui disant qu'il ferait tout ce qu'elle voulait. J'ai écouté à la porte. Il a dit : « Ne t'en fais pas. Ce ne sera plus très long. Mon mariage sera bientôt terminé. » L'entendre dire ces mots à une autre femme était dévastateur. Puis, le soir suivant, il m'a dit qu'il avait une réunion.

Les larmes qu'elle retenait commencèrent à couler. En sanglotant, elle laissa tomber sa tête dans ses mains. Une minute plus tard, elle releva le visage.

Bree soupçonnait que sa tristesse était réelle, mais qu'elle était triste du train de vie qu'elle avait perdu, pas à cause de la mort de son mari. Elle se leva, alla chercher une boîte de mouchoirs et la posa devant Angela.

Angela renifla et sortit un mouchoir de la boîte.

— Merci.

Bree se rassit et se pencha vers Angela, essayant de créer une connexion.

— L'a-t-il appelée par son nom ?

Matt resta immobile et silencieux, sentant clairement qu'Angela serait moins bavarde avec un homme dans son état actuel.

— Oui.

Angela s'essuya les yeux.

— Il a dit son nom deux fois. *Holly*.

Bree poussa la bouteille d'eau dans sa direction.

— Merci.

Angela prit la bouteille et but une gorgée.

— Je lui ai demandé une explication. Il n'a même pas essayé de nier. Il était content que je l'aie découvert. Puis il a ri et m'a dit que j'étais stupide.

L'humiliation était visible dans ses yeux.

— J'étais tellement en colère…

Elle s'arrêta soudain, comme si elle comprenait qu'elle n'aurait pas dû l'admettre.

— Est-ce que je suis une suspecte ? Vous ne m'avez pas répondu la dernière fois que j'ai posé la question.

— Avez-vous tué votre mari ? demanda Bree.

— Non, dit Angela sans rompre le contact visuel.

Vérité ou mensonge ?

— Alors, vous ne devriez pas avoir à vous inquiéter.

Bree posa les mains à plat sur la table.

Angela n'avait pas l'air d'y croire. Elle sortit un autre mouchoir de la boîte et s'en tamponna le visage.

Pour sécher ses larmes ou cacher son expression ? Bree ne pouvait pas le dire, mais quelque chose dans son comportement semblait faux. Les réactions d'Angela semblaient calculées.

— Si mon conjoint me trompait, je serais furieuse. Peut-être assez en colère pour les tuer tous les deux.

Bree se pencha et reposa la question qu'Angela avait évitée un moment plus tôt :

— Où étiez-vous vendredi soir ?

— J'étais à la maison, seule. Chez mon amie, je veux dire.

Angela pinça les lèvres et plissa les yeux, semblant réfléchir. Elle prenait une décision. Elle baissa la main qui tenait le mouchoir.

— Écoutez, je comprends pourquoi vous me soupçonnez, puisque Paul et moi étions en train de divorcer. Mais je n'aurais pas fait de mal à Holly. Ce n'était pas sa faute. En fait, il est fort possible que Paul l'ait harcelée ou ait fait pression sur elle pour qu'elle consente à cette… relation.

Elle regarda Matt.

— Comme vous l'avez dit, c'était un connard. Et puis Holly n'était pas la seule femme avec qui il couchait.

— Comment le savez-vous ? demanda Bree.

— Parce qu'après avoir déménagé, je suis allée directement voir un avocat. Il voulait documenter les tromperies de Paul et a engagé un détective privé.

Chapitre Vingt-Cinq

Matt scruta les yeux d'Angela Beckett. Elle les manipulait, ou du moins elle le pensait. Il avait essayé de garder l'esprit ouvert jusqu'à ce qu'elle avoue pour l'avocat et le détective privé. Si son histoire était vraie, alors Paul méritait un divorce coûteux. Mais Angela semblait plus calculatrice qu'elle ne le prétendait à propos du divorce. Il se souvint qu'elle n'avait pas été choquée d'apprendre que Paul la trompait. Elle était plus en colère qu'il cesse d'être discret sur ses aventures. Elle était plus préoccupée par sa réputation que par son mariage.

— Qui votre avocat a-t-il engagé ? demanda-t-il.

— Sharp Investigations.

Angela ouvrit son sac à main et en sortit une carte de visite.

— J'ai travaillé avec Lance Kruger et Lincoln Sharp.

Matt repoussa la carte.

— Pas besoin. Je les connais.

Les yeux d'Angela se plissèrent de mécontentement. Elle n'aimait pas qu'il soit en bons termes avec Lance et Sharp.

Bree continua à lui mettre la pression.

— Les enquêteurs ont-ils découvert avec qui Paul avait une relation ?

Angela étudia attentivement son mouchoir.

— Ce n'était pas qu'avec une seule femme. Il y en a eu plusieurs juste pendant les quelques semaines où ils ont suivi Paul. Je dois supposer qu'il y en avait eu beaucoup d'autres avant cela.

— Connaissiez-vous personnellement certaines de ces femmes, à part Holly ? demanda Bree.

Angela se tamponna les yeux, dissimulant son visage.

— Je n'ai même pas regardé la liste.

Bien sûr.

Matt ne la croyait pas une seule seconde.

— Les enquêteurs ne vous ont pas remis de rapport ?

Au lieu de répondre, Angela dit :

— Je ne voulais pas connaître les détails. Paul n'était clairement pas dans une relation de couple. Il couchait à droite et à gauche.

Elle frissonna.

— Je suis allée chez le médecin cette semaine-là, et j'ai fait des tests pour tout. Dieu seul sait à quel genre de maladies il m'a exposée.

Bree tapota son carnet avec son stylo.

— Si j'étais vous, j'aurais voulu tout savoir. J'aurais été très en colère et j'aurais voulu me venger.

— Je ne suis pas quelqu'un de violent.

Le regard d'Angela tomba sur l'arme de Bree. Elle écarta ses cheveux de son visage.

— Je voudrais partir, maintenant. La nuit dernière a été un choc terrible.

— Nous aimerions avoir une copie des rapports des détectives privés, déclara Bree. Pour vérifier votre déclaration.

Angela hésita.

Bree poursuivit :

— À moins que vous n'ayez pas entièrement dit la vérité.

— Ou que vous ayez quelque chose à cacher, ajouta Matt.

— Pas du tout, protesta Angela.

Elle respira lentement, évaluant clairement les risques et les avantages.

— Je vous ferai parvenir les rapports.

Après les avoir peut-être un peu modifiés ?

Bree secoua la tête.

— Il faut que Sharp Investigations nous les fournissent eux-mêmes.

Sharp Investigations aurait des photos et des données détaillées sur les mouvements et les liaisons de Paul. Même si le département du shérif préférait rassembler toutes les informations lui-même, ils ne pouvaient pas recréer la surveillance d'un homme qui était maintenant mort.

En règle générale, les faits qui passaient d'un détective privé à un avocat étaient couverts par le secret professionnel de l'avocat. Si Angela avait embauché les enquêteurs directement, cela n'était pas nécessairement le cas. Soit Angela était intelligente, soit elle avait choisi un excellent avocat pour son divorce. Peut-être les deux. Le département du shérif aurait du mal à obtenir le document sans son consentement.

Les mots d'Angela se firent mesurés.

— Alors j'appellerai mon avocat pour qu'il autorise le détective à vous transmettre ces informations.

Mais pas intégralement.

— Merci. Juste quelques dernières questions, dit Bree. À qui profite financièrement la mort de Paul ?

— Je ne sais pas.

Angela leva les yeux, le regard acéré.

— Il n'a pas de testament. J'ai essayé de le traîner chez un conseiller patrimonial il y a des années, mais il refusait d'envisager sa mort. Heureusement, j'ai mon propre patrimoine, mon héritage placé dans une fiducie que Paul ne pouvait pas toucher. Je ne suis pas riche, mais je survivrai.

Elle lâcha la bouteille d'eau et posa les mains sur ses genoux.

— Je suppose que je vais devoir contacter un avocat spécialisé dans les successions.

Matt connaissait la réponse, mais ne dit rien. Dans l'État de New York, les biens seraient répartis selon une formule fixe entre le conjoint et les enfants. Tout ne reviendrait pas automatiquement à la femme, même si la répartition serait beaucoup plus facile que dans le cas d'un divorce, à moins que l'entreprise ne soit en faillite.

Elle se redressa et attrapa un petit sac à main posé sur la chaise à côté d'elle.

— Nous avons terminé ?

— Presque, dit Bree. Y avait-il quelqu'un d'autre qui pourrait vouloir la mort de Paul ?

Angela serra son sac à main sur ses genoux. Ses phalanges blanchirent. Elle semblait prête à s'enfuir.

— Le mari de Holly, les maris des autres femmes avec qui Paul a pu coucher.

Bree nota cette idée de manière ostentatoire.

— Et des associés ou des clients ?

Angela se contenta de hausser les épaules.

— Je n'en sais rien.

— Paul était-il impliqué dans des affaires louches ? demanda Matt.

— C'est possible, admit Angela. Paul n'était pas un bon mari, mais c'était un très bon entrepreneur. Il a grandi dans le métier. Il en connaissait tous les aspects, du dessin à la finition, et il avait un œil incroyable pour l'espace et le design. C'est pour ça qu'il gagnait tant d'argent. Il avait une liste d'attente pour les devis. Les gens se bousculaient pour que Paul rénove leur maison.

Elle soupira.

— Cela dit, il n'était clairement pas l'homme le plus honnête du monde. Je soupçonne qu'il fraudait les impôts. Il était aussi très vague sur d'autres aspects de l'entreprise, donc pas grand-chose ne me surprendrait.

— Vous pensez qu'il faisait de la fraude fiscale ? demanda Bree.

Angela dévoila des dents parfaites en un sourire de prédateur.

— J'ai peut-être alerté l'administration fiscale.

— Mais vous leur devrez de l'argent aussi, et peut-être subir des pénalités, dit Matt.

Angela hocha la tête.

— Maintenant que Paul est mort, c'est regrettable, mais à l'époque, je voulais vraiment qu'il paie pour m'avoir humiliée. J'espérais qu'il irait en prison.

Elle fit un signe de la main.

— Peu importe. Paul tenait à ce que je ne sois sur aucun des papiers de l'entreprise. Il refusait de partager avec moi, donc je doute que je sois pénalement responsable de fraude fiscale. Ils peuvent récupérer les impôts et les pénalités de la succession de Paul. Comme je l'ai dit, j'ai mon propre argent. Je ne crains rien. Ma demande de divorce n'était pas une question d'argent. C'était pour me venger.

— Donc, vous aviez une raison de le tuer, suggéra Matt.

— Non.

Angela secoua la tête.

— Je ne voulais pas qu'il meure. Je voulais qu'il paie. C'est différent. Mort, il n'a pas à subir les conséquences de ses actes.

— Mais vous ne connaissez personne en particulier qui aurait une raison de tirer sur Paul ? demanda Bree.

— Pas dans notre vie personnelle.

Angela se leva.

— Je ne sais rien du fonctionnement quotidien de l'entreprise.

Matt ne la croyait pas une seule seconde. Même si Angela savait jouer les idiotes, elle avait prouvé qu'elle était loin d'en être une.

Elle serra son sac à main sur son ventre.

— Vous devriez parler à sa secrétaire. Elle sait tout sur les clients et ce genre de choses. Elle est dans l'entreprise depuis des décennies. Elle a aussi travaillé avec le père de Paul.

— Quand Paul a-t-il acheté son arme ? demanda Bree.

— Il y a des années, après avoir surpris deux cambrioleurs sur un chantier.

— Où la garde-t-il, normalement ? demanda Bree.

— Dans la boîte à gants de son pick-up, répondit Angela. Il s'inquiétait toujours des risques de vandalisme et de vol. Parfois, il s'arrêtait sur les chantiers tard le soir en rentrant.

— Qui d'autre savait qu'il avait une arme ? demanda Bree.

Angela haussa une frêle épaule.

— Aucune idée.

— Quelle sorte d'arme possédait-il ? demanda Bree.

Angela haussa encore les épaules.

— Je ne sais pas. Je n'aime pas les armes à feu. Il ne l'a jamais rapportée à la maison.

Bree posa la main droite sur la table. Matt reconnut la lueur assassine dans son regard. Elle inclina la tête.

— Est-ce que les garçons étaient au courant ?

Angela pâlit et ses lèvres formèrent une mince ligne exsangue.

Cette question ne lui plaisait pas. Mais alors pas du tout.

— Cet entretien est terminé.

Angela leva le menton en signe de défi.

— Je ne vous parlerai plus sans mon avocat.

Bree avait trouvé son point faible.

Matt se leva. Puisqu'elle se comportait comme une femme dévastée, il fit semblant de la croire. L'avertir ne ferait que la mettre davantage sur la défensive.

— Êtes-vous en état de conduire ?

— Oui.

Elle hocha la tête, pressant son mouchoir froissé au coin de son œil.

— Merci.

— Nous vous recontacterons, dit Bree.

Ni Matt ni Bree n'avaient mentionné que Noah était dans la pièce voisine. Mais la simple évocation d'un lien entre ses enfants et l'arme à feu avait fait réagir Angela comme une mère protectrice. Si Angela avait su qu'ils allaient ensuite interroger un de ses fils, elle aurait certainement piqué une crise.

— Bien sûr.

Angela glissa son sac sous son bras et quitta la salle d'interrogatoire à grandes enjambées.

Matt la raccompagna jusqu'au hall d'entrée. À l'extérieur, les journalistes attendaient toujours. Matt se tourna vers Angela pour lui offrir la possibilité de sortir par une issue plus discrète. Mais Angela Beckett poussa la porte sans hésiter. Les journalistes l'entourèrent, telles des fourmis autour d'une miette de pain. Elle leva un visage larmoyant vers les caméras. Matt entrouvrit la porte afin de pouvoir l'entendre.

— Le shérif a promis de trouver l'assassin de mon mari.

Angela renifla et s'essuya les yeux. Elle savait pleurer de manière élégante.

— Je fais tout ce que je peux pour y contribuer.

Un journaliste lui planta un micro sous le nez.

— Vous et M. Beckett n'étiez pas séparés ?

— Si.

Quelques larmes coulèrent sur la joue d'Angela.

— Mais ça ne veut pas dire que je ne l'aimais pas. C'était le père de mes enfants.

Elle leva la main pour bloquer la caméra.

— Je suis désolée. Je ne peux pas.

En sanglotant, elle se détourna. Quelques journalistes la suivirent, mais elle se précipita vers une BMW argentée.

Matt rejoignit Bree dans la salle d'interrogatoire. Elle terminait de noter quelques points de leur entretien. Elle posa le stylo et tambourina sur la table.

— Je ne sais pas trop quoi penser d'elle. Dans quelle mesure jouait-elle la comédie ?

— Presque tout le temps.

Matt ferma la porte et décrivit la scène dont il venait d'être témoin.

— Ça méritait un Oscar. Avec les larmes et tout.

— Ici, malgré tous ses pleurs, son mascara n'a pas coulé. Son rouge à lèvres non plus. Que penses-tu du fait qu'elle dise ne pas avoir lu le rapport des détectives privés ?

— Je ne vois pas pourquoi elle ne l'aurait pas fait. Qui pourrait résister à l'envie de savoir qui son conjoint se tape ? Tout le monde veut des détails.

— N'est-ce pas ?

Bree fit la moue.

— Elle s'est moquée de nous, là aussi.

— Par contre, je connais Lance Kruger, de Sharp Investigations. Il travaillait pour la police de Scarlet Falls. C'est un mec bien. Je ne connais son patron que de réputation, mais ce sont des gens compétents. Leurs informations seront bonnes. On pourrait obtenir une liste de nouveaux suspects potentiels.

Bree tapa sur son bloc-notes avec son stylo.

— Si Paul a été tué avec sa propre arme, alors l'assassin savait qu'il en avait une et où il la rangeait. Il n'est pas entré par effraction dans son garage et son véhicule pour trouver comme par hasard une arme à feu.

— Il y a de fortes chances que Paul ait connu son meurtrier.

— Je suis d'accord.

Bree tourna la page de son bloc-notes.

— Sur ce, on va interroger Noah ?

— Oui. La seule question à laquelle Angela n'a pas répondu, c'est si les garçons savaient pour l'arme de Paul.

— Ce serait difficile de croire que Paul a possédé une arme pendant de nombreuses années sans que ses fils adultes en connaissent l'existence.

Bree se leva et se dirigea vers l'autre salle d'interrogatoire.

Matt avait vu des photos des jumeaux, mais en personne, Noah ressemblait remarquablement à sa mère : grand et mince, athlétique. Son jean, sa chemise rayée boutonnée et ses mocassins avaient un côté intello BCBG. Mais il n'avait pas le même air calculateur que sa mère. Il faisait les cent pas en se rongeant l'ongle du pouce lorsque Bree et Matt entrèrent. Bree appuya sur un bouton et un voyant vert s'illumina sur la caméra installée dans un coin.

Elle les présenta et s'assit, avant de lire à Noah les formules consacrées.

— Veuillez signer ce papier, pour confirmer que vous comprenez vos droits.

Noah les regarda.

— Pourquoi ?

— C'est la loi, monsieur Beckett.

Bree rajusta son écharpe et fit la grimace.

— Ne m'appelez pas comme ça, s'il vous plaît.

Il tira la chaise et s'assit en face d'elle.

— Monsieur Beckett, c'est le nom de mon père. Je ne veux pas être comme lui.

— D'accord, Noah.

Bree prit un ton plus doux. Elle avait une capacité instinctive à lire les gens et à adapter son style d'interrogatoire. Pour Noah, elle s'était transformée en figure maternelle parce qu'il y était réceptif. Elle lui tendit son stylo, et il signa le papier sans le lire.

Il regarda son téléphone.

— J'ai essayé d'appeler ma mère, mais elle ne répond pas.

Bree lui jeta un regard sévère.

— Je vais te demander d'éteindre ton téléphone pendant notre entretien.

Noah répondit par un hochement de tête respectueux.

— Bien sûr. Désolé.

Il mit le téléphone en mode silencieux et le glissa dans sa poche.

Matt respira plus librement. Il ne voulait pas qu'Angela retourne l'appel de Noah au milieu de leur interrogatoire.

— Tu loges chez des amis, en ce moment ? commença Bree.

— Ouais.

Il porta son pouce à sa bouche et recommença à se mordiller l'ongle.

— Chez ma copine.

— J'aurai besoin de son nom et de son adresse.

Bree leva son stylo.

— Chloé Miller.

Il leur donna l'adresse d'un appartement à Scarlet Falls.

— Quand es-tu revenu en ville ? demanda Bree.

— La semaine dernière. Jeudi.

Il laissa tomber sa main sur ses genoux.

— J'aurais dû le dire à maman. Mais je sais qu'il n'y a pas de place pour moi chez son amie, et je ne voulais pas loger chez mon père.

Il soupira.

— J'ai juste pensé que ça serait plus simple.

— Tu allais devoir le lui dire tôt ou tard, fit remarquer Bree.

— Je sais.

Noah baissa la tête.

— Je le lui dirai tout à l'heure. Elle va avoir de la peine que je sois là depuis une semaine sans l'avoir vue.

Il se mordilla l'ongle.

— Et que je lui aie menti quand on s'est parlé hier soir.

Bree réprima un petit sourire.

— Elle t'aime. Elle sera heureuse de te voir, dans tous les cas.

— Ouais. Je sais.

Mais Noah avait l'air inquiet.

Matt intervint.

— Quand as-tu vu tes parents pour la dernière fois ?

— J'étais à la maison pour Noël, répondit Noah.

— Est-ce qu'ils semblaient tous les deux dans leur état normal ? demanda Matt.

— Ouais.

Noah ne semblait pas plus convaincu que ça, mais il n'en dit pas plus. Il semblait distrait, comme si une tout autre conversation se déroulait dans sa tête. Repensait-il à ce qu'il s'était passé pendant ses vacances ? Ou était-il simplement réticent à parler des problèmes conjugaux de ses parents ?

Matt changea de sujet.

— Tu savais que ton père avait une arme à feu ?

— Non.

Noah fronça les sourcils.

— J'allais souvent tirer avec mon père, mentit Matt.

Son père était plus à l'aise avec une cuillère en bois.

— Est-ce que ton père t'a déjà emmené au stand de tir ?

Noah réfléchit.

— Ouais. Il nous a emmenés, Timothy et moi, deux ou trois fois. Papa aimait tous ces trucs de vrais mecs. La pêche, le tir, le football. Il n'aimait pas qu'on joue au tennis.

— Tu y joues encore, au tennis ? demanda Matt.

— Bien sûr.

Noah hocha la tête.

— Il y a des courts dans la résidence de ma copine. Je lui apprends à jouer.

Bree rapprocha sa chaise d'un centimètre, pour rendre leur conversation plus intime.

— Mais tu n'aimais pas les mêmes activités que ton père ?

— Pas vraiment. On allait de temps en temps à la pêche avec lui, juste pour lui faire plaisir. Mais c'est pas mon truc.

Noah rougit. Était-il gêné de ne pas correspondre à l'idée que son père se faisait d'un vrai mec ?

Matt se redressa en soupirant.

— C'est dur quand on ne peut pas répondre aux attentes de son père. Le mien a été déçu quand je suis devenu flic.

Rien de tout ça n'était vrai. Le père de Matt l'aimait de manière inconditionnelle. Il aimait cuisiner. Il regardait des émissions culinaires plutôt que les matches de football, mais Matt avait besoin de créer un lien avec Noah.

Celui-ci hocha la tête.

— Quand Timothy et moi, on a choisi nos parcours d'études, papa a piqué une crise.

Légèrement différent de l'histoire d'Angela.

— Qu'est-ce que tu étudies ? demanda Bree.

— Les sciences de l'éducation. Je vais être enseignant.

— Comme ta mère, dit Matt.

Le visage de Noah s'éclaira.

— Ouais.

— Et ton frère ? demanda Bree.

— Il fait du droit.

Noah fit la grimace.

— Tim va gagner de l'argent. Au moins, papa respectait ça.

— Mais ton père ne respectait pas l'enseignement, insista Matt.

— Non. Il voulait que j'étudie l'ingénierie ou le commerce pour pouvoir reprendre son entreprise. Il a menacé de me couper les vivres. Il l'aurait fait, mais maman l'en a empêché.

Noah sembla songeur.

— Elle ne faisait pas ça souvent. En général, elle trouvait un moyen d'obtenir ce qu'elle voulait sans qu'il le sache. Elle n'aime pas le conflit et papa pouvait être brutal.

Matt en déduisit qu'Angela pouvait être sournoise.

— Comment ça ?

Noah détourna le regard, l'air indécis.

— Était-il brutal avec vous tous, ou juste avec ta mère ? demanda Bree.

Noah serra les dents.

— Mon père avait mauvais caractère, dit Bree. Il ne faisait que crier, et pire encore.

Elle déglutit.

— Quand j'étais petite, je pensais que ses crises étaient de ma faute. Que j'avais fait quelque chose pour le mettre en colère. Maintenant que je suis adulte, je sais que ce n'était pas le cas. Il était brutal non seulement parce qu'il était plus grand et plus fort, mais parce qu'il le voulait. Il aimait nous dominer. Il aimait être cruel.

Le regard de Noah croisa celui de Bree, et elle sut qu'elle avait créé le lien dont elle avait besoin. Mais Matt aurait préféré que ce soit sur un autre sujet – il avait perçu que Bree disait la vérité. Elle n'était pas en train de mentir à Noah.

Bree reprit d'une voix douce.

— Est-ce qu'il frappait ta mère ?

Noah secoua la tête.

— Je ne pense pas.

— Et toi, il t'a déjà frappé ?

Noah soupira. Il s'affala sur sa chaise, renonçant à résister.

— Non, mais il était tellement intimidant. Il n'était pas énorme, mais quand il était en colère, il semblait plus grand tout à coup. Je ne sais pas comment l'expliquer.

— Parce qu'il te semblait toujours qu'il allait te frapper.

Bree comprenait très bien.

— Même s'il ne le faisait pas.

Noah se figea.

— Ouais. C'est ça.

Il baissa les yeux.

— Mais pourquoi il était toujours aussi intimidant alors que j'étais devenu aussi grand que lui ?

— Parfois, on voit encore les choses à travers les yeux des enfants qu'on a été, répondit Bree.

Noah hocha la tête.

— Ouais, ça semble plausible.

Il prit un air pensif et resta silencieux. Quelques secondes s'écoulèrent. La plupart des gens ne supportaient pas le silence, mais Noah ne sembla pas s'en préoccuper.

— Nous avons parlé à ta mère, tout à l'heure.

Bree leva la main.

— Ne t'inquiète pas. On ne lui a pas dit que tu étais en ville. C'est à toi de voir.

— Ma mère était là ?

Le visage de Noah pâlit subitement.

— Pourquoi ?

— Oh, nous parlons à tous ceux qui étaient proches de ton père.

Le ton de Bree était artificiellement nonchalant, mais son langage corporel suggérait qu'il y avait plus que ça.

Noah se pencha brusquement en avant, les pieds de la chaise heurtant le sol avec fracas.

— Ma mère ne ferait de mal à personne.

Bree ne bougea pas.

— Nous n'avons pas dit le contraire.

Tout le corps de Noah se raidit. Son visage rougit et les tendons sur les côtés de son cou saillirent comme des câbles d'acier.

— C'était mon père qui était agressif, pas ma mère.

Bree leva la main, la paume tournée vers Noah.

— Si tu le dis.

Noah se leva d'un bond. Les pieds de la chaise grincèrent sur le vieux parquet ciré.

— C'était moi.

Matt était sur ses pieds avant d'avoir pu réfléchir, en réaction automatique au mouvement soudain de Noah. Puis son cerveau intégra ce que le gamin avait dit.

Attendez. Quoi ?

C'était un aveu ?

Bree n'avait pas bougé. Elle cligna des yeux une seule fois en signe de surprise. Elle non plus ne s'était pas attendue à cette explosion.

Elle garda les yeux sur Noah et récupéra sa contenance en moins d'une seconde.

— Assieds-toi, s'il te plaît.

Comme au ralenti, Noah se rassit sur sa chaise. Son regard passa de Bree à Matt, puis tomba sur ses genoux. Ses poings étaient serrés sur ses cuisses.

Face à Noah, Bree resta immobile.

— Que voulais-tu dire par « C'était moi » ? J'ai besoin que tu sois très clair, Noah.

Noah leva le menton, mais il ne put tout à fait croiser le regard de Bree. Sa voix devint mécanique.

— J'ai tué mon père.

Bree se rassit, le regardant tranquillement. Sous son examen minutieux, de la sueur perla sur le front de Noah. Il était complètement immobile, à l'exception d'une jambe qui tremblait.

Une longue minute s'écoula. Puis Bree se pencha très légèrement en avant.

— Convaincs-moi.

Les yeux de Noah s'écarquillèrent. Des auréoles sombres de sueur apparurent sous ses bras. Sa voix tremblait.

— Que voulez-vous dire ? répondit-elle d'une voix tremblante.

— Comment l'as-tu tué ?

Bree inclina la tête.

— Je lui ai tiré dessus.

L'intonation de Noah s'éleva à la fin de sa phrase, presque comme si c'était une question.

— Tu en es sûr ? demanda Bree.

— Oui.

Il hocha la tête, puis répéta d'une voix plus confiante :

— Je lui ai tiré dessus.

Bree prit son stylo et le tint au-dessus de son bloc-notes.

— Où ?

Noah s'humecta les lèvres.

— Dans le garage.

Bree prit note.

— Avec quoi lui as-tu tiré dessus ?

Un tout petit éclair d'inquiétude passa dans les yeux de Noah, puis il expira, comme s'il se souvenait juste de quelque chose.

— Son pistolet.

Bree écrivit quelque chose dans son bloc-notes.

— Comment as-tu obtenu son arme ?

— Je l'ai prise dans son pick-up, déclara Noah.

Donc, il savait où Paul rangeait son arme.

— Est-ce que le pick-up était fermé à clé ? demanda-t-elle.

Noah réfléchit un instant.

— Non.

Bree haussa un sourcil.

— Tu en es sûr ?

La mâchoire de Noah s'avança.

— Le pick-up n'était pas verrouillé. Il était dans le garage.

— Comment es-tu entré dans le garage ? demanda Bree.

— J'ai une clé, dit Noah d'une voix hésitante.

Il avait probablement une clé. La maison de son père était son adresse permanente, mais il ne savait pas pour la vitre qui avait été découpée.

Elle leva son stylo.

— Où était ton père quand tu lui as tiré dessus ?

— Je ne me souviens pas exactement.

La jambe de Noah rebondissait follement, et les taches de sueur sous ses bras s'agrandissaient.

— D'accord, dit Bree. Et de manière approximative ?

— Je ne me souviens pas.

La panique assombrit les yeux de Noah.

— Et concernant la mort de Holly Thorpe ? demanda Bree.

Les yeux de Noah s'écarquillèrent tout à coup. Il resta bouche bée.

— Tu sais qui c'était, n'est-ce pas ? demanda Bree.

— Bien sûr que je sais, lança Noah. Elle travaillait pour mon père.

— Comment l'as-tu tuée ?

Bree tenait son stylo au-dessus de son bloc-notes, semblant attendre patiemment.

La bouche de Noah se referma. Matt pouvait voir son cerveau tourner à plein régime. Le gamin n'avait clairement pas réfléchi à ses aveux.

Matt se pencha.

— Est-ce que tu as suivi Holly avant de la tuer ?

Un autre éclair de peur illumina les yeux de Noah, puis il croisa les bras sur sa poitrine.

— Je ne dirai rien d'autre sans un avocat.

C'est maintenant qu'il y pense ?

Matt soupira.

— Souhaites-tu revenir sur tes aveux ? demanda Bree.

Noah regarda droit devant lui, la posture rigide, la mâchoire verrouillée.

Bree termina d'écrire quelques notes, puis prit son bloc-notes et son stylo et se leva.

— Je vais demander à un adjoint de te mettre en état d'arrestation, puis tu pourras passer ton appel.

Le visage de Noah pâlit.

Bree retira les menottes de sa ceinture de service.

— Monsieur Flynn, vous pouvez lui passer les menottes ?

— Oui, madame.

Matt prit les menottes.

— Debout. Tournez-vous et tendez les bras sur les côtés.

Noah obéit en tremblant. Matt fit claquer les menottes à un poignet, puis à l'autre.

— Allons-y.

Matt le fit sortir de la salle d'interrogatoire et le confia à un adjoint.

— Arrêtez Noah Beckett pour le meurtre au premier degré de son père, Paul Beckett.

Il jeta un regard dur au gamin.

Noah marchait comme un somnambule.

Todd entra par le couloir arrière et s'arrêta net. Il haussa les sourcils.

Bree fit signe à Todd et Matt d'entrer dans son bureau.

— Fermez la porte, dit-elle en s'asseyant.

— Que s'est-il passé ?

Todd tourna les deux paumes vers le plafond.

— Il a avoué.

Bree posa son bloc-notes devant elle.

— Il a avoué avoir tué son père ?

Todd écarquilla les yeux.

— Ouaip. Les gens tuent leurs proches tout le temps.

Bree le savait mieux que quiconque. Vous ne pouviez pas vous fier à quelqu'un juste parce que vous partagiez le même ADN.

— Oui, je suppose que c'est vrai.

Todd grimaça et examina ses chaussures noires comme s'il se sentait mal à l'aise d'avoir oublié la mort des parents de Bree.

Matt faisait les cent pas, irrité au possible.

— Le gamin ment comme un arracheur de dents.

— Ouaip.

Bree tira sur son écharpe. De petites lignes de douleur se formèrent autour de ses yeux.

Todd s'installa sur une chaise.

— Comment le savez-vous ?

— Il connaissait à peine les éléments de base de la mort de Paul, et il ne savait rien de celle de Holly. Celui qui l'a tuée a fait de son mieux pour tenter de faire passer sa mort pour un suicide.

Même si c'était une piètre tentative, de l'avis de Matt.

— Le tueur de Holly savait où son père était mort.

Bree hocha la tête.

— C'est une information publique, mais il ou elle a dû aller la dénicher.

— Pourquoi Noah avouerait-il s'il est innocent ? demanda Todd.

Matt s'arrêta derrière la chaise restée vide et s'y appuya à deux mains.

— Pour protéger sa mère.

Les coins des lèvres de Bree se levèrent légèrement, comme un chat apercevant une souris.

— C'était une décision drastique, voire désespérée.

Matt croisa son regard.

La lueur prédatrice ne lui rappelait plus celle d'un chat domestique, mais plutôt celle d'un tigre.

— Il n'y a qu'une seule raison pour laquelle Noah serait prêt à prendre une mesure aussi extrême.

— Laquelle ?

Todd avait l'air exaspéré.

Matt se détacha du regard de Bree pour faire face à Todd.

— Parce qu'il est certain que sa mère est coupable.

Chapitre Vingt-Six

Bree s'étira le cou dans toutes les directions. La douleur irradiait de sa blessure. Elle ouvrit un tiroir et en sortit une boîte d'ibuprofène. Elle en avala deux comprimés avec un verre d'eau, en ayant le sentiment d'utiliser une tapette à mouches sur un ours. Elle gardait les médicaments plus forts pour la nuit.

— Peut-on le garder si on sait qu'il est innocent ? demanda Todd.

— Oui. Un moment, en tout cas.

Elle extirpa un paquet de crackers à moitié écrasés du tiroir de son bureau.

— Il y a des indices qui pourraient étayer sa culpabilité. Noah ne nous a pas fourni d'alibi pour la mort de son père ou de Holly, et il joue au tennis.

Elle ouvrit les crackers et en mangea un.

— De plus, il a une relation conflictuelle avec son père. Et il ne veut pas rétracter ses aveux. Pourquoi demander un avocat alors qu'il a déjà avoué, à moins qu'il ne veuille pas qu'on sache que ses aveux étaient bidon ? Il veut qu'on le croie coupable. Mais nous devons vérifier nos hypothèses.

Bree inclina la tête vers Todd.

— Noah vit avec sa petite amie. Allez lui parler. Voyez si elle sait où était Noah quand Holly et Paul ont été tués.

— Maintenant ? demanda Todd.

— Dès qu'on aura terminé, oui. Il faut qu'on l'interroge avant que la nouvelle de son arrestation ne se répande. Dites-lui juste que Noah est suspecté du meurtre de son père. Voyez si elle lui fournit volontairement un alibi.

— Avant qu'il ne lui dise de ne pas le faire, ajouta Matt.

Bree hocha la tête.

— Exactement.

Elle fit tomber des miettes de crackers dans sa paume.

— Angela est toujours notre suspecte numéro un, ajouta Matt.

Bree hocha la tête.

— Elle n'a pas d'alibi pour les deux meurtres, et elle était en colère contre Paul. De l'argile verte a été retrouvée dans le coffre de Holly et dans le garage de Paul. Angela joue au tennis. Nous devons clairement l'interroger à nouveau. Maintenant qu'on a arrêté son fils, j'espère qu'on obtiendra une réponse plus claire de sa part.

Bree prit un autre cracker et mit le paquet de côté. Elle n'avait pas faim. Elle mangeait seulement pour empêcher l'ibuprofène de lui donner la nausée. Sa blessure la brûlait et la démangeait à la fois.

— Demandez à un adjoint de vérifier l'existence d'un appel téléphonique nocturne entre Holly et Paul qu'Angela prétend avoir entendu il y a quelques mois. Je doute qu'elle mente sur quelque chose d'aussi facile à confirmer, mais on ne sait jamais.

— Et Owen Thorpe ? demanda Todd. Il avait un mobile aussi bien pour tuer Holly que Paul.

— Il a un alibi pour la mort de Holly. Nous ne l'avons pas encore interrogé sur le meurtre de Paul. Il faudra le faire aujourd'hui.

Bree fronça les sourcils en regardant Todd.

— Je n'ai pas eu l'occasion de vous demander plus tôt. Comment ça s'est passé au Grey Fox, hier soir ?

Todd haussa les épaules.

— L'adjoint Collins et moi avons passé deux heures là-bas. Nous avons trouvé plusieurs personnes qui se souviennent avoir vu Owen vendredi soir. Aucune qui l'ait vu partir. Tous ont dit qu'il était très ivre et pas complètement fonctionnel. J'ai rédigé un rapport et l'ai classé dans le dossier.

— Donc on n'est pas en mesure d'infirmer l'alibi d'Owen pour le meurtre de Holly.

Bree mangea les miettes de crackers et les rinça avec une gorgée d'eau.

— Todd, allez donc voir Chloé Miller. Je vais appeler Owen Thorpe et Shannon Phelps pour des entretiens de suivi. Owen nous doit une déclaration signée, et nous pourrons l'interroger sur le meurtre de Paul pendant qu'il est ici. Je veux aussi savoir ce que Shannon pense d'une éventuelle liaison entre Holly et Paul.

— L'assassin de Paul a utilisé la même méthode pour entrer par effraction chez Shannon. Mais pourquoi l'assassin de Holly a-t-il laissé cette poupée flotter dans l'évier ? Pourquoi effrayer Shannon ?

Bree réajusta son écharpe. La douleur de son bras s'étendait jusqu'à la base du crâne. Son cerveau lui semblait tout aussi endolori.

— Est-il possible que Shannon sache quelque chose ? Même sans le savoir ?

— Quelque chose qui pourrait nous aider à identifier le tueur ? demanda Todd en se dirigeant vers la porte.

— Peut-être.

Honnêtement, Bree n'en savait rien. C'était la pièce du puzzle qui ne collait pas.

Todd attrapa la poignée de porte.

— Que voulez-vous que je fasse du gamin une fois que je l'aurai arrêté ?

— Pour l'instant, mettez-le simplement dans la cellule de détention ici. Je veux l'avoir sous la main pour l'interroger.

Bree n'aimait pas non plus l'idée d'envoyer un jeune homme innocent de dix-neuf ans dans la prison du comté, avec de vrais criminels. Noah se comportait de manière stupide, mais elle comprenait ses motivations. Il pensait protéger sa mère.

Après le départ de Todd, Matt demanda :

— Que veux-tu que je fasse ?

— Va parler à tes amis de Sharp Investigations. Je serais bien venue, mais j'ai promis à Kayla de rester au bureau, aujourd'hui.

Bree ne voulait pas briser cette promesse, mais elle regrettait de l'avoir faite.

— Je dois écrire un autre communiqué de presse. Je ne veux pas faire de déclaration aux médias avant que tu n'aies obtenu ces informations. Quand Angela découvrira que nous avons arrêté Noah, elle arrêtera de coopérer. Elle pourrait changer d'avis et ne plus partager les rapports du détective privé avec nous.

Bree s'attendait à ce qu'Angela panique à l'idée que son fils soit en prison. Mais cela serait-il suffisant pour qu'elle avoue ?

Chapitre vingt-sept

Matt se rendit à Scarlet Falls et se gara devant Sharp Investigations, non loin de la rue principale. Deux plaques à l'extérieur de la porte d'entrée indiquaient *Sharp Investigations* et *Morgan Dane, avocat.* La porte d'entrée n'était pas verrouillée. Matt entra dans le hall et appela :

— Bonjour ?

Lance Kruger apparut dans l'embrasure d'une porte, tenant une petite fille à l'envers dans ses bras. Lance était un grand gars avec des cheveux blonds courts. Il fit glisser l'enfant sur son bras gauche et tendit la main à Matt.

— Content de te voir, Matt.

Il tourna l'enfant face à Matt.

— C'est ma fille, Sophie.

Matt lui serra la main et sourit à la petite fille.

— C'est un plaisir de te rencontrer, Sophie.

L'enfant riait trop fort pour répondre.

— Laissez-moi passer ce petit monstre à Morgan.

Lance s'éloigna dans le hall. Il passa dans une autre pièce et revint un instant plus tard sans la petite fille.

— Viens dans mon bureau.

Dans un coin du bureau de Lance, une chaise était couverte de livres d'images. Lance ferma la porte et s'assit derrière son bureau.

Matt s'installa sur une chaise en plastique face à lui.

— Comment se passe la vie de famille ?

Ancien officier de la police de Scarlet Falls, Lance avait récemment épousé l'avocate Morgan Dane. Les forces de l'ordre du comté de Randolph coopéraient fréquemment. Quand Matt était shérif adjoint, il avait travaillé avec Lance de temps en temps.

— Tout va pour le mieux, dit Lance en souriant. Si tu m'avais dit il y a deux ans que j'allais épouser une femme avec trois enfants et devenir un mari et un père heureux, ça m'aurait bien fait rire.

Il écarta les bras.

— Mais voilà.

— Je suis vraiment content pour toi, dit Matt. Est-ce qu'Angela Becket t'a contacté ?

— Son avocat l'a fait.

Lance se tourna vers son ordinateur.

— Il m'a demandé de vous remettre le rapport sur les infidélités de son mari.

Une imprimante vrombit sur une crédence. Lance se retourna et attrapa quelques pages. Il tendit le rapport à Matt.

Celui-ci croisa les jambes et parcourut les pages du dossier.

— Un homme très occupé.

Lance soupira.

— On l'a suivi pendant trois semaines. Au cours de cette période, il a eu des rencontres avec sept femmes. Dans le cas de six d'entre elles, il les a rencontrées dans des bars.

Matt baissa la page et indiqua un paragraphe.

— La numéro sept était Holly Thorpe. Un autre employé nous a dit que Paul avait une liaison avec elle.

Lance fronça les sourcils et secoua la tête.

— Je ne pense pas qu'il couchait avec Holly.

— Non ?

— Non.

La chaise de Lance grinça sous son poids tandis qu'il se penchait en avant, les coudes sur le bureau.

— Six fois, Paul est allé dans un bar local, a rencontré une femme et l'a emmenée dans un motel. Ils sont restés dans la chambre environ deux heures. Puis ils sont partis tous les deux. Il n'a revu aucune de ces femmes pendant cette période.

— Des coups d'un soir.

— Oui, acquiesça Lance. Mais quand Paul a vu Holly, ce n'était pas la même chose. D'abord, elle est allée chez lui, pas à l'hôtel. Deuxièmement, elle n'est restée qu'un quart d'heure. Troisièmement, c'est arrivé deux fois.

— Si Paul ne couchait pas avec Holly, pourquoi venait-elle chez lui ?

Lance haussa une épaule.

— On ne sait pas. Ça ne faisait pas partie du champ de notre enquête. Les six autres femmes ont donné à l'avocat de Mme Beckett suffisamment de preuves d'infidélité.

— Est-ce que Mme Beckett connaît les détails des rencontres entre Holly et Paul ?

— Je ne sais pas. On a envoyé le rapport directement à l'avocat. On n'a jamais rencontré Mme Beckett.

Matt regarda à nouveau le document.

— Tu as des photos de ces femmes ?

— Oui.

Lance pianota sur son clavier. L'imprimante vrombit à nouveau.

— Il y a les noms et les dates sur les photos.

Il prit un dossier cartonné et y glissa les images. Il tendit le tout à Matt, qui y ajouta les pages du rapport.

— Merci, Lance, dit Matt. Ça m'a fait plaisir de te revoir.

— Pareil.

Lance le raccompagna.

Dans le couloir, une grande femme aux cheveux foncés, en jupe bleu marine et chemisier blanc, jonglait avec une mallette, une veste de costume et son enfant. La petite fille avait les deux bras serrés autour de la taille de sa mère.

Lance présenta Matt à sa femme, Morgan.

— J'ai fini ma journée, dit Lance. Eh, Sophie, prends tes affaires. On va rentrer à la maison et faire du vélo.

L'enfant abandonna sa mère sans un regard en arrière.

— Super !

— Merci. J'ai une réunion au palais de justice dans une heure.

Morgan jeta sa veste sur son bras.

— Ravie de vous avoir rencontré, Matt.

Matt prit congé et s'éloigna. Pour la première fois de sa vie, il se demanda ce que ça lui ferait d'avoir sa propre famille. D'où cela venait-il, tout à coup ? Il avait toujours supposé qu'il aurait une femme et des enfants un jour – dans un avenir lointain et indéterminé –, mais ces suppositions n'avaient jamais eu de valeur concrète.

D'un autre côté, pourquoi était-il surpris ? Il venait d'une famille unie et stable. Il aimait les enfants. Il avait toujours préféré les relations sérieuses aux rencontres éphémères. Il était l'homme d'une seule femme. Mais ces dernières années, il avait été trop préoccupé par sa carrière, sa blessure et les bouleversements qui avaient suivi son accident pour penser à l'avenir.

Jusqu'à maintenant.

Mettant de côté ces réflexions sur son avenir, il s'arrêta dans une épicerie sur le chemin du retour. Bree et Todd étaient dans la salle de réunion. Matt posa un sac sur la table.

— Sandwiches à la dinde.

— Merci.

Bree attrapa un sandwich emballé dans du papier.

— Un adjoint a confirmé que Paul a appelé Holly vers minuit dans la première semaine de mars. J'ai appelé Deb Munchin. Elle dit qu'elle travaillait au restaurant mercredi soir. J'ai parlé au gérant qui a confirmé. Donc, elle a un alibi pour le meurtre de Paul, mais pas pour celui de Holly.

Matt résuma sa discussion avec le détective privé.

— Lance ne pense pas que la relation de Paul et Holly ait été sexuelle.

— Est-ce qu'il sait pourquoi elle est allée chez lui ? demanda Bree.

— Non.

Matt tendit le dossier à Bree et lui expliqua la théorie de Lance.

Elle l'ouvrit et parcourut les feuillets imprimés.

— C'est intéressant. Deb a vu Holly chez Paul la semaine dernière, mardi.

Bree feuilleta le dossier de l'enquête pour retrouver les notes de leur entretien avec Owen.

— C'est la nuit où Owen a dit que Holly allait rencontrer Deb.

— Ah bon ?

Matt n'avait pas fait le rapprochement.

— Holly ne voulait pas qu'Owen sache qu'elle était allée chez Paul.

Bree tapa sur le rapport.

— Clairement, mais pourquoi ? Le rapport de Sharp Investigations dit qu'elle n'est restée dans la maison que quinze minutes. Si le détective privé ne pense pas que Holly et Paul couchaient ensemble, pourquoi aurait-elle besoin de mentir à son mari ?

Elle parcourut les photos.

— Toutes ces femmes sont jeunes et ont de longs cheveux noirs.

Elle fronça les sourcils.

— Les cheveux que tu avais trouvés dans le lit de Paul Beckett n'étaient pas longs et noirs ?

Matt hocha la tête.

— On dirait qu'il a des goûts précis.

— Holly était blonde.

Bree déballa son sandwich.

— Tout comme Angela Beckett.

— Paul a été marié à Angela pendant plus de deux décennies, dit Matt. Peut-être qu'il voulait quelque chose de différent.

— Fatigué d'un parfum, envie d'en essayer un autre ?

Bree s'essuya les doigts sur une serviette.

Matt haussa une épaule.

— Todd, mettez Matt au courant de ce que vous a dit Chloé Miller.

Bree croqua une bouchée de sandwich.

Todd prit un sandwich à son tour.

— Chloé était bouleversée d'apprendre que Noah était un suspect. Elle était prête à tout pour prouver qu'il n'avait rien pu commettre. Elle dit qu'ils étaient ensemble toute la semaine.

— Toute la semaine ?

Matt prit la moitié de son sandwich.

— Qu'est-ce qu'ils ont fait pendant une semaine entière ?

Bree déglutit et prit sa bouteille d'eau.

— Hum. Elle a dit qu'ils ne s'étaient pas vus depuis des mois, donc ils avaient du rattrapage à faire.

Todd rougit.

— Oh.

Matt sourit.

Todd s'éclaircit la gorge.

— Bref, elle jure qu'elle était avec lui vingt-quatre heures sur vingt-quatre, sept jours sur sept, et qu'ils n'ont quitté son appartement qu'une seule fois. Elle avait un tas de tickets de livraison de nourriture. J'ai vérifié avec le gérant de sa résidence. Il y a des caméras de surveillance dans le parking. Il m'a donné une copie des vidéos de la semaine passée. La voiture de Noah arrive jeudi dernier. La seule fois où le véhicule se déplace, c'est le dimanche, pendant environ deux heures. Chloé dit qu'ils sont allés prendre un café et se sont arrêtés à l'épicerie. Elle n'avait pas de reçus, mais elle m'a montré les paiements sur son application bancaire. La vidéo de surveillance confirme l'heure à laquelle ils sont partis et revenus, et leurs voitures sont restées en place jusqu'à aujourd'hui.

Bree reposa sa bouteille d'eau.

— Donc ce n'est pas Noah. La déclaration de sa petite amie et les vidéos lui donnent des alibis pour les deux meurtres.

— On le relâche, alors ? demanda Todd.

— Pas encore.

Bree prit une autre bouchée de son sandwich et mâcha pensivement. Après avoir avalé, elle dit :

— Je sais que la coïncidence serait énorme, mais est-il possible que Holly et Paul aient été tués par deux personnes différentes ? Holly a été étranglée et Paul abattu.

— Possible, mais très improbable.

L'instinct de Matt lui disait que les deux meurtres étaient liés.

— Les victimes se connaissaient. Elles étaient impliquées dans quelque chose qui a nécessité un appel téléphonique nocturne il y a quelques mois et une visite plus récente de Holly chez Paul. Et il y a l'argile verte trouvée dans le garage de Paul et le coffre de Holly. Donc on a également un lien entre les scènes de crime.

Bree fit la moue en considérant ces arguments.

— Ces corrélations peuvent-elles s'expliquer d'une autre manière ? Est-il possible que Paul ait tué Holly, puis qu'Angela ou quelqu'un d'autre ait tué Paul ?

— Angela dit qu'il ne jouait pas au tennis, intervint Todd. Noah l'a confirmé.

— Il y a un court dans son jardin. Paul a pu ramasser des traces d'argile sans jouer, argumenta Bree. Peut-être que le vent a entraîné quelque chose sur le court et qu'il est allé le récupérer. Ou bien l'un des jardiniers a pu marcher sur le terrain et traîner de l'argile à un autre endroit, où Paul l'a ramassé sur ses chaussures.

— C'est possible.

Mais l'explication ne convenait pas à Matt.

— Pourquoi aurait-il tué Holly ?

— Je ne sais pas encore.

Bree haussa les épaules, puis grimaça et frotta son bras blessé sous le bandage.

— Il semble que Paul ne se souciait plus de cacher ses liaisons. Il ne se gênait pas pour en parler. Comment expliquer les deux méthodes ?

— Holly était une petite femme, facilement maîtrisable par une femme baraquée ou par un homme, déclara Matt. Paul n'était pas petit et il travaillait dans le bâtiment. Il avait peut-être quelques kilos en trop, mais c'était quand même un costaud.

— C'est juste. Je voulais juste m'assurer qu'on ne se basait pas sur de fausses hypothèses.

Bree se frotta le front.

— Sur ce, je vais m'occuper de la conférence de presse. Je veux qu'Owen et Shannon se sentent assez en sécurité pour parler de la relation entre Holly et Paul. Il nous faut plus d'éléments sur Angela Beckett.

Chapitre Vingt-Huit

— La nuit dernière, Paul Beckett a été tué par balle à son domicile.

Face à la presse, Bree fit un rapide résumé du crime.

— Aujourd'hui, son fils Noah Beckett a avoué le meurtre. Je ne peux pas commenter la validité des aveux, car nous enquêtons toujours.

Les caméras tournaient et les flashes crépitaient ; les journalistes lancèrent des questions. Bree fit signe à l'un d'entre eux au premier rang.

— Shérif, Noah Beckett a-t-il également tué Holly Thorpe ? demanda-t-il.

— Nous n'avons pas encore la réponse à cette question.

Bree pointa du doigt un autre journaliste.

— L'enquête est toujours en cours.

Une journaliste demanda :

— Les décès de Holly Thorpe et Paul Beckett sont-ils liés ?

— Nous étudions sérieusement la possibilité qu'ils aient été tués par la même personne, déclara Bree. Mais pour l'instant, nous ne pouvons pas le confirmer.

La même journaliste poursuivit :

— Holly Thorpe ne travaillait-elle pas pour Paul Beckett ?

— En effet, répondit Bree. Il y a certainement un lien entre les victimes. Mais il nous faut des preuves tangibles pour relier également leurs décès.

— Donc, Noah n'a pas avoué avoir tué Holly Thorpe ?

— Non, en effet.

Bree convoqua toute sa patience, puis répondit à trois autres questions et mit fin à la conférence de presse. L'ibuprofène qu'elle avait pris juste avant avait à peine atténué sa douleur.

De retour au poste, elle alla chercher Matt dans la salle de conférences.

— Je veux qu'Owen soit détendu. Je vais l'interroger seule. Je voudrais que tu observes, par contre.

— OK.

Matt se dirigea vers la salle d'observation.

Bree tira sur son écharpe, mais ne trouva aucune position confortable pour son bras. L'ibuprofène ne faisait aucun effet. Elle prit une profonde inspiration et entra dans la pièce.

Owen attendait à l'intérieur, regardant l'écran de son téléphone. Il leva les yeux et posa son téléphone sur la table en la voyant entrer.

Bree s'assit à côté de lui et tourna sa chaise pour lui faire face. Il avait l'air fatigué, avec des cernes de taille à contenir un bébé kangourou. Mais il était sobre et douché. Son jean et son T-shirt avaient l'air propres, avec juste quelques plis normaux, pas ceux qu'on obtient en dormant dans ses vêtements pendant plusieurs jours.

— Comment allez-vous ? demanda-t-elle.

Il soupira.

— Je ne sais pas. Ça ne me semble pas réel, vous savez ?

— Je sais. Ça viendra avec le temps.

— Je ne suis pas sûr de vouloir que ça semble réel.

Il sortit un papier et le fit glisser sur la table.

— J'ai répondu aux questions, comme vous l'avez demandé.

— Merci.

Bree parcourut ses réponses. Sa déclaration était brève, mais correspondait à ce qu'il lui avait dit verbalement. Elle lui rendit le document.

— Il faut que vous signiez votre déclaration.

— OK.

Il prit un stylo, signa le papier et le lui tendit.

Bree le glissa dans son dossier.

— J'ai quelques questions supplémentaires.

Elle lui tendit un formulaire Miranda, lui lut ses droits et lui demanda de signer l'accusé de réception.

Owen se montra réticent.

— Quelqu'un n'a pas avoué avoir tué Paul Beckett ? J'ai supposé que la même personne avait tué Holly. Je me sentais mieux à l'idée que vous ayez attrapé le coupable.

— Oui, mentit Bree. Mais je dois tout de même vérifier tous les détails. Nous ne pouvons pas prendre le risque qu'un avocat de la défense prétende que nous n'avons pas fait un travail approfondi et qu'il s'en sorte.

— J'imagine.

Owen signa le formulaire, mais il semblait toujours réticent.

— Cet entretien sera enregistré.

Bree récupéra le formulaire.

— Vous savez évidemment que Paul Beckett a été tué la nuit dernière.

Owen hocha la tête.

— Je l'ai vu aux infos.

— Vous avez dit que vous pensiez que la même personne avait tué Holly et Paul. Y a-t-il une raison à cela ?

Il leva la main.

— Sachant que Holly travaillait pour Paul, il semble fou de penser qu'ils ont été tués à quelques jours d'intervalle par des personnes différentes. Tout ça concerne peut-être Beckett Construction.

Owen fronça les sourcils.

— Peut-être que Paul faisait quelque chose d'illégal.

Bree l'observa de près.

— Je ne sais pas. C'est son fils qui a avoué l'avoir tué.

— A-t-il aussi avoué avoir tué Holly ?

— Non. Pourquoi le ferait-il ?

Owen secoua la tête et regarda ses mains.

— Mais il l'a fait, non ? Il a tué Paul.

— Nous ne pouvons pas en être sûrs à cent pour cent pour le moment. Vous comprenez…

— Bien sûr.

Il expira.

— Mais pourquoi le fils de Paul voudrait-il tuer Holly ?

— On ne sait pas. Saviez-vous que Holly était allée chez Paul Beckett ?

— Non.

Owen redressa brusquement les épaules.

— C'est le cas.

— Comment le savez-vous ? demanda-t-il.

— Les Beckett étaient en instance de divorce. Madame Beckett a fait suivre son mari par un détective privé.

Owen resta silencieux pendant quelques secondes.

— Qu'est-ce que ça a à voir avec Holly ? Elle pouvait être venue lui déposer quelque chose pour l'entreprise. Elle travaillait quand même pour lui.

— Si c'était si simple, pourquoi vous a-t-elle menti à ce sujet ? Vous avez dit que Holly était sortie boire un verre avec Deb mardi soir. Deb dit que Holly l'a laissée tomber pour aller chez Paul.

Owen secoua la tête.

— Je ne sais pas.

— Avez-vous déjà soupçonné Holly d'avoir une liaison avec Paul Beckett ?

— Non !

Owen bondit sur ses pieds, le visage rouge. Sa chaise racla le linoléum.

— Comment vous pouvez me demander ça ? Elle ne m'aurait jamais trompé.

— Je suis désolée, mais je dois poser la question. C'est mon travail.

Owen se rassit lentement sur sa chaise

— Ça ne semble pas juste d'attaquer la réputation de Holly alors qu'elle n'est pas là pour se défendre.

— Je sais, mais un bon avocat explorera l'affaire sous tous les angles, et vous pouvez parier que la mère de Noah engagera le meilleur avocat qu'elle pourra trouver pour son fils.

Owen fronça les sourcils.

— Les riches s'en sortent toujours.

— Je ne veux pas que le tueur de Holly s'en sorte du tout. Noah a seulement avoué le meurtre de son père. Je dois prouver qu'il a aussi tué Holly, et je dois être minutieuse. Alors soyez un peu patient avec moi, s'il vous plaît. Je fais ça pour Holly. Vous voulez que son assassin soit arrêté, non ?

— Bien sûr.

Il roula des épaules et fit craquer son cou, comme s'il se préparait à un combat.

— OK.

— Savez-vous s'il existait une relation particulière entre Holly et Paul ?

— Non.

— Holly a-t-elle déjà mentionné des activités illégales chez Beckett Construction ?

— Non.

Owen secoua la tête.

Bree lança une nouvelle pique.

— Savez-vous pourquoi Holly et Paul se sont parlé au téléphone à minuit au mois de mars ?

Owen se raidit et détourna les yeux en répondant :

— Non.

Mentait-il ? Ou était-il simplement sur la défensive à l'idée que sa femme l'ait trompé ?

Bree poursuivit.

— Où étiez-vous hier soir entre dix-neuf heures quarante et vingt heures ?

— J'étais chez moi, dit Owen.

— Seul ?

Il hocha la tête.

— Mon frère a dû retourner travailler. Je me suis douché, je me suis rasé et j'ai fait un peu de lessive.

— Je suis heureuse d'entendre ça.

Bree le pensait vraiment.

— Avez-vous commandé des plats à emporter ou parlé à quelqu'un au téléphone ?

Il secoua la tête.

— Après m'être lavé, je me suis senti vraiment fatigué. J'ai dormi douze heures d'affilée.

— D'accord, Owen. Si vous pensez à autre chose, s'il vous plaît, appelez-moi.

Il hocha la tête avec raideur.

— OK.

Bree le raccompagna dans le couloir. Les camionnettes de journalistes avaient disparu après la conférence de presse, et Owen traversa un parking pratiquement vide. Après son départ, Marge attira l'attention de Bree.

— Shannon Phelps est dans la salle d'interrogatoire deux.

— Merci.

Bree s'arrêta dans la salle de surveillance, où Matt était assis face à deux écrans. Elle ferma la porte derrière elle.

— Qu'est-ce que tu en penses ?

— Il semble sûr que Holly ne le trompait pas.

Matt caressa sa barbe, qui était assez longue. Habituellement, il la rasait ou la taillait, à ce stade.

— Je suis d'accord. Alors, qu'est-ce qu'elle et Paul fabriquaient ? demanda-t-elle. Peut-être que Shannon le sait.

— Tu veux que je regarde d'ici ? demanda Matt.

Bree réfléchit à la question.

— En fait, j'aimerais que tu fasses l'entretien. Elle a un meilleur rapport avec toi qu'avec moi. Je veux qu'elle se sente à l'aise.

Matt se leva et elle prit sa chaise. Elle y sentit la chaleur de son corps.

— Tu te sens bien ?

— Non, répondit-elle, surprise par sa propre honnêteté. Mais je survivrai. Va interroger Shannon. Vois ce que tu peux en tirer.

— Ça marche.

Chapitre Vingt-Neuf

Matt entra dans la salle d'interrogatoire. Les yeux de Shannon étaient encore rouges et paraissaient douloureux, comme si elle avait pleuré pendant des jours. C'était sans doute le cas.

— Merci beaucoup d'être venue.

Au lieu de s'asseoir en face d'elle, Matt prit la chaise voisine de la sienne.

Elle renifla et baissa les yeux sur un mouchoir chiffonné.

— Je continue à penser que je serai moins triste demain, mais chaque jour au réveil c'est pareil.

— Ça va prendre du temps.

Matt lui lut ses droits.

— Vous comprenez ?

Shannon hocha la tête.

Matt glissa un formulaire dans sa direction.

— J'ai juste quelques nouvelles questions à vous poser. Saviez-vous que quelqu'un avait avoué avoir tué Paul Beckett ?

Shannon hocha la tête.

— A-t-il aussi tué Holly ?

— C'est ce que nous essayons de déterminer.

Il poussa à nouveau le formulaire vers elle, puis posa un stylo dessus.

— D'abord, j'ai besoin que vous signiez ce formulaire.

Elle regarda la feuille de papier comme s'il s'agissait d'un insecte répugnant.

— Pourquoi ? Est-ce que je suis une suspecte ?

Il lui adressa un haussement d'épaules nonchalant.

— Le shérif insiste.

— OK.

En fronçant les sourcils, elle signa son nom.

— Merci.

Matt repoussa le papier.

— Je dois également vous dire que cet entretien est enregistré. Au cas où vous nous communiqueriez des informations importantes, nous ne voulons pas nous tromper dans les détails.

Shannon hocha la tête.

Matt continua.

— Donc, le fils de Paul Beckett a avoué avoir tué son père. Avez-vous une idée de la raison pour laquelle il aurait aussi voulu tuer Holly ?

Shannon secoua fortement la tête.

— Je ne le connais même pas.

— Holly travaillait pour Paul. Savez-vous s'il existe d'autres relations particulières entre eux ?

Shannon fronça les sourcils.

—Que voulez-vous dire ? répondit-elle d'une voix tremblante.

Matt se pencha vers elle.

— Holly a été vue chez Paul. Il y a aussi eu un appel nocturne entre eux.

Shannon déplaça son poids en arrière.

— Vous me demandez si Holly trompait Owen ? Car dans ce cas, la réponse est non.

— Mais Holly avait quitté Owen plusieurs fois.

— Elle revenait toujours vers lui. Même s'ils se disputaient, quand ils étaient ensemble, ils étaient vraiment ensemble.

— Alors, pourquoi Holly est-elle allée chez Paul ?

— Ça devait être quelque chose en lien avec l'entreprise.

Shannon s'essuya les yeux.

— Je n'ai rencontré Paul Beckett que deux fois, mais je ne l'aimais pas beaucoup. C'était une brute arrogante.

— Comment traitait-il Holly ?

— Elle se plaignait toujours de lui. Il criait sur les gens, mais il payait plutôt bien. Elle avait un bon revenu et il n'était pas souvent au bureau. Certains jours, elle n'interagissait pas du tout avec lui.

Shannon se tortilla et son regard se posa sur le sol. Elle savait quelque chose qu'elle ne disait pas.

— Il y a quelques semaines, Holly m'a dit quelque chose qui m'a inquiétée.

— C'est-à-dire ?

Shannon regarda le plafond.

— Elle a dit : « J'espère que je n'aurai pas d'ennuis. » Comme s'il lui demandait de faire quelque chose d'illégal. Je lui ai demandé quoi, mais elle n'a pas voulu me dire. Elle a changé de sujet.

— Je dois aussi vous demander où vous étiez mercredi soir entre dix-neuf heures quarante et vingt heures.

Matt ne voyait aucune raison pour que Shannon ait tué Paul, mais là encore, ils ne savaient pas encore pourquoi il avait été assassiné. Un alibi permettrait de rayer plus facilement Shannon de la liste.

— J'ai emmené Chicken chez la vétérinaire.

Elle prit son sac sur la table.

— Il n'a plus d'appétit. Je crois que j'ai toujours la facture.

Elle sortit un morceau de papier froissé qu'elle lissa de son mieux.

— J'aimerais en faire une copie.

Matt jeta un coup d'œil au document. La facture était horodatée à dix-neuf heures quarante-six. Il vérifierait, mais il semblait que Shannon n'avait pas tué Paul Beckett.

— Bien sûr. Allez-y.

Matt quitta la pièce et alla photocopier le document dans la salle de conférences. Il revint et rendit l'original à Shannon, qui le glissa dans son sac.

— Qu'a dit la vétérinaire ?

— Elle n'a rien trouvé d'anormal.

Elle haussa une épaule.

— Les chiens abandonnés, surtout les nerveux, peuvent mettre des mois à s'adapter à leur nouveau foyer.

Matt fronça les sourcils.

— Elle a dit qu'il pouvait ressentir mes émotions.

Elle se mordit la lèvre.

— Les chiens peuvent être très sensibles, dit Matt. Je suis sûr qu'il ira vite mieux. Merci encore d'être venue.

Elle lui rendit son sourire.

— Merci de travailler si dur pour trouver l'assassin de ma sœur.

Matt la raccompagna, puis retourna dans la salle d'observation. Bree tenait son bras contre son corps comme si la douleur empirait.

— Tu as entendu son alibi ?

— Oui.

Bree ne semblait pas convaincue.

— Tu ne la crois pas ?

— Je ne sais pas.

Elle se mordit la lèvre.

— Mais il y a quelque chose qui me tracasse dans son entretien.

— Je connais cette vétérinaire. Je vais l'appeler.

Matt prit son téléphone. Après avoir parlé avec la réceptionniste, il envoya par SMS une photo de Shannon au bureau de la vétérinaire pour confirmer son identité. Il reposa son téléphone.

— C'était bien elle.

Bree secoua la tête, rembobina l'entretien et le regarda à nouveau.

— Elle ne nous a donné aucune nouvelle information.

— Sauf qu'elle ne pensait pas non plus que Holly couchait avec Paul, déclara Matt. Et elle a un alibi solide.

— Donc on en revient à Angela.

Bree vérifia l'heure sur son téléphone.

— Qui sera là avec son avocat d'une minute à l'autre. Elle a laissé un message pendant que tu interrogeais Shannon. Elle avait l'air en colère.

— Ça devrait être marrant.

Matt se gratta le menton.

Bree posa un dossier sur ses genoux.

— On a reçu les comptes de Beckett Construction. Holly était la comptable de Paul. Elle avait aussi plus d'argent qu'elle n'aurait dû. Est-ce que Paul a pu la payer pour faire quelque chose d'illégal ?

Elle agita le dossier.

— La réponse est peut-être ici.

— Tu veux que je regarde ? proposa Matt.

Bree secoua la tête.

— Non. Je dois rentrer chez moi ce soir. Je l'ai promis à Kayla, dit-elle avec un petit sourire. Mais je veux éplucher ces comptes après le dîner. Tu veux te joindre à nous ?

— Oui. Qu'est-ce que Dana prépare ?

Matt avait fini le rôti de son père et n'était pas d'humeur à cuisiner. Et puis, Dana était un cordon bleu.

— Je vais demander.

Tout sourire, Bree prit son téléphone et envoya un SMS. Son téléphone vibra quelques secondes plus tard.

— Tortellini au prosciutto et petits pois.

— J'en suis.

On frappa à la porte et Marge passa la tête dans le bureau.

— Angela Beckett et son avocat sont ici.

Matt se frotta les mains.

— Comment veux-tu procéder ?

— On y va tous les deux. Qu'on soit à armes égales. Dans les cas d'Owen et Shannon, je voulais qu'ils se sentent suffisamment à l'aise pour les faire parler. Avec Angela, on adoptera une approche différente.

— C'est parti.

Bree secoua la tête.

— J'ai besoin d'un café, et Angela de mariner quelques minutes.

Ils allèrent dans la salle de repos et Matt prépara deux cafés.

— Tu veux un autre sachet de bonbons ? demanda Matt.

— Non merci. J'en ai eu plus qu'assez.

Il lui tendit son gobelet. Ils prirent dix minutes avant de se rendre dans la salle d'interrogatoire. L'avocat était assis face à la table. Matt eut un moment de déception. Ses yeux étaient d'un gris acier tranchant. Il portait un costume sur mesure d'un bleu marine profond et une cravate en soie bleu pâle coûteuse, mais la serviette posée sur la table devant lui était abîmée et usée. Il était cher, confiant et expérimenté. Il serait impossible de le berner ou de pousser sa cliente aux aveux.

Angela faisait les cent pas derrière sa chaise. Elle pivota sur ses talons au moment où ils entraient dans la pièce. Si ses yeux avaient pu tirer des rayons laser, Matt et Bree auraient été découpés en rondelles sanglantes.

— Comment… osez… vous ?

Angela se dirigea vers eux. Son visage était marbré de rouge et elle crachait ses mots en serrant les dents.

— Vous avez arrêté Noah.

Matt se plaça devant le bras blessé de Bree. Mais l'avocat d'Angela attrapa sa cliente par le coude et l'arrêta dans son mouvement.

Il secoua la tête et lui lança un regard d'avertissement. Elle leva le menton et lança un regard noir à Bree et Matt avec une méchanceté à laquelle celui-ci ne s'était pas attendu. Angela était une femme séduisante, généralement composée et élégante, mais à présent, sa bouche était tordue par une affreuse grimace. Elle avait l'air de vouloir leur arracher la tête avec les dents.

Elle semblait tout à fait capable de commettre un meurtre.

Son avocat la fit asseoir à côté de lui et se pencha pour lui parler à l'oreille.

Elle resta immobile, raide sur sa chaise. Lorsque l'avocat se redressa, elle expira fort. Si elle avait été un dragon, elle aurait craché du feu. Elle ne dit rien, mais Matt voyait qu'elle avait du mal à se maîtriser.

Bree et Matt s'assirent de l'autre côté de la table.

L'avocat fit glisser deux cartes de visite dans leur direction.

— Je suis Richard Sterling. Je représente Mme Beckett.

Ils sautèrent les poignées de main. Bree les présenta, elle et Matt. Puis elle lut la formule consacrée sur les droits de l'accusé et remit à Angela le document afférent. Elle l'ignora.

— Cet entretien est enregistré, dit Bree. Qu'il soit fait état qu'Angela Beckett a été informée de ses droits et que son avocat est présent.

L'avocat ouvrit sa serviette et en retira une unique feuille de papier.

— Ceci est une déclaration signée de Mlle Chloé Miller. Noah Beckett était chez elle. Ils étaient ensemble quand Paul Beckett a été tué. Noah n'a pas pu tuer son père.

Il ne traînait pas en besogne.

— Noah a avoué.

Bree répondait à l'avocat, mais son regard ne quitta pas le visage d'Angela.

— Je lui ai parlé il y a quelques minutes, déclara l'avocat. Il va retirer ses aveux.

— Avez-vous déjà tiré avec l'arme de Paul ? demanda Bree à Angela.

Elle ouvrit la bouche, mais l'avocat leva la main.

— Madame Beckett entend exercer son droit constitutionnel de garder le silence, dit-il. Si vous voulez la ramener ici, vous devrez l'arrêter. Si vous aviez la moindre preuve, vous l'auriez déjà fait.

Il posa la main sous le coude d'Angela et se leva, l'entraînant avec lui.

— J'entends bien que Noah soit libéré immédiatement.

— Nous verrons, répondit Bree.

— Nous savons tous qu'il n'est pas coupable, shérif, dit l'avocat d'un ton las. Vous n'avez aucune preuve à part ses aveux, qui ne sont pas valables.

— Alors pourquoi les a-t-il faits ? demanda Bree.

Elle avait un vrai talent de joueuse de poker, mais Matt distingua une certaine frustration aux coins de ses yeux.

— Je ne lui ai pas posé la question, répliqua l'avocat sans ciller. Car ça n'a pas d'importance. Il est innocent. Il a un alibi qui, j'en suis sûr, peut être confirmé par des moyens électroniques. Nous perdons tous notre temps, là.

Bree et Angela se regardèrent pendant trois secondes intenses.

Puis Bree dit :

— Il sera libéré dans l'heure.

— Merci de vous montrer raisonnable. Bonne journée.

L'avocat fit sortir sa cliente.

Bree éteignit la caméra. Son corps était raide. Quand elle se dirigea vers la porte, ce fut avec des enjambées saccadées plutôt que les mouvements gracieux dont Matt avait l'habitude. Il n'aurait pas été surpris qu'elle donne un coup de pied dans la poubelle. Mais elle n'en fit rien, évidemment.

Elle se passa une main sur le crâne.

— Je ne pensais pas qu'il trouverait Chloé si rapidement.

— Ce n'est pas un débutant.

— Non, reconnut Bree. Il n'a pas laissé Angela dire un mot.

— Et maintenant ?

— On laisse Noah partir. Puis on rentre à la maison pour dîner.

Elle s'arrêta dans la salle de conférences pour récupérer le dossier. Elle glissa les comptes de Beckett Construction à l'intérieur.

— Peut-être qu'on trouvera un autre motif pour le meurtre de Paul.

Bree échangea quelques mots avec Marge et Todd avant de sortir par la porte de derrière.

— Tu veux que je conduise ? demanda Matt.

Bree soupira.

— S'il te plaît.

Il prit le volant. Bree ne dit rien pendant le court trajet. En s'engageant dans l'allée qui menait à la maison, Matt lui jeta un coup d'œil. Sa tête reposait en arrière sur l'appuie-tête. Le soleil du début de soirée frappait son visage, soulignant les ombres sous ses yeux clos.

Il tira le frein à main. Elle leva la tête et cligna des yeux plusieurs fois, comme si elle s'était assoupie. Elle grimaça en descendant du véhicule.

Matt lui emboîta le pas.

— Avant d'arriver, tu as pris quelque chose pour ta blessure ? Je me suis déjà fait tirer dessus. Je sais ce que ça fait.

— De l'ibuprofène. Je garde les trucs forts pour le coucher.

Elle tenait le bras raide serré contre elle.

— Tu as changé le pansement ?

— Non.

— Il ne serait pas temps ?

— Sans doute.

Bree replia son bras valide pour atteindre la blessure.

— Tu te proposes de le faire ?

— Oui.

Ils s'arrêtèrent et se regardèrent pendant quelques instants.

— Bien.

Bree se remit en marche vers la porte.

— Mais tu devras venir à l'étage. Je ne veux pas que les enfants voient ça.

Ils entrèrent dans la cuisine. Ladybug vint les saluer en trottinant, le moignon de sa queue coupée tournoyant follement dans les airs. Dana était penchée sur une planche à découper, tranchant du prosciutto. Le chien retourna s'asseoir à ses pieds et guetter un morceau. Matt renifla l'air comme un chien affamé – la cuisine embaumait. Un plat carré était mis à refroidir au centre de l'îlot. Le chat noir de Bree, Vador, considérait le travail de Dana depuis le comptoir situé de l'autre côté de la pièce.

— Tu es en avance.

Le regard perçant de Dana inspecta Bree.

Bree caressa la tête du chat.

— Je vais prendre une douche et me changer.

— Tu as besoin d'aide avec ton pansement ?

Dana jeta un coup d'œil inquiet à Matt.

— Non.

Bree ajusta son attelle.

— Matt va s'en occuper.

— Ce ne sera pas la première fois, dit-il.

Dana hocha la tête. Vador bondit du comptoir sur l'îlot central. Levant le nez, il renifla en direction de la viande. Dana le regarda en plissant les yeux.

— Attention à toi.

Mais ça ne suffit pas à impressionner Vador. D'un geste fluide, Matt le souleva et le posa par terre. Le chat le regarda d'un air agacé.

Il retourna sur son perchoir initial et se mit à lécher tous les endroits de son corps que Matt avait touché.

— Où sont les enfants ? demanda Bree.

Dana indiqua la direction de l'écurie de la pointe de son couteau.

— Ils nourrissent les chevaux.

— On redescend vite, dit Bree.

Matt la suivit à l'étage. Il s'arrêta sur le seuil de sa chambre, surpris.

— C'est différent du reste de la maison.

— J'ai gardé les affaires de ma sœur partout ailleurs. Je ne voulais pas changer l'environnement des enfants. Ils ont vécu assez de bouleversements. Je voulais qu'ils continuent à se sentir chez eux. Ces meubles viennent de mon appartement de Philadelphie. Il me fallait quand même une pièce à moi.

Le design n'était pas vraiment moderne, juste épuré et élégant par rapport au style fermier du reste de la maison.

— Ferme la porte. Au cas où les enfants reviennent.

Elle enleva son écharpe et ouvrit le bouton du haut de sa chemise d'uniforme.

Matt savait depuis l'hôpital qu'elle portait un débardeur sous sa chemise d'uniforme, mais voir les boutons s'ouvrir un par un était sacrément sexy, même dans les circonstances actuelles. Il ne pouvait pas s'en empêcher. Il n'était qu'un homme.

— Je vais laver la plaie sous la douche.

Elle jeta sa chemise dans un panier à linge.

— Mais j'aurai besoin d'aide pour refaire le bandage.

— Tu veux que je l'enlève ?

— OK.

Elle fléchit son bras bien musclé, comme à l'exercice. Puis elle ouvrit un placard, attrapa des vêtements propres et se dirigea vers la salle de bains.

Matt la suivit. Un appétit totalement différent s'éleva en lui.

Concentre-toi.

Il se lava les mains, enleva soigneusement le vieux pansement et examina la plaie recousue.

— Ça n'a pas l'air rouge. Je ne vois aucun signe d'infection, mais je suis sûr que ça fait un mal de chien.

Bree tourna la tête par-dessus son épaule pour voir l'arrière de la blessure dans le miroir.

— Ça va laisser une cicatrice.

— Ce tatouage est incroyable.

Matt toucha la libellule sur son omoplate. Sous le dessin, il sentit la chair boursouflée de la vieille cicatrice. Il fit tourner Bree face à lui. Il la regarda dans les yeux, mais en suivant du doigt son tatouage et ses cicatrices. Il suivit le tracé de la vigne vierge – et de la balafre– qui serpentait sur son épaule. Elle passait dangereusement près de son cou et continuait sur plusieurs centimètres. En tant que fils de médecin, ses connaissances en anatomie étaient supérieures à la moyenne. Son doigt effleura la clavicule. Juste en dessous, une fleur était centrée sur un point rond et plissé, probablement à l'endroit où une dent canine s'était enfoncée dans sa chair. Si près de l'artère qui traversait l'aisselle et continuait dans le bras.

Si près de la tuer.

— Tu as eu de la chance.

Sa voix était rauque.

— J'imagine que tu n'as pas dû penser ça sur le moment.

— Oh, je sais.

Elle fronça les sourcils.

— Le médecin des urgences a dit que si la morsure avait été un centimètre sur le côté, je me serais vidée de mon sang en moins d'une minute.

— Je suis désolé, et je suis désolé que le docteur t'ait dit ça. Ça a dû être terrifiant.

Bree sourit.

— Ce n'était pas son intention. Il était en colère contre ma mère. Son récit de l'attaque était incohérent. Il voyait bien qu'elle mentait. Elle n'était pas très douée pour ça.

— Alors pourquoi n'a-t-elle pas dit la vérité ? Pourquoi ne pas essayer de prendre ses distances avec ton père ?

Elle haussa les épaules, faisant bouger son tatouage.

— Parce qu'elle savait qu'il nous tuerait tous si elle le quittait.

Un petit frisson la parcourut.

— Je vais avoir une nouvelle cicatrice, et elle va être moche. Peut-être que je ferai agrandir mon tatouage.

— Tu n'as pas besoin de cacher quoi que ce soit.

Il l'attira plus près, jusqu'à ce que son corps soit pressé contre le sien.

— Tes cicatrices font partie de toi. Tu es une survivante.

— Je préférerais quand même ne pas les avoir.

Matt appuya ses lèvres contre les siennes. Il ferma les yeux et laissa le baiser suivre son cours. Lorsqu'il leva la tête et la regarda, elle avait toujours les yeux fermés. Ils s'ouvrirent en papillonnant et elle sourit. Ils s'étaient déjà embrassés, mais d'une certaine manière, cela semblait plus intime. Il sentit son cœur se serrer.

Elle aurait pu mourir la nuit dernière. Cette idée le frappa comme une bouffée de fréon et il sentit un froid glacial lui pénétrer l'âme. Tomber amoureux d'elle – il ne pouvait même pas prétendre que ce n'était pas ce qui se passait – signifiait parier ses sentiments sur une femme qui prendrait toujours des risques. Pourrait-il l'accepter ? Il l'embrassa à nouveau, la serrant plus fort et profitant du moment. Son corps s'ajustait contre le sien d'une manière qu'il ne pouvait que décrire comme parfaite.

Il répondit à sa propre question par un oui retentissant. Il faisait tapis. Elle valait la peine de tout risquer.

La voix de Dana leur parvint du rez-de-chaussée, interrompant leur tête-à-tête.

— Dîner dans quinze minutes.

Bree rompit leur étreinte et tendit la main pour allumer le jet.

Matt n'avait pas confiance en sa voix. Il s'éclaircit la gorge et déglutit.

— Je vais attendre dans la chambre.

Les mots semblaient rauques, presque durs.

Il recula et ferma la porte derrière lui. En écoutant l'eau couler, il l'imagina.

Non. On se calme.

Leur relation évoluait vers une relation physique, mais il ne voulait pas brûler les étapes, et ce n'était pas le moment. C'était quand même une belle image. Très belle.

Son téléphone vibra dans sa poche. Il le sortit et jeta un coup d'œil à l'écran. Todd.

— Quoi de neuf ? répondit Matt.

— Nous avons le numéro d'immatriculation du véhicule de l'homme qui a accepté l'enveloppe de Paul Beckett hier soir.

La voix de Todd était tendue.

— Qui est-ce ?

— L'inspecteur des bâtiments.

— L'inspecteur a-t-il déjà été accusé d'avoir accepté des pots-de-vin ?

— Pas que je sache, dit Todd. Qu'est-ce qu'on fait ?

— Je vais en parler au shérif.

Mais Matt était sûr qu'elle voudrait discrètement lancer une enquête.

Chapitre Trente

Cady essuya la sueur de son front.

— Super séance ! Merci d'être venues, mesdames !

Les élèves de son cours de kickboxing se dirigèrent vers la sortie. Son frère, Nolan, monta sur le tapis dans son judogi de ju-jitsu brésilien entièrement blanc.

— Super cours, Cady.

Il esquiva, pivota et la saisit par la taille, la soulevant comme si elle était toute petite, ce qui n'était certainement pas le cas.

— Nolan, repose-moi, dit Cady.

Avec deux frères plus âgés, elle avait appris à paraître ennuyée quand ils la taquinaient.

Il la remit sur ses pieds.

— Tu ne sais plus rigoler.

Cady leva les yeux au ciel.

— Tu devrais grandir un peu.

Elle le frappa à la poitrine.

— Jamais.

Il sourit. Malgré sa tête chauve et ses bras couverts de tatouages, quand il souriait, elle pouvait encore le voir comme un enfant de douze ans. Des hommes d'aspect tout aussi durs à cuire entrèrent et Nolan les lança sur des exercices d'échauffement. Il étendit ses bras au-dessus de sa tête et grimaça, dissimulant rapidement l'expression de douleur qui était apparue sur son visage. Une carrière de combattant professionnel de MMA l'avait laissé physiquement usé. Le corps humain ne pouvait supporter qu'une certaine dose de souffrance avant de se rebeller. Il n'avait que quarante ans, mais son corps avait un kilométrage élevé.

Cady se rapprocha.

— Vas-y doucement, ce soir. Fais-les bosser, plutôt.

Il fit un signe désabusé et s'éloigna pour commencer son cours.

Mais elle savait qu'il n'en ferait rien. Au moins, il avait renoncé aux combats professionnels.

Elle rassembla son équipement et enfila un sweat à capuche zippé par-dessus son débardeur et ses leggings. Puis elle se dirigea vers sa voiture. Elle allait s'arrêter à la maison, prendre une douche et nourrir ses propres chiens, puis filer au chenil pour le repas des candidats à l'adoption. À la demande de Matt, elle avait engagé Justin pour nettoyer le chenil et s'occuper des chiens, mais elle n'était pas encore prête à lui confier davantage de responsabilités. Il n'était pas sorti de désintoxication depuis assez longtemps pour qu'elle sache si sa sobriété était durable. Il avait un mauvais historique de dépendance aux drogues et de rechute. De plus, la mort de sa femme l'avait encore éprouvé. Elle le connaissait depuis l'enfance, et cela l'attristait de voir ce que les opioïdes lui avaient fait.

Mais même si elle se sentait mal pour lui, elle ne prenait aucun risque avec les chiens dont elle avait la charge. Ces animaux étaient sous la responsabilité de Cady. Elle vérifiait chaque nuit qu'ils avaient le ventre plein, de l'eau propre et des lits chauds. Ces chiens avaient déjà trop souffert.

En traversant le parking, elle ferma son sweat à capuche pour se protéger de la brise glaciale. Ses vêtements de sport étaient trempés. Comme d'habitude, son cours de kickboxing l'avait mise sur les rotules. Elle rentra chez elle et se gara devant la maison. Elle entendit ses chiens aboyer. Un grand *ouaf*, puis des aboiements de la part des pitbulls. Et au-dessus de tout ça, le jappement aigu du petit Taz qui devenait fou. Il était toujours réactif, mais aujourd'hui, il semblait particulièrement en colère.

Jonglant avec son sac à main, son sac de sport et son téléphone, Cady se précipita hors de sa camionnette. Elle ne voulait pas que les voisins se plaignent à nouveau. En remontant l'allée, elle poussa son sac de sport sur son épaule et fouilla dans son sac à main pour chercher la clé de sa maison.

— J'arrive, cria-t-elle par la fenêtre du salon.

Mais les chiens continuèrent d'aboyer.

Les pitbulls augmentèrent le volume. Même Harly se joignit au concert. Elle trouva ses clés et sépara celle de la maison des autres. Une ombre s'abattit sur elle. Avant qu'elle puisse se retourner, une forte douleur explosa dans son crâne. Sa vision s'obscurcit et elle sentit ses jambes céder sous elle. Elle laissa tomber son téléphone qui rebondit sous un buisson. Elle sentit à peine l'impact de ses genoux sur le béton. À quatre pattes, elle hoqueta plusieurs fois. À chaque haut-le-cœur, la douleur montait d'un cran dans sa tête. L'agonie était totale. Elle se roula en boule sur le trottoir. Quelque chose de chaud et d'humide ruissela dans ses yeux. Puis tout devint sombre.

Chapitre Trente Et Un

Bree se tenait sous le jet, se rinçant les cheveux et essayant de se vider la tête. Le moment d'intimité avec Matt avait court-circuité son cerveau. Si elle ne s'était pas fait tirer dessus récemment…

Mais elle était bel et bien blessée.

Elle se tourna pour laisser l'eau chaude couler sur la plaie. Celle-ci était encore sensible. En serrant les dents, elle la lava timidement, étonnamment dégoûtée par les points de suture. Elle coupa l'eau et sortit de la douche. Se sécher à une main s'avéra difficile. Lorsqu'elle fut presque essuyée, elle enfila un jean, un soutien-gorge et un débardeur propres. Elle ouvrit la porte, son soutien-gorge toujours ouvert dans le dos. Matt était appuyé contre le mur de la chambre.

Il revint dans la salle de bains pour inspecter à nouveau la plaie.

— Ça semble plutôt bien.

— Si tu le dis.

Elle se frotta les cheveux avec une serviette.

Quand elle eut fini, Matt la lui prit et la suspendit au-dessus de la porte de la douche.

— Tu veux bien le fermer ?

Elle pivota et montra les agrafes de son soutien-gorge.

— J'ai plutôt l'habitude du contraire.

Mais il s'exécuta. Puis il ouvrit le sac contenant les pansements et les instructions de l'hôpital.

— L'hôpital m'a fourni tout ce qu'il faut. Être shérif a ses avantages.

Elle serra les dents pendant qu'il lisait les instructions et pansait la plaie.

Il enroula de la gaze autour de son bras et la fixa avec du sparadrap.

— Comment tu te sens ?

— Mieux.

Elle fléchit le bras et grimaça.

— Menteuse, dit-il.

— Je prendrai de l'ibuprofène avec le dîner.

Elle fit tourner son poignet et remua les doigts. Ses muscles étaient raides et tout lui faisait mal de l'épaule au coude.

— Tu as les antibiotiques ?

— Oui.

Elle soupira.

— Je vais les prendre avec le dîner aussi.

— Tu dois garder ton bras immobile pendant quelques jours encore.

Il lui tendit l'écharpe et elle l'enfila.

Elle voulut prendre son sèche-cheveux.

— Laisse-moi t'aider.

Matt prit l'appareil et le dirigea sur ses cheveux. Il passa ses doigts sur son cuir chevelu, lui ébouriffant les cheveux à la racine.

Bree le laissa faire. Elle était fatiguée et endolorie, et c'était agréable d'avoir quelqu'un qui s'occupait d'elle, même si ce n'était que pour quelques minutes.

Lorsque ses cheveux furent presque secs, elle dit :

— C'est bon.

Matt éteignit l'appareil et passa une brosse dans ses cheveux.

— L'homme qui a rencontré Paul sur le parking était l'inspecteur des bâtiments.

— Paul devait lui payer des pots-de-vin.

Elle n'était pas surprise. Paul n'avait aucun respect pour la loi.

— On ne peut pas le prouver.

— Pas encore, dit Bree. Allons dîner, puis on réfléchira.

Ils descendirent. Dana était en train de servir le dîner lorsqu'ils entrèrent dans la cuisine. Le bras de Bree était douloureux. Malgré ce qu'elle avait dit à Matt, le lavage et le rebandage lui avaient fait mal, et la douleur commençait à l'épuiser. Elle commença à manger des pâtes, sachant que la nourriture lui ferait du bien. Kayla, excitée d'avoir de la compagnie, bavardait sans arrêt. Luke et Matt parlaient baseball.

— D'autres rendez-vous à l'horizon ? demanda Bree à Dana.

Dana but une petite gorgée de vin rouge.

— Peut-être. J'ai échangé des messages avec un autre homme. On verra bien comment ça se passe. Je ne suis pas pressée.

Bree secoua la tête.

— Je n'arrive pas à comprendre les applications de rencontre.

— C'est en fait assez amusant, dit Dana en souriant. Tu devrais voir certaines des photos de profil. J'ai envie d'envoyer un message à la moitié des hommes de plus de cinquante ans, juste pour leur dire de demander à leur fille de les prendre en photo.

— Consternant ?

Bree attrapa un morceau de prosciutto avec sa fourchette. Le goût de porc fondant se répandit dans sa bouche. Le bacon rendait vraiment tout meilleur. Plus elle mangeait, mieux elle se sentait.

— Tu n'as pas idée.

Dana fit passer un panier de pain à l'ail.

Vingt minutes plus tard, Bree allait poser son assiette presque vide dans l'évier.

Dana la suivit.

Bree se tourna vers sa meilleure – sa seule – amie.

— Tu es bien, ici ?

— Ça va, pourquoi ?

Dana posa à son tour son assiette dans l'évier.

— Parce que j'utilise une application de rencontre ?

— Franchement, oui.

Dana se tourna pour lui faire face.

— J'adore être ici avec les enfants. Je n'ai jamais eu de famille à moi. Mais j'admets me sentir un peu seule, et parfois m'ennuyer un peu.

— J'apprécie tout ce que tu fais pour moi et ma famille, mais je ne veux pas que tu sois malheureuse ici.

— Ce que je ressens n'a rien à voir avec ma situation géographique.

Dana marqua une pause.

— J'ai pris ma retraite il y a cinq mois. C'est un changement de vie important. J'ai besoin de prendre des décisions sur ce que je veux faire de ma vie, peu importe l'endroit où j'habite. Deux divorces m'ont rendu un peu blasée, et je ne m'attendais pas à vouloir sortir avec quelqu'un. Mais je vous vois, toi et Matt.

Elle soupira.

— Et je vois quelque chose qui vaut la peine de faire un petit effort. Alors, je vais essayer cette application et voir ce que ça donne.

— Dis-moi si je peux faire quelque chose pour toi.

Dana rit.

— Est-ce que Matt a un frère ?

— Justement, oui.

Dana rit de plus belle.

À l'autre bout de la cuisine, Matt se leva en faisant grincer sa chaise.

— J'ai les oreilles qui sifflent.

Dana lui sourit.

— J'ai fait des gâteaux au citron. Tu veux un café, un thé, un expresso, un cappuccino ?

— Juste un café, merci.

Matt pointa Bree du menton, puis sa chaise.

— Reste assise. Je vais débarrasser.

Il commença à rassembler les assiettes et les plats. Luke se leva pour l'aider. Kayla alla chercher le plateau de gâteaux au citron sur l'îlot de cuisine, puis revint à pas lents et prudents vers la table. Ladybug se leva, les yeux rivés sur le dessert. Bree bloqua le chien avec son pied avant qu'il ne puisse intercepter l'enfant. Le dessert fut expédié en une soixantaine de secondes. Puis Luke monta dans sa chambre pour étudier, et Kayla s'installa à la table pour faire ses devoirs d'orthographe. Matt et Bree emportèrent leurs tasses dans le bureau.

Bree s'assit et ouvrit le dossier contenant les états financiers de Paul Beckett.

Matt prit une chaise.

— Je m'occupe des comptes personnels.

Elle les lui passa.

— Je me tape les déclarations de l'entreprise, alors ?

Elle regarda la pile de documents.

— Ça va prendre une éternité.

— Je pourrais envoyer un texto à ma sœur et lui demander de l'aide, proposa Matt.

— Cady ?

Il hocha la tête.

— Elle a une formation de comptable et s'occupe de tout ça pour l'entreprise de mon frère.

Le visage de Bree s'éclaircit.

— Ça serait super.

Matt envoya un texto.

— Elle est probablement en train de nourrir et de promener les chiens en ce moment, mais elle me répondra.

— En attendant…

Bree ouvrit le premier dossier.

Deux heures plus tard, Dana frappa à la porte.

— Kayla est prête à se coucher.

— Je reviens rapidement.

Bree se dépêcha de monter faire la lecture à Kayla pendant une quinzaine de minutes, puis elle borda sa nièce. Lorsqu'elle revint dans le bureau, Dana lui tendit une tasse de café chaud. Elle et Matt sirotaient déjà le leur.

— J'ai proposé mon aide.

Dana se percha sur le coin du bureau et brandit un document financier.

— Matt m'a mise au courant.

Celui-ci s'étira.

— Jusqu'ici, j'ai trouvé deux choses. Paul a diminué son salaire au cours des deux dernières années. Ses dépenses personnelles sont restées à peu près les mêmes. Il y a quelques mois, il a utilisé des fonds personnels pour couvrir des dépenses professionnelles.

— Et ses voitures de luxe ?

Bree sirota son café et retourna s'asseoir derrière le bureau.

— Louées, dit Matt. Le paiement du pick-up passe par l'entreprise. Les autres sont louées à titre personnel. Il n'est propriétaire d'aucun des véhicules. Il loue les bureaux de l'entreprise.

— Il a également tiré plusieurs fois une ligne de crédit de fonds de roulement, ajouta Dana. Il ne paie que les intérêts. Il y a une lettre de la banque disant qu'il devait remettre la ligne de crédit à zéro pendant trente jours consécutifs une fois par an. Il ne l'a pas fait.

— Pourquoi l'entreprise a-t-elle été moins rentable ? demanda Matt.

— Je ne sais pas.

Bree mit de côté les relevés bancaires et examina les comptes de Beckett Construction. Un chiffre attira son attention. Elle revint plusieurs pages en arrière. Elle avait regardé les relevés bancaires mensuels au lieu de la situation financière globale.

— Les dépenses de plomberie ont doublé au cours des deux dernières années, mais le revenu brut est resté à peu près le même.

— Pourquoi les coûts de plomberie augmenteraient-ils de manière aussi significative sans une augmentation correspondante des revenus ?

Matt posa le document qu'il lisait et se pencha sur le bureau.

— Y a-t-il eu un problème de plomberie sur un chantier en particulier ?

— Non. C'est étalé dans le temps et sur plusieurs chantiers.

Bree montra le poste concerné et il sortit les relevés bancaires correspondants pour le premier trimestre.

— Regardons les plombiers qu'a embauchés Paul.

Matt fit une liste et commença des recherches.

— Ce plombier ne semble pas exister. Ni celui-ci.

Dana se pencha sur les papiers qui couvraient le bureau.

— Quelle part des dépenses de plomberie est allée à ces deux entreprises au premier trimestre ?

Matt attrapa son téléphone et ouvrit la calculatrice.

— Presque la moitié.

— Et au quatrième trimestre de l'année dernière ? demanda Dana.

— Pareil, dit Matt.

Bree tambourina du bout des doigts sur le bureau.

— Donc, Paul payait deux plombiers qui ne semblent pas exister.

— Est-il possible que les sociétés aient opéré sous des noms différents ? demanda Dana.

Matt haussa les épaules.

— Holly s'occupait des comptes et c'était l'entreprise de Paul. À qui d'autre pourrions-nous demander ?

— À Deb Munchin ? suggéra Bree. Elle aidait parfois Holly avec les comptes.

Matt fronça les sourcils.

— N'a-t-elle pas dit qu'elle était allée poser des questions à Paul et qu'il ne voulait pas répondre ?

— En effet.

Bree prit son téléphone et composa le numéro de Deb. Elle expliqua ce qui l'intriguait.

— C'est intéressant que vous demandiez ça, dit Deb. Il y avait plusieurs plombiers affectés à différents chantiers. Pour la plupart des travaux résidentiels, nous faisons généralement appel à un seul sous-traitant en plomberie par chantier, à moins que quelque chose d'inhabituel ne se produise. Je pensais que quelqu'un avait mélangé les factures.

— Et qu'a dit Paul ? demanda Bree.

Deb gloussa.

— Il m'a dit de payer les putains de factures. Que s'il voulait que je réfléchisse, il me le ferait savoir.

Sympa.

Bree surligna la ligne correspondante du document comptable.

— Que pensez-vous qu'il se soit passé ?

— Je pense qu'il détournait de l'argent de l'entreprise, déclara Deb. Pour frauder les impôts et/ou mettre de l'argent à l'abri avant son divorce. Connaissant Paul, il aurait adoré faire d'une pierre deux coups.

— Mais les Beckett ne se sont séparés qu'il y a quelques mois, dit Bree. Et c'est Angela qui a quitté Paul, pas l'inverse.

— Paul a tout planifié.

Deb fit une pause.

— Il savait exactement comment faire pour qu'elle le quitte. Je ne serais pas surprise qu'il ait commencé à cacher de l'argent à Angela il y a des années.

— Pourquoi aurait-il fait ça ? demanda Bree.

— Pour qu'il y ait moins de patrimoine à partager. Il a réduit son salaire au cours des deux dernières années. Si elle lui avait demandé une pension alimentaire, son revenu mensuel aurait été également inférieur, il aurait donc eu moins à payer. L'entreprise était toujours rentable, mais juste assez pour maintenir son niveau de vie. Paul n'aurait pas voulu renoncer à ses petits plaisirs.

Bree mit fin à l'appel et rapporta les réponses de Deb à Matt et Dana.

— Selon Angela, Paul lui a dit que l'entreprise avait des problèmes financiers, dit Matt. Mais c'était peut-être un mensonge. Il faut qu'on voie où est passé l'argent. Passe-moi cet ordinateur.

— Une seconde.

Bree envoya un mail à Todd pour demander un mandat de plus, cette fois permettant de suivre les transactions financières concernées.

— C'est presque toujours une question d'argent. Les gens sont tellement prévisibles.

Elle appuya sur *Envoyer*, puis tendit l'ordinateur portable à Matt.

Il pianota sur le clavier.

— Que veux-tu faire pour l'inspecteur des bâtiments ?

Bree se laissa aller en arrière et ferma les yeux. L'ibuprofène avait soulagé son mal de tête, mais la douleur irradiant le long de son bras devenait de plus en plus pénible. Elle aurait voulu mettre son pyjama, prendre un cachet et se coucher.

— Je ne vois pas pourquoi l'inspecteur aurait voulu tuer Paul. Pourquoi éliminer sa source de revenus supplémentaires ?

— Mais c'est une preuve de plus que Paul était engagé dans des pratiques illégales.

Matt fit glisser son index sur le pavé tactile de l'ordinateur portable.

Bree tapota les documents qui se trouvaient devant elle.

— On a tout ce qu'il faut comme preuves sur ce point.

Il sourit.

— Et ce n'est pas fini.

Il cliqua sur la souris.

— Est-ce que ton imprimante est allumée ?

Bree tendit le bras derrière elle et alluma la machine. Celle-ci ronronna et cracha deux feuilles de papier. Elle les attrapa et les regarda.

— Qu'est-ce que c'est ?

— Devine à qui appartiennent ces deux entreprises de plomberie ? demanda Matt.

Bree parcourut l'imprimé provenant de la base de données des entités commerciales du département d'État. Elle sauta jusqu'à la section où figurait l'identité du directeur général.

— Noah Beckett.

Elle regarda l'autre feuille.

— Et la deuxième est au nom de Timothy Beckett.

Dana baissa la page qu'elle était en train d'examiner.

— Donc, pour résumer, Paul était probablement coupable d'avoir soudoyé un inspecteur du bâtiment, fraudé le fisc et caché des biens à sa femme.

— Mais Angela le savait-elle ? demanda Bree.

Matt haussa une épaule.

— Si oui, ça lui ferait autant de motivations pour le tuer.

— Elle était déjà en colère contre Paul, souligna Bree.

— Combien d'argent est allé à ces faux plombiers au cours des deux dernières années ? demanda Matt.

— Près de cent mille dollars, dit Bree en reprenant le document. Je sais que c'est beaucoup d'argent, mais étant donné le train de vie de Paul, il doit y avoir d'autres faux comptes. Sa fortune a chuté de plus d'un million de dollars.

Matt posa l'ordinateur portable sur le bureau et le referma. Il prit son téléphone.

— Ma sœur devrait avoir répondu à mon texto.

Son front se plissa. Il tapota l'écran et porta le téléphone à son oreille.

— Elle ne répond toujours pas.

Il sélectionna un autre numéro.

— Peut-être qu'elle n'a plus de batterie. Je vais appeler Justin et voir si elle est au chenil.

Bree entendit le bruit de la sonnerie dans le combiné.

— Salut, Justin, dit Matt. Est-ce que tu as vu Cady ?

Bree n'entendit pas la réponse de Justin.

Le visage de Matt s'assombrit.

— Merci.

Il mit fin à l'appel et se passa la main sur le crâne.

— Cady n'est pas venue nourrir les chiens et elle ne répond pas au téléphone.

Il se dirigeait déjà vers la porte.

— Cady est toujours au chenil à l'heure des repas et si elle risque d'être en retard, elle nous appelle moi ou Justin pour qu'on aille nourrir les chiens.

— Donne-moi une minute pour prendre mes armes, dit Bree en se levant.

Matt ouvrit la bouche.

Elle lui lança un regard perçant.

— Ne me dis pas que je devrais me reposer.

— Ne t'inquiète pas. Je n'en avais pas l'intention. En fait, j'allais m'excuser de demander, mais j'ai besoin de ton aide.

— Évidemment, je n'allais pas te laisser y aller seul.

Bree commença à rassembler les documents du dossier.

Dana leva la main pour l'arrêter.

— Laisse-moi continuer avec les finances. Je vais continuer à chercher d'autres faux fournisseurs.

— Merci.

Bree se tourna vers Matt.

— Allons-y.

Chapitre Trente-Deux

Matt s'arrêta chez lui. Il arrêta brusquement le véhicule de police et sauta sur le trottoir. Bree le suivait de près. Brody accueillit Matt à la porte.

Justin était dans la cuisine, il attachait une laisse au collier de Greta.

— J'ai nourri tes chiens et je les ai fait sortir. J'allais justement emmener Greta en promenade. Je sais qu'elle a besoin d'exercice.

— Merci. C'est sympa.

Matt attrapa le harnais de Brody. Dès qu'il posa la main dessus, le grand chien de berger se mit au garde-à-vous.

— Je prends Brody avec moi.

Matt avait envisagé d'aller directement chez Cady, mais le chemin passait presque devant chez lui. Brody était un outil important et Matt avait besoin de toute l'aide possible.

Il avait une sensation terrible au creux de l'estomac. Quelque chose n'allait pas du tout. Il avait appelé le portable de sa sœur et laissé un message. Il lui avait aussi envoyé un texto, juste au cas où elle se trouverait dans une zone avec une mauvaise réception cellulaire. Il avait aussi appelé son téléphone fixe. Rien. Ce n'était pas son genre d'être injoignable. Jamais.

Matt transféra la rampe du chien de sa Suburban au SUV du shérif. Avec son harnais en place, le chien était en mode professionnel.

Il savait. Bree attendit tranquillement sur le siège passager. Elle n'avait pas argumenté quand il avait demandé à conduire. Elle pouvait conduire avec un seul bras, mais il pouvait conduire plus vite avec deux.

Matt s'arrêta devant la petite maison de sa sœur. Il entendait les aboiements étouffés des chiens de Cady. Sa camionnette était garée à son emplacement habituel. Il déplia la rampe de Brody et le chien vint se tenir docilement à ses côtés. Ils se dirigèrent tous les trois vers la porte d'entrée. À l'intérieur, les chiens de Cady devenaient fous. Il essaya la poignée. Ce n'était pas fermé.

Les poils de sa nuque se dressèrent d'un coup. Cady vivait dans un quartier sûr, mais toutes les années où il avait été adjoint, il l'avait harcelée au sujet de sa sécurité personnelle. Elle fermait toujours sa porte à clé.

Des scénarios lui trottaient dans la tête, tous plus terribles les uns que les autres. Est-ce qu'elle était tombée et s'était blessée ? Avait-elle été cambriolée ?

Se tenant sur le côté, Matt poussa la porte. Bree dégaina son arme. Les chiens de Cady étaient enfermés à l'arrière de la maison. Le dogue allemand était recroquevillé à l'arrière de la meute, tandis que le chihuahua grognait à la porte. Les pitbulls aboyaient et remuaient la queue en même temps.

Un œil méfiant sur les chiens, Bree resta en retrait à l'entrée. Matt dit à Brody de ne pas bouger. Le dogue allemand poussa un aboiement fort et profond. Bree se rapprocha de Brody.

Matt franchit la barrière et entra dans la cuisine.

— Les gros chiens sont inoffensifs. Attention au petit, par contre. Il a du caractère, et ses petites dents sont sacrément pointues.

— Je vais attendre ici, dit Bree.

Matt inspecta la cuisine. Aucune trace de Cady. Les bols d'eau des chiens étaient presque vides. L'un d'eux, probablement le chihuahua, avait pissé sur le sol. Les pitbulls coururent au garde-manger et aboyèrent devant la porte fermée.

— Je ne pense pas qu'ils aient été nourris.

Inquiet, Matt récupéra leurs bols en acier inoxydable et leur donna leur repas. Les chiens inhalèrent presque leurs croquettes. Matt nettoya le sol et écrivit un petit mot à sa sœur pour qu'elle sache que ses chiens avaient mangé si elle revenait. Puis les chiens s'alignèrent devant la porte arrière.

— Je vais sortir les chiens et vérifier le jardin.

— OK. Je regarde le reste de la maison.

Bree se dirigea vers le petit couloir qui menait aux chambres.

— Brody.

Matt balaya une main vers Bree et le grand berger la suivit. Une clôture de deux mètres entourait le jardin de Cady. Elle n'était pas dehors. Les chiens firent ce qu'ils avaient à faire et rentrèrent dans la maison en courant. Matt essaya le garage, mais n'y trouva que les caisses pour chiens, les palettes de nourriture et les autres équipements de son refuge canin.

Matt rentra dans la maison. Bree et Brody arrivaient dans le couloir.

— Elle n'est dans aucune des chambres.

La panique noua les tripes de Matt.

— Je n'aime pas ça. Cady ne serait jamais aussi en retard pour le dîner de ses chiens.

Il sortit son téléphone et appela son frère.

— Je n'arrive pas à trouver Cady. À quelle heure est-elle partie ?

— Juste après la fin de son cours à dix-huit heures, dit Nolan. Je vais appeler ses élèves de kickboxing au cas où elle aurait décidé d'aller boire un verre avec eux.

— Bonne idée.

Mais Matt pensait que Cady n'aurait pas laissé sa voiture chez elle et oublié de nourrir ses chiens. Peut-être s'était-il trompé ? Avait-il nourri les chiens une seconde fois ?

— Peut-être qu'elle est partie récupérer un chien, suggéra Bree.

— Sa camionnette est là.

— Est-ce qu'elle a pu partir avec un de ses bénévoles ? demanda Bree.

— Je ne sais pas.

Matt sortit son téléphone et appela Maxine et Ralph, les deux bénévoles travaillant avec Cady.

— Ils ne l'ont pas vue non plus.

— Et tes parents ? demanda Bree.

— J'aurais dû les appeler en premier. J'ai pas les idées claires.

Matt composa le numéro de sa mère.

— Matt, répondit celle-ci d'un ton ravi.

— Salut, maman. Est-ce que Cady est là ?

— Non.

La voix de sa mère se fit inquiète.

— Pourquoi ?

— Je la cherche. C'est tout.

— Ne me raconte pas d'histoires. Ce n'est pas tout, dit-elle de sa voix d'institutrice.

Son père était facile à manipuler, mais Matt n'avait jamais été capable de cacher quoi que ce soit à sa mère.

— Elle n'est pas à la maison, mais sa camionnette y est, dit-il.

— Tu as appelé Maxine et Ralph ?

— Ouais. Ils ne l'ont pas vue.

La mère de Matt prit un ton sérieux.

— Qu'est-ce que je peux faire ?

— Appelle ses amis, dit Matt. Rappelle-moi si tu as du nouveau.

— D'accord, toi aussi, dit sa mère.

— Bien sûr.

Matt raccrocha. Puis il composa à nouveau le numéro de sa sœur. Les notes de *Who Let the Dogs Out* se firent entendre à travers la porte d'entrée. Matt courut dans cette direction. Dehors, il suivit la musique jusqu'à un parterre de fleurs. Poussant de côté un arbuste, il vit le téléphone de Cady sous les buissons.

Il tendit la main.

— Matt ! s'écria Bree. Utilise un gant.

L'idée que le téléphone de sa sœur puisse faire l'objet d'un relevé d'empreintes digitales gonfla encore son angoisse. Mais il mit des gants et saisit le téléphone par les bords. L'écran était fissuré. Il avait dû rebondir sur l'allée en béton. Il toucha l'écran et le téléphone s'éclaira.

Derrière lui, Bree et Brody scrutaient le sol avec une lampe de poche. Matt fut surpris de voir Bree tenir la laisse du chien. Celui-ci leva le nez, puis se précipita en avant. Bree accéléra le pas pour le suivre et il la conduisit vers la fourgonnette de Cady.

Matt rentra le mot de passe de sa sœur et afficha les SMS récents. Ils semblaient tous liés au refuge canin.

Brody gémit, émettant un son aigu et plaintif.

— Matt, par ici ! appela Bree.

Il se dépêcha de la rejoindre. Elle pointa sa lampe torche sur le sol. Il y avait des taches rouge foncé sur le béton. Du sang. L'une d'entre elles était aussi large que la main de Matt – trop grosse pour avoir été causée par une blessure insignifiante. Brody gémit à nouveau.

Matt afficha l'historique d'appels de Cady et sentit un frisson l'envahir.

— Devine qui Cady a appelé en dernier ?

— Qui ? demanda Bree.

Brody tira sur la laisse et elle le retint.

— Shannon Phelps.

— Quoi ?

Matt fit défiler la liste.

— Cady a appelé Shannon trois fois aujourd'hui. Les deux premiers appels ont été brefs. Elle a peut-être raccroché ou laissé un message. Le troisième appel a eu lieu un peu avant seize heures et a duré près de deux minutes. Elle a dû parler avec Shannon. Si elle avait laissé un message, l'appel aurait été plus court.

Il s'éloigna de quelques mètres et recula.

— Cady a vu le nom de Shannon dans un dossier que j'ai ramené à la maison l'autre soir. Le refuge de Cady avait placé ce petit chien chez Shannon. Cady a reconnu son nom.

— Et ?

— Et elle l'a probablement appelée pour lui demander comment allait le chien.

Le cerveau de Matt tournait à plein régime.

— Cady a beaucoup d'empathie. Elle avait de la peine pour Shannon. La connaissant, elle a dû vouloir essayer de l'aider.

Bree le regarda fixement.

— Shannon a un alibi pour la mort de Paul, mais pas pour celle de Holly.

Le regard de Matt tomba sur l'écran cassé du téléphone, puis sur les taches de sang. Son cœur se serra.

— Il faut qu'on trouve Cady.

Chapitre Trente-Trois

Inquiète, Bree appela des renforts. Le téléphone cassé et le sang faisaient du domicile de Cady une probable scène de crime. Bree regarda Matt.

— Deux choses. Une, Cady a pu tomber et se blesser. Elle a peut-être appelé un ami pour l'emmener aux urgences.

— Elle m'aurait probablement appelé moi, ou mon frère ; mais ma mère appelle ses amis au cas où.

Bree poursuivit.

— Deux, je sais que ce lien avec notre affaire de meurtre actuelle est troublant, mais il ne faut pas exclure d'autres hypothèses. Y a-t-il quelqu'un d'autre dans la vie de ta sœur qui pourrait lui faire du mal ?

Matt s'arrêta de faire les cent pas.

— Peut-être son ex. Cady l'a croisé cette semaine. Elle a dit que c'était bizarre. Je ne vois personne d'autre. Cady passe quatre-vingt-dix pour cent de son temps au refuge ou à travailler avec mon frère.

Le téléphone de Matt sonna.

— C'est mon frère, justement.

Il répondit.

— Oui, Nolan ? Mince. OK. Bonne idée. Tiens-moi au courant.

Il mit fin à l'appel et se tourna vers Bree.

— Aucune des élèves de Cady ne l'a vue. Nolan va faire le tour de ses endroits préférés.

Brody était assis aux pieds de Bree, la regardant avec des yeux sombres et émouvants. Il lui adressa à nouveau un petit gémissement triste. Elle lui caressa la tête. Si elle n'avait pas été en pleine crise, elle aurait été impressionnée par son propre manque de peur et très fière d'avoir pris la laisse. Pendant qu'elle fouillait les chambres de Cady, Brody l'avait fait se sentir plus en sécurité, pas moins.

Les aboiements des chiens de Cady, cependant, lui donnaient la chair de poule.

Brody tira sur la laisse et regarda Bree.

— Vas-y, dit Bree.

Elle laissa tomber la laisse.

Brody alla vers Matt et lui toucha la jambe. Matt caressa son chien.

— On va la trouver.

Quelques minutes plus tard, une voiture de patrouille s'arrêta le long du trottoir. Bree chargea l'adjoint Collins d'utiliser un test de terrain pour confirmer que la substance sur l'allée était bien du sang humain. Elle lança un avis de recherche pour Cady.

Elle se tourna vers Matt.

— Tu veux aller voir qui en premier : l'ex de Cady ou Shannon Phelps ?

Matt ferma les yeux pendant quelques secondes. Lorsqu'il les rouvrit, son visage était tiré et tendu.

— La maison de Greg est la plus proche. On va y passer d'abord. Si elle n'est pas là, on ira chez Shannon.

Laissant Collins s'occuper de la scène, Bree, Matt et Brody montèrent dans le SUV. Brody était très agité sur la banquette arrière.

— Que peux-tu me dire sur la relation de Cady avec son ex ? demanda Bree.

Matt démarra.

— Je n'aime pas Greg depuis le jour où Cady me l'a présenté.

Il prit un virage en ralentissant à peine.

— Il m'a semblé retardé émotionnellement, un garçon dans un corps d'homme. Il faisait un peu de mannequinat et suivait un régime strict. Si Cady mangeait autre chose que du poulet grillé ou des brocolis, il faisait des commentaires désobligeants. Cady n'a jamais été en surpoids, mais ce n'est pas non plus un mannequin rabougri.

Il leva sa grande main et fronça les sourcils.

— Les Flynn ne sont pas petits.

Sans blague.

Il poursuivit.

— Je ne voulais pas me mettre entre elle et Greg, mais surtout, je ne voulais pas qu'elle ait l'impression de devoir choisir entre un petit ami et sa famille.

Le visage de Matt se crispa. Manifestement, il regrettait sa décision.

— C'est une femme adulte. Ce n'était pas à moi de lui dire avec qui sortir. Et je savais qu'elle ne supporterait pas longtemps ce genre de merde. Ils ne sortaient ensemble que depuis quelques mois quand elle a appris qu'elle était enceinte.

— Ce qui a tout compliqué.

— Ouais. Cady était ravie. Pour être honnête, la grossesse a semblé pousser Greg à se comporter comme un adulte. Il a commencé à cuisiner pour elle au lieu de l'encourager à ne pratiquement rien manger.

Il déglutit, le regard sombre.

— Elle était enceinte de quatre mois quand ils sont partis à Vegas et sont revenus mariés.

Il pinça les lèvres.

— À un peu plus de cinq mois, Cady a perdu le bébé et Greg est redevenu un crétin.

— Je suis désolée.

Matt secoua la tête.

— Greg donnait tort à Cady, même si ce n'était la faute de personne.

Bree ne parvint pas à retenir sa colère.

— Quel con.

— Ouais. Même si Cady était naturellement bouleversée, elle savait qu'il était à côté de la plaque. Elle l'a quitté.

Bree sentit que l'histoire n'était pas terminée.

— Greg a vécu la rupture comme un vilain gamin de quatre ans qui était en colère parce que quelqu'un lui avait enlevé un de ses jouets. Il l'a suivie. Il l'a harcelée. Il alternait entre lui envoyer des fleurs et laisser des mots désagréables sur sa voiture.

Matt secoua la tête.

— Même en deuil, Cady a fait tout ce qu'il fallait. Elle a utilisé sa tête et a obtenu une injonction restrictive. J'ai essayé de ne pas m'impliquer. J'ai vraiment essayé.

— Jusqu'à ?

— Greg a dépassé les limites. Il a commencé à la suivre, en restant toujours juste au-delà des trente mètres requis. Cady a regardé par la fenêtre une nuit, et il était garé juste au bout de la route. Il la regardait. Elle a appelé le service du shérif, mais Greg était à plus de trente mètres. Techniquement, il obéissait à l'injonction.

Avec un type comme lui, une injonction était aussi utile qu'un gilet pare-balles en carton.

Bree fulminait.

— Il voulait la punir.

— Cady était en deuil, et l'homme qui aurait dû la soutenir se comportait comme un con.

Matt déglutit.

— Je ne suis pas particulièrement fier de ce que j'ai fait ensuite.

— Tu l'as encouragé à la laisser tranquille ?

— Ouais. Disons ça comme ça. Je l'ai fortement encouragé à laisser Cady tranquille.

Il serra le poing.

— Il ne l'a plus jamais ennuyée.

J'en suis sûre.

Certaines personnes ne respectaient que la supériorité physique.

Bree jeta un coup d'œil au profil de Matt. Ce n'était pas seulement sa taille et sa couleur de cheveux qui lui évoquaient toujours les Vikings. Il possédait une forte ossature et un air puissant, de sa mâchoire carrée à ses larges mains. Elle pouvait facilement l'imaginer brandissant une épée ou une hache de guerre.

Les doigts de Matt se crispèrent sur le volant.

— Je suppose que tu sais où il habite ? demanda-t-elle. Je pourrais garder un œil sur lui.

Bree alluma l'ordinateur du tableau de bord.

— Quel est son nom de famille ?

— Speck.

Bree confirma l'adresse avec Matt.

— Gregory Speck, trente-huit ans. Pas d'antécédents. À part l'injonction dont tu parlais, son casier judiciaire est vierge. Il fait quoi, dans la vie ?

— Il travaille dans un club de gym.

Matt se gara et ils sortirent du véhicule. Bree sentit une odeur de pluie dans l'air humide de la nuit. Elle plissa les yeux vers le ciel, où les nuages dérivaient comme un épais brouillard devant la lune. De nouveaux orages étaient annoncés. La pluie faisait disparaître les preuves.

— Attends.

Elle ouvrit l'arrière du véhicule et prit leurs gilets.

Matt attendit, trépignant d'impatience. Elle jeta son écharpe à l'arrière du véhicule et enfila son vêtement de protection. Sa blessure était extrêmement sensible. Matt mit son propre gilet et l'aida avec les sangles du sien. Puis il se tourna vers la maison.

— Attends.

Bree se plaça devant lui et tendit les deux mains dans sa direction.

— Il vaut mieux que tu restes ici.

Matt croisa les bras sur sa poitrine et fixa la porte d'entrée de Greg.

— S'il te plaît, dit-elle. Ta présence ne le rendra pas plus coopératif, et on va perdre du temps.

Matt retourna au SUV. Il utilisa la rampe pour laisser Brody descendre de la banquette arrière et resta dans la rue avec le chien à ses côtés. Elle soupira. Matt et Brody étaient sacrément menaçants, même de loin.

Bree n'était pas en uniforme, mais elle portait son badge à la ceinture, et son SUV officiel était garé sur le trottoir. Elle frappa à la porte. L'homme qui répondit mesurait environ un mètre quatre-vingts et avait le visage et le corps ciselé d'un mannequin. Il toussa dans son poing, produisant un son humide et désagréable. Bree fit un rapide pas en arrière.

— Monsieur Speck, je suis le shérif Taggert.

Elle lui montra son badge.

— À quand remonte la dernière fois que vous avez eu des contacts avec votre ex-femme, Cady Flynn ?

Il ne répondit pas. Son regard se porta par-dessus son épaule. Il se hérissa et fit un pas en avant.

Bree supposa qu'il avait vu Matt.

Brody aboya, et le mouvement de Greg s'arrêta comme s'il avait heurté un champ de force.

— Faites-le partir de chez moi, dit-il à Bree sans quitter Matt des yeux.

Bree jeta un coup d'œil par-dessus son épaule. Matt était toujours dans la rue.

— Il n'est pas chez vous, mais dans la rue, dit-elle.

Greg sortit de la maison, laissant la porte moustiquaire se refermer derrière lui. Sa poitrine se gonfla tandis qu'il tendait le doigt et hurlait à Matt :

— Fous le camp d'ici, ou je te colle un procès !

— Pour quelle raison ? demanda Bree. Il est sur le domaine public.

Une veine du front de Greg palpitait.

— Monsieur Speck.

Bree attira son attention.

— Je cherche Cady Flynn. L'avez-vous vue ?

— Non.

Il pointa à nouveau le doigt vers Matt, puis effectua un quart de tour pour faire à nouveau face à Bree.

— Il a dit que j'avais fait quelque chose ?

— Non. Mais Cady a disparu. Nous vérifions auprès de toutes ses connaissances. Vous êtes juste une des personnes sur la liste. Nous savons que vous l'avez vue à l'animalerie.

Ses yeux se firent petits et méchants alors qu'il la regardait fixement.

— C'était un hasard. Avant de la rencontrer là-bas, ça faisait, genre, six ans que je ne l'avais pas vue. J'ai fait une croix sur elle il y a longtemps.

Il donna un coup de menton en direction de Matt.

— Cady et moi, on se serait peut-être remis ensemble s'il ne s'en était pas mêlé.

— Où étiez-vous, ce soir ? demanda Bree.

— Ici.

Il retourna jusqu'à sa porte et cria :

— Jenn, sors de là !

Une petite brune apparut derrière la porte moustiquaire. Elle tenait un bébé sur la hanche. Elle était minuscule, et jeune. Très jeune. En jean déchiré et T-shirt taché de régurgitations sur l'épaule, elle n'avait même pas l'air assez âgée pour se faire servir de l'alcool dans un bar.

— Viens ici, ordonna Greg. Dis-leur que j'étais là toute la soirée.

Jenn poussa la porte moustiquaire et sortit. Elle hocha la tête, les yeux immenses, sombres et juste un peu craintifs. Elle dit d'une voix tremblante :

— Il est resté ici toute la semaine. Il se remet juste de la grippe.

Greg posa les mains sur ses hanches et fit face à Bree.

— Sortez de chez moi ou j'appelle mon avocat. Je vais poursuivre le département du shérif pour harcèlement.

S'il n'y avait pas eu les microbes de la grippe, Bree se serait rapprochée. Elle n'allait pas se laisser intimider par ce crétin.

— Vous préférez poursuivre cette discussion au poste ?

Il lui lança un regard noir. Bree maintint le contact visuel.

Dix secondes plus tard, il baissa les yeux.

— Comme Jenn l'a dit, j'ai été ici toute la semaine.

Une brute typique. Il n'avait pas le courage d'affronter quelqu'un qui lui tenait tête.

— Merci pour votre accueil, dit Bree.

Greg agita une main furieuse vers la porte d'entrée.

— Allez, rentre.

Jenn baissa les yeux et se précipita dans la maison. Greg la suivit. Il ferma la porte d'un coup sec.

Bree s'empressa de retourner à son véhicule. Les yeux de Matt étaient froids et inexpressifs. Il fit monter le chien dans le SUV et sauta sur le siège du conducteur. Le véhicule s'éloigna du trottoir avec un petit crissement de pneus.

— C'est un con, dit-elle. Mais je ne pense pas qu'il ait enlevé Cady. Il avait l'air vraiment confus quand j'ai posé des questions sur elle.

Bree attrapa la poignée de la porte, étant donné que Matt ralentissait à peine pour prendre les virages.

— Je suis d'accord.

Matt essayait de garder son calme, mais Bree sentait les émotions s'accumuler en lui comme les nuages orageux dans le ciel. La tension nouait les muscles de ses avant-bras et de son cou, et il avait la mâchoire serrée.

Elle ne pouvait pas lui reprocher de perdre le contrôle. Elle se souvenait de l'appel de sa sœur lui demandant de l'aide, de l'angoisse brûlante qu'elle avait sentie dans ses tripes pendant le long trajet de Philadelphie à Grey's Hollow, et du choc à son arrivée en apprenant la mort d'Erin.

S'il vous plaît, ne laissez pas quelque chose d'aussi terrible arriver à Cady.

Chapitre Trente-Quatre

Il n'y avait pas de lumière chez Shannon Phelps lorsque Matt se gara dans la rue. L'inquiétude brûlait dans son ventre comme s'il avait avalé du feu. Ils sortirent du véhicule. Le vent soufflait en rafales, et des feuilles mortes roulaient dans le caniveau. Au-dessus, le ciel s'assombrissait, couvert de nuages de plus en plus épais.

Matt fit sortir Brody par l'arrière. Il fit glisser la rampe à l'intérieur et ferma la portière.

— Je ne sais pas si je dois espérer qu'elle soit à l'intérieur ou non. Si ce n'est pas le cas, nous n'avons aucune idée de l'endroit où chercher.

Ou de qui a pu l'enlever.

Sa cicatrice à la main lui faisait mal. Il baissa les yeux et découvrit qu'il avait les poings serrés. Il déplia ses doigts et les détendit.

Arrête de paniquer. Garde la tête froide et retrouve Cady.

Ils avancèrent jusqu'à la porte d'entrée de Shannon et se postèrent de chaque côté de la porte. Bree leva la main et frappa. À l'intérieur, ils entendirent le petit chien de Shannon aboyer. Il devait être confiné, car le son resta à l'arrière de la maison.

Bree sonna. Ils entendirent le carillon. Le chien aboya de plus belle. Matt posa les mains de chaque côté de ses yeux et regarda à travers une fenêtre adjacente à la porte. Il ne vit personne dans le hall sombre.

Il fit le tour de la maison en courant et regarda par la fenêtre du garage. Vide. Il revint sur le perron.

— Sa voiture n'est pas là.

Bree recula et scruta la façade de la maison.

— Et maintenant ?

Matt fit les cent pas tandis que Brody le regardait.

— Si Cady était là, Brody le saurait.

Le téléphone de Bree sonna et elle le sortit de sa poche.

— C'est Dana.

Elle répondit.

— Salut. Je te mets sur haut-parleur. Matt est là.

Elle appuya sur un bouton et tint son téléphone entre elle et Matt.

— J'ai trouvé plusieurs autres faux comptes créditeurs, dit Dana. En plus des deux détenus par les fils de Paul, deux autres appartiennent indirectement à Paul lui-même. Vous ne devinerez jamais à qui appartient le dernier.

— À qui ? demanda Bree.

— Shannon Phelps, dit Dana. Environ trente mille dollars ont été versés sur ce compte l'année dernière.

Matt leva les yeux vers la maison de Shannon.

— Holly faisait la comptabilité. Elle devait savoir ce que Paul faisait. Et si elle l'avait fait chanter ?

— Cela expliquerait son appel téléphonique tard dans la nuit et la brève visite à son domicile, dit Bree.

— On se doutait déjà que Paul aimait acheter les gens avec des enveloppes pleines d'argent, ajouta Matt.

Bree fronça les sourcils.

— Peut-être Holly a-t-elle décidé que ce n'était pas suffisant. Elle aimait vraiment dépenser de l'argent. Peut-être qu'elle a commencé à donner de l'argent à sa sœur.

— Mais pourquoi utiliser sa sœur ? demanda Matt. Pourquoi ne pas simplement mettre la société à son nom ?

— Trop facile à retrouver.

Bree secoua la tête.

— Alors, Shannon était-elle dans le coup ? demanda Dana.

Matt se tourna à nouveau vers la maison.

— Elle devait l'être. Mais pourquoi aurait-elle enlevé Cady ?

Quelques secondes de silence s'écoulèrent.

— Tu as autre chose pour nous, Dana ? demanda Bree.

— Non, dit Dana. Je te rappelle si c'est le cas.

— Merci.

Bree rangea son téléphone.

— Comment tout cela amène-t-il Shannon à tuer Holly ?

— Je ne sais pas.

Matt se remit à faire les cent pas.

— Shannon avait un alibi pour le meurtre de Paul. Peut-être qu'Angela a tué Paul. Mais pourquoi Shannon aurait-elle tué Holly ?

Bree grimaça.

— Shannon était furieuse que Holly veuille que leur mère aille à l'hospice. Nous l'avons appris la toute première fois que nous lui avons parlé.

Matt jeta un coup d'œil à la maison.

— Nous savons que Cady a appelé Shannon. Peut-être qu'elle se souvenait de quelque chose à son sujet. Quelque chose d'incriminant.

— Que pouvait savoir Cady ?

Matt secoua la tête.

— Je ne sais pas, mais je n'ai pas le temps d'analyser toutes les données. Cady a disparu. Je vais entrer dans cette maison pour voir si Shannon a laissé des indices sur l'endroit où elle allait. Tu n'es pas obligée de venir avec moi.

C'était un pari. Ils n'avaient aucune raison valable d'entrer par effraction, à part le faux compte au nom de Shannon recevant de l'argent de Beckett Construction. Mais ils n'avaient aucun moyen de relier cette activité à la disparition de Cady. Matt s'en fichait. Il ferait tout ce qui était nécessaire pour retrouver sa sœur.

Bree le regarda.

— On va le faire ensemble.

— Tu es sûre ? Tu risques gros.

— Cady passe d'abord, dit Bree. Je prends le risque.

— L'alarme va se déclencher.

— Et la compagnie de sécurité appellera mon service.

Sans hésiter, Bree sortit sa lampe de poche et s'en servit pour briser une petite fenêtre près de la porte d'entrée. Elle tendit la main, déverrouilla la porte et l'ouvrit.

Ils s'arrêtèrent tous deux, attendant que l'alarme se déclenche. La plupart des systèmes de sécurité ne laissaient que trente secondes à une minute pour les désactiver.

Mais ils n'entendirent rien. Matt chercha le panneau d'alarme. Les lumières étaient vertes.

— Elle n'a pas allumé l'alarme.

— Si c'est elle qui a tué Holly, alors elle n'a pas de raison d'avoir peur.

— L'effraction et la poupée dans l'évier étaient fausses, dit Matt.

— C'est possible qu'elle ait voulu mettre l'enquête sur une fausse piste. Si c'était son but, je suis désolée de dire que ça a marché.

Il fit entrer Brody, en s'assurant que le chien ne marche pas sur du verre brisé.

Bree dégaina son arme et ils firent le tour de la maison. La présence de Brody rendit la fouille rapide et facile. Il était entraîné à ce genre de tâche et pouvait sentir d'éventuels suspects dissimulés dans les pièces.

De retour au rez-de-chaussée, Bree se planta dans la cuisine de Shannon, son regard inspectant les lieux.

— Je vais regarder dans son bureau, dit Matt en s'éloignant.

— Attends.

Bree prit un cadre contenant une photo des deux filles avec leurs battes et balles de softball sur l'étagère. Elle leva les yeux vers Matt, abasourdie.

— Je viens de comprendre ce qui me chiffonnait dans le dernier interrogatoire de Shannon. Maintenant, tout est clair.

Chapitre Trente-Cinq

Bree tendit la photo à Matt et sortit son téléphone. Elle trépignait d'irritation. Elle oscillait entre l'horreur de ce qu'elle imaginait et l'exaspération d'avoir pu rater quelque chose d'aussi basique.

Matt prit la photo.

— Qu'est-ce que c'est ?

— Donne-moi une seconde. Il faut que je vérifie. Ça semble complètement fou.

Bree appela Dana.

— Tu peux ouvrir le dossier ? Trouve une photo de Holly et de sa sœur quand elles étaient enfants. Tu peux la prendre en photo et me l'envoyer ?

— Bien sûr, dit Dana. Autre chose ?

— Non.

Bree raccrocha et attendit. Quelques secondes plus tard, son téléphone vibra. Elle fixa l'image quelques instants. Puis elle appela le bureau du shérif. Un adjoint répondit.

— Je veux que vous accédiez à l'enregistrement vidéo de l'interrogatoire de Shannon Phelps. Arrêtez-vous à l'endroit où elle signe le document, prenez une photo de l'écran et envoyez-la-moi par SMS.

Elle raccrocha.

— Qu'est-ce que tu as trouvé ? demanda Matt.

Bree tourna l'écran de son téléphone vers lui.

— Voici la photo que Mme Phelps m'a donnée.

Deux petites filles étaient assises l'une en face de l'autre et dessinaient.

— Shannon est la plus jeune et la plus petite.

Elle pointa du doigt.

— Elle tient son crayon dans sa main gauche.

Son téléphone vibra et elle téléchargea la photo de l'interrogatoire de Shannon que son adjoint lui avait envoyée.

— Elle a signé avec la main droite, déclara Matt.

Bree hocha la tête.

— Ce n'est pas Holly qui est à la morgue. C'est Shannon.

Matt recula, les yeux écarquillés de surprise. Puis il tira sur sa barbe.

— Ça explique tellement de choses.

— Holly était en faillite. Angela avait appelé le fisc pour dénoncer Paul. Elle espérait qu'il irait en prison. Et si Holly était aussi coupable ? C'était elle qui avait transféré l'argent aux sociétés fictives. Et si elle faisait aussi chanter Paul et volait Beckett Construction ? En tuant sa sœur et en prenant sa place, elle évite toutes les sanctions, financières et pénales. Elle reprend la vie de sa sœur et repart à zéro avec un bon compte bancaire et une entreprise.

Les pièces du puzzle se mettaient parfaitement en place dans l'esprit de Bree. Pas toutes, mais suffisamment.

— Mais sa mère l'aurait reconnue.

— Elle n'a pas vu sa mère depuis qu'elle a tué sa sœur, dit Bree. Souviens-toi, elle a dit qu'elle avait un rhume. Et puis sa mère n'y voit plus clair du tout.

Matt secoua la tête.

— Une mère reconnaîtrait toujours sa propre fille.

— Mais est-ce qu'elle la dénoncerait ?

— Et Owen ? Il reconnaîtrait sa propre femme. Et ne serait-il pas furieux que sa femme le laisse faire faillite tout seul ?

Bree se rappela leur premier entretien avec Owen.

— Lui et Shannon se détestaient. Peut-être qu'elle espérait l'éviter. Ou peut-être qu'il était au courant.

Matt fronça les sourcils.

— Est-ce que Holly a tué Paul, ou est-ce Angela qui est responsable ?

— Je ne sais pas. Ça peut aussi avoir été Owen.

Bree pouvait imaginer chacune de ces options.

— Angela n'avait pas d'alibi pour la mort de Paul. Holly, se faisant passer pour Shannon, était chez le vétérinaire avec le chien. Owen n'avait pas d'alibi.

Matt se figea.

— Je sais pourquoi Holly a enlevé ma sœur. Shannon avait adopté son chien au refuge de Cady. Cady l'a rencontrée il y a quelques mois à peine.

Un sentiment d'horreur enserra la poitrine de Bree, comprimant son cœur jusqu'à la nausée.

— Ta sœur aurait su que ce n'était pas Shannon. Jusqu'ici, nous n'avons pas rencontré beaucoup de gens qui connaissaient personnellement Shannon. Elles se ressemblaient suffisamment pour tromper quelqu'un qui ne les connaissait pas bien. Shannon travaillait à son compte depuis chez elle, elle n'avait donc pas de collègues ni de patron. Elle n'était pas proche de ses voisins. Elle ne semblait pas non plus avoir beaucoup d'amis.

— Cady a dit qu'elle était très timide.

Matt avait l'air dévasté.

— Il faut qu'on les retrouve. Où a-t-elle pu l'emmener ?

Bree croisa son regard.

— Il ne me vient qu'un seul endroit à l'esprit. L'endroit où leur père est mort. Celui où Holly a essayé de simuler son suicide.

— Le pont.

Il se dirigea vers la porte d'entrée, Brody sur ses talons.

Bree se dépêcha de suivre le rythme de ses longues jambes.

— J'espère qu'on ne se trompe pas.

— On n'a pas d'autre piste, dit Matt.

Une fois dehors, ils coururent jusqu'au SUV. Brody n'attendit pas sa rampe. Il sauta sur la banquette arrière.

Bree boucla sa ceinture de sécurité.

— J'appelle des renforts maintenant, ou j'attends qu'on confirme qu'ils sont sur le pont ?

— Et si on se trompait ? Si Holly avait emmené Cady autre part ?

— Je vais lancer un avis de recherche.

Bree utilisa sa radio pour lancer l'alerte.

— Puisqu'on fonctionne à l'instinct, il vaut mieux que les adjoints cherchent le véhicule de Shannon plutôt que d'envoyer tout le monde sur le pont.

Elle reposa le micro de la radio. Ses adjoints cherchaient désormais la Ford Escape de Shannon dans tout le comté. Si elle les appelait tous sur le pont, cela limiterait leurs chances de succès.

Elle pouvait attendre. S'ils trouvaient Holly et Cady sur le pont, alors elle appellerait des renforts.

Elle avait des crampes à l'estomac. Holly avait tué sa propre sœur et l'avait laissée dans le coffre de son véhicule jusqu'à ce qu'elle soit prête à se débarrasser du corps. Bree ne dit rien à Matt. Il était inutile d'accroître son anxiété par des spéculations.

Mais si Holly se comportait de manière cohérente, Cady était déjà morte.

Chapitre Trente-Six

La douleur envahit le crâne de Cady. Elle cligna des yeux, mais elle était plongée dans une obscurité totale. Elle bougea les jambes et une vague de nausée l'envahit. Elle resta immobile quelques minutes, essayant de respirer calmement.

Où était-elle ? Quelle heure était-il ?

Un côté de son visage était appuyé contre un tapis laineux, qui soudain se déroba. En même temps, un bruit de moteur se fit entendre. Elle était à l'arrière d'un véhicule. Quelque chose reposait sur l'autre moitié de son visage. Non. Ça recouvrait tout son corps. En dessous, elle avait du mal à respirer. Elle voulut lever la main pour retirer la bâche de son visage et découvrit que ses poignets étaient attachés devant elle.

Le souvenir de l'attaque lui revint soudainement. Le coup à la tête. Sa chute. On la traînait sur le sol. L'obscurité.

Son assaillant l'avait donc kidnappée.

Sa respiration s'accéléra et son estomac chavira. Elle avait probablement une commotion cérébrale. À la deuxième tentative, elle réussit à dégager la tête de la lourde bâche. L'air frais frappa son visage et elle l'avala goulûment. Au bout de quelques instants, son estomac se calma. Elle tourna la tête pour examiner le véhicule. Elle était à l'arrière d'un petit SUV. Le ciel nocturne apparaissait à travers la fenêtre arrière.

Le véhicule ralentit. Les pneus crissèrent et le véhicule cahota en quittant la route. Le SUV s'arrêta. Elle entendit le conducteur changer de vitesse. Le moteur se tut. Puis la porte s'ouvrit.

Merde.

Pas le temps de planifier une évasion. Elle allait devoir faire la morte. Elle tira la bâche sur sa tête et resta immobile.

L'arrière du véhicule s'ouvrit et la bâche disparut. Des gouttes de pluie lui tombèrent sur le visage. Cady garda les yeux fermés et essaya de contrôler sa respiration, mais elle sentit que sa poitrine se soulevait de manière saccadée.

Elle entendit le souffle de son ravisseur se rapprocher. Cady entrouvrit les yeux. Une ombre se pencha sur elle. Elle roula sur le dos, ramena ses genoux contre sa poitrine et donna un grand coup des deux pieds. Mais ses mouvements étaient lents et maladroits. Son ravisseur se baissa et lui attrapa les jambes. Un poing apparut et vint percuter Cady à la tempe.

Elle fut prise de vertiges. Le ciel nuageux se mit à tourner. Elle ferma à nouveau les yeux pour lutter contre la nausée. Puis en respirant par la bouche, elle ouvrit les yeux. Une femme la regardait froidement. Son visage était flou. Ses cheveux formaient un halo blond diffus.

Shannon Phelps ?

Cady ferma les yeux et les rouvrit. Le flou s'estompa et le visage devint net. Ce n'était pas Shannon, mais quelqu'un qui lui ressemblait remarquablement.

La femme tendit la main et attrapa Cady par la queue-de-cheval.

— Sors de là.

La douleur déchira le cuir chevelu de Cady. Elle tendit ses mains liées vers la base de sa queue-de-cheval et la maintint contre sa tête pour minimiser la traction.

— Je t'ai dit de sortir.

La femme tira plus fort.

La tête de Cady fit un bond et son crâne lui envoya un signal de détresse. De petites lumières scintillèrent devant ses yeux. Luttant contre le vertige, elle se redressa. Tout tournoyait autour d'elle. Avant que son cerveau ne puisse se calmer, la femme la traînait à l'arrière du véhicule. Cady démêla ses jambes et les balança par-dessus le rebord surélevé de la zone de chargement. Ses baskets heurtèrent l'asphalte et elle se retrouva debout. La femme la relâcha. Les genoux tremblants, elle appuya les fesses contre l'arrière du véhicule. Elle porta ses mains liées au sommet de sa tête, tentant d'atténuer la douleur qui pulsait sous son crâne.

La pluie baignait son visage et trempait ses cheveux et ses vêtements. L'eau et l'air frais lui éclaircirent les idées. Lorsque tout s'arrêta de tourner, Cady entendit quelque chose d'autre que le battement de son propre cœur : le bruit de l'eau. Elle jeta un coup d'œil autour d'elle, observant la route, les bois environnants et les poutres de fer au-dessus de sa tête. La voiture était garée au milieu du pont de Dead Horse Road.

Une pensée dominait l'esprit de Cady : cette femme allait la tuer. Elle n'avait pas le temps de déterminer qui elle était ou pourquoi elle l'avait kidnappée. Mais elle avait besoin de faire durer la situation le plus possible. Jusqu'à ce qu'elle puisse s'échapper.

Mais comment ?

— Qui êtes-vous ? demanda-t-elle.

— Ta gueule, connasse.

Cady suivit la ligne jaune peinte au milieu de la route. Le bitume était un ruban de ténèbres, remontant la colline et disparaissant dans la forêt. Ce n'était pas une route très fréquentée, mais une voiture pouvait arriver à tout moment. Même si personne ne venait l'aider, l'équilibre de Cady s'améliorait de seconde en seconde. Plus elle parvenait à retarder la confrontation physique, plus ses chances de survie augmentaient.

— Vous n'êtes pas Shannon.

— Non, et c'est pourquoi tu dois mourir.

La femme fouilla dans sa poche et en sortit une arme. Elle le pointa sur Cady.

— Éloigne-toi de la voiture.

Cady fit un petit pas de côté. Ses jambes tremblaient, mais tenaient bon.

— Jusqu'à la balustrade.

La blonde pointa le canon de son arme vers la rivière.

Cady la dévisagea. Ses yeux s'étaient adaptés à la pénombre et son cerveau se réveillait enfin suffisamment pour additionner deux et deux. Si cette femme blonde n'était pas Shannon, il n'y avait qu'une seule autre possibilité.

— Vous êtes la sœur de Shannon, n'est-ce pas ? Celle que tout le monde croit morte.

— Ta gueule !

Cady prit ça pour un oui.

— Vous avez tué votre sœur.

— Elle était chiante.

Holly semblait s'ennuyer.

— Maintenant, grimpe sur la balustrade.

— Pourquoi ?

Cady regarda par-dessus le rebord. Dix mètres plus bas, l'eau bouillonnait, noire, dans la nuit.

— Parce que tu vas sauter.

Cady évalua ses chances. Le pont n'était pas assez haut pour garantir une chute mortelle. Une fois qu'elle aurait grimpé sur cette balustrade, elle était prête à parier que Holly allait lui tirer dessus. Après tout, elle devait s'assurer que Cady était bien morte.

Hors de question.

Cady n'allait pas lui faciliter la tâche.

— Allez ! Grimpe, ordonna Holly.

Cady leva un pied vers la balustrade, puis pivota sur la plante de son autre pied et plongea vers les pieds de Holly. L'impact avec le trottoir sonna comme un puissant glas dans sa tête, et la vision de Cady s'obscurcit.

Chapitre Trente-Sept

Matt prenait les virages sur deux roues. La panique grondait dans sa poitrine. Il respirait profondément pour la contrôler. Il devait retrouver sa sœur. La pluie crépitait sur le pare-brise ; il alluma les essuie-glaces.

Sur le siège passager, Bree sortit son téléphone qui sonnait.

— C'est Collins.

Elle répondit. L'appel dura une vingtaine de secondes.

— Merci.

Elle rangea son téléphone.

— Collins n'a pas eu de chance avec les urgences. Ils n'ont reçu personne correspondant à la description de Cady aujourd'hui.

Matt n'avait pas cru à ce scénario, de toute façon. Si Cady avait été blessée, elle aurait appelé un membre de sa famille.

— Et si elles ne sont pas au pont ?

Matt n'aurait aucune idée de l'endroit où chercher Cady.

— Alors on continue à chercher jusqu'à ce qu'on les trouve. Mes adjoints recherchent activement le véhicule de Shannon.

Il ne répondit pas. Combien de temps Holly garderait-elle Cady en vie ? Le seul moyen de garantir son silence était de la tuer.

Matt ralentit en descendant les lacets de la Dead Horse Road qui menaient au pont. À cinq cents mètres, il éteignit les phares. La combinaison du terrain dangereux, de l'obscurité et de la pluie l'obligea à ralentir. La sueur perlait sur ses paumes tandis qu'il négociait les derniers virages dans l'obscurité. Lorsqu'ils sortirent de la forêt, il arrêta la voiture au sommet de la colline. Le pont se profilait dans l'obscurité.

Bree expira fortement. Elle sortit ses jumelles de sa boîte à gants.

— Je vois un SUV compact.

Elle régla les jumelles.

— On dirait que la Ford Escape de Shannon est garée au milieu du pont.

Elle utilisa sa radio pour appeler des renforts, ordonnant aux deux adjoints qui répondirent de s'approcher du côté opposé du pont.

— On va la cerner. Elle ne s'en sortira pas.

— Quel délai pour les renforts ?

Matt prit les jumelles et les pointa sur le véhicule.

— Six minutes. On n'attend pas.

Il plissa les yeux en regardant dans les jumelles, mais la pluie et l'obscurité obscurcissaient sa vue.

— Je ne vois pas s'il y a quelqu'un dans le véhicule.

— Et sur le pont ?

— Il fait trop sombre.

Il baissa les jumelles.

— Mais où pourraient-elles être passées ?

Matt ne voulait pas envisager la possibilité que Cady soit déjà morte dans la rivière.

— J'y vais.

Bree tendit la main pour récupérer les jumelles.

— Allons-y.

Il les lui donna, elle éteignit le plafonnier et ils se glissèrent hors du véhicule. Matt sortit Brody du véhicule et le garda en laisse près de lui. Bree les retrouva à l'arrière du SUV. Elle ouvrit la trappe lentement et silencieusement.

La pluie tombait en une bruine régulière. Le son aiderait à couvrir leurs mouvements et leur approche, mais il réduisait également la visibilité. Il tapota sa lampe de poche. Les poils de la nuque de Brody se dressèrent, et le chien grogna doucement en direction du pont.

Matt tendit à Bree un coupe-vent en nylon noir avec le mot *Shérif* imprimé au dos. Son T-shirt gris clair ressortait dans l'obscurité. Elle l'enfila, serrant les dents en faisant passer son bras blessé dans la manche. Puis elle fourra les jumelles dans une poche.

Il détestait qu'elle soit ici, blessée, sous la pluie ; mais avec la vie de Cady en jeu, il n'avait pas le choix, et il faisait confiance à Bree pour assurer ses arrières.

Elle sortit l'AR-15 de son coffre-fort et le lui tendit.

Il passa la sangle sur son épaule.

— Allons-y.

Ils descendirent la colline en trottinant vers le pont. Bree courait à côté de lui, ses chaussures à semelles en caoutchouc ne faisant aucun bruit sur le bitume. Brody était calme, pas de gémissements ni d'aboiements. Matt scruta l'obscurité devant lui.

Où sont-elles ?

Au pied du pont, il posa un genou à terre derrière une poutre de soutien. Il posa la main sur son chien. Concentré, Brody vibrait comme un diapason.

Bree sortit ses jumelles.

— Je vois des ombres qui bougent. Deux personnes sont à terre de l'autre côté du SUV. Mince. Elles sont près du bord.

Matt se précipita sur le pont. Il passa en courant devant le petit SUV. Les deux corps roulèrent sur la chaussée.

— Ne bouge pas ! lui cria Holly.

Elle s'agenouilla près de la balustrade, tenant Cady par la queue-de-cheval. Sa sœur était à genoux, la tête tirée en arrière, le canon d'un revolver appuyé contre la tempe.

Elle est vivante.

Matt ralentit. Ses pieds glissèrent dans une flaque de boue.

— Bonsoir, Holly.

Brody tira furieusement sur sa laisse. Matt le retint et le chien planta fermement ses quatre pattes sur l'asphalte, son attention rivée sur Holly et Cady.

— Alors, vous avez compris.

Holly se leva, traînant Cady avec elle et faisant bouclier de son corps. Ses yeux se dirigèrent nerveusement vers Brody.

Matt n'avait aucune chance. La douleur et la peur irradiaient dans les yeux de sa sœur. Du sang s'accumulait dans ses cheveux et coulait sur son front. La colère et une peur redoublée montèrent dans la gorge de Matt.

Bree contourna l'autre côté de l'Escape, son Glock pointé sur Holly.

— Ne bougez plus !

— Vous ne pouvez pas vous en sortir, dit Matt.

Le désespoir écarquilla les yeux de Holly. Elle recula vers la balustrade, entraînant Cady avec elle.

— N'avancez pas. Tous autant que vous êtes. Et retenez ce chien. Ou je la tue. Je le ferai. Ce ne sera pas la première fois.

La seule chose qui gardait Cady en vie était sa capacité à protéger Holly.

— Ne fais pas ça, Holly.

Bree garda son arme pointée sur elle.

Les lèvres de Holly se retroussèrent et elle tira sur les cheveux de Cady. La colère s'accumulait dans la poitrine de Matt. Mais il ne pouvait pas tirer sur Holly sans risquer de toucher sa sœur. S'il lâchait le chien, Brody pouvait les faire tomber du pont. Ou Holly pouvait tirer sur Cady ou Brody par réflexe. Holly entraîna Cady sur la balustrade. Elles étaient sur l'échelon inférieur, le haut de la balustrade au niveau de leurs cuisses. Cady était plus grande et plus forte, mais elle était aussi blessée.

Cady attrapa la base de sa queue-de-cheval et résista, baissant les fesses et utilisant le poids de son corps pour essayer de ramener Holly sur le pont. Elle savait comment utiliser l'effet de levier au lieu de la force.

— Arrête ça !

Holly enfonça le revolver plus profondément dans la tempe de Cady.

— Ou je te fais sauter la tête tout de suite.

Cady croisa le regard de Matt. Son menton fit un hochement imperceptible. Elle allait faire quelque chose. Matt retint son souffle et leva l'AR-15. Il ne voulait pas tirer sur une femme, mais il le ferait si c'était nécessaire pour sauver sa sœur.

Holly avait tué sa propre sœur. Matt ne doutait pas qu'elle appuierait sur la détente. Elle était diabolique.

À ses côtés, Cady étendit trois doigts, puis deux, puis un. Elle se retourna, passant sa main le long de ses cheveux et repoussant l'arme de Holly. Un coup de feu partit vers le ciel. Cady continua à pivoter, les deux mains repoussant Holly. Le pistolet s'envola, passa par-dessus la balustrade et disparut.

Brody se précipita, arrachant la laisse de la main de Matt.

Holly vacilla. Elle regarda du côté où son arme s'était envolée. Adressant un regard terrifié à l'énorme chien qui courait vers elle, elle attrapa Cady, la poussa par-dessus le rebord et partit en courant vers l'autre extrémité du pont. Un bruit d'éclaboussure se fit entendre. Brody n'hésita pas. Il courut droit vers la balustrade et sauta par-dessus, suivant Cady dans l'obscurité. Une seconde plus tard, Matt entendit un second bruit d'éclaboussure alors que le chien touchait l'eau.

Il sprinta jusqu'à la balustrade. Son ventre heurta la balustrade juste à temps pour voir son chien disparaître sous la surface noire ondulante de la rivière. Il n'y avait aucun signe de Cady.

Chapitre Trente-Huit

Non !

Horrifiée, Bree se précipita en avant.

— Appelle une ambulance.

Matt enleva ses chaussures et escalada la balustrade.

— Et rattrape Holly.

Il sauta.

En poussant un juron, Bree se pencha par-dessus la balustrade. Il atteignit l'eau, puis elle ne vit plus rien. Elle scruta la rivière en aval, mais tout ce qu'elle voyait était des rochers clairs et des taches d'eau blanche. Le reste était trop sombre. Pas de Cady. Pas de Matt. Pas de Brody. Elle se tourna vers la route. Elle ne pouvait pas nager avec une blessure par balle. Matt aurait dû la secourir elle aussi.

Et merde.

Holly courait vers l'extrémité du pont. Bree partit à sa suite. Tout en courant, elle sortit son téléphone portable et appela une ambulance, une équipe de sauvetage aquatique et des renforts supplémentaires.

— La victime du kidnapping et l'enquêteur Flynn sont dans la rivière. Je suis à la poursuite du suspect.

Le bras de Bree lui faisait mal, mais ses jambes allaient très bien. Elle replia son bras le long du corps et accéléra. L'adrénaline se déversait dans son système sanguin. Devant, Holly trébuchait.

Elle avait sprinté les cinquante premiers mètres par pur instinct, mais son manque de forme physique se faisait sentir. Bree gagnait du terrain.

Elle la rattrapa avant la fin du pont. Des phares se rapprochaient.

Les renforts !

Pleine de colère et de détermination, Bree plongea en avant. Elle passa un bras autour de la taille de Holly et la plaqua au sol. Elles heurtèrent l'asphalte dans un enchevêtrement de bras et de jambes. Bree sentit ses points de suture sauter. Un liquide chaud jaillit de sa blessure, mais elle s'en fichait. Après une rapide explosion de douleur, l'adrénaline fit son effet. Elle retourna Holly sur le ventre.

— Vous êtes en état d'arrestation.

Bree retira les menottes de sa ceinture. Dans sa vision périphérique, elle vit les phares du véhicule s'arrêter. Elle jeta un coup d'œil par-dessus son épaule, mais les lumières LED l'aveuglaient.

Holly essaya de s'enfuir en rampant. À quatre pattes, elle donna un coup de pied en direction du visage de Bree.

Bree lui attrapa le pied et tira fort. Holly tomba la tête la première et du sang gicla de son nez. Haletante, Bree lui planta un genou dans le dos.

Holly leva la tête et cracha du sang.

— Va te faire foutre.

Bree fit claquer une menotte autour d'un poignet, puis attrapa le deuxième.

— Ne bougez pas ! cria une voix masculine.

Bree se figea.

Ce n'étaient pas les renforts. C'était Owen.

Elle regarda par-dessus son épaule. Il se tenait à une quinzaine de mètres, une arme à la main. La pluie lui plaquait les cheveux sur la tête.

— C'est l'arme de Paul ? demanda-t-elle en essayant de gagner du temps.

Les renforts devaient arriver d'un moment à l'autre.

— Ouaip, dit-il. Faites glisser votre arme vers moi.

Bree sortit son Glock de son étui, le posa sur la route et lui donna une poussée timide.

Owen fronça les sourcils en voyant l'arme s'arrêter à seulement un mètre de Bree, à trois mètres de lui.

— Lâchez ma femme.

Lentement, Bree se redressa. Penchée en avant, elle posa les mains sur ses cuisses et s'efforça de reprendre son souffle. Holly roula sur le dos, se redressa et gifla Bree en plein visage. Bree exagéra sa réaction, tombant sur le côté et se retrouvant à quatre pattes sur la route mouillée. Holly bondit et lui donna un grand coup de pied dans les côtes. La douleur explosa dans l'abdomen de Bree. Ses poumons expulsèrent tout leur air et se bloquèrent. Elle hoqueta, étendue sur l'asphalte.

Holly lui cracha dessus.

— Lève-toi, salope.

Elle se tourna vers Owen.

— Je t'aime, bébé.

— Je t'aime aussi.

Il sourit. Une sirène retentit au loin. Bree plaça un pied sous son corps, comme si elle était prête à se relever.

— On ferait mieux de la tuer rapidement et de mettre les voiles.

Owen tendit sa main libre à sa femme.

— Viens, bébé.

— Une seconde.

Holly donna un coup de pied dans la cuisse de Bree.

— Tu m'as cassé le nez.

Bree sortit son arme de secours de son étui de cheville et plongea vers la route. Owen lui tira dessus. Une balle ricocha sur le bitume quelques mètres plus loin. Sa bonne épaule heurta le trottoir. Elle roula sur elle-même, pointa son arme et appuya trois fois sur la détente. Le corps d'Owen tressauta. Trois taches sombres apparurent sur sa poitrine. Il laissa tomber son arme, s'effondra sur les genoux et s'affala sur la route.

— Non ! cria Holly d'une voix pleine de désespoir.

De l'eau et du sang coulaient sur son visage.

Bree se dirigea vers elle et attrapa la menotte qui pendait à un de ses poignets. Elle la fit pivoter et lui fit passer l'autre main derrière le dos. La deuxième menotte se referma avec un claquement retentissant.

Bree serra les menottes, puis força Holly à se mettre à genoux.

— Ne bouge pas.

Elle se pencha et appuya deux doigts sur le cou d'Owen, mais son regard vide lui disait déjà qu'il était mort.

Bree ne s'autorisa pas à réfléchir à ce qui venait de se passer. Le cauchemar n'était pas encore terminé. Matt, Cady et Brody étaient toujours en danger. Bree réprima ses émotions.

Plus tard.

Les lumières bleues et rouges d'un véhicule de police approchèrent. Todd en sortit et Bree l'appela.

— Enfermez-la à l'arrière de votre véhicule, et apportez une corde jusqu'à la rive.

Bree contourna le pont et dévala la berge en direction de la rivière. Elle se dirigea vers l'endroit où le corps de Shannon s'était échoué et espéra que c'était là que le courant déposerait Matt, Cady et Brody.

Chapitre Trente-Neuf

Matt émergea de l'eau et respira profondément.

— Cady !

Nageant à contre-courant, il scruta la surface, mais ne vit pas sa sœur. Il leva les yeux vers le pont et évalua l'endroit où elle devait être tombée. Quelques bulles éclatèrent à la surface. Matt plongea, tâtonnant dans l'obscurité. Rien.

Il remonta de nouveau à la surface, s'essuya les yeux et cria de toutes ses forces.

— Cady !

À l'aviron, Cady était très forte. Elle devait être là. À moins qu'elle n'ait pas survécu à la chute. Mais il n'abandonnerait pas avant de l'avoir trouvée.

— Matt ! entendit-il soudain.

Pour la deuxième fois cette nuit-là, il pensa :

Elle est vivante !

Il suivit le son et la vit – ainsi que Brody – à côté d'un groupe de rochers. Le chien tenait le dos du sweat à capuche de Cady dans sa gueule et ses pattes antérieures étaient posées sur un rocher. Cady était dans l'eau jusqu'au cou. La moitié supérieure de son visage était à peine au-dessus de la surface. Elle devait renverser le visage en arrière pour respirer. Sans Brody pour la maintenir à flot, elle aurait été emportée sous la surface. Le courant clapotait et une petite vague déferla sur son visage. Elle bredouilla tandis que Matt nageait vers elle.

— Je suis… coincée, dit-elle en avalant de l'eau.

Matt plongea et suivit sa jambe. Son pied était coincé entre deux rochers.

Il remonta.

— Il faut du jeu pour te libérer. Tu vas devoir plonger le temps que je te débloque le pied.

Cady hocha la tête.

Il donna à Brody l'ordre de la relâcher et le chien ouvrit la gueule.

— Un, deux, inspire profondément, trois.

Matt inspira et plongea, entraînant Cady avec lui.

Il tira son pied vers le bas et l'extirpa d'entre les rochers. Ils refirent surface ensemble au milieu du courant. Celui-ci les entraîna vers le milieu de la rivière, droit vers d'autres rochers. Une éclaboussure retentit derrière Matt. Quelques secondes plus tard, la tête de Brody apparut à côté de lui. Affaiblie, Cady avait du mal à nager et elle faillit sombrer à nouveau. Elle était à peine consciente lorsque Matt la tira vers lui.

De l'écume blanche tournoyait autour d'eux. Matt la fit pivoter de manière qu'elle soit de dos devant lui. Puis il passa un bras autour d'elle et tourna le dos aux rochers. Brody attrapa la manche de Matt dans sa gueule et se dirigea vers la rive, éloignant Matt du risque de collision directe avec les rochers. L'épaule de Matt glissa sur le rocher au lieu de le frapper de plein fouet. Il encaissa l'impact dans le dos, protégeant sa sœur par son étreinte. Le coup chassa l'air de ses poumons. Il lutta pour respirer, mais aussitôt le courant les entraîna dans un tourbillon. Celui-ci les engloutit. L'eau se referma sur leurs têtes et les aspira vers le fond. Sa poitrine le brûlait par manque d'oxygène. Matt poussa sur le fond des deux pieds, s'accrochant à Cady et les propulsant vers le haut. Sa tête émergea à la surface. Il toussa et haleta.

Brody était là, à ses côtés, les tirant tous les deux vers le rivage.

— Cady ? cria Matt.

Elle ne répondit pas. Son corps était inerte entre ses bras. Il se tourna sur le dos, la tira contre sa poitrine et nagea de son bras libre.

Ils étaient sortis du tourbillon au pied des rapides. Juste devant, la rivière bifurquait. D'un côté, les rapides continuaient. L'autre branche menait à une anse calme. Avec l'aide de Brody, Matt se dirigea vers cette dernière. Il aperçut Bree et Todd sur le rivage près de l'endroit où ils avaient découvert le corps de Shannon.

— On y est presque, Cady, cria-t-il.

Sa sœur ne répondit pas. Il tourna son visage vers lui. La panique le poussa à nager plus vite. Ses lèvres étaient bleues et elle ne respirait pas.

Chapitre Quarante

Tandis que Bree et Todd se dirigeaient vers le trio, Todd fit un lasso et jeta la corde dans l'eau. Matt l'attrapa et ils s'en servirent pour les tirer, lui et Cady, vers le rivage. Dès qu'elle fut à sa portée, Todd se saisit de Cady. Il se pencha sur elle et commença à lui faire du bouche-à-bouche tout en la maintenant sur le dos. Lorsqu'il fut suffisamment émergé, il la souleva et la porta jusqu'à la terre ferme. La déposant sur le rivage rocheux, il reprit le bouche-à-bouche. Bree se précipita hors de l'eau, tomba à genoux à côté de Cady et vérifia son pouls. Rien. Elle commença à administrer des compressions thoraciques.

Matt sortit de l'eau en trébuchant et tomba à quatre pattes à côté d'eux. Sa chemise était déchirée et ensanglantée en haut du dos. Brody émergea à son tour et s'ébroua, envoyant de l'eau dans toutes les directions.

Bree comptait les compressions et s'arrêtait pour que Todd insuffle de l'air dans la bouche de Cady. Ils avaient terminé deux cycles lorsque Cady se mit à tousser en s'étouffant. Todd la fit rouler sur le côté et l'aida à vomir toute l'eau qu'elle avait avalée. Bree s'assit sur ses talons. Son pouls battait dans ses veines et la nausée lui retournait l'estomac. Matt s'effondra à ses côtés, en versant ce qui semblait être des larmes de soulagement. Brody aboya et remua sa queue trempée.

Sur la route au-dessus, de nouvelles lumières et sirènes signalèrent l'arrivée de l'ambulance et de l'équipe de secours. Todd se leva d'un bond.

— Je vais les chercher.

Il partit en courant à travers les arbres.

Cady toussa. Un frisson intense secoua tout son corps. Bree enleva son coupe-vent et le posa sur ses épaules. La pluie avait cessé, mais l'air nocturne restait froid et humide.

Matt rampa vers sa sœur.

— Ça va aller, t'en fais pas.

Il se tourna vers Bree.

— Qu'est-ce qui s'est passé avec Holly ?

— Pour faire court, Holly est menottée à l'arrière du véhicule de Todd, et Owen est mort, résuma Bree.

Matt haussa les sourcils. Puis il lui prit la main et la posa sur sa poitrine.

— Mais on a survécu.

Qu'aurait-elle fait s'il y était resté ? Elle eut un coup au cœur. *N'y pense pas. Même pas une seconde. Il va bien.* Bree refoula ses craintes. À ce rythme, elle allait avoir besoin d'un coffre-fort interne pour compartimenter toutes ses émotions.

— On fait une assez bonne équipe.

Elle lui serra les doigts.

Les ambulanciers suivirent Todd jusqu'au bord de la rivière. L'adjoint jeta un coup d'œil aux mains jointes de Matt et Bree. Il sourit, puis toussa dans son poing pour dissimuler sa réaction. Gênée, Bree lâcha la main de Matt, se leva et recula pour donner aux ambulanciers la place de s'occuper de Cady.

Encore de nouvelles sirènes et lumières sur la route. D'autres adjoints dévalèrent la berge. Quelqu'un apporta des couvertures. Matt en prit une et frictionna Brody avant d'en accepter une pour lui-même.

Peu de temps après, les ambulanciers emportèrent Cady sur un brancard. Bree et Matt les suivirent jusqu'à la route. Le pont était couvert de véhicules de police. Une ambulance était garée sur l'accotement et le médecin légiste était arrivé. Cady fut chargée dans l'ambulance.

Matt hésita. Il avait clairement envie d'accompagner sa sœur.

— J'ai besoin que quelqu'un s'occupe de Brody.

— Je m'en charge, dit Bree.

Matt secoua la tête.

— Ton bras saigne encore. Il faut que tu ailles aux urgences.

Elle jeta un coup d'œil au bandage humide et sanglant.

— Oui, je sais.

— Je m'occupe de Brody, Matt, dit Todd en se baissant et en ramassant le bout de la laisse qui traînait dans la boue.

— Il faudra aussi que quelqu'un aille récupérer le chien de Shannon, dit Bree.

— Je peux appeler un collègue de Cady, proposa Matt. Si tu envoies un adjoint le chercher.

— Je me charge de ça aussi, dit Todd.

— Merci. On va lui trouver une nouvelle maison.

Matt grimpa à l'arrière de l'ambulance avec sa sœur. Il pointa le doigt sur Bree.

— Et je compte bien te voir aux urgences au plus vite.

— J'y serai.

Elle lui fit un petit signe tandis que les portières de l'ambulance se fermaient. Si elle n'avait pas hâte de se faire nettoyer et recoudre le bras, elle ne tenait pas non plus à revoir le cadavre d'Owen. Mais elle se dirigea vers le pont et la camionnette du médecin légiste. Elle devait faire son travail. Comme d'habitude, elle mettrait de côté les retombées émotionnelles de l'homicide jusqu'à ce que le boulot soit terminé.

Le médecin légiste s'éloigna du corps et se dirigea vers l'arrière de sa camionnette. Elle enleva ses gants et posa sa mallette à l'intérieur.

Bree s'approcha.

— Vous avez besoin de quelque chose ?

— Non. Vous aurez mon rapport, mais je n'ai rien vu de surprenant.

Le Dr Jones regarda Bree. Ses yeux s'arrêtèrent sur sa blessure. Elle haussa un sourcil.

— Je sais, dit Bree. Je vais tout de suite aux urgences.

— Parfait.

Le Dr Jones ferma le coffre de sa camionnette.

— Prenez soin de vous, shérif. Nous aurons encore besoin de vous.

Bree se tourna et scruta le groupe de policiers, à la recherche de son adjoint en chef. Elle le repéra près de son véhicule, parlant dans sa radio. Brody était assis à ses côtés.

Bree s'approcha.

Todd se pencha dans son véhicule et remit sa radio en place.

— L'adjoint Oscar a emmené Holly Thorpe au poste et l'a mise en détention.

— Bien. Je dois l'interroger ce soir.

— Shérif, dit Todd. Ne le prenez pas mal, mais je pense que vous devriez faire soigner votre bras.

Bree scruta à nouveau la scène, puis se retourna vers Todd. Il était parfaitement capable de gérer la situation et il était temps qu'elle le laisse faire.

— Vous avez raison. Vous êtes aux commandes, chef adjoint.

— Oh. OK.

Il cligna des yeux, comme surpris qu'elle ait accepté.

— Des instructions ?

— Vous savez quoi faire.

Bree donna à Brody une tape sur la tête, puis prit la direction de son véhicule. Elle jeta un coup d'œil par-dessus son épaule.

— Je vous retrouve au poste tout à l'heure.

Todd se redressa.

— Oui, madame.

Chapitre Quarante Et Un

Matt se tenait devant le box des urgences où le médecin examinait Cady. Une infirmière lui avait trouvé une blouse sèche. Ses vêtements mouillés étaient dans un sac en plastique. Les écorchures de ses épaules étaient nettoyées et pansées. À part ses chaussettes et ses chaussures mouillées, il se sentait presque humain.

Le docteur arriva en repoussant le rideau. Elle leva ses lunettes et regarda Matt.

— Votre sœur a une commotion cérébrale, deux doigts cassés et tout un tas d'ecchymoses. Entre ça et les complications possibles d'une quasi-noyade, on va la garder ce soir en observation. Si les résultats du scanner sont bons, elle pourra probablement rentrer chez elle demain. Quelqu'un devra garder un œil sur elle pendant les prochains jours.

— Elle va aller chez nos parents.

Ce que Matt n'avait pas encore dit à Cady.

— Mon père est médecin à la retraite. Elle sera entre de bonnes mains.

Leurs parents avaient insisté – leur père était un gentil, mais pas quand il s'agissait de leur santé.

— Parfait.

— Merci.

Matt frappa contre le mur à côté du rideau.

— Cady ? C'est Matt.

— Entre.

Elle était allongée sur un brancard. Elle était ensevelie sous une pile de couvertures et on lui avait posé une intraveineuse. On lui avait rasé les cheveux sur un côté de la tête, pour y faire les points de suture.

— Belle coiffure.

Il se pencha sur le bord du brancard et lui prit la main.

Elle sourit.

— Peut-être que je devrais me raser toute la tête.

Matt sourit.

— Tu serais toujours aussi mignonne.

— Merci de m'avoir sauvée.

— Mais de rien.

Il lui serra les doigts.

— Maman, papa et Nolan sont en route.

— J'ai besoin de vêtements.

— Les parents sont passés chez toi. Ils t'ont préparé un sac.

— Je rentre à la maison avec eux demain, n'est-ce pas ?

Cady sourit.

— Ouaip.

Elle reposa la tête sur l'oreiller.

— Peut-être que papa fera ses macaronis au fromage maison.

— Je suis sûr qu'il fera tout ce que tu veux.

Elle ferma les yeux.

— Cool.

— Cady ?

Une voix maternelle retentit dans le couloir.

— Ici, appela Cady.

Le rideau s'écarta et les parents de Matt entrèrent, accompagnés de Nolan. À soixante-dix ans, George Flynn portait toujours fièrement son mètre quatre-vingts. Ses épais cheveux blancs et sa barbe taillée rendaient le bleu de ses yeux encore plus brillants. Leur mère n'était que de quelques centimètres plus petite et de constitution robuste. Personne ne l'aurait qualifiée de fragile.

— Tu aurais dû m'appeler plus tôt.

Nolan passa la main sur son crâne chauve.

— Pas le temps, dit Matt.

Leur père vérifia immédiatement les signes vitaux de Cady sur le moniteur. On frappa à nouveau à l'extérieur du box et Bree passa la tête.

— Je voulais juste m'assurer que tu allais bien.

Cady sourit.

— Ça va. Tu as besoin de m'interroger ?

— Non.

Bree secoua la tête. Elle portait toujours ses vêtements mouillés, mais tenait un petit sac de voyage dans une main. Le bandage de son bras n'avait pas été changé.

— Demain sera bien assez tôt. Tu peux te reposer ce soir.

Matt présenta ses parents et son frère. Ils se serrèrent tous la main.

Leur père garda la main de Bree dans la sienne quelques secondes supplémentaires.

— Nous aimerions vous inviter à prendre le brunch dimanche, pour vous remercier.

— Ce week-end, c'est la fête des Mères, dit Bree avec un regard triste. Mais je serais ravie de venir un autre jour.

Le père de Matt leva la main.

— Ne répondez pas maintenant. Réfléchissez.

Il hocha la tête.

— Vous pouvez amener toute votre famille. Je ferai des brioches à la cannelle supplémentaires.

— Merci.

Bree recula.

Un infirmier entra.

— Shérif. On vous attend au poste six.

Bree s'excusa.

— Il faut que je me fasse recoudre le bras. J'ai été ravie de vous rencontrer.

Elle s'esquiva dans le couloir.

— Va avec le shérif.

Le père de Matt lui indiqua la direction du couloir.

— On sait que tu en as envie. Ta mère et moi avons les choses en main ici.

— Merci.

Matt embrassa sa sœur sur le crâne et partit à la recherche de Bree.

Le rideau du poste six était fermé. Lorsqu'il s'ouvrit, Bree avait revêtu un uniforme sec. Elle lui sourit en sautant sur la civière pour s'asseoir en travers.

— J'aimerais bien avoir des chaussures sèches.

— Pareil.

Il approcha, ses chaussures émettant à chaque pas un bruit mouillé. Il ferma le rideau derrière lui. Il se pencha et l'embrassa doucement, puis il l'entoura de ses deux bras, en faisant attention à sa blessure. Elle s'appuya contre sa poitrine quelques instants. Quand le grincement de semelles en caoutchouc annonça l'approche d'une infirmière, ils se séparèrent.

Matt recula.

— Toc, toc.

Le rideau s'ouvrit et une infirmière entra. Elle découpa le pansement.

— Je vais interroger Holly Thorpe après ça.

Bree tendit le bras pendant que l'infirmière inspectait la blessure.

— Tu veux venir ?

Matt se redressa.

— Bien sûr que oui.

Chapitre Quarante-Deux

Bree regarda l'écran dans la salle d'observation. Holly Thorpe était assise dans la salle d'interrogatoire, menottée à un anneau scellé au centre de la table. Ses yeux étaient bordés de rouge et gonflés.

— Ce sera intéressant de voir comment elle réagit en te voyant.

Matt se tenait à côté de Bree, portant toujours la blouse qu'on lui avait donnée à l'hôpital.

— Oui.

— Tu veux que je regarde d'ici ? demanda-t-il.

— Oui. Je veux qu'elle parle, et je pense qu'elle sera plus à l'aise en tête-à-tête.

— Je suis surpris qu'elle n'ait pas demandé d'avocat.

— Moi aussi.

Bree s'éloigna et entra dans la salle d'interrogatoire.

Holly leva les yeux et son visage exprima une colère intense.

— Vous avez tué Owen.

Bree ne répondit pas. Elle s'assit en face de Holly et lui lut ses droits d'un ton neutre. Holly signa le papier sans faire de commentaire. Elle semblait ne ressentir aucune émotion.

Bree croisa les mains sur la table.

— Quand avez-vous décidé de tuer Shannon ?

Holly renifla.

Bree haussa les épaules.

— Ça n'a pas d'importance. Nous n'avons pas besoin d'aveux. On vous tient pour enlèvement, agression et tentative de meurtre, entre autres. Votre compte est bon. Vous allez passer le reste de votre vie en prison. Nous aurons largement le temps d'enquêter sur le meurtre de Shannon.

Holly lui lança un regard noir.

— Je dois l'admettre, dit Bree. Je suis impressionnée. Vous avez failli nous avoir. S'il n'y avait pas eu Cady.

— Cette idiote, dit Holly en levant les yeux au ciel. J'ai essayé de l'ignorer, mais elle n'arrêtait pas d'appeler. Finalement, j'ai répondu et lui ai dit que j'étais occupée. Mais elle ne voulait pas lâcher prise. Elle voulait qu'on soit amies.

Elle dit ça comme si c'était l'idée la plus ridicule du monde.

— Et elle avait vu Shannon récemment, alors elle aurait su immédiatement que ce n'était pas vous.

Bree soupira.

— Si Cady ne s'était pas mis en travers de votre chemin, votre plan aurait fonctionné. Personne n'aurait su. C'était génial, vraiment.

— À part cette connasse.

Holly semblait néanmoins heureuse du compliment. Elle n'avait pas l'air stable ; mais cela dit, les gens normaux et stables ne tuaient généralement pas leur propre sœur.

— Paul fraudait-il le fisc ? demanda Bree.

— Paul fraudait tout le monde. Il graissait la patte des inspecteurs. Il sortait de l'argent de ses comptes joints et le mettait à l'abri. Il cachait de l'argent à Angela et au gouvernement. Quand il a été prêt, il a tiré sur les ficelles d'Angela pour qu'elle le quitte. Il était convaincu de pouvoir garder la plus grande partie de leurs biens.

— Et vous l'avez aidé.

— J'ai tout fait, répondit-elle fièrement. Paul ne connaissait rien à la comptabilité.

— Et il vous payait en liquide ?

Holly renifla.

— Il me payait en liquide, et je me servais aussi dans la caisse. Il ne s'en doutait même pas. C'était sa faute. Il était devenu gourmand. Il y avait tellement de fausses transactions dans ces livres que je pouvais à peine suivre. Ça m'a semblé simple de prendre un peu d'argent en plus pour mes économies.

— Paul n'était pas un génie. Comment a-t-il découvert qui vous étiez vraiment ? bluffa Bree.

C'était la seule explication qui avait un sens.

— Il n'a rien découvert du tout. Vous avez raison, Paul n'était pas un génie. Son avocat fiscaliste a trouvé l'entreprise que j'avais créée au nom de ma sœur.

— Je parie qu'il a été impressionné. C'était un plan élaboré.

Bree continua de flatter l'ego de Holly.

— Paul est venu chez Shannon et m'a vue par la fenêtre.

— Qu'est-ce qu'il voulait ? demanda Bree.

— Il a dit que je devais baiser avec lui ou il me dénoncerait.

Un éclair de rage apparut dans le regard de Holly, puis une larme roula sur sa joue.

— Je n'aurais jamais trompé Owen. Il était le seul homme qui comptait pour moi. Je l'aimais.

Elle leva un regard glacial vers Bree.

— Alors, au lieu de baiser avec Paul…

— Owen l'a tué. Il était furieux que Paul essaie de me faire chanter pour coucher avec lui. Paul devait disparaître. Il menaçait notre plan. Ça aurait marché, sauf qu'Owen a paniqué quand vous êtes arrivée.

Holly poussa un profond soupir.

— Je l'aimais, mais il ne savait pas réagir en cas de crise. C'était stupide de vous tirer dessus. Il aurait dû s'enfuir.

Bree était d'accord.

— Combien de temps vous a-t-il fallu pour ressembler à Shannon ? C'était ça, le trait de génie.

— Le plus dur a été de prendre du poids. Il m'a fallu plusieurs mois. Je n'aimais pas me laisser aller comme ça, mais Shannon était ronde, alors…

Holly haussa les épaules.

— Le reste n'était pas compliqué. Je me suis coupé les cheveux et les ai frisés. À moins que quelqu'un ne regarde de très près, ça passait. J'ai même échangé notre maquillage, nos brosses à dents et nos brosses à cheveux. Je savais que le médecin légiste ferait un test ADN.

Holly se vantait ouvertement, désormais.

— Et votre mère ? Vous ne pensiez pas qu'elle s'en apercevrait ?

— Elle est presque aveugle.

Holly se mordit la lèvre.

— Mais je craignais qu'elle reconnaisse ma voix. C'est pour ça que je l'évitais. Je n'ai jamais eu de rhume. J'espérais qu'elle mourrait avant que je n'aie à trouver une solution. Mais même si elle avait compris, qu'est-ce qu'elle aurait fait ? Dénoncé la seule fille qu'il lui restait ?

Bree garda une expression impassible et intéressée, mais intérieurement, elle était estomaquée.

— Owen vous a aidée, dit-elle, essayant de paraître admirative.

Holly semblait narcissique, et les narcissiques adoraient les compliments.

— Bien sûr qu'il m'a aidée. C'était notre jour de chance. Shannon avait une bonne source de cash. Elle travaillait à peine. Elle gagnait beaucoup d'argent. J'avais regardé ses dossiers. Ça ne semblait pas très compliqué.

— Mais Owen devrait quand même s'occuper des dettes.

Elle haussa les épaules.

— Il allait se déclarer en faillite. Le seul défaut du plan, c'était qu'on devait vivre séparément pendant un certain temps. Mais on s'est dit que dans un an ou deux, Shannon déménagerait. Elle n'avait pas d'amis ou de collègues de travail. Elle connaissait à peine ses voisins. Elle gâchait sa vie. Elle ne voyageait pas et ne s'amusait pas. Elle était tellement bizarre.

Shannon était bizarre ?

— Votre plan était vraiment parfait, reprit Bree. C'est presque dommage que vous vous soyez fait prendre.

Elle soupçonnait Holly d'être à la fois sociopathe et narcissique. Elle ne pouvait pas s'empêcher de vanter son intelligence supérieure.

Holly soupira.

— J'y avais mis tant d'efforts. Paul avait falsifié les noms de ses enfants sur des documents d'entreprise. Il m'a donné l'idée de voler plus d'argent à Beckett Construction. J'ai créé une nouvelle société au nom de ma sœur, et Owen a ouvert un compte à la banque. On a planifié ça pendant des années.

Une autre pièce du puzzle se mit en place : le travail d'Owen lui avait permis d'ouvrir des comptes illégalement.

— Pourquoi ne pas simplement prendre l'argent et vous enfuir ? demanda Bree.

— Et faire quoi ? Vivre en cavale ?

Le ton de Holly était plein de mépris, comme si Bree était une idiote.

— On n'est pas dans une série télé. Comment est-ce qu'on aurait pu voyager sans passeport ? Vous savez à quel point c'est difficile d'obtenir de faux documents de nos jours ? Tout est numérique.

— Exact.

Bree hocha la tête.

— Pour avoir une bonne qualité de vie, il faut des papiers en ordre.

Holly eut un bref hochement de tête arrogant.

— Je voulais l'entreprise de Shannon, sa belle maison, la vie tranquille qu'elle avait bâtie.

Ses mots étaient pleins de jalousie.

— Vous le méritiez, dit Bree.

— Exactement.

Holly secoua la tête.

— J'aurais dû tuer Angela. Elle a prévenu le fisc. Ils ont commencé à envoyer des avis d'audit à Paul. Il flippait. J'avais peur d'aller en prison avec lui. *C'était moi qui faisais l'essentiel du travail.* C'est plus facile de s'en tirer en commettant un meurtre que de frauder les impôts.

Bree ne souligna pas que Holly avait échoué sur les deux tableaux.

— Est-ce que vous avez rendu le chien de Shannon malade pour avoir un alibi avec le vétérinaire ?

— Je ne ferais jamais de mal à un chien, dit Holly avec une franche indignation. Je ne suis pas un monstre.

— Je suis ravie de l'entendre.

— Quelqu'un doit aller chercher Chicken, ajouta Holly. Ce chien va me manquer. Il est moche, mais vraiment gentil.

Elle écarta d'un souffle une mèche de cheveux qui lui tombait dans l'œil.

— Il ne m'aimait pas tant que ça, pourtant. Shannon lui manquait, mais il se serait adapté avec le temps.

— Donc, Owen avait un alibi pour vendredi soir. Avez-vous tué Shannon seule, et comment vous êtes-vous débarrassés de son corps ?

— J'ai l'air d'avoir pu balancer autant de poids depuis un pont ?

Holly leva les yeux au ciel.

— On l'a tuée tôt vendredi matin – avant que j'aille travailler –, et on l'a balancée vendredi soir avant qu'Owen n'aille au bar.

Et parce que la vraie Holly était allée travailler le vendredi, Bree s'était trompée sur l'heure du décès.

— Je ne pense pas avoir jamais résolu un meurtre mieux planifié, dit Bree.

Holly soupira.

— Et ça aurait parfaitement fonctionné si cette connasse du refuge canin n'avait pas été si déterminée à être gentille, putain.

Bree mit fin à l'interrogatoire et quitta la pièce. Elle trouva un adjoint et lui demanda d'emmener Holly en cellule et de l'inculper pour enlèvement, agression, tentative de meurtre et meurtre au premier degré. Il ne faisait aucun doute que ses crimes étaient prémédités.

Matt la retrouva dans son bureau.

— Wouah.

— Hein ? répondit Bree. Je parie sur psychopathe, sociopathe et narcissique.

— L'évaluation psychologique devrait être intéressante.

Matt pencha la tête.

— Tu as besoin de rentrer chez toi ?

Bree secoua la tête.

— Les enfants dorment. J'ai appelé Dana pour lui dire qu'on allait bien.

Elle regarda son bureau.

— Je devrais commencer la paperasse.

Matt grimaça.

— La paperasse peut attendre. Tu as besoin de dormir.

— Dormir serait bien.

Son bras était encore engourdi par l'anesthésie locale.

— J'aimerais vraiment prendre une douche aussi.

Elle soupira.

— Je ne suis pas sûre d'être prête à rentrer à la maison. J'ai besoin de décompresser.

Elle leva les yeux vers lui.

— Je peux venir chez toi ?

Matt haussa les sourcils.

— Pour dormir, précisa-t-elle.

— Bien sûr que tu peux.

Il semblait un peu déçu.

Ils firent en silence le court trajet jusque chez Matt. Ils entrèrent, Matt salua les chiens et les sortit dans le jardin. Il renifla Brody.

— Je pense que Todd lui a donné un bain. Il ne sent pas l'eau de la rivière.

Il ramena les chiens à l'intérieur. Greta se dirigea vers son lit. Brody vint voir Bree pour se faire gratter la tête.

— Viens.

Matt la conduisit dans la chambre d'amis. Il lui apporta un pantalon de survêtement et un sweat-shirt ridiculement grand. Il scotcha un sac en plastique autour de son bras pour garder son pansement au sec.

— Garde le bras hors de la douche. Les serviettes sont dans la salle de bains.

— Merci.

Bree prit une longue douche chaude. Puis elle se dirigea vers la cuisine. Les cheveux courts de Matt étaient humides. Il lui tendit une tasse de chocolat chaud et un sandwich au jambon. Elle termina les deux en trois minutes.

— Je ne savais même pas que j'avais faim.

Il lui prit son assiette vide.

— Va te coucher.

Il l'embrassa sur le front.

Bree se glissa entre les draps et fixa le plafond pendant une heure. Chaque seconde de la nuit se rejouait dans son esprit. Elle finit par abandonner. Traversant pieds nus la maison de Matt, tenant la ceinture du pantalon de survêtement d'une main, elle trouva sa chambre et frappa doucement.

— Ouais, répondit-il.

Sans un mot, elle ouvrit la porte, traversa la chambre et se glissa dans le lit avec lui.

— Je n'arrive pas à dormir.

Matt se retourna et la serra contre lui. Son corps massif dissipa sa solitude. Elle n'avait jamais été du genre à chercher le réconfort dans les bras d'un homme. Lorsqu'elle était stressée, par le passé, elle avait toujours choisi d'être seule. Mais elle sentit une paix inattendue s'installer en elle en se blottissant contre Matt. Les choses changeaient, parfois pour le mieux. En sentant le poids du bras de Matt sur son corps, Bree s'endormit enfin.

Chapitre Quarante-Trois

Fête des Mères

Le dimanche matin, Bree et Kayla montèrent Pumpkin toutes les deux. Leur poids combiné n'était pas un problème pour le robuste petit cheval. Il avançait sans relâche dans le pré. Adam les suivait sur Cowboy, tandis que Luke et Riot avaient pris la tête. Le hongre bai, plus fougueux, secoua la tête en sautillant. Sur son dos, Luke portait un sac à dos volumineux.

Ils atteignirent le sommet de la colline, à l'arrière de la ferme. Ils s'arrêtèrent près d'un grand chêne. Luke descendit de cheval et prit les rênes à la main. Adam aida Kayla à descendre. Le bras de Bree était toujours en écharpe et sa descente ne fut pas belle à voir.

— Vous êtes sûrs ? demanda Bree à Kayla et Luke.

Ils hochèrent tous les deux la tête.

— C'était l'endroit préféré de maman.

Luke essuya une larme et posa le sac à dos à ses pieds. Il l'ouvrit, en sortit une boîte en bois et la tendit à Bree. Avait-il besoin qu'elle prenne les devants ?

— Maman nous amenait ici pour pique-niquer.

La lèvre de Kayla se mit à trembler.

— On pourra faire un pique-nique ici avec elle un jour ?

— Quand vous voulez.

Bree avala la boule de la taille d'un pamplemousse qui était coincée dans sa gorge et essuya la sueur de son front. On aurait davantage dit une journée d'été que de printemps.

Quand Luke avait suggéré cette prairie, Kayla avait immédiatement accepté. Au-dessus d'eux, les branches de l'arbre étaient vertes et couvertes de feuilles printanières. Le vent balayait la plaine. Les premières fleurs sauvages se balançaient sur leur tige. La fraîcheur de l'air était un contrepoint bienvenu à la chaleur du soleil.

Bree toucha le bras de Luke.

— Tu avais raison. C'est parfait.

Elle jeta un regard à chacun d'eux, sa famille. Son cœur se gonfla d'émotion. Un an plus tôt, elle n'aurait pas imaginé qu'ils puissent tisser des liens si étroits. C'était à la fois triste et ironique que la mort d'Erin les ait rapprochés. Bree choisit de se réjouir qu'il soit sorti quelque chose de positif de toute cette horreur. Le bonheur était encore possible. Le soleil continuerait à briller.

— Prêt ? demanda-t-elle.

Luke, Kayla et Adam hochèrent la tête. Maladroitement, Bree ouvrit l'urne et laissa s'envoler une partie des cendres. Elle passa la boîte à Luke, qui en renversa davantage dans le vent. Kayla et Adam terminèrent. Les larmes serrèrent Bree à la gorge tandis que la brise emportait les cendres à travers la colline et vers la prairie, comme si Erin savait où elle voulait être.

Sois libre.

Luke inclina la tête, mais Adam tourna son visage vers le soleil et ferma les yeux. Son frère voyait toujours les choses sous un angle différent. D'habitude, il avait une vision plus sombre, mais aujourd'hui, il semblait avoir envie de lumière. C'était peut-être un signe. Bree se demanda si son œuvre refléterait ce changement.

Son regard parcourut le joli paysage. Les hautes herbes et les fleurs sauvages se courbaient dans le vent. Elle apercevait la ferme et l'écurie au loin. Erin avait aimé cet endroit. Elle y avait trouvé la paix.

Qu'elle soit en paix pour toujours.

Quelque chose se débloqua dans la poitrine de Bree, comme la tension d'un ressort lentement relâché. Sa sœur n'était plus là, mais d'ici, elle veillerait toujours sur eux. Bree trouvait réconfortant de pouvoir venir parler à Erin quand elle le voulait.

Kayla leva les yeux vers Bree.

— On peut y aller, maintenant ?

Bree regarda Adam et Luke. Ils hochèrent la tête. Ils avaient tous deux l'air fatigués, mais aussi plus détendus. Bree posa une main à la base de sa gorge, là où le relâchement de la tension l'avait laissée un peu vide. Ils avaient terminé, pour l'instant.

— Allons-y.

Bree fit grimper Kayla sur la selle, puis monta devant elle. Ils chevauchèrent tous jusqu'à la maison.

Une fois les chevaux remis à l'écurie, ils se lavèrent et changèrent de vêtements, puis Bree demanda aux enfants :

— Vous êtes sûrs de vouloir aller chez les Flynn ?

— Oui ! dit Kayla en faisant des bonds.

— Ouais, dit Luke. Ça nous fera du bien de sortir de la maison.

Et ça leur donnerait du temps pour digérer cette matinée particulière.

Ce sera bien de les distraire, pensa Bree.

Ils entrèrent dans la cuisine, où Dana emballait de la *focaccia* fraîche dans du papier d'aluminium. Elle avait insisté pour contribuer au brunch de la fête des Mères des Flynn.

— Je suis prête.

— Merci.

Adam mit les fleurs qu'il avait cueillies dans le pré dans un vase.

— Allons-y.

Ils montèrent tous dans le SUV de Dana et se rendirent chez le Dr Flynn et son épouse. Les parents de Matt vivaient dans une grande maison sur plusieurs hectares de terrain.

La mère de Matt les fit entrer dans une immense salle à manger. Bree présenta les enfants, Dana et Adam. Brody était allongé dans l'herbe, à l'arrière. Le frère de Matt, Nolan, lançait une balle à Greta. La chienne noire courait joyeusement après. Les enfants se dirigèrent droit vers les chiens.

Le Dr Flynn – George –, vêtu d'un tablier, avait dressé un énorme buffet sur le patio.

— Cette *focaccia* a l'air incroyable. Il faudra nous donner la recette.

Dana sourit.

— Je vous l'échange contre votre recette de brioche à la cannelle.

— Marché conclu.

Les yeux bleus de George pétillaient.

Dana attrapa un tablier qui pendait à un crochet.

— Qu'est-ce qu'il reste à faire ?

— Je peux aider à faire quelque chose ? dit Bree, bien que ses compétences de cuisinière soient quasiment inexistantes.

— Hors de question.

Anna, la mère de Matt, passa un bras autour des épaules de Bree et la conduisit sur la terrasse, où Cady se prélassait sur une chaise longue.

— Laisse le travail à George. Il n'est jamais aussi heureux que lorsqu'il cuisine et reçoit du monde. Et tu mérites un peu de repos.

Elle installa Bree dans un fauteuil rembourré donnant sur la cour.

— Café, thé, jus d'orange, mimosa ?

— Un café serait super. Merci.

Bree se laissa aller contre le dossier. Le soleil réchauffa sa peau et fit fondre la tension de ses muscles.

— Laissons-les travailler.

Cady leva sa tasse.

— D'une, on ne peut pas les arrêter.

Elle sourit.

— De deux, ils adorent ça.

— Compris, dit Bree en riant. Tu te sens mieux ?

— Beaucoup. Merci. Et toi ? demanda Cady.

— Mieux aussi.

Bree ajusta son écharpe.

Son bras était encore douloureux, mais son état s'améliorait de jour en jour.

— Je reviens tout de suite.

Cady se leva en prenant sa tasse.

— Besoin de quelque chose dans la cuisine ?

— Non, merci.

Bree se tourna vers le jardin. Les enfants se relayaient pour lancer une balle à Greta. Adam et Nolan buvaient du thé glacé en regardant les enfants. Brody grimpa sur la terrasse et s'allongea à côté du fauteuil de Bree. Elle baissa le bras et passa les doigts dans son poil. Il soupira et ferma les yeux. Bree fit de même.

Le fauteuil voisin grinça. Elle ouvrit les yeux. Matt lui tendit une tasse de café.

— De la part de ma mère.

Elle en but une gorgée, puis posa la tasse sur la table à côté d'elle.

— Je ne remercierai jamais assez tes parents de nous avoir invités aujourd'hui. J'hésitais à m'engager pour la fête des Mères, mais c'était exactement ce dont les enfants avaient besoin.

— Ça me fait plaisir.

Matt se leva et posa la main sur la sienne.

— Et ça fait des mois que mes parents veulent vous rencontrer, toi et ta famille. Je ne voulais pas te presser.

— Tu as bien fait.

Bree regarda les deux familles se mélanger. Elle avait l'impression de s'ouvrir à de nouvelles émotions. Puis ses pensées se tournèrent vers Holly Thorpe, qui avait assassiné sa propre sœur. Était-elle née sociopathe ? Avait-elle jamais eu des sentiments fraternels pour Shannon ? Ce que Bree n'aurait pas donné pour retrouver sa propre sœur…

— Comment Holly…

— Non, interrompit Matt. On ne parle pas de boulot aujourd'hui. Pas d'exception.

Bree sourit.

— Tu as raison. Il faut que j'apprenne à lâcher les rênes.

À vivre le moment présent.

— En effet.

Il glissa ses doigts entre les siens. Sa main était forte, chaude, ferme, tout comme lui. Elle n'était pas encore prête à analyser les sentiments qu'elle éprouvait à son égard, mais pour l'instant, elle était heureuse qu'il fasse partie de sa vie.

Bree se détendit, sans lâcher sa main, et regarda les enfants qui riaient.

La vie avait des hauts et des bas. Son travail lui assurait un flux constant d'événements imprévisibles. Mais aujourd'hui, la vie était belle et elle devait en profiter le plus longtemps possible.

Qui savait de quoi demain serait fait ?

REMERCIEMENTS

Il faut vraiment toute une équipe pour publier un livre, à plus forte raison pour construire une carrière d'auteure. *Noyer sa peine est le trentième ouvrage publié depuis mon premier livre, paru en 2011.* Comme toujours, le mérite en revient à mon agent, Jill Marsal, qui a sorti mon premier manuscrit de l'obscurité et m'a soutenue pendant plus de dix ans. Je remercie toute l'équipe de Montlake, en particulier mon éditrice, Anh Schluep, et ma responsable du développement, Charlotte Herscher. Un remerciement spécial à Rayna Vause et Kendra Elliot pour leur aide quant à divers détails techniques, leur soutien moral et leurs conseils sur l'intrigue. Par-dessus tout, je remercie ma famille pour son soutien indéfectible à l'époque où je n'avais pas vendu un seul livre. Ils ont cru en moi bien avant que j'y parvienne moi-même. Il y a dix ans, je n'aurais jamais pensé être écrivaine à temps plein, mais je suis là, sincèrement reconnaissante.

À PROPOS DE L'AUTEUR

Melinda Leigh, auteure de best-sellers primés sur Amazon et le *Wall Street Journal*, est une banquière repentie. C'est après avoir rejoint l'association *Romance Writers of America* qu'elle décide que l'écriture l'amuse plus que l'analyse de rapports financiers. Son premier roman, *Traquée*, a été nommé pour le prix du meilleur premier roman des *International Thriller Writers*, et a reçu de nombreux prix aux États-Unis. Beaucoup de ses romans suivants ont également été des best-sellers.

Elle est ceinture noire deuxième dan de karaté Kenpo, donne des cours de self-défense féminin, et vit dans une maison en désordre avec sa famille et une petite armée d'animaux domestiques. Pour plus d'informations, rendez-vous sur www.melindaleigh.com.

Printed in France by Amazon
Brétigny-sur-Orge, FR

16037114R00228